万有引力
GRAVITARE

关怀现实，沟通学术与大众

THE DOCTOR WHO FOOLED THE WORLD

欺骗世界的医生

Science, Deception, and the War on Vaccines

“反疫苗运动之父”
与一场跨越世纪的
医学骗局

BRIAN DEER

[英] 布莱恩·迪尔 著
林晓钦 译

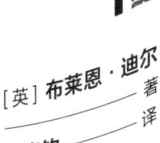

SPM 南方传媒 | 广东人民出版社
·广州·

图书在版编目（CIP）数据

欺骗世界的医生："反疫苗运动之父"与一场跨越世纪的医学骗局 /（英）布莱恩·迪尔著；林晓钦译．—广州：广东人民出版社，2024.6
（万有引力书系）
书名原文：The Doctor Who Fooled the World: Science, Deception, and the War on Vaccines
ISBN 978-7-218-17476-1

Ⅰ．①欺… Ⅱ．①布… ②林… Ⅲ．①纪实文学—英国—现代 Ⅳ．①I561.55

中国国家版本馆CIP数据核字（2024）第065363号

著作权合同登记号：图字19-2024-054号

QIPIAN SHIJIE DE YISHENG: "FAN YIMIAO YUNDONG ZHI FU" YU YI CHANG KUAYUE SHIJI DE YIXUE PIANJU
欺骗世界的医生："反疫苗运动之父"与一场跨越世纪的医学骗局
［英］布莱恩·迪尔 著　林晓钦 译

出 版 人：肖风华

丛书主编：施　勇　钱　丰
责任编辑：张崇静
营销编辑：张静智
责任技编：吴彦斌
特约编辑：柳承旭

出版发行：广东人民出版社
地　　址：广州市越秀区大沙头四马路10号（邮政编码：510199）
电　　话：（020）85716809（总编室）
传　　真：（020）83289585
网　　址：http://www.gdpph.com
印　　刷：广州市岭美文化科技有限公司
开　　本：889毫米×1194毫米　1/32
印　　张：14.875　　**字　　数**：340千
版　　次：2024年6月第1版
印　　次：2024年6月第1次印刷
定　　价：98.00元

如发现印装质量问题，影响阅读，请与出版社（020-85716849）联系调换。
售书热线：（020）87716172

哦，当我们第一次欺诳，就编出怎样一张纠缠不清的网！

——沃尔特·司各特《玛米恩》

前言
卷土重来

2017 年，唐纳德 · 特朗普总统上任的第一个晚上，一段视频出现在互联网上，让医学界和科学界都大为震动。在华盛顿的一间舞厅里，一个打着黑色领结、穿着燕尾服的 60 岁男人，在蓝白相间的灯光下，对着智能手机咧着嘴笑起来。

“各位，不好意思，”他说道，“我不知道其他人会不会爽约。怎么了？”一口沉稳的英国腔，就像詹姆斯 · 邦德或者哈利 · 波特世界中的巫师。

随后，他又说了一次：“不好意思。”

他顶着一头中褐色的头发。白色的灯光闪过他的灰色双眼，使他脸上的汗水晶莹发亮。他一边说话一边走，从亮处步入暗处，抿着嘴唇，仿佛正在寻找思绪，接着，他将拳头凑到嘴边，清了清嗓子。“我只是四处看看这里有没有什么大人物，”他说，然后带着假笑向权力核心人物走去，“看看我能不能让他们买账。”

这段视频是在当晚级别最高的一场活动上，通过一款手机直播程序 Periscope 录制的。视频时长很短，只有两分半钟，画面非常摇晃，而且是侧转的。随着一阵低沉的鼓声，聚光灯开始闪耀，美国特勤局特工全体就位，大人物就要登场了。

对于一些观众而言——例如身在伦敦的我——这个男人看起来

就像一位完美的宴会宾客。有人说他"英俊"，甚至"性感"，认为他有着运动员般的体魄、令人着迷的魅力，以及足以让他人交付信任的自信。那天晚上，西装革履的他可能会被人当作一位外交官，或一位有爵士头衔的舞台剧演员，或退役的美国职业棒球大联盟明星球员。

但是，对于世界上的另一些观众而言，他的出现令人倒吸一口凉气——你会觉得是魔鬼步入了舞池。因为他是安德鲁·韦克菲尔德（Andrew Wakefield），那个声名狼藉的医生，曾因医疗不当、欺诈且"罔顾"孩子们遭受的痛苦而被起诉，最终被吊销行医执照。

"我无法接受。"一位来自得克萨斯的胃肠病学家在当天夜晚掀起的推特（Twitter）风暴中嘲讽道。"我需要止吐药。"洛杉矶的一位化学家如此哀号。一位荷兰自闭症专家说："真是令人恐惧的时刻。"一位巴西生物学家则说："这简直就是一个由骗子组成的行政团队。"还有一位来自新西兰北岛（North Island）的博士生说："我真希望他被压在山下，不要再出来害人了。"

但是，这是不可能发生的。这个男人享受自己的恶名昭彰，他的个性和尴尬的处境都决定了这一点。自从 20 世纪 90 年代，哈罗德·希普曼（Harold Shipman）[①] 被逮捕以来，还没有任何一位英国的医学从业人员受到过如此的鄙视。《纽约时报》（*New York Times*）将韦克菲尔德描述为"这个世代最受人唾骂的医生之一"。《时代》（*Time*）杂志则将他列为史上"最恶劣的科学欺诈犯"。《每

① 哈罗德·希普曼，英国家庭医生，连环杀手，在 24 年间共杀害了 200 多位病人。（本书所有脚注如无特别说明，均为译者注）

日新闻报》（*Daily News*）认为他“在世人面前蒙羞”，并且用了这样一个标题：

连医学之父希波克拉底都会恶心想吐

韦克菲尔德的过错不是最近发生的，特朗普的团队在核查当天晚宴来宾时不可能没留意到。在那时，韦克菲尔德的恶名早已远播，甚至进入了大众文化。他曾经被描绘成卡通漫画《关于安德鲁·韦克菲尔德医生的真相》中的恶人，成为高中考试的题目（“韦克菲尔德医生的报告是否基于可靠的科学证据？”），且他的名字在公共话语中已经成为不值得信任的代名词。

如“生物学界的安德鲁·韦克菲尔德”“政治界的安德鲁·韦克菲尔德”“公共运输和规划业的安德鲁·韦克菲尔德”。

但是，2017 年 1 月 20 日，星期五，刚过晚上 7 点，他出现在沃尔特·华盛顿会议中心的二楼，参加了这场就职舞会。在他身后，当晚第一批来宾穿着华美精致的礼服，安检时礼服沙沙作响。通过安检后，来宾前往闪闪发亮的吧台。稍后，特朗普将在这里，随着弗兰克·辛纳特拉（Frank Sinatra）的经典歌曲《我的路》（*My Way*），与第一夫人梅拉尼娅（Melania）一起跳舞。

“嗯，真棒，但愿你们今天晚上都能够来这里，和我们一起，”韦克菲尔德滔滔不绝地说，“这真是令人感到非常、非常兴奋的时刻。”

我也这么觉得。

四天后，我接到电话，询问我是否能够针对此事写一篇 800 字的报道。13 年来，我在伦敦的《星期日泰晤士报》（*Sunday Times*）断断续续地跟进韦克菲尔德的消息，凭借对他的调查获得国家级新闻奖，甚至拿到了一个荣誉博士学位。我已经变身吸血鬼猎人范海辛，而我们的主角韦克菲尔德则是从坟墓中爬出的德古拉伯爵。

韦克菲尔德原本混迹于英国。在过去，他只是无名小卒，任职于一所三流医院及其附属医学院，也没给任何病人看过病。他曾经在实验室担任胃肠病研究人员，也接受过外科训练，但最恰当的介绍其实是"他不是什么"。他不是病毒学家、免疫学家或者流行病学家；他不是神经学家、心理学家或者心理治疗师；他更不是儿科医生或者临床医生。

然而，随着时间的推移，他已经成为一位全球性的人物——世界各国都沾染了他的指纹。但他并不会提供治疗方法或者科学观点，而是散播由恐惧、愧疚感和疾病构成的"流行病"。这种"流行病"先是被他带到美国，然后又从美国传播到世界上任何一个有人类出生的地方。正如《新印度快报》（*New Indian Express*）一篇极为尖锐的社论所说：

> 一个人能够改变世界吗？问问安德鲁·韦克菲尔德吧。

我第一次听说韦克菲尔德的名字是在 1998 年 2 月，当时他在顶级的医学杂志《柳叶刀》（*The Lancet*）上发表了一篇报告，或者说"论文"。在这篇 5 页 4000 字双栏印刷的"论文"中，他宣称自己发现了一种可怕的新型“综合征”，会对孩子的肠道和脑部造成损伤。在论文的第二页，他认为这种综合征“明显存在诱因”，而诱因是数亿人常规接种的疫苗。然后，他谈到这种综合征将会造成像“传染病”一样的危害。

最终，他将目标瞄向了从乙型肝炎疫苗到人乳头瘤病毒疫苗的所有疫苗，但一开始，他的目标只有一个，那就是麻腮风三联疫苗（MMR）。韦克菲尔德主张，接种这种疫苗就是“退化型”自闭症（可导致婴儿失去语言能力和肢体功能）发病率上升的原因。“患者将不得不生活在自己的无声世界里，无法与外界交流。”他这样警告。

果不其然，韦克菲尔德的说法在英国掀起了一场恐慌。在他就职的医院——这家医院的附属医学院，他发起了一场反疫苗运动，引发了一场自 20 世纪 80 年代以来最严重的公共卫生危机。疫苗接种率大幅下降，可致死的疾病卷土重来。无数发育障碍患儿的家长因为当初遵守医嘱让孩子接种了麻腮风三联疫苗，陷入惶恐与自责中。

> 孩子的发育问题让我痛苦不堪，我很有负罪感。
>
> 八年前，身为家长，我犯了一个悲剧性的错误。
>
> 我们说服自己相信一切都与我们的所作所为无关。现在我们明白了，这都是我们的错。

在那个时候，我并没有要调查韦克菲尔德的想法。我调查过疫苗，也认为他的论文极其糟糕。他的发现太愚蠢，研究内容也草率到诡异的地步。但是，我认为对于韦克菲尔德做的事情是无法查清的。我所做的大型报道一直是与医药有关的调查（特别是追查医疗欺诈和制药产业的骗局），我估计，如果想找到证据查实韦克菲尔德的所作所为，可能要花费我毕生的时间。那些证据都被埋藏在需要保密的病人隐私档案之中，就跟特朗普的退税问题一样，是无法追查的。

但是，五年后，一次专题调查的委派改变了一切。在那个时候，“挑战麻腮风三联疫苗的医生”在英国声名远播，任何有关他的新消息都会是一场“好戏”——新闻记者在纸质媒体的黄金时代经常使用这个说法。于是，我找到了韦克菲尔德在《柳叶刀》上发表的论文中研究的一个患有发育障碍的孩子，采访了他的母亲。韦克菲尔德的末日就此开始。

天上不会掉馅饼。韦克菲尔德拒绝接受采访，每次我带着问题找到他时，他都会逃之夭夭。《柳叶刀》维护他，医学机构保护他，其他的新闻记者开始攻击我。但是，随着我继续追查、提出问题、搜集资料，并在他想要让我“封口”的法律诉讼中坚持到了最后。他的论文最终被判定为“完全是伪造的”并被《柳叶刀》撤下，他的行医生涯也就此结束。

“许多人在《柳叶刀》上发表过文章，”我打趣道（虽然有些自满，但时机恰到好处），“但**我**成功**撤下**了一篇论文。”

像我这样的记者会觉得这就是“终局”，于是，我计划转向其他类型的报道。我一直都想要调查他汀类药物（statin）——轰动一时、极为畅销的抗胆固醇类药物。我能调查出这些问题，并不是因为我知道什么秘密，而是因为只要涉及大型制药公司，就一定会有问题，就像珠穆朗玛峰一样，它就在那儿，等着我们去攀登。

然而，韦克菲尔德不是死在监狱中的连环凶手哈罗德·希普曼，他不愿离开舞台。他从一开始就想要在美国获得成功，他接受《60 分钟》（*60 Minutes*）电视节目的采访，向美国众议院的特别委员会发表演讲，并且在一系列反疫苗组织的会议中频频露面。

于是，那位“唐纳德先生”终于发现了韦克菲尔德。

“在我年轻的时候，人们还不会对自闭症多考虑什么，忽然之间，它现在是流行病了。”未来的第 45 任美国总统这样主张道，此时的他还是一位热衷于参加真人秀节目的亿万富翁。在接受一家报纸的采访时，特朗普表示：“每个人都有自己的理论，因为我也有小孩，所以我有过研究，我的理论就是，这都是接种疫苗引起的。”这番言论随后在推特（Twitter）上掀起了一阵风暴。

这个理论并不是特朗普研究出来的，他是从韦克菲尔德那里学到的，无论特朗普是否知道韦克菲尔德的理论起源，就在赢得美国大选、获得最高权力地位的三个月之前，他和韦克菲尔德碰了面。在一位从事医疗工作、专为车祸伤者进行脊椎按摩治疗（还捐献了高额的政治献金）的共和党人的撮合之下，二人在佛罗里达州的基西米（Kissimmee）共同参加了一场将近一个小时的集会，并在美国国旗旁边摆好姿势合了影：未来的美国总统张着嘴，好像一个不能说话的人；旁边的韦克菲尔德穿着黑色西装外套、蓝色牛仔裤，以及靴头已经磨损的棕色靴子，他咧着嘴笑，双手紧紧抓着牛仔裤裤裆的附近。

他们二人有很多共同点，我很确定韦克菲尔德早已察觉到这一点。在许多层面上，他们都是同类人。在那个时候，他们都在美国各地不停穿梭（一人乘坐定制的波音 757 飞机，一人搭乘黑色房车），追求着诡异而又相似的目标。特朗普的首要目标是争取白人工人阶级的支持，他们饱受伤害、愤怒且长期被忽视。而韦克菲尔德则在寻找一群特别的家长，他们的孩子患有自闭症或类似的疾病，他们同样饱受伤害、愤怒，并且长期被忽视。

有时候，人们会把“有点 XX 的症状”视为一种时尚，一种个人的怪癖。有时候确实是这样。但是，如果孩子确诊罹患自闭症，自闭症的症状往往预示着孩子的父母要在希望和恐惧的迷宫中绝望地探索。

如果你没有这种经历，请暂停一会儿，尝试想象一下。孩子本是生命中最珍贵的结晶，本是那么完美地降生于世界，第一次开口说话，第一次迈出步伐。接着，在某些时刻隐约或者突然发生了**变化**。事情变得**有些不对劲**，他们不愿开口说话，不想被抱着，或是痴迷于盯着自己的手指。他们可能还会癫痫发作，毫无征兆地发作。可能，他们患有严重的残疾。

然后，一位英雄出现了，他似乎能够解开其他人都无法解开的谜题。正如韦克菲尔德的一位同事对《纽约时报》所说的那样：“在我们这个共同体里，安德鲁·韦克菲尔德就是曼德拉和耶稣基督合二为一的化身。”

还有一些人把他和与罗马天主教会作斗争的意大利天文学家伽利略相提并论。“西方世界最后几位诚实的医生之一……一个天才……科学诚信的灯塔……拥有高尚品德的杰出临床医学家……拥有令人难以置信的勇气、诚信和谦逊。”

在这个版本的叙事中，这个人极富远见卓识，却因触碰了某个阴谋而声名尽毁。按照他的说法，**他什么都没做错**，所有对他的指控都是谎言。更准确地说，他认为自己被可怕的阴谋，被政府、制药公司，特别是被**我**所陷害，只为掩盖孩子承受的可怕伤害。

“他们的手法是一种策略，”他谈到那些让他身败名裂的报道时说，“一种有意的策略，我给你讲一下这种策略——‘我们破坏他的声誉，我们让医学界孤立他，我们摧毁他的事业，这样我们就可以告诉其他胆敢追随他的医生说：**这就是你的下场**。’”

—

在特朗普打着“让美国再次伟大”的竞选口号大谈希望时，同一年在美国各地穿梭的韦克菲尔德给民众带来的只有痛苦的阴霾。在特朗普就职典礼举行的几个星期之前，舆观（YouGov）的一项民意调查发现，将近三分之一的美国民众认为疫苗“绝对会”或者“可能会”导致自闭症。家长们带着孩子蜂拥至儿科医生那里申请疫苗接种豁免，疫苗接种率不断下降。特朗普就职典礼举行后不到三个月，麻疹疫情在全球范围内再次暴发，我原本以为已经扑灭的“危机之火”重新燃起。

最早的病例报告来自明尼苏达州，韦克菲尔德曾在那里开展过宣传活动。随后，欧洲、南美洲、亚洲和大洋洲的多个地区报告了更多病例。曾被认定为已被普遍根除的疾病卷土重来，带来病痛和死亡。到特朗普寻求总统连任时，美国已经经历了 30 年来最严重的疫情暴发，与此同时，国际机构将“疫苗犹豫”（vaccine hesitancy）列为人类健康的十大威胁之一。

韦克菲尔德并不是孤身一人，他还与其他权威名流为伍。其中最著名的是演员詹妮·麦卡锡（Jenny McCarthy）和律师罗伯特·肯尼迪（Robert Kennedy），他们也对疫苗提出了质疑。有关疫苗的争议至少可以追溯至一千年前，那时，中国人学会了如何预防天花。但是，攫取"反疫苗运动之父"这一现代桂冠的却是韦克菲尔德。正如罗恩·哈伯德（L. Ron Hubbard）创立山达基教，或是约瑟夫·史密斯（Joseph Smith）得到金叶片一样，想要评价他们所传达的信条的价值，你不需要关心各种"主义"或者"学说"。你需要了解那个人。

对我而言，韦克菲尔德的故事就像《绿野仙踪》，在很多方面都是如此。主人公踏上一条曲折道路，遇见真实的人物和具体的事实，而任何怀抱正确思想的读者都会对这些事实感到愤怒或者惊讶。同时，这还是一个"**我们能够揭露真相**"的故事，他们的诡计将被一一戳穿。帷幕已经拉开，舞台就在眼前，巫师本人终于出现。

韦克菲尔德知道自己在做什么，他认为那是他的权利。只有傻子才会遵守规则。而他坚信自己是个**特别**的人。可是，他所走的道路是孤注一掷的亡命之途，他利用科学邪恶的一面，给我们所有人带来了一场危机。如果他可以为所欲为——我会让读者知道他究竟做了什么——又有谁还会愿意在医院和实验室中，做那些有朝一日可能会用以拯救我们生命的研究呢？又有谁将逍遥法外，躲在神秘的感召力与阴谋背后愚弄世界呢？

在总统就职舞会上，韦克菲尔德面对智能手机，大笑着结束了直播。他承诺："我会给你们带一些唐纳德的照片。"

那位"没有病人的医生"又回来了。

目　　录

第一部

奇思妙想

第一章　健力士时刻

在某个想象的世界中，他可能会被尊称为安德鲁·韦克菲尔德爵士。受邀参加特朗普就职舞会的20年前，他内心渴望的终点不在华盛顿特区或者美国的其他任何地方，而在斯德哥尔摩市中心的一座音乐厅，它像一根枯瘦的手指一样在召唤着他。他打扮得如同知名舞台剧演员弗雷德·阿斯泰尔（Fred Astaire）一样，打着白色领结，穿着燕尾服。有人说，他的梦想是从瑞典国王手中接过一枚金质奖章。

“你会在医院的餐厅里听到，”他从前的同事告诉我，“他们一直在谈论诺贝尔奖。”

不过，对于那个世界或者其他任何世界来说，起点的大门都是一样的，一个实现他所有可能性的传送门。那个大门当时就在——现在也在——萨默塞特郡（Somerset）巴斯市（Bath）的灯塔山（Beacon Hill）上。从伦敦搭乘往西开的火车，需要90分钟才能抵达巴斯，你可以在这里发现通往他童年家园的入口，以及他奔赴未来的出口。

这座大门不是栅栏门，这也不是汤姆·索亚的世界。[①] 我猜，门框的重量就超过了一吨。门框紧挨着两根高达十英尺[②] 的多立克柱和与之搭配的半露方柱，精心雕刻的檐壁横跨有多层凸起的柱顶过梁，仿佛是某个维多利亚时代陵墓的入口，或是古罗马大竞技场的侧门。这座大门彰显着财富、阶级、权威。大门的门楣上刻着：

希斯菲尔德（Heathfield）

这里的"希斯"指的是詹姆斯·希斯（James Heath），一位企业家，他发明了"巴斯轮椅"，这种精致的轮椅可以用人力或马匹拉动，很像一辆小型马车，车篷可以像敞篷汽车的车篷那样折叠起来。希斯用这项专利所得的利润买下了一栋建在崎岖陡坡上的别墅（不过，据说希斯本人从未在这里住过），陡坡的地下蕴藏着富含化石的冰碛岩，其坡度足以匹敌美国旧金山最陡的街道。这栋房子远眺着埃文河（Avon River）对岸淡黄色的巴斯市[③]，这座由鲕粒灰岩建造的小城被联合国列为世界文化遗产。

这栋拥有六间卧室的石砌居所是一栋意大利风格的别墅，竣工于 1848 年。地上有两层，供家人居住，天花板很高，窗户也很宽

---

① 这里指的是《汤姆·索亚历险记》，主人公汤姆·索亚刚登场就因为调皮捣蛋而被罚去刷栅栏。

② 1 英尺约为 30.48 厘米。

③ 巴斯的建筑多使用鲕粒灰岩，呈现出浅黄或淡黄的颜色，产生了独特的视觉效果。——编者注

大，屋顶是蓝色的，再往上是高耸的烟囱。地下的半层已经扎在冰碛岩之中，住在这里的是女仆和厨师。两个阶级通过暗藏的金属线相连，线的一端连接着壁炉旁的金属拉杆，另一端连着一个铃铛。到了 20 世纪中叶，这种精巧的机械装置已废弃不用，但你永远不会忘记它们的存在。

20 世纪 60 年代至 70 年代，韦克菲尔德一家人——两名大人和五名小孩住在这里，据说他们非常快乐。作为一个庞大家庭的住所，这里一片混乱，门框上吊着一个秋千，耳边不时传来小狗轻抓橡木地板的响声。但是，母亲布丽奇特·马修斯（Bridget Matthews）后来回忆，在这片混乱之中，她的二儿子——未来的“圣战士”像是一座象征平静和顺服的岛屿。

“他是所有孩子中最乖巧的，真的很听话，”她这样对我说，语气中流露出一种急切想要解释的努力，“他还是个孩子的时候，如果你对他大喊，告诉他：‘你的房间太乱了。’他会看着你，然后说：‘妈妈，对不起。’他永远不会像其他孩子那样说‘哦，我没时间整理’或者诸如此类的借口。你也就不想继续跟他唠叨了。”

安德鲁·韦克菲尔德的父母都是医生，布丽奇特的父亲和祖父也是，也就是说，安德鲁是这个家族的第四代医生。如此良好的出身背景就算不能**确保**他取得伟大的成就，至少也能证明他的雄心壮志来之合理。在英格兰极其顽固的阶级文化之中，他永远都会住在楼上，拥有拉动金属拉杆的权利，而不需要去回应叮当作响的铃铛。

他的头号榜样是他的父亲——格雷厄姆·韦克菲尔德（Graham Wakefield），一位出身名门、身材魁梧的神经学家，他在河谷对面的皇家联合医院（Royal United Hospitals）工作，一路晋升到英国国家医疗服务体系[①]的上层——顾问医师[②]。在颅脑扫描技术问世之前，格雷厄姆就接受过脑医学的培训。有些人认为，这样的经历使得他的诊疗风格倾向于在发现全部事实之前就做出确定性结论。当时还没有计算机断层扫描（CT）和磁共振成像（MRI），格雷厄姆的诊断更依赖的是观察、询问和猜测，而不是医学检验。

神经科顾问医师是“众神之神”。查房过程是庄严的。“他会非常细致地询问你，”一位前初级医师[③]回忆说，“但是，他的目的从来不是羞辱你或是让你难堪。他会花时间认真解释。每位病人都像是为他提供了一次教学机会：‘这意味着什么？’‘损伤程度怎么样？’以及‘你认为是什么病因？’”

格雷厄姆是一位忙碌的临床医生，但也短暂涉猎过医学研究，曾在《柳叶刀》上发表过一篇论文。这篇论文发表于1969年10月，格雷厄姆在三位共同作者之中排名第二，论文共有三页，主题是维生素 B_{12} 和糖尿病神经并发症。论文中有八名皇家联合医院病人的数据图表，在“附录”中又加上了另外四名病人的晚期情况。杂志

① 英国国家医疗服务（National Health Service, NHS）体系，建立于20世纪40年代，旨在为全体英国居民和永久居民提供免费医疗，是全球最大规模的公立医疗服务体系。NHS体系主要分为两大层次：基层医疗（家庭医生、牙医、药房等）和医院医疗（急诊、专科门诊、手术和住院护理等）。

② 在英国国家医疗服务体系中，顾问医师（consultant，相当于国内的主任医师）可以到不同的医院就职，晋升到这个级别也比较困难，因为其名额是固定的，只有当有顾问医师退休的时候，才会继续补充新人员。

③ 在英国，医学院学生毕业后将进入医院轮转，接受两年的基础培训，经过一年培训的医生被称为初级医师（junior doctor，相当于国内的住院医师）。

投递到家里的那一年，小安迪[①]刚满13岁。

布丽奇特·马修斯（也被人称为“韦克菲尔德夫人”）是一位稳重的家庭医生（也称“全科医生”），说话直截了当，也经常出口伤人。她在伦敦西部帕丁顿（Paddington）行政区的圣玛丽医学院（St. Mary’s Medical School）求学时认识了格雷厄姆。她很有胆量，也很有耐性，曾在第二次世界大战期间被英国政府疏散到美国新墨西哥州。四年后，十岁的她与三位姐妹一起搭乘运兵船回到了英国。

“她什么都不害怕，意志坚定且性格刚烈，有种类似海盗的气质，”她的父亲爱德华·马修斯（Edward Matthews）在自己的孩子们远渡重洋避难之前，曾经这样警告在战争时期收容这些孩子的主人，“这种残忍的气质，掩盖了她的敏感。她可以想出最恶毒的评论，借此击垮自己的对手。”

但是，韦克菲尔德年少时期的偶像不止是他的父母。一棵更高的树矗立在希斯菲尔德。他的外公爱德华（他总是说“叫我泰德就好”）是皇家联合医院的精神科医生，他在家里专门留出了一个房间作为诊室。爱德华在圣玛丽医学院受训（跟他的父亲一样），在自己的女婿成为脑科医生之后，爱德华本人也变得热衷于讨论人类心智。

爱德华写过一本供男孩阅读的有200页的书，书名是《性、爱与社会》（*Sex, Love, and Society*）。此书出版于1959年，当时他已是花甲之年。用书中的话来讲，这是“探寻人类心智基础模

---

① 安德鲁的昵称。

式的一次尝试"，但他所谓的心智，绝大部分都是他自己的心智。在英国即将步入"摇摆的60年代"之时，爱德华在书中极力宣传自己的观点：反对婚前性行为、卖淫、同性恋，以及女性"逐渐增强的攻击性"。

"导致千艘战船出动的，是特洛伊的海伦之美，"他在一段专题讨论中引用希腊神话解释道，"而不是她的言语暴力，也不是她的二头肌。"他将这部著作献给了自己的三个孙子——安德鲁、查尔斯和理查德，希望借此对抗他们那些消极无益的享乐。

—

爱德华传承如此珍贵的训诫时，年幼的安迪还不到三岁。我们不清楚他长大之后有没有留心听从他外公的教诲。安德鲁·杰里米·韦克菲尔德出生于1956年9月3日，星期一，出生地点是加拿大红十字会医院（Canadian Red Cross Memorial Hospital），位于伦敦以西40英里[①]处，伯克郡的塔普罗（Taplow）附近。医院的土地由纽约阿斯特（Astor）家族捐赠，建造费用则由渥太华政府支付。英国深陷一战和二战的泥潭时，美国和加拿大出于同盟之谊捐建了这所医院。

安迪出生的时候，他的父母都是初级医师，已经有了一个儿子。搬到巴斯市之前，韦克菲尔德一家挤在格洛斯特郡（Gloucestershire）的一间小屋里，后来才穿过希斯菲尔德的雄伟大门，开启了一段宁静的生活。

---

① 1英里约为1.61千米。

安迪在当地接受教育，就读于巴斯市的爱德华国王学校（King Edward’s School），该校建立于 1552 年，是一所风格独特的贵族学校。在那里，安迪并未展现出特别的聪明才智。事实上，他的母亲曾经透露，为了追寻家人的脚步考进圣玛丽医学院，安迪在期末考试时补考了一次。“我不能说他的考试成绩很优异，”她告诉我，“事实上，他必须重考。”

但是，安迪在爱德华国王学校读书时展现了一个重要的特质，那就是天生的“领袖魅力”，许多人都会谈到这一点，这也为他未来的发展打下了基础。安迪有一种卓越的能力，可以赢得他人的心，这一点首先在体育运动中表现得淋漓尽致。“安迪升上中学之后，当上了橄榄球队的队长。”布丽奇特回忆道。“随后，”她补充说，“成了班长。”

安迪进入圣玛丽医学院后的故事也是如此：学业平平无奇，社交能力出众。他再一次当上了橄榄球队的队长，不仅率领整支球队，还得到了一个令人瞩目的位置，穿上了每个队员都梦寐以求的 8 号球衣。其他球员的位置都有特定的称呼，例如支柱前锋（prop）或者接锋（fly-half），但安迪占据了唯一一个由球员号码决定的位置，有了“突袭者”的外号。8 号球员是冲锋型前锋，也是两队交锋中的核心角色，需要有强大的力量、体能、灵活性，并且毫不惧怕与对手的冲撞。[①]

“他是典型的圣玛丽人。”圣玛丽医学院橄榄球队队史的记录

---

① 此处提到的橄榄球是英式 15 人制橄榄球，其中 1 号到 15 号球员都有专有的名称，只有 8 号球员的名称是 Number 8。

者是一位脾气火爆的老人，当我打电话给他，想要询问安迪作为球员的真实表现时，他咆哮道："你读一读莫兰男爵[①]的书就懂了。"

"好的，书名是？"

"《勇气的剖析》（*The Anatomy of Courage*）。"

"我知道了。"

韦克菲尔德确实有勇气，他也需要勇气，因为只有这样才能在两周一次的球赛上胜任 8 号球员的位置。在未来的 20 年里持续反对疫苗，就更需要勇气了。但是，以野心作为动力的勇气，也可以将一个人推入追名逐利的世俗之风，无论成功或失败，无论赞美或责备，无论美名或恶名，无论喜悦或痛苦。他的人生有可能大起，也有可能大落。

他原本的职业规划是当一名外科手术教授，奉行"如果拿不准，就开刀切除"这类信条。外科是医学领域最自命不凡的分支，在英国，外科医生依然迷恋一种古老的中世纪传统——在名字后加上"先生"或"女士"，借此与内科医生使用的"医生"头衔区别开来。这种优越感源自现代外科开创之前的时代，在那个时候，如果你需要切除身体上的某个部位，你所爱的人会带你去找理发师。[②]

"安德鲁一直都希望成为一名外科手术医生，"他的母亲告诉我，"他还是个小男孩的时候就会缝补裤子，缝合处总是缝得很漂

---

① 即丘吉尔的私人医生查尔斯·威尔逊（Charles Wilson）。后文所说的《勇气的剖析》是他在 1945 年出版的专著，研究战争给人造成的心理影响，探究延缓或阻止勇气耗尽的方法。

② 在中世纪，外科手术很少由医生来做，而是由理发师代为执行，即所谓的"医疗理发师"（barber surgeon）。

亮。他一直都希望成为一名外科医生，从来都没有说过自己想要从事其他行业。”

—

韦克菲尔德确实渴望取得外科教授的资格，如果他继续坚持学习外科，我也认为他会实现这个梦想。但是，当韦克菲尔德相继作为学生和初级医师仔细旁观过外科手术之后，他发觉即使是最英勇无畏的手术切割与缝合，也缺少他认为自己的人生所需要的东西。切除内脏会对病人产生影响，但韦克菲尔德的梦想远不止于此。

与手术刀和止血钳打交道的生活直到他 30 岁时才出现了裂痕。1981 年，韦克菲尔德从圣玛丽医学院毕业，在伦敦接受了一系列培训之后，他拿到了两年的奖学金补助，前往位于加拿大的多伦多综合医院（Toronto General Hospital）接受训练。

在那个时候，多伦多综合医院的顶尖外科医生之争总是闹得沸沸扬扬。杰出的外科医生都在争夺第一名——进行全肠道移植手术，打败竞争对手，拿下外科医学界最英勇无畏的大奖。然而，韦克菲尔德此时却悄悄转向了实验室——他的母亲认为，这个变化“只是正常的发展”，实验室的工作让韦克菲尔德有了比移植器官更宏大的愿景：不只是改变病人，而是改变全世界。

韦克菲尔德在医学杂志上发表的第一篇论文探讨的是水银电池中毒问题，他在八名共同作者之中排名第七；第二篇论文研究了老鼠的免疫系统问题，他在七名共同作者中排名第四。“他完成了许多出色的研究，”外科教授赞恩·柯恩（Zane Cohen）在多年之后告诉《多伦多星报》(*Toronto Star*)，"他绝对不是一个邪恶的人。"

然而，到了 1987 年的某个时刻，希斯菲尔德的影响开始发挥作用。我将这个时刻称为韦克菲尔德的"健力士时刻"，追名逐利的世俗之风在这时第一次吹动他的心门。据我所知，关于这个时刻，韦克菲尔德只在公开场合提起过一次。当时，他接受了伦敦记者杰里米·劳伦斯(Jeremy Laurance)的采访，而我曾经短暂地与劳伦斯共用同一间办公室。

这个时刻出现在多伦多市中心的一间酒吧中。根据韦克菲尔德自己的说法，在一个寒冷的冬夜，他坐在那里，喝着爱尔兰人最喜欢的黑啤酒——他很孤独，想念自己年轻的妻子卡梅尔(Carmel)，然后突然有了一个想法。这个想法在后来扩展为一系列决定他一生的观点，引发了后续的那些故事。

当时，胃肠病学领域的圣杯是炎症性肠病。一般而言，炎症性肠病有两种——溃疡性结肠炎(ulcerative colitis)和克罗恩病(Crohn's Disease)，后者将成为韦克菲尔德的主要目标。克罗恩病以其发现者伯里尔·克罗恩(Burrill B. Crohn)的姓氏命名，在 20 世纪 30 年代首次有了系统性的描述，这种病的病变有时会特别严重，甚至会导致胃肠道穿孔。但是，对于克罗恩病的病因，科学家们莫衷一是。但他们中的大多数人认为克罗恩病是一种自身免疫反应，或许是由细菌或食物引发的。

而在远离家乡的大洋彼岸，对着健力士黑啤细腻的酒沫，韦克菲尔德顿悟了。"如果炎症性肠病根本不是胃肠疾病，"劳伦斯记录下了韦克菲尔德在这个关键时刻的思路，"而是血管疾病，是血液供给受损引起的，那会怎么样呢？"

韦克菲尔德的想法远超常人，事实上，那是一个**史诗级**的想法。身在加拿大的他更进一步，提出了一个假设：炎症性肠病的罪魁祸首是一种**病毒**，它会导致血管发炎和细胞死亡。这个大胆的推测塑造了韦克菲尔德的一生。但是，如果他的想法是正确的，特别是，如果他可以**找到这个病毒**，打着白色领结、身着燕尾服去领诺贝尔奖的梦想，他就有可能实现。

病毒？为什么不是病毒呢？那是20世纪80年代——发现艾滋病的时代。虽然几个世纪以来，许多有想象力的医生和科学家都在尝试将神秘的疾病与某种推测的感染体联系起来时饱受挫折，但是，无论是谁证明了克罗恩病的病因，都有资格获得人生的金质奖章。

然而，受克罗恩病影响的人并不太多，它的发病率在任何一年都没有超过0.006%。更准确地说，克罗恩病之所以引起那么多的关注，正是因为它的病因之谜难倒了不少出类拔萃的人物。从地区分布上来说，克罗恩病在北部地区的发病率比南部地区高，在城市地区的发病率比乡村地区高；吸烟者更容易患上；通常会发生家庭传染；更令人深思的是，克罗恩病容易出现在那些在第一个住所就装了热水系统的家庭之中。

韦克菲尔德即将展现他的勇气。在两年的奖学金补助期即将结束的时候，他决定永久地放下手术刀。他穿上实验室的白外套，来到伦敦最不受重视的医学院之一——伦敦皇家自由医院（Royal Free Hospital）的附属医学院①。在接下来混乱波折的13

① 本书后文出现的“皇家自由医院”“皇家自由医学院”及其相应简称均系据原文译出。为免混淆，特此说明。——编者注

年里，他将在这里努力兑现当初在那个寒冷的多伦多之夜对自己的承诺。

回首过去，从表面上看，他有许多优势。他有超出常人两倍的自信，也富有领袖魅力，能够建立团队，带头追逐目标。医学是灵感和协作的结合，医学团队的领导者展现勇气之时，就是最能创造出成果的时刻。韦克菲尔德拥有一切必要的条件，还有冷静沉着的想要证明他的想法正确的决心。

但是，在科学中，勇气无法证明你是正确的。你的努力可能反而会证明自己是错的。韦克菲尔德的性格中存在严重的缺陷，这个缺陷伤害的将不只是他自己，还有更多人的生命。

第二章　必定是麻疹

皇家自由医院及其附属医学院位于汉普斯特德（Hampstead），坐落在伦敦最大的山丘之一——海沃斯提克山的斜坡上，位于特拉法尔加广场（Trafalgar Square）以北四英里处。夹在18世纪的连栋房屋露台和19世纪砌成的砖瓦教堂之间的皇家自由医院，更像是一座粗野主义风格的14层混凝土城堡，从这里能够眺望整个汉普斯特德荒原的景观，俯瞰整个街区。从空中鸟瞰，皇家自由医院就像一个不规则的十字架。

正如美国用“企业号”命名多艘航空母舰一样，“皇家自由”的名号也是传承下来的。19世纪30年代，年轻的英国女王维多利亚在这家医院的原址授予其“皇家”之名，“自由”[①]则是对这家医院提供免费医疗服务（比国家医疗服务体系早了100多年）的认可。皇家自由医院在发展初期的大部分时间里，都和伦敦女子医学院合作，是英国首都唯一一家培训女性医生的医院。

① 皇家自由医院原名中的“自由”（free）也有免费、慈善的意思。

但是，到了 20 世纪 80 年代末——韦克菲尔德加入的时候，皇家自由医院并没有什么出彩的地方。根据院长的说法，皇家自由医院到了几近破产的地步。医院四分之一的建筑已被租了出去，除了肝病科以外，就没有什么科室受到关注。

1988 年 11 月，32 岁的韦克菲尔德来到汉普斯特德。那一年，乔治·布什当选为总统，接替罗纳德·里根入主白宫；好莱坞第一部以自闭症为题材的电影《雨人》获得了奥斯卡奖；几个月后，英国人蒂姆·伯纳斯-李（Tim Berners-Lee）——将发明万维网（World Wide Web）。

来到汉普斯特德的两年前，韦克菲尔德和卡梅尔结了婚。卡梅尔的全名是卡梅尔·菲洛梅娜·奥多诺万（Camel Philomena O' Donovan），是一位注重饮食的金发女郎。如果把韦克菲尔德比作文学家菲茨杰拉德，卡梅尔就是他的泽尔达，二人是在圣玛丽医学院求学时相识的。和韦克菲尔德一样，卡梅尔并不执着于照顾病人，她很快就转入了医师维权联合会（Medical Defence Union）做文书工作。"她看起来就像那种你想跟她持刀肉搏的人。"一位仰慕卡梅尔的人如此评论她。

那个时候，韦克菲尔德夫妇与他们的第一个孩子詹姆斯·怀特·韦克菲尔德（James Wyatt Wakefield）住在泰晤士河河畔的一栋两层别墅里，别墅位于伦敦西部的巴恩斯铁路桥行政区（District of Barnes Bridge）。初为人父的韦克菲尔德每天上班都需要搭乘火车，才能按时抵达八英里外的工作地点。通勤的行程也给了他几个小时的时间来思考自己的使命：找到克罗恩病尚未被发现的致病元凶。

在韦克菲尔德所选的这个领域，这段时期的研究发现令人振奋。虽然炎症性肠病没有太多的未解之谜，但关于消化道的深处——胃部和十二指肠（小肠最上方的部分），两名澳大利亚医生提出了震撼肠道研究领域的发现。在澳大利亚的皇家珀斯医院（Royal Perth Hospital），病理学家罗宾·沃伦（Robin Warren）和临床医学家巴利·马歇尔（Barry Marshall）发表了一篇论文，声称他们发现了一种螺旋形的细菌（最后被命名为“**幽门螺旋杆菌**”），他们认为，这种细菌是消化性溃疡的病因，而且能够用廉价的抗生素治愈。

沃伦和马歇尔的发现是正确的，后来他们共同获得了诺贝尔奖。但是，在那个时代，他们在医学权威中“受欢迎的程度”，就像在餐后的白兰地中发现了一根头发。随便一位全科医生都会告诉你，导致溃疡的原因是胃酸过多、压力大、饮食不良、抽烟、饮酒，或者和遗传基因有关。他们会给你开一大把抗酸片，如果你持续服用抗酸片，或许可以缓解症状，也会给制药厂的股价带来少许利好。

然而，这两位澳大利亚医生得到了《柳叶刀》的青睐。《柳叶刀》是全球排名第二的综合性医学期刊，1823 年在伦敦创办，创办人是善于鼓动人心的外科医生兼政治家托马斯·威克利（Thomas Wakley）。《柳叶刀》一向以提出争议性论点的传统为荣，也不畏惧接纳沃伦和马歇尔的主张。1984 年 6 月，《柳叶刀》刊登了沃伦和马歇尔的重大发现——一篇轰动世界的四页论文，标题是：

在胃炎和消化性溃疡患者胃部发现的不明螺旋杆菌

多年来，韦克菲尔德都密切关注着沃伦和马歇尔，他们和韦克菲尔德一样，都在思考重大的问题。韦克菲尔德的小办公室在皇家自由医院大楼的二层，紧邻着阴森可怕的病理学博物馆。刚在这里安顿了几个星期，他就翻阅了《柳叶刀》的圣诞节双刊，得知了更多来自澳大利亚医学界的发现。这次是一篇五页的论文，作者共有七位，又一次占据了《柳叶刀》杂志封面的推介栏。

——

希斯菲尔德、健力士时刻，以及沃伦和马歇尔，开启了韦克菲尔德的故事。为什么数百万人如此害怕疫苗？多年之后，没有做过任何实际调查的评论家想要从媒体、社会学甚至神秘的时代精神中找到最全面的解释。但是，在一连串的因果关系之中只有真实的人物和具体的事实。

各种因素导致的反应终于出现了。11 个月之后，韦克菲尔德领导的团队在澳大利亚医学家的启发下，也在《柳叶刀》的显要位置攻占了**六页**版面。他们用电子显微镜拍摄了克罗恩病患者的肠道样本，报告了肠道血管出现炎症、阻塞，以及细胞死亡的现象。

在全球排名第二的医学期刊发表长达**六页**的论文，韦克菲尔德似乎完成了一个不可能完成的任务。评估研究者的业绩有两个指标，发表论文就是其中之一，而《柳叶刀》可以改变一个人的职业生涯。对于皇家自由医院的院长和管理层而言，更重要的是，发表论文对他们的名誉和利益都很有益处。当时，皇家自由医院正在应对"全国研究评估考核"（National Research Assessment Exercise）。这项考核所采用的主要评估标准，就是在有高影响力的期刊上发表论文的数量，医疗教育机构的论文发表情况会被计分，最高为五分，最低为一分，以得分确定该机构能在总计数亿英镑的政府资助款中拿到多少份额。位于皇家自由医院南方三英里处的伦敦大学医学院在两个关键领域都取得了五分。皇家自由医院分别取得两分和三分。

所以，这篇有关克罗恩病的论文就相当于一笔躺在银行里的巨款。但是，韦克菲尔德必须要找到这个病毒。因此，皇家自由医院的院长、病毒学家阿里·朱克曼（Arie Zuckerman）很可能得和韦克菲尔德一起，在白金汉宫向女王陛下屈膝请安后举杯应酬一番，若非亲眼所见，将很难相信这一幕竟真实存在。

有些研究人员对韦克菲尔德的发现感到疑惑，还有一些人检验了所有的可能性。但是，韦克菲尔德“先生”——他依然延续外科医生的风格称自己为“先生”。在第二阶段，也就是寻找病毒的阶段，他采用的技巧极为简单，以至于缺乏科学训练的事实反而成了一个福音。他后来向记者杰里米·劳伦斯道出了他的技巧，劳伦斯在一篇 900 字的报道中引用了他的原话：

> 我找到两册病毒教科书，坐下来，仔细研读。

韦克菲尔德采用的技巧就是如此简单。

我自从调查韦克菲尔德之后，也模仿了他的方法。他研读的病毒教科书是《费氏病毒学》（*Fields Virology*）——封面红白相间的大部头，分上下两册，每册的重量都跟半个砖头差不多。这是一部病毒百科全书，韦克菲尔德和我看的是这部书的第二版。全书将病毒微生物分为 18 科，双栏印刷，依照字母顺序描述各种病毒的特质，包括病毒的历史、临床特征、流行病史和遗传特征。韦克菲尔德要在这本书里寻找是**哪种病毒**，是**什么样的病毒**。

劳伦斯记录了韦克菲尔德的原话。"我查到了麻疹病毒，"韦克菲尔德对他说，"书中描述了麻疹病毒是如何进入人类的肠道，造成溃疡和发炎的，读上去就跟克罗恩病的描述一样。"

麻疹病毒，属于副黏液病毒科（paramyxovirus family）麻疹病毒属（Morbillivirus）的一种单链核糖核酸（RNA）病毒。《费氏病毒学》用 32 页探讨了它的起源，它可能起源于古罗马或中国，从牛瘟病毒演化而来。古代的"医学之父"希波克拉底和盖伦都没有提过这种病毒，其症状（发烧、咳嗽、起疹子，以及口腔出现可见的白色"柯氏斑点"）似乎与城市的发展有关，一个人在孩童时期容易得这种病，十天左右可治愈。

"柯氏斑点的上皮坏死细胞会脱落，在口腔黏膜上留下小型的浅层溃疡。"书中这样描述道。这让韦克菲尔德的心跳加速。

> 在前驱症状和病人全身黏膜表层出现起疹反应的第一天，发现与柯氏斑点相同的损伤，包括结膜、口咽、鼻咽、喉头、气管、支气管，以及细支气管的内层；影响范围可达到整个胃肠道，以及阴道。

整个胃肠道，正好是克罗恩病的影响范围。虽然其最典型的症状出现在回肠（肠道离胃部最远的部分），但症状出现的范围也包括口腔和肛门，还有**与柯氏斑点相同的损伤**。因此，韦克菲尔德相信，炎症性肠病造成的溃疡就像肠道的麻疹。

“我发现了！”（*Eureka*）

于是，韦克菲尔德提出了第一个重大的假设：麻疹病毒会导致克罗恩病。他宣布在汉普斯特德成立“炎症性肠病研究团队”，并召集拥有相关专业技能的成员。他将率领众人加入战场，就像当年率领整支橄榄球队一样。

“我当时认为他是一个提出好想法的人，或者，至少在那个时候看起来是很好的想法，”当时，在伦敦北部担任英国国家生物制品检定所（National Institute for Biological Standards and Control, NIBSC）病毒部主任的菲利普·迈纳（Philip Minor）说道，“他正在四处寻找可以帮助自己的科学家。”

韦克菲尔德知道他选的路并不容易走，得意扬扬的反对者会像高傲的鹦鹉一样喋喋不休。有些人说，韦克菲尔德用电子显微镜拍摄的照片只是随手抓拍，无法证明炎症的病因在**肠道之外**，而非**肠道之内**。

有传言说，这位前胃肠外科医生可能不懂科学。“韦克菲尔德曾在我所在的部门举办过一次研讨会，”一位资深研究人员在午餐时回忆道，“我所在的部门有很多成员，他们都是研究基础科学的学者，非常、非常睿智，一辈子都在研究血管。韦克菲尔德来做专题演讲——这是我第一次听他探讨真正的科学。那次研讨会大概进行了一个小时，我坐在那里，只听他讲了三句话，就完全搞不清这个家伙到底在说什么了。”

不过，这只是医学权威的看法，而他们以前就有过错误的认识。“每个人都知道人类的胃部是无菌的。”澳大利亚医学家罗宾·沃伦在斯德哥尔摩领取诺贝尔奖时，回忆起当初质疑他的那些人时这样说道。那些专家向沃伦保证，没有哪种微生物能在人类胃部的强酸中生存。就算有什么微生物可以存活，一定会有**其他人**发现。"为什么以前没有人描述过这样的情况？"

韦克菲尔德厌恶学术权威们的得意扬扬，他和那些澳大利亚医学家一样，都能够在逆境中保持冷静和决心，并且不断给自己加油鼓劲。在医学院的700多名教职人员之中，韦克菲尔德并没有得到太多的认可。他在《胃肠病学》（*Gastroenterology*）和《肠道》（*Gut*）杂志上与团队成员合作发表了几篇论文。1993年4月，韦克菲尔德取得重大突破，在《医学病毒学杂志》（*Journal of Medical Virology*）上发表了一篇论文，而这份杂志的主编正是皇家自由医院的院长朱克曼。

这篇论文共九页，满是密集的文字和图表，韦克菲尔德在摘要中这样写道："研究结果表明，麻疹病毒在肠道组织中能够持续生存是常见的现象，这也是克罗恩病患者的组织样本呈现出来的一致特征。"

在韦克菲尔德的职业生涯中，这是他发表的第27篇论文（定义并毁掉他职业生涯的那篇论文是第80篇论文），为他在专业领域内增加了少许成就。《医学病毒学杂志》的影响力指数不高。但是，韦克菲尔德是这篇论文的第一作者，其他六位共同作者的名字都排在他的名字后面。韦克菲尔德团队报告了令人印象深刻的结果，他们用三种方法（全都符合实验室标准）检验克罗恩病患者的活体组织样本，寻找病毒存在的证据，而三种方法都大有斩获。他们用第一种方法检验了15位病人的组织样本，得到了13个阳性结果；用第二种方法检验了九位病人的组织样本，结果全部呈阳性；

用第三种方法检验了九位病人的组织样本，结果全部呈阳性。

其中一种方法——“免疫组化技术”（immunohisto-chemistry）寻找的是组成病毒的蛋白质。另外一种方法——原位杂交技术（in situ hybridization）则是深入病毒的基因核心，寻找 RNA 的片段。上述两种方法都不是万无一失的，但是，韦克菲尔德采用的第三种方法才是“票房保证”：他们用电子显微镜将样本放大到了 85000 倍，他的研究团队似乎想要**拍摄**到他们的研究目标。

他们**发现了**麻疹病毒——或者说，他们的论文报告说发现了麻疹病毒——在宛如月球表面，充满坑洼、团状物、螺旋物以及斑点的拍摄结果中，出现了肮脏的阴影，韦克菲尔德在 260 字的摘要中如此描述。他声称发现物“与高密度的病毒核衣壳一致”，其中有“病毒颗粒”和“受到感染”的细胞。在重要的命运关口之前，韦克菲尔德总是表现得英勇无畏。

——

衡量韦克菲尔德研究业绩的第二个标准，则是他筹集的资金，无论这些钱是来自英国医学研究理事会（Medical Research Council, MRC）、炎症性肠病领域的慈善机构，还是更为常见的制药公司。在多伦多，韦克菲尔德获得了维康基金会（Wellcome Trust）的资助。这家基金会是由美国威斯康星州的销售人员亨利·维康（Henry Wellcome）创立的，在当时已经发展成了一个横跨英美的制药“帝国”。但是，在 1993 年取得进一步的研究结果之后，韦克菲尔德还想拿到更多的钱。

韦克菲尔德的家庭经济状况也不一样了，全家人搬到了伦敦西部。在一条两边满是华丽飘窗和砖砌建筑的街道旁，他们找到了一栋面积更大的房子，房子旁边就是滑铁卢站的铁道线。他们现在有了两个孩子，第二个孩子叫塞缪尔·莱德·韦克菲尔德（Samuel Ryder Wakefield），以塞缪尔的曾曾祖父（爱德华·马修斯的父亲，也是圣玛丽医学院的学生，毕业于1896年）的名字命名。

相较于未来令人兴奋的事业，韦克菲尔德的大部分工作都是例行公事，甚至可以说是非常无趣。但是，时光飞逝，他需要新的研究结果来回应那些质疑他的人。韦克菲尔德现在已经进入医学院的资助名单，但有人批评说，就算他的假设是正确的，克罗恩病的起因确实是麻疹病毒，但从发病率上看，在发达国家，克罗恩病的患者人数正在增加，而随着麻疹疫苗的普及，麻疹的患者人数已经开始减少了。

如果韦克菲尔德只是一个意志不坚定的男人，那他只会用力拍打自己的额头，意志消沉地在酒吧待上三个星期。但是，韦克菲尔德谈起这种批评意见时说，这种明显的矛盾反而启发了他。麻疹疫苗中含有减毒但仍可产生作用的麻疹病毒。因此，他推测，麻疹疫苗可能也会导致克罗恩病，这是对克罗恩病患者增多的一种解释。

证明这个假设肯定需要经费，而韦克菲尔德知道自己有筹集经费的能力。我一次又一次地听人提到他的这种特质——坦白说，这是一种几乎每个人都缺乏的特质——个人魅力。个人魅力仿佛是韦克菲尔德一生中不停响起的鼓声，一种惊人的心理力量。

现在，韦克菲尔德将自己的个人魅力转向制药企业、慈善机构和非营利组织。他吸引了美国密歇根州的普强（Upjohn）、伊利诺伊州的西尔（Searle）、瑞士制药巨头罗氏（Hoffmann-La

Roche），以及总部位于伦敦的葛兰素（Glaxo；后来经过两次合并，现称葛兰素史克；缩写为 GSK），将更多的金钱放进他的口袋。

多年以后，韦克菲尔德声称自己为大型制药企业的阴谋所害，但制药企业对其给予资助的事实显然表明这种说法站不住脚。更加讽刺的是，促使韦克菲尔德发起反疫苗运动的一系列科研项目中，有不少项目得到了当时世界排名第一的疫苗制造商——美国默克（Merck）公司的资助。"韦克菲尔德的研究都是很粗浅的，"一位默克公司的退休高管和我分享了这个搞笑的事实，"但他确实从默克公司那里拿到了资助。"

韦克菲尔德的团队现在将研究重点从病毒学转向流行病学，并开始追踪两项分别在 20 世纪 50 年代和 60 年代完成、原本毫无关联的英国研究。第一项研究是在麻疹疫苗研发出来之前进行的健康研究，第二项研究则是麻疹疫苗的早期试验报告。通过写信向试验参与者（至少是那些能联络到的参与者）咨询的方式，韦克菲尔德推断：接种麻疹疫苗者患上克罗恩病的可能性，是未接种疫苗者的**三倍**。

韦克菲尔德瞄准的发表平台依然是有迎合大众倾向的《柳叶刀》。作为一本综合性医学期刊，《柳叶刀》希望吸引来自不同专业领域的读者，经常会刊登标题极为惊人的论文，有时候甚至是小报[①]式的、让每个医学院成员都会记得的主题。因此，1995 年 4 月，《柳叶刀》发表了韦克菲尔德的研究——一篇三页的论文，作者有四人，皇家自由医院的肠病学教授罗伊·庞德

① 即 tabloid，一种小型、轻松、娱乐性强的报纸或杂志，与大报（broadsheet，如《泰晤士报》《卫报》等）相对，通常专注于轶事、八卦、娱乐新闻、名人故事。

尔（Roy Pounder）、韦克菲尔德的助手斯科特·蒙哥马利（Scott Montgomery）在列。如果有一部记述韦克菲尔德的圣徒传记，这两人都会是重要的配角。

《柳叶刀》善于把握机会，但也会特别邀请其他专家学者发表意见，这是它维护自身信誉的一种办法：邀请同行专家为专业读者提供意见，以免这些读者产生不满。《柳叶刀》还会在刊登论文时额外加上一些评论——等同于杂志的编辑意见，借此平衡过于夸张的观点。对于韦克菲尔德这次发表的论文，《柳叶刀》邀请了两位来自美国食品药品监督管理局（U.S. Food and Drug Administration, FDA）的科学家发表了一篇"评论"。

这两位科学家指出，韦克菲尔德比较了无法比较的因素，就像拿李子和芒果进行对比一样。"研究对象的募集和采访方式都有根本性的差异，"这两位科学家在讨论韦克菲尔德比较的两项英国研究时写道，"而二者最重要的区别，则是暴露因素和疾病本身。"

平心而论，韦克菲尔德团队发表的论文确实有缺陷，其内容只是推测，并没有**证明**任何东西。他们在论文中表示，麻疹病毒"可能"持续存活于肠道组织之中，过早暴露接触麻疹病毒"可能"会有风险，患有克罗恩病的人"可能"会产生不同的免疫反应。由于肠道疾病和疫苗之间的关联过于薄弱，论文标题的末尾甚至打了一个问号。

麻疹疫苗是炎症性肠病的风险因素吗？

这篇论文的警示性十分明显。他们的结论过于跳跃，遭到了一小部分人的嘲笑。有些人认为这篇论文的标题符合“欣奇利夫法则”（Hinchliffe’s Rule），也就是新闻界所说的贝特里奇头条定律（Betteridge’s Law of Headlines）：如果标题采用能够回答“是”或“否”的疑问句，那正确答案永远都是“否”。

然而，韦克菲尔德已经将目光转向了疫苗——不只是在自然界中发现的麻疹。他认为，疫苗会是克罗恩病的起因。

但是，究竟在**哪里**？他思忖，怎样才能找到证据来**证明**这个奇思妙想呢？

第三章　意外的相会

按照韦克菲尔德的说法，他探索自闭症真相的冒险，始于一位母亲打来的电话。

从某种程度上来说，这确实是事实，它发生在 1995 年 5 月，准确地说，那天是 5 月 19 日，星期五。在位于二楼的小办公室里，韦克菲尔德接到了一通电话，一位女士在电话中讲述了她六岁儿子的故事。从此以后，一切都变得不同了。

这位女士也是促使我调查韦克菲尔德的起因。因此，可以说，正是这位女士让我和韦克菲尔德相遇。我称她为“二号女士”，将她的儿子称为“二号孩子”；“二号”是这个孩子在一个研究项目中的编号，而正是这个研究让韦克菲尔德永远不会被世人遗忘。虽然是“二号”，但这位母亲和孩子的故事绝对不是次要的，他们是明确且无可争议的头号人物。韦克菲尔德在自己还未被医学界除名时曾表示，这对母子给他的人生带来了“最重大的影响”，二号孩子是他的“预警案例”。

男孩于 1988 年 7 月底出生（足月，预产期内出生），出生时的体重是八磅十盎司（3.9 千克）——没有任何异常状况，母亲在怀孕期间也平安无事。分娩时她没有用任何药物，顺利分娩四五分钟后，她新出生的宝宝在评估婴儿状况的阿普加量表（APGAR Scale，评估婴儿的外观、心跳、面部表情、活动以及呼吸情况）上获得了满分十分。

从位于伦敦东北方剑桥郡的医院回到家中，二号孩子即将迎来一个 20 世纪英国中产阶级家庭所能带给他的最美好的人生。他的父亲是一位计算机专家，职业为工程师，二号女士则在伦敦一家顶级旅行社担任信息经理和商业分析师。

就这样，二号孩子的美好童年开始了。小男婴的眼神逐渐变得锐利，他学会了翻身，牙牙学语，开怀大笑；他学会了爬，缓慢移动，扶着家具站着；他指着父母，开始说出第一句话——“妈妈……爸爸”。在某个美好的日子，他没靠任何支撑就站了起来，在跌倒之前迈出了第一步。这个孩子是一种存在，一种终极的生命实现，一种最高的成就。

第二年，这个金发碧眼的孩子看上去仍旧很可爱，他在浴室用玩具玩水，拉着摇摆尾巴的玩具小狗，用积木搭建最棒的高塔，一切都很美好。

然而，悲伤且可怕的是，这种美好并没有持续太久。他的父母即将开始绝望的探求。

病历记载了小男孩在那一年年中发生的人生转变——在还差几个月就满两岁的时候，这个孩子变得“沉默寡言且无法接近”，“在夜晚发出阵阵尖叫”，某些时候甚至还会“撞击自己的头部”。实际上，许多婴儿都曾经有过这个阶段，但症状很快就会消失，孩子会恢复过来，不会留下任何后遗症。但是，二号孩子的症状一直没有消失。他开始不理会自己的父母，才刚刚显现的语言能力也不见了。

曾经有一段时间，当二号女士拿起一个球时，小男孩会说“球”。她指着一本书时，男孩就会说“书”。但是到了后来，孩子口中的“球”变成了“欧”，“书”变成了“呜”。最后，他再也说不出任何词语。“他能够说的最后一个词是‘果汁’。”我们在二号女士家见面时，她这样告诉我。此时距离她给韦克菲尔德打去电话已经过了八年。“后来，他就再也说不出话了。”

他们找不到任何原因或解释。随后的几年，男孩又经历了几次严重的退化，失去了语言能力、游戏能力，不理会其他人，这些症状都符合专家所谓的“自闭”和“智力障碍”。虽然退化有时候是自闭症的其中一个症状，但医生无法仅凭这一症状就做出准确的诊断。

面对这样的噩耗，没有任何父母能够悠闲度日。二号女士就像导游一样有序地组织和调用专业人士，并不羞于寻求外界的帮助。在给韦克菲尔德打电话之前，她曾经请教过德莱伯勒教授、亨特医生、内维尔教授和塔克医生，也问过华纳教授、罗尔斯医生、卡斯医生和摩尔女士，除此之外还有理查德医生、西尔维拉医生、戴维斯教授、马丁先生、古德耶教授、巴特医生、卡瓦纳医生和沃曾克罗夫特医生。

现在，她找上了没有治疗过哪怕一位病人的韦克菲尔德医生。

促使二号女士打去电话的事件是韦克菲尔德发表的那篇以问号作为标题结尾的《柳叶刀》论文，他将克罗恩病的起因指向疫苗。

虽然这篇论文确实存在将两个不可比较的因素相互比较的漏洞，两位来自美国食品药品监督管理局的科学家也提出了反对性意见，再加上论文标题结尾还有那个很能说明问题的问号，但是，和《柳叶刀》一样被人信任的两个机构也忽略了上述明显的缺陷，让社会公众注意到了这篇论文。

第一个机构就是皇家自由医学院。作为英国首都医疗系统重组的一环，按照英国政府的规划，皇家自由医学院将要跟邻近那家运营更成功的学院——伦敦大学学院合并。皇家自由医学院院长阿里・朱克曼希望在两院合并之后能够获得最高的职位，于是决定利用韦克菲尔德的论文登上顶尖期刊的机会，展现自己用人有方。因此，尽管朱克曼院长拥有 35 年的研究经验，但依然同意主持这篇论文的新闻发布会。

多年之后，朱克曼将这个决定称为“一场灾难”。在那场英国历史上耗时最久的医疗不当听证会上，他坐在律师和医生中间，对于造成英国麻腮风三联疫苗接种率“急剧下跌”的后果，表达了自己的“悔恨”。虽然疫苗接种率在 12 个月里只下降了 0.3 个百分点（两岁儿童的疫苗接种率从 91.8% 下降至 91.5%），但是，这个微小的下降只是更大跌幅的开始。接种率要想完全恢复到之前的水平，需要将近 20 年的时间。

在医学界，新闻发布会都是用于公布治疗方法的重大突破或者流行感染疾病暴发的消息，而不是一位中级实验室研究人员的臆想。然而，在 4 月 28 日星期五的早晨，皇家自由医院马斯登会议室的实木地板上已经摆满了成排的软背座椅，座椅正对着主讲人的长条桌。这场发布会就像一首前奏曲，后面还会发生相似但更为重大的事件。

韦克菲尔德穿着扣领衬衫和深色裤子，打着斑点领带，外面套着一件薄夹克。他的头发异常浓密，让他看起来仿佛戴着一顶头盔。他的左胸口袋上夹着一张带照片的识别证，识别证上印着马耳他十字徽章，徽章中央是一只望向后方的狮子。

他的右手拿着机械式投影仪的遥控器，将幻灯片投影到幕布上。在蓝色背景的投影画面中，写着这样一段话：

> 假设克罗恩病是持续存在的病毒感染肠系膜微血管内皮组织造成的细胞免疫反应。
>
> 造成克罗恩病的病毒可能是麻疹病毒。

韦克菲尔德的新闻发布会并没有成为当天的头条新闻。《卫报》（*The Guardian*）在第八版刊登了一篇300字的报道。《泰晤士报》的相关报道登在了第四版，总共用了94个词。但是，当天晚上，英国广播公司（BBC）给了韦克菲尔德一次展示的机会。一位物理学和计算机学出身的新人记者用13分钟的时间，在BBC第二频道的《新闻之夜》（*Newsnight*）节目中报道了韦克菲尔德的这篇论文。

"医学杂志《柳叶刀》今天刊登的一篇论文表明，接种疫苗的人有较高的风险患上导致人体虚弱的肠道疾病。"该节目的主播杰里米·帕克斯曼（Jeremy Paxman）这样表示道，他的发言几乎全是过度夸张的内容。"疫苗可能并非在所有情况下都对每个人有好处，这个情况也与目前的政策产生冲突——正如我们的科学通讯记者苏珊·沃特斯（Susan Watts）的报道，但接种疫苗的政策已经变成了一种信仰。”

一种“**信仰**”？不是科学，也不是公共卫生？沃特斯的报道更是添油加醋，她并没有仔细阅读过那篇论文，而是自作主张，在**原本提及的肠道疾病之外加上了脑部损伤**，甚至还声称麻腮风三联疫苗（韦克菲尔德的论文并没有明确提到这个疫苗）就是可能造成克罗恩病的原因。

二号女士后来告诉我，她并没有看过这个节目。但是，这期节目的内容除了汉普斯特德那场新闻发布会之外，还有其他一些评论员分享的观点。32 岁的沃特斯将许多内容整合到一起，包括一个“反接种疫苗”团体的成立（他们举行了一场在我看来是在摄像机前摆拍的集会），政府对于麻疹风险的警告，一个八岁孩子的采访片段（但没有说这个孩子得了什么病），以及主播帕克斯曼在演播室里对名为杰姬·弗莱彻（Jackie Fletcher）的女士的采访。这名女士穿着一身鲜红色的服装，极其耀眼闪亮。

“弗莱彻太太，”帕克斯曼问她，“你的孩子罗伯特在年纪很小的时候就接种疫苗了，有什么副作用吗？”

“有的，就在接种麻腮风三联疫苗的十天后，”她回答，“他突然病重，整个生活都改变了。”

除了服装之外，最引人注目的是她的头发——乌黑亮丽，长发及肩，梳着整齐的中分发型。她的瞳孔是咖啡色的，眼神非常锐利。她解释了自己三岁的孩子如何在刚满 13 个月时突发疾病，后来发展为严重的癫痫和学习障碍（但没有提到肠道疾病或自闭症）。

她主张家长需要知道更多关于疫苗副作用的信息，并且拐弯抹角地提到她在 16 个月前成立的团体。团体的名称是一个模棱两可的字母缩写词：JABS。在英国的大部分地区，"JABS"都是一个俚语，用来表示注射疫苗。关于这个缩写的意义，有一个巧妙的解释是："J"代表正义（justice），"A"代表意识（awareness），"BS"代表基础支持（basic support）。

但是，38岁的弗莱彻女士确实别有用心。她之前在银行工作过，在成立JABS团体之前，她的个人抱负就是起诉疫苗制造商。但是，孤军奋战是绝对没有胜算的，这样一场力量悬殊的诉讼，唯有通过英国政府实施的免费法律援助计划才能够维持下去。而根据相关的规定，弗莱彻女士必须找到数百个和她有相同处境的家庭，才能够满足启动免费法律援助的要求。

在那个时候，麻腮风三联疫苗还没有引发争议，弗莱彻希望打破这种平静。因此，登上《新闻之夜》节目之后，她便前往汉普斯特德与韦克菲尔德见了面。她还建议其他人也这样做。

二号女士就是第一位联络韦克菲尔德的人。

—

当时40岁的二号女士，比韦克菲尔德年长两岁，生活在伦敦以北200英里处的普雷斯顿（Preston）—— 一座著名的矿业城市。韦克菲尔德接起电话之后，二号女士就自信且坚定地以极快的语速开始讲话。

"请听我说。"她用命令的口吻说。

韦克菲尔德洗耳恭听。这次通话的时长差不多有两个小时。

"这位女士表达能力非常好，"多年之后，韦克菲尔德回忆道，"她的讲述合情合理。"

但是，在一开始，二号女士的来电让他感到非常困惑。她是怎么知道正确的电话号码的？二号孩子已经被诊断为“自闭症谱系障碍”（autistic spectrum），当时这种发育障碍的定义还在快速演变，涉及思维、沟通和行为方面的特征、缺陷，有时则指明显的思维、沟通和行为障碍。

但是，为什么二号女士会给一位胃肠病学家、一位实验室研究人员打电话寻求帮助？韦克菲尔德觉得有些意外。虽然，他在专攻外科之前曾经接受过全科医学的训练，但在 20 世纪 80 年代初他就读于圣玛丽医学院之时，医学院还不教授怎么治疗自闭症。

“很抱歉，我不知道怎么帮助你，” 韦克菲尔德后来说他这样回应，“我对自闭症一无所知。”

于是，二号女士回答（至少韦克菲尔德表示二号女士是这么回答的）：“我的孩子也有严重的肠道疾病，而且我相信肠道问题和行为问题是相互关联的。其中一个出现了状况，另外一个也会有问题；如果其中一个的情况比较好，另外一个就不至于太糟糕。”

因此，他们继续讨论（韦克菲尔德事后复述了二人的对话），而这次通话也将他们的命运连接到了一起。二人都记得，在那次通话中，二号女士坚持说自己的儿子是因为接种疫苗才出现了问题。

“她非常明确地告诉我，”后来，韦克菲尔德无数次提到这个细节，“二号女士的儿子原本发育正常，但在接种麻腮风三联疫苗几个星期后就开始出现退化。”

退化。没有任何父母希望这个词与自己的子女有关。根据估算，在那个时候，大约有 1/4 到 1/3 的自闭症儿童出现了这种可怕的病变。这些婴儿（通常是男婴）一般可以正常发育 12—24 个月，随后失去语言和其他能力。专家认为，退化的原因与大脑急速扩张和基因表达有关联。

韦克菲尔德医生的关注也让二号女士觉得"受宠若惊"。在此之前，从来没有人愿意倾听她的心声。韦克菲尔德的劳动合同中没有规定他护理病人的义务，因此，在那个星期五，韦克菲尔德拥有充足的临床医生所缺乏的资源：时间。他不需要出门诊、查房，也没有需要见面的病人，所有的时间都按他自己的意愿来安排。他也几乎没有教学工作，现在只醉心于一件事：证明麻疹病毒（特别是疫苗中的麻疹病毒）就是尚未被人发现的克罗恩病病因。

二号女士不知道韦克菲尔德其实是一位没有病人的医生，但是，弗莱彻向二号女士简短介绍了韦克菲尔德的研究兴趣，这位 JABS 活动家不只提到了那篇以问号作为标题结尾的发表在《柳叶刀》上的论文，也介绍了韦克菲尔德之前在《医学病毒学杂志》上发表的那篇声称在肠道疾病中发现了麻疹病毒的论文。

"**那**就是顿悟的时刻，"我和二号女士见面时，她告诉我，"杰姬跟我说这些的时候，我就**意识到**我可能找到了发病机制。**那**是一个转折点。"

韦克菲尔德更为热切地倾听，二号女士向他诉说的情况与他的目标相吻合。韦克菲尔德后来声称，二号女士在电话里告诉他，自己的儿子出现了腹痛和腹泻的症状——两者都是炎症性肠病可能出现的症状。二号女士断定，这些症状是由疫苗引起的，而且认为疫苗是自己儿子问题产生的根源。

"我就是相信我的儿子受到了麻腮风三联疫苗的影响，"二号女士告诉我，她是这样跟韦克菲尔德说的，“我的儿子就是患上自闭症了。我也就是相信，他的大脑问题是次要的，肠道疾病才是关键。”

二号女士提出了某种推测，而韦克菲尔德非常喜欢这个推测。而且，二号女士和韦克菲尔德一样，也是医生的孩子，她已故的父亲曾是普雷斯顿的全科医生，二号女士从父亲身上遗传了一种追求宏大观念的心智，因此，她决定在那个星期五给韦克菲尔德打电话，讲述自己的想法。

面对自己急于解开的谜题，二号女士尝试了各种类型的治疗方式，甚至试过偏方。一位医院的员工建议她采用法因戈尔德饮食疗法（Feingold diet），就是不要吃任何含有色素和添加剂的食物；她说服医生给儿子注射了大量的维生素 B_{12}（她告诉我说："我尝试过了，确实有用。"）；她还加入了一个名为“过敏引发自闭症”的家长团体，学到了“阿片类物质过量”（opioid excess）这个观点：食物（特别是面包和牛奶）中的特定物质会导致自闭症。

“她提出这些观点时表现得非常清醒、冷静，”韦克菲尔德回忆道，“她显然非常仔细地思考过自闭症问题。”

他继续听下去，而且是更加聚精会神地听。她谈到了“新陈代谢疾病”“硫酸化”和“途径”，还解释说“过敏引发自闭症”团体中，有许多和她的情况相似的家庭。

她的讲述听起来太完美了，好到让人觉得不真实。

似乎，这个母亲拥有韦克菲尔德想要的一切，她的许多观点都与韦克菲尔德的想法契合。甚至有关维生素 B_{12}（主要由回肠从食物中吸收）的观点都与韦克菲尔德的假设相吻合。忘了电子显微镜吧，忘了腐朽的组织样本吧，忘了那篇以问号作为标题结尾的流行病学研究报告吧，二号孩子，以及这位母亲所在的家长团体中的其他孩子，可能就是证明疫苗导致克罗恩病的**活证据**。

韦克菲尔德在电话中建议二号女士寻求专业的医学意见。"在那个时候，我唯一关心的就是孩子的健康，"韦克菲尔德后来在朱克曼院长出席的医疗不当行为听证会上辩称，"作为一名医生，作为一个人，我有义务对这位母亲的困境做出回应。"

因此，韦克菲尔德为二号女士推荐了名为约翰·沃克–史密斯（John Walker-Smith）的澳大利亚医生。当时，史密斯在伦敦以南四英里处的另外一家医院执业，医院的名字是圣巴塞洛缪（St. Bartholomew），更多用的名字则是"巴斯医院"（Barts）。史密斯当年58岁，是一名儿科胃肠病学专家，此时正准备带着他的团队转到汉普斯特德（韦克菲尔德游说了他两年多），他会带去两位擅长结肠镜检查的顾问医师，共同进行研究。

——

二号女士的电话让韦克菲尔德燃起了热情，他随后给沃克–史密斯打了电话。1995年8月，一个晴朗的星期二——距离那通长达两个小时的电话已经过去了十个星期，二号女士和她七岁的儿子经历85英里的长途，来到了伦敦。

在巴斯医院，沃克–史密斯从二号女士那里搜集了相关的信息。

怀孕过程正常，分娩过程正常……采用母乳喂养直到婴儿满 20 个月……婴儿满 18 个月时出现腹泻……婴儿满 15 个月时接种麻腮风三联疫苗……自接种之后，身体情况不断恶化。

对于二号女士告诉自己的事情，沃克－史密斯的回忆更长，也更详细。但是，给男孩做完检查之后，沃克－史密斯在医疗记录上写了一连串相同的三个字母。

腹部 NAD……肛门 NAD……口腔 NAD

NAD 的意思是“没有察觉任何异状”（nothing abnormal detected）。沃克－史密斯最后判断：

没有任何克罗恩病的证据。

“这个孩子是皇家自由医院的韦克菲尔德转诊给我的，因为孩子的母亲认为孩子的疾病是由麻腮风三联疫苗引起的，并且认为麻疹病毒和克罗恩病之间可能存在关联。”沃克－史密斯在写给另一位医生的信中这样描述道。他还补充说，这个男孩的病史听起来就像是对多种食物过敏，或者患有肠易激综合征（irritable bow syndrome）。“检查后发现，没有任何迹象显示男孩患有克罗恩病。”

这对于二号孩子来说是一个好消息，对于韦克菲尔德的假设来说则是一个坏消息。但是，韦克菲尔德的行动才刚刚开始。如果发现病人没有染病，大多数医生都会很高兴，但韦克菲尔德不会这样，他不会就此罢休。

“她的想法很清楚。她很聪明，她讲的事情很合理，”多年之后，韦克菲尔德谈到跟二号女士的通话时说，“她并不反对疫苗，她曾经带着自己的孩子接种过疫苗。但是，孩子显然因为疫苗受到了伤害，而且是严重的伤害。二号孩子就是一个预警案例。”

第四章　先导性研究

约翰·沃克－史密斯原本不想转到皇家自由医院，但是，他觉得自己别无选择。他任职的巴斯医院也在伦敦医疗系统重组计划之中，很可能被合并，他在巴斯医院任职的部门也面临关闭的威胁。因此，出于韦克菲尔德的建议，再加上二人多年的交情，这位澳大利亚医生同意了，他召集了他的团队，前往汉普斯特德。

但自始至终，沃克－史密斯心中的目标只有一家医院，全世界只有这一家，那就是巴斯医院。唯有巴斯医院，必须是巴斯医院。作为一名外科医生的儿子，沃克－史密斯从小就听说这家由修道士在 1123 年创立的医院是“帝国的医院之母”。如果 1972 年他没有在巴斯医院找到工作，可能就会继续留在澳大利亚新南威尔士州韦斯特米德（Westmead）的亚历山大皇家儿童医院（Royal Alexandria Hospital for Children，现为韦斯特米德儿童医院）担任儿科医生。

“巴斯医院有一种‘宗徒继承’[①]，”沃克－史密斯解释道，“西

① 宗徒继承（Apostolic succession），是以基督教的某个使徒为教会、宗派开宗领袖，而后从开宗的使徒手中传承下来，强调自身历史延续以及“耶稣亲自建立”这一合法性的概念。巴斯医院原名中的“圣巴塞洛缪”就是耶稣的十二门徒之一。

方医学从希腊科斯岛（Cos）发源，传承到罗马时代的台伯岛（Isola Tiberina），然后再传承到伦敦的巴斯医院。”

有些人认为沃克 – 史密斯是一个自命不凡的人，比英国人更像英国人，用法语说就是“Plus Anglais que les Anglais”。还有人说沃克 – 史密斯有一种文化上的自卑感，掩盖了他更为内在的不安。比如说，他坚持认为：大英帝国“抛弃”澳大利亚殖民地是“不恰当”且“无法接受”的行为，是一种强行的切割。

挖来沃克 – 史密斯的成本不低。为了把他争取到汉普斯特德，院方在医院大楼的六楼新设了办公室和实验室，用于迎接他的到来。一个专属病房——马尔科姆病房被重新装修，用于接收他的病人。在皇家自由医院，沃克 – 史密斯的地位已经远超一般人了，他是一个新设部门的负责人，这个部门有一个显赫的名称——儿童胃肠病学研究部。

沃克 – 史密斯在 1995 年 9 月来到了汉普斯特德，他穿着老派的深色西装，带着一丝不苟的谨慎态度，竭力克制自己的脆弱性格。他的任命是“具有国际意义的事件”，他在自传《长久的记忆》（*Enduring Memories*）中激动地感慨道：“我将正式成为一个教授级医学带头人，可以在由内科和外科医学教授组成的委员会中占有一席之地。”

病理学博物馆旁边的二楼办公室同样广受欢迎。用韦克菲尔德后来的话来说，二号女士的来电就像一个讯号，仿佛“打开了闸门”。杰姬 · 弗莱彻创立的 JABS 团体和二号女士所在的“过敏引发自闭症”团体中的家庭，都开始流传关于那位“**用心倾听**的医生”的消息。

韦克菲尔德想让沃克－史密斯及其团队做的事情，就是研究这些家庭的孩子。这是前所未有的机会，能够知道在肠道中持续生存的病毒可以造成何种影响。传统的医学观点认为，病毒在肠道中只能存活几个星期。但是，病毒会不会长期滞留，导致克罗恩病？更大胆一点的想法是，肠道疾病和自闭症之间有没有关联？二号女士的观点非常**值得**关注。

沃克－史密斯决定把握住找出真相的机会。长久以来，医学研究都是他的热情所在。在巴斯医院时，沃克－史密斯所在的部门是英国唯一一间专门研究儿童胃肠病学的实验室，所以他急于继续开展研究。而且，他的新合作伙伴是《柳叶刀》的宠儿。那时，《柳叶刀》刚刚任命了一位新的总编辑——理查德·霍顿（Richard Horton）。霍顿从 20 世纪 80 年代开始就在汉普斯特德工作，他的办公室和韦克菲尔德的办公室就在同一条走廊上。

沃克－史密斯教授的行动如此迅速还有另外一个原因：他“仰望”韦克菲尔德的才能。“仰望”是一个名副其实的说法，因为沃克－史密斯个子不高，块头只有普通男性的三分之二。同事们也记得沃克－史密斯曾经赞叹韦克菲尔德是一位“真正的王子”。这位澳大利亚医生受这位没有病人的医生的影响之深，竟到了他会在自传（在我开始采访他的几个星期前正式出版）中描述韦克菲尔德竟有几分英国王妃戴安娜风采的程度。

> 韦克菲尔德个子很高、相貌英俊、口才极佳、具备个人魅力，更重要的是，他是一个有信念的人。他绝对真诚而且诚实。实际上，那个有点过时的说法——“追求真理的圣战士”，最

适合用来描述他。

于是，他们开始召开会议，招募更多临床医生加入团队，并准备进行一系列研究。“韦克菲尔德希望组织一次对这群孩子的研究，”沃克－史密斯后来写道，“我在团队中的角色非常自由，因为韦克菲尔德才是团队的领导者，他就像管弦乐团的指挥，这也是胃肠病学家在研究计划中一贯的角色。我们组成了一个研究团队，获得了伦理委员会的许可，开始进行先导性研究。”

他们一开始的计划是研究十位患有克罗恩病或炎症性肠病的孩子。如果韦克菲尔德对病毒的假设是正确的，那就有可能在**回肠末端**——小肠最末端的几厘米处找到病毒，因为这里最容易发生疾病。

研究团队所采用的研究流程被医生们称为“韦克菲尔德流程”，每个孩子都会在星期日的下午入院，并且在下一个星期五出院。在此之间，孩子们要经历可怕的研究检查过程，包括局部麻醉或全身麻醉、脑部磁共振扫描、头部连接电极的脑电图检验、血检、尿检、腰椎穿刺、钡餐造影、用于检验维生素 B_{12} 吸收的希林试验，以及最重要的——结肠镜加回肠镜检查（一般被简称为回结肠镜检查），这项检查要在孩子的小肠中插入内窥镜。

没有任何医院执行过这样的研究计划，医院的管理层称此计划“独一无二”。这项研究重点关注的是疫苗中的麻疹病毒，但即使是为了调查孩子们的发育问题，使用结肠镜检查也是极度不符合传统的做法。有资深医生对此提出过质疑，医院的伦理委员会怎么会同意韦克菲尔德团队进行如此出格的冒险？

“在研究开始之前的规划会中，我们已经确定了所有的转诊病人。”跟沃克－史密斯一起从巴斯医院转来的儿科顾问医师西蒙·默奇（Simon Murch）解释说。他后来和我在医学院见面时表示：“因此，我们已经对研究可能遇到的情况做了预先规划，并根据我们所能达到的极限确定了要研究多少个孩子。”

研究启动之前，孩子的家长们必须取得当地医生的转诊信，这是能够以非急诊方式进入皇家自由医院的唯一途径。第一封转诊信是在 1996 年 2 月从伦敦西北方 200 英里外的利物浦郊区的一名全科医生那里获得的。“感谢你们想要见见这个小男孩，”孩子的母亲在给沃克－史密斯的信中描述了这个六岁男孩的情况，“他在接种麻腮风三联疫苗之后出现了像是自闭症的行为问题，还有严重的便秘和学习障碍。”

这是一个不错的开端，对于那些孩子遭受发育障碍、苦苦探寻的绝望家庭而言，皇家自由医院很快就成了“圣地”。一位母亲在第一个孩子进入皇家自由医院接受检查之前，就写信给韦克菲尔德：

> 医生说，这里将进行一项试验，可以确定孩子的症状与接种麻疹疫苗之间是否存在关联，或者消除孩子的症状。

将心比心，在自己的孩子经受百般折磨之后，如果能有机会搜集到这些信息，有谁会不同意呢？因此，这些家长带着孩子，乘坐汽车、火车或者飞机前往汉普斯特德，其中还有一些是从美国赶来的。韦克菲尔德没有忘记那个预警案例。虽然沃克－史密斯断定那个男孩并没有患上克罗恩病，但是，用这位教授的话来说，这个男孩依然是"关键人物"，所以第一批接受检验的孩子中也有他。

实际上，他是第二个接受检验的孩子（所以我称他为"二号孩子"）。他的母亲二号女士在那一年的5月给韦克菲尔德打了电话，想让自己的儿子参与这项研究。韦克菲尔德支持二号女士的决定，并告诉沃克－史密斯，无论这个孩子是否患有克罗恩病，其肠道都有"轻微"的炎症，因此，接受结肠镜检查会对孩子有所帮助。

沃克－史密斯同意了，他在一家食物过敏诊所与这对母子见了面。他给孩子安排了检验是否存在炎症的血检（结果是正常，没有炎症），两个月之后——9月1日星期日下午，马尔科姆病房接收了二号孩子。

—

二号孩子进入马尔科姆病房时，距离一号孩子做完所有检查并出院已经过了五个星期。一号孩子是一个三岁的孩子，从100英里以外的一个空军基地乘飞机赶来。但是，一号孩子的情况让医生们很失望。甚至是在喝了具有强力泻药效果的"肠道准备"饮料之后，一号孩子的便秘情况依然非常严重，检验师无法将内窥镜插进他的小肠——三天后的第二次尝试，还是没有成功。

二号女士的儿子随即按照同样的程序接受检查。二号孩子进入位于医院六楼的病房时，初级医师戴维·卡森（David Casson）从二号女士手中拿到了孩子的病历，记录了接种疫苗与病症的关联。

> 病人的母亲明确表示，孩子在13个月大时接种了麻腮风

> 三联疫苗，并在两个星期后开始出现撞击头部的行为，并且整夜尖叫。

同样的话，二号女士也对另外一位负责在病房照顾孩子的精神病医生马克·贝瑞罗维兹（Mark Berelowitz）讲过。

> [二号女士]重复提到[二号孩子]在接种麻腮风三联疫苗的两个星期后出现撞击头部的行为，从此不曾好转。

二号孩子在抵达马尔科姆病房的当天上午就被送到了内窥镜室。医生给孩子使用了咪达唑仑和哌替啶，药物发挥作用之后，男孩被翻转，向左侧躺，开始接受内窥镜检查。

根据医学研究伦理规范，这项检查程序属于“高风险”检查程序，但在当时，内窥镜已经发展到了采用柔性光纤的阶段，可以用在孩子身上。不过，内窥镜检查并不总是成功的。一名五岁的儿童在接受韦克菲尔德流程的检验程序之后，肠道留下了 12 处穿孔伤，皇家自由医院不得不支付 50 万英镑的赔偿金。

在内窥镜检查中，为了检查小肠的最末端（能够观察的范围只有几厘米），内窥镜必须先移动一定距离。首先，内窥镜要穿过直肠和略呈 S 形的乙状结肠，前往位于人体左侧的降结肠，抵达一个肠道的弯角，即脾曲。在此处，内窥镜穿过横结肠到达另外一个肠道弯角：肝曲。现在，已经到达人体右侧的内窥镜再度转弯，进入升结肠，然后下降进入盲肠（距离髀骨大约三指宽处），此处是小肠末端，阑尾的位置。

现在要在回盲瓣进行更加困难的操作，内窥镜在这里从大肠（主要功能是去除粪便中的水分）进入回肠。回肠是小肠的末段，负责吸收食物中的养分。这里是人体吸收维生素 B_{12} 的部位，也是克罗恩病症状最严重的部位。

通常情况下，沃克 – 史密斯会下令开始检查程序。但是，他不会亲自给小孩做内窥镜检查。给二号孩子做内窥镜检查的是默奇，他通过一台安装在支架上、与脸部同高的视频监视器观察整个检查过程。默奇当时刚满 40 岁，他和其他同事一样，都是彬彬有礼的绅士。他的爱好是划船，他也很自豪地表示，自己将内窥镜插入孩子小肠的成功率可以达到九成。

身穿绿色一次性塑料实验服的默奇已经摆好了姿势，准备为二号孩子进行内窥镜检查。他的双手戴着乳白色的橡胶弹力手套，左手紧握控制器，右手拿着富士能生产的小儿内窥镜。内窥镜的长度大约有 1.5 米，直径是 10—12 毫米，镜身软管是由包裹在光滑聚合物内的钢丝网制成的。

内窥镜的整个镜体都内嵌了"角度控制线"，可以控制内窥镜头部的角度。默奇轻柔地施力，内窥镜在失去知觉的小男孩（这时他已经八岁了）体内游走，在粉色的肠道中穿行。内窥镜前端有一个镜头，安装了光源、吹气口、喷水口、吸管和其他工具。

默奇的右手边站着两位护士。二号女士和韦克菲尔德则站在检查人员的身后盯着监视器，二人身旁还有一位金发的年轻科学家尼克・查德威克（Nick Chadwick）。他是实验室的"协调研究员兼分子研究专家"，他在等待内窥镜切下来的组织样本，以便拿去检验其中是否有麻疹病毒。

在内窥镜快要抵达回盲瓣时，默奇松了一口气。给一号孩子做检查时，就是在回盲瓣这里功亏一篑的。完成最后一次旋转和推进之后，内窥镜进入了二号孩子的回肠，就像有人带着一支火把进入法老的坟墓。目标就在这里，宝藏的储存之地。至少，韦克菲尔德希望如此。

我猜想，我们永远都不会知道韦克菲尔德看见真相时的反应。但是，当内窥镜抵达肠道最深处时，盯着监视器的二号女士感受到了恐惧。在内窥镜的灯光之下，肠结节闪闪发亮，苍白且肿胀，从黏膜中突出来，看起来肮脏、邪恶，**异常可怕**。

她从未见过这番景象，也从未听说过。她深感震惊，更重要的是，**她坚定了自己的信念**。“医生们认为，那就是炎症性肠病的证据，”二号女士告诉《星期日邮报》（*Mail on Sunday*）的医学通讯记者（在两年半之前对杰姬·弗莱彻创立 JABS 团体有过报道）洛雷恩·弗雷泽（Lorraine Fraser），“我松了一口气。我们终于找到了我们所认为的病因。”

鳄鱼颚状的钳子从蛇状的内窥镜前端伸出，切下一小块肠道组织。随后，内窥镜往后退，在盲肠、升结肠、横结肠、降结肠和直肠五个区域分别切下另外五块组织，切下的肠道组织将被分割成两半进行研究分析。其中一半会被固定在福尔马林中，送到医院二楼的组织病理学部门进行切片、放置、染色，以供医生在显微镜下进行研究。另一半肠道组织会被查德威克取走，带往十楼的实验室，冷冻在零下 70 摄氏度的液氮中，用于病毒检测。

在那个星期余下的时间里，二号孩子接受了更多检验。他躺在移动担架床上，往来于马尔科姆病房和检验室之间，接受了腰椎穿刺、脑部磁共振扫描、维生素 B_{12} 吸收状况检验、脑电图、血检、尿检，以及其他检查。

上述所有的检查结果都是正常。但是，研究二号孩子活体组织样本的病理学家（实际上，他们的专业是"组织学"，也就是用显微镜研究人体组织）报告了存在慢性炎症。随着韦克菲尔德职业生涯的起起落落，这个结果也会被人不断地审查、审查、再审查。

"呈泛发性斑点的炎症细胞有轻度增加，伴有淋巴聚集和滤泡，目前属于非特异性[①]，"内窥镜检查完毕的三天后，病理学家报告说，"但不排除与低度不活跃的炎症性肠病有关系的可能。"

这是又一次"发现"？韦克菲尔德的研究团队确实是这么认为的。结合这一发现与肿胀的腺体组织，沃克－史密斯的初步诊断是二号孩子患有克罗恩病。他们似乎已经找到了他们想要寻找的目标。

一个八岁的孩子患上了克罗恩病。如此令人沮丧的诊断结果，预示着孩子悲凉的未来。二号孩子不仅要应对发育问题，他的肠道也很有可能会发炎起泡。克罗恩病是慢性病（症状缓解后仍可能复发），最常见的长期核心治疗手段就是药物治疗，以及反复的手术。

一个患有严重自闭症的孩子该如何应对这样的疾病呢？孩子的未来有可能会更糟。克罗恩病也会增加其他疾病的发病风险，包括抑郁症、关节炎、眼部疾病，以及癌症。有些治疗方法甚至会导致骨质疏松。

① 非特异性是指在医学检验上初步认为有问题，但还没有详细检查，找到准确的原因。

但是，二号女士后来告诉我——在**她的**印象中，当时沃克－史密斯无法掩饰自己的兴奋。“他蹦蹦跳跳地进到房间，就像两岁的孩子。”她这样描述这位教授来到马尔科姆病房告知二号孩子可能患有克罗恩病时的表现。根据二号女士的说法，沃克－史密斯告诉她：“（二号）女士，你是对的。”

第五章　四号孩子

多年之后，一个美国团体“为自闭症而奋斗的母亲”（Moms on a Mission for Autism）在采访韦克菲尔德时询问了他的喜好。他最喜欢哪一部电影？《日瓦戈医生》（*Doctor Zhivago*）。他最喜欢哪一位演员？杰克·尼克尔森（Jack Nicholson）。他最喜欢的一首歌？《你冰冷的小手》（*Your Tiny Hand Is Frozen*）。“哪一首歌曲让你想起人生最快乐的时光？”安德烈·波切利（Andrea Bocelli）唱的《告别的时刻》（*Con Te Partirò*）。

《告别的时刻》是一首歌剧流行音乐，使用了大量弦乐，节奏婉转流畅。整首歌约四分钟，非常浪漫，你甚至可以用口哨吹出它的旋律。歌名直译是“和你一起，我愿意离开”。1995 年 2 月，男高音歌唱家波切利在意大利北部的圣雷莫（Sanremo）首次公开演唱了这首歌。在接下来的两年时间里，这首歌被改编成一个对唱版本，歌名也被改成了更通俗的英文“Time to Say Goodbye”，由波切利与一位女高音歌唱家合唱。这首歌广受欢迎，在 1997 年 2 月打破了德国的音乐销售纪录。

这首歌走红的时期，正是韦克菲尔德进行先导性研究的时候。这项研究让韦克菲尔德声名大噪，后来也成为医学领域最不道德、最不诚实、最具破坏性的医学研究之一。

一共有 12 名孩子（编号从一号至十二号）接受了内窥镜检查。第一个孩子入院的时间是 1996 年 7 月，最后一个孩子是次年 2 月。孩子们的年龄在两岁半到九岁半之间，全部都是白人，其中有 11 名是男孩。九名孩子来自英国，一名来自威尔士，一名来自靠近法国的英属泽西岛，还有一名来自美国加利福尼亚州的湾区。

所有的孩子都在失去知觉的情况下接受了内窥镜检查，以便在他们的肠道中寻找麻疹病毒存在的证据。

—

此时，韦克菲尔德一家又搬家了，这次他们搬到了基尤区（Kew）泰勒大道 43 号。基尤区是伦敦西部的一个繁荣兴旺、绿意盎然的街区，这里最出名的就是重新翻修的皇家植物园——基尤花园。韦克菲尔德和妻子卡梅尔买下了一栋建成于两次世界大战期间的别墅，别墅共有六间卧室、三间浴室。他们现在有了三个孩子，最小的孩子名叫伊莫金·玛丽（Imogen Marie）。

二号孩子永远都会是预警案例，但在当时，**最佳**案例是另一个男孩，他的母亲在 1996 年 4 月—— 一号孩子接受内窥镜检查的三个月前联系上了韦克菲尔德。这个九岁的孩子来自汉普斯特德以北 280 英里的泰恩赛德（Tyneside）都市区的一个小镇。他的检查结果让韦克菲尔德的研究有了重大的突破，韦克菲尔德称他是“最有说服力的案例”。

我将称呼这个孩子为"四号孩子"，称他的母亲为"四号女士"。四号女士用印着碎花图案的信纸给韦克菲尔德写了一封三页的信，询问有关这项研究的信息：

> 亲爱的韦克菲尔德医生：
>
> JABS 的活动家杰姬·弗莱彻建议我联系您。我有一个九岁的儿子，他被诊断患有自闭症。我最近在纽卡斯尔找了一位律师，因为我相信接种麻腮风三联疫苗可能是我儿子患上自闭症的原因。

四号女士的笔迹娟秀整齐，她先简单叙述了儿子的情况，然后才讲出她联系韦克菲尔德的目的。

> 您能不能告诉我，[我的儿子]是否能够接受一些检查，用以帮助确认接种疫苗是他患病的原因？

四号孩子所患的疾病很多，严重程度与二号孩子相似。但是，不同于出生在剑桥郡的快乐男孩，四号孩子从出生那刻起就经历了极为挣扎的过程。四号女士的子宫不正常，是所谓的"双角子宫"——子宫呈 Y 形。她的儿子早产了五个星期，出生时不是头部先出，而是臀部先出。四号女士回忆说，虽然医院建议她采取剖宫产，但到她生产时，却找不到能实施剖宫产手术的医生。随后，四号孩子被诊断出患有一种极易导致智力障碍的遗传病——"X 染色体脆折症"。

“孩子出生时的情况很糟糕。”多年以后，四号女士在发给我的电子邮件中写道：

> 我在很多年以前就应该联系你，但在那个时候，我正忙于照顾我的儿子，而且我非常信任韦克菲尔德医生，在那个时候我相信他是对的，以为他说的都是事实。

身材娇小的四号女士是一名养老院护理员，学过两年学龄前护理，在精神健康和残障领域服务了 16 年。我喜欢她直率的性格。我们在纽卡斯尔车站附近的一间酒吧见了面，她穿着黑色皮衣，拿着金属铆钉手提包，就像刚从摩托车上跳下来的机车女郎。

但是，当她说起自己的孩子时，我便再也无法想象她秀发飘舞、无忧无虑的模样。“我的儿子逐渐退化。他原本是一个快乐正常的小男孩，后来却变得迟钝，失去了所有的技能，”她对我说，“到最后，他唯一掌握的技能——现在也会，就是使用汤匙。”

根据她的回忆，四号孩子在 15—16 个月大的时候，就已经学会了十多个单词，但随后他的发育开始减慢，直至停滞。不过，在四岁之前，四号孩子还能自己玩玩具，还没有出现经常被用于确诊自闭症的重复行为。

大约在四岁到四岁半的时候，四号孩子停留在了自己的世界。“他开始用头撞击墙壁，或者来回奔跑，”她告诉我，“他已经不认识我了。他开始发出微小的声音。什么都没有了，他丧失了全部技能，什么都做不了。他不能玩，两岁的时候，他还会玩小汽车、小车库之类的玩具，但现在他什么都不会了。你不能再抱他，你什么都做不了。"

四号女士的生活就这样破碎了，而她无法解释。男孩的父亲很早就被压垮，离开了这个家庭。"他认为是我的错，"四号女士痛苦地说，"他竟然责怪我，认为孩子的问题都是我造成的。"

与二号女士不同，四号女士并没有声称她知道病因。我发现，大多数参加韦克菲尔德研究计划的家长都像四号女士一样，等待韦克菲尔德给出答案。"我没有想过麻腮风三联疫苗。"她说，当她的儿子第一次出现症状时，她并没有想过这与疫苗有什么关系。但是，《新闻之夜》节目播出五个月后，一次偶然的事件让她想到了疫苗。当时，她来到一个社区中心，看见布告栏上贴着一张当地报纸的剪报，标题是：

JABS 团体提供忧心民众咨询安全专线

这张剪报提供了一个热线电话，接听者是 JABS 团体中的一位母亲，她的儿子在一次疫苗接种之后出现了退化现象。剪报还提到了一位律师，名叫理查德·巴尔（Richard Barr）。

"布告栏上有一篇报道，"四号女士回忆起自己第一次怀疑麻腮风三联疫苗时的感受，当时她的儿子已经八岁了，"其中的描述与我儿子的情况基本相同。他们都曾经是完全正常的孩子，后来出现退化，失去了生活技能，什么都不会了。"

她拨打了剪报上的电话号码。几个月后，她给韦克菲尔德写了信，介绍了自己的情况。过了十天，她在家中意外地接到了韦克菲尔德打来的电话，二人进行了一番交谈。四号女士用蓝笔记录了当时的通话内容，后来给了我一份记录的复印件。

> 他让我在三四个月内给他打电话或者写信，目前他正在招募人手，准备研究麻疹造成的肠道问题，如果孩子的问题是接种麻疹疫苗引起的，我就可以获得法律援助。

她告诉韦克菲尔德，四号孩子没有明显的肠胃问题，偶尔（让孩子饮用果汁或酸奶）才会出现腹泻。

但是，韦克菲尔德之所以认为四号孩子的情况非常有说服力，是因为孩子的病史中有一个诡异的情况。四号孩子出生于 1987 年 1 月，当时麻腮风三联疫苗在英国还没有开始推广。虽然这种疫苗首次在美国获得接种许可的时间是 1971 年，但一直到 1988 年 10 月才被引入英国。因此，四号孩子先是接种了单一麻疹疫苗（英国从 1968 年起就开始接种单一麻疹疫苗了），然后在四岁零一个月时接种了麻腮风三联疫苗。

因此，四号孩子接种了**两种**包含麻疹病毒的疫苗，可以与这个男孩出现的发育障碍相对应。儿科医生通常认为，民众认为疫苗和自闭症之间存在关联，纯粹是出于简单的巧合。麻腮风三联疫苗几乎都是在小孩满两岁时接种，而家长通常也会在这个时间点发现孩子首次出现的自闭症症状。

但是，四号孩子这个病例提供了额外的弹药。由于四号孩子接种了两种包含麻疹病毒的疫苗（第一种是单一麻疹疫苗，第二种是麻腮风三联疫苗），也不是在常规的时间段接种麻腮风三联疫苗，因此不受医生“简单巧合”观点的影响。而韦克菲尔德可以根据四号孩子接种过两种疫苗的事实，提出可能出现“两次用药”（double hit)或“再度用药”(rechallenge)效应，借此强化接种疫苗就是自闭症**起因**的印象。虽然韦克菲尔德从未提起过四号孩子的故事，但四号女士的信件以及他们之间的对话也会让他有所思考。两个月后，四号女士又一次写信给韦克菲尔德，提到四号孩子服用鱼肝油后出现了腹泻，韦克菲尔德随即建议她找家庭医生开一封转诊信。随后，他还亲自给那位家庭医生打了电话，确保转诊顺利进行。

因此，在 1996 年 9 月的一个星期日，也就是二号孩子做完检查的三个星期后，四号女士和她的儿子离开了他们的家——一间用砖瓦和灰泥砌成的廉价联排房屋，在汉普斯特德住了六天。

—

四个小时后，他们来到皇家自由医院，进入了位于医院大楼六楼的马尔科姆病房。病房的环境很好，有两个明亮的隔间，其中放置了十多张病床，还有几间能够容纳两张病床的套房，以便家长陪伴孩子一起过夜。马尔科姆病房给各年龄段的孩子都准备了玩具，帮助他们放松心情。病房里还有圆形的游戏桌和蓝色的弹性垫，供病人娱乐。

虽然马尔科姆病房表面上看起来很舒适，医护人员也非常友善，但在四号女士的记忆中，儿子在这里的经历宛如一场噩梦。“我信任这些医生，”四号女士回忆起当时的痛苦经历，“我只知道他们会做一项检查，想要确定麻腮风三联疫苗是否会导致自闭症。我就是为了这个才来的。如果我知道他们会 [对我的儿子] 进行如此侵入性的检查，我根本不会来。”

四号女士抵达医院时的状态很差，这让一切变得更糟。第二天早上，当她与负责回肠镜检查的西蒙·默奇见面时，她早已疲惫不堪，非常希望默奇可以提供协助。默奇记得，当时四号女士的情绪崩溃了，几乎是泣不成声。

四号孩子和二号孩子的检查程序是相同的。四号女士提供了病历，四号孩子的肠道也被清空，做好了准备。于是，星期一早上 8 点 30 分，四号孩子被送到内窥镜室，接受了麻醉，开始进行关键的检查程序。

直肠……结肠……回盲瓣……回肠——他们再次看见了回肠深处的**肿胀**。

从回肠黏膜突出来的结节在屏幕上清晰可见，这个景象曾让二号女士非常震惊。“细胞增生”是医生使用的词语，它的全名是“回肠末端结节状淋巴组织增生”。

四号女士记录了那些痛苦的日子，她在日记中写道，内窥镜检查总共持续了一个小时。随着韦克菲尔德想要的一系列检查持续进行，四号孩子开始“伤心欲绝地哭泣”。他开始攻击护士，粪便中也出现了血迹。他把床垫从病床上拽了下来，还多次呕吐，而且在其中的一项检查中“全程哭泣”。

> 9 月 15 日，星期三早上。为了接受 X 射线检查，我的儿子要吃钡餐，但是他不愿饮用这种像粉笔末一样的东西。回到病房后，护士想把他按住，给他注射，但是他拼命反抗。护士又尝试给他的鼻腔插管，也没能成功，只好放弃。护士决定给他注射镇静剂，随后又改了主意，把注射取消了。

这些记录是很好的例子，能够让我们知道这些家庭在绝望地追寻中承受了什么。为了找到孩子为何承受痛苦的答案，他们愿意做任何事。四号孩子的情况很糟糕：做完内窥镜检查的两天后，严重自闭的九岁男孩昏倒了。

"他在走廊上昏倒了，"四号女士告诉我，"四周没有人，那时我正带他回到电梯那边。我记得之前我们下了几层楼，好像是去拿一份报纸。他跟着我走，突然就昏倒了。周围没有人，我得不到任何帮助。我有点慌，等他醒了之后，我继续带着他走。我记不清走了多远，他就又一次昏倒了。"

四号女士记得，四号孩子那天一共昏倒了三次。其他参与研究计划的孩子也承受了很多的痛苦。比如说，光是为了抽一次血，就必须动用三个人按住二号孩子。一名四岁的孩子接受腰椎穿刺后出现了严重的头痛，离开医院之后，他的母亲甚至拨打过急救电话寻求帮助。七岁的五号孩子也因为接受腰椎穿刺（用于在全身麻醉的情况下取出脑脊液）身体状况恶化，后来被救护车紧急送往当地的医院，住院两天接受观察。

"我们曾经表示过反对，觉得没有进行腰椎穿刺的必要，"五号孩子的母亲说，"我们决定接受腰椎穿刺，只是因为他们的态度中有些**恳求**的意味。"

四号孩子不愿意接受腰椎穿刺。脑电图和磁共振扫描两项检查都安排在星期四，并且是在给孩子注射了镇静剂之后进行的。在完成这两项检查之后，研究团队放弃了给四号孩子做腰椎穿刺的计划。四号孩子病得很重，多次呕吐。星期五，四号女士匆匆带着孩子坐上出租车，赶回 280 英里外的家中。

那个星期五的夜晚，韦克菲尔德在 JABS 团体于伦敦举行的一次会议上发表了演讲，《新闻之夜》节目中穿着鲜红色女装的女士弗莱彻也在现场，还有巴尔——四号女士看到的那张剪报中提到的律师。“你在会议上所做的简短论述提供了很有用的信息，而且非常有趣。”一位六岁孩子的母亲在活动结束后写信给韦克菲尔德，随后带着自己的孩子——十二号孩子接受内窥镜检查。

——

两个星期后，回到泰恩赛德的四号女士收到了好消息。虽然孩子有回肠淋巴组织增生的情况，但针对肠道疾病的血检结果正常。为了寻找疾病存在的证据，医院的病理学家（严格来说应该是“组织病理学家”，因为用显微镜研究人体组织属于组织学的范畴）检验了孩子的活体组织，发现“没有任何组织病理学的异常现象”。

因此，四号女士心想，她和儿子不用继续承受折磨了。但是，后来发生了一件奇怪的事情。将近六个月之后，约翰·沃克－史密斯**修改**了四号孩子的诊断。

虽然四号孩子没有再回皇家自由医院接受其他检验，儿科医生和病理学家也审查并同意“一切正常”的诊断结果，但沃克－史密斯教授还是重新调整了检验结果：从明确的肠道健康改为肠道有疾病。现在，沃克－史密斯表示，四号孩子患有“未定型结肠炎”，这意味着它是一种能够影响病人终生的病变，但在特定的时间点尚无法准确诊断是溃疡性结肠炎还是克罗恩病，对胃肠病学家来说，这个诊断非同小可。

然而，四号孩子既没有溃疡性结肠炎，也没有克罗恩病，二号孩子也没有这两种病。虽然预警案例的检验结果让研究团队非常振奋，但是，二号孩子后来被送到其他医疗机构，接受了两个月的流质饮食疗法。一位没有参与韦克菲尔德研究计划的医生重新给孩子做了内窥镜检查，并认为二号孩子"已经完全恢复正常"。正如沃克－史密斯还在巴斯医院时做出的诊断，二号孩子的问题是"食物不耐受"。

但是，在 1997 年 3 月的一个星期二，沃克－史密斯写信给四号孩子所在地的医生。他在信中依照"结肠炎的组织病理学发现"，建议当地的医生给孩子开一种强效消炎药——美沙拉嗪，这种药通常是开给克罗恩病患者的。

11 年后，面对医学不当行为的指控时，沃克－史密斯承认自己无法解释当年究竟根据什么修改了孩子的诊断结果。他没有在临床记录中做任何记录。美沙拉嗪也绝对不是普通的药物，它的药物说明中有特殊的"黑框警告"[①]，特别强调这种药物可能会引发严重甚至危及生命的不良反应。而对这些不会说话、患有发育障碍的孩子来说，即使使用这些药物后产生了不良反应，他们也无法表达不适。

① 黑框警告（black box warning）是一种出现在某些处方药包装上的关于药物不良反应的警告标志。美国食品药品监督管理局会根据药物不良反应的研究结果，要求制药公司在处方药的标签或说明书中明确说明药物潜在的不良反应，并在相应文字外加上一个黑色的边框。黑框警告是药物使用方面最高级别的警告，它代表医学研究证明该药物存在引起严重甚至危及生命的不良反应的重大风险。

> ［英国医药安全委员会］建议，使用美沙拉嗪、奥沙拉嗪，或者柳氮磺吡啶时，应该提醒患者注意，如果在用药期间出现任何不明原因的出血、瘀伤、紫斑、喉咙发炎、发烧等不适症状，应该立刻提出报告并且进行血细胞分析，如果有任何血液恶液质的迹象，必须立刻停止用药。

四号女士并不相信美沙拉嗪是必要的药物，她认为只要注意孩子的饮食就能避免腹泻。但是，根据四号女士所做的记录，她跟一位她当时十分信任的医生讨论了自己的想法。

> 韦克菲尔德医生告诉我，这些药物可以抑制肠道发炎，能够减轻孩子的行为障碍和自闭症问题。但我不想让我的儿子吃那种药，所以提出了异议。他态度非常强硬，强迫我接受，甚至让另外两位孩子的母亲来劝说我。

最后，四号女士选择了让步，接受了这个明显就是拿她的儿子做实验的决定。但是，她的儿子在用药之后开始腹痛，行为问题也没有改善。她告诉我，让儿子使用美沙拉嗪是“彻头彻尾的灾难”。“我很惊讶，”她提到自己读到药物包装上的信息后的反应，“上面提到了‘结肠炎’……我的儿子根本没有结肠炎。”

但是，汉普斯特德这边，韦克菲尔德的团队欣喜若狂，甚至可以说是陷入了一种集体性的癫狂。韦克菲尔德现在开始怀疑自闭症本身就是一种炎症性肠病，而沃克－史密斯几乎给每个参与研究的孩子都开了美沙拉嗪、奥沙拉嗪或柳氮磺吡啶。

第六章　道德问题

想要释放由恐惧、愧疚和疾病构成的流行病，必须做好充足的准备。在汉普斯特德，韦克菲尔德已经奠定了自己取得标志性成就的基础，更令人难以置信的是，他得到了院方的鼎力协助。几个月后，韦克菲尔德将正式向全世界展示对这 12 位孩子的研究发现。

自从《新闻之夜》的报道之后，韦克菲尔德的知名度直线上升。在全国性媒体之中，《星期日泰晤士报杂志》（*The Sunday Times Magazine*）率先刊登了一篇五页报道《黑夜中打响的一枪》，介绍了韦克菲尔德、杰姬·弗莱彻和律师理查德·巴尔。英国独立电视台（ITV）在黄金时段的 30 分钟节目《重大报道》（*Big Story*）中报道了韦克菲尔德认为麻腮风三联疫苗与克罗恩病之间存在关联的主张。曾经报道过 JABS 团体成立和二号孩子内窥镜检验结果的记者——《星期日邮报》的洛雷恩·弗雷泽——现在已是韦克菲尔德阵营中的英雄，一名坚定的宣传者。

然而，现实若有少许改变，这一切都将是镜花水月。到了 1997 年夏天，韦克菲尔德已经凭借先导性研究中的内窥镜检验结果——特别是多次发现回肠内部腺体肿胀，以及孩子们的家长在医院讲述的病情而大获成功。这些家长告诉约翰·沃克－史密斯的团队，他们的孩子在接种麻腮风三联疫苗不久后，出现了行为问题和肠道不适的症状。

根据医学界的传统，研究结果应当予以保密，直到接受同行评审并公开发表在杂志上。但是，韦克菲尔德却将这项研究的相关信息透露给了医学杂志《脉搏》（*Pulse*），到了 8 月，很多媒体都开始讨论三联疫苗与自闭症和克罗恩病之间的关联。

是杀害还是治疗？
我的两个儿子都患上了自闭症，美好的婚姻也破碎了
疫苗受害者的莫大冤屈

有报道表示，韦克菲尔德谈到了自己“即将发表”的一篇五页论文，并声称参与这次研究的孩子“明确地证实了我们的怀疑”。一位更为资深、来自医疗体制高层的人物让韦克菲尔德的研究获得了更多关注。此人便是 53 岁的罗伊·庞德尔，他曾经是伦敦皇家内科医学院的理事会成员，拥有医学政治的野心。十年前，正是他聘请这位没有病人的医生来皇家自由医院任职。在韦克菲尔德余下的行医生涯中，庞德尔一直是他的导师。

“我非常相信韦克菲尔德的研究结果。”1997 年 8 月，庞德尔在 BBC 的电视专访中表示。“几乎所有的数据”在“生物学上都是可信的”，证明“病毒确实存在于肠道中”。

以上只是公开的行为。在私下，韦克菲尔德团队提交给《柳

叶刀》的论文不是一篇，而是两篇，主题是先导性研究的结果。其中一篇是临床医学研究，标题为《新的综合征：小肠结肠炎和退化行为失调》（"A New Syndrome: Enterocolitis and Regressive Behavioral Disorder"），包括"精神医学诊断""研究发现"，以及韦克菲尔德和另外 11 位共同作者提出的类似内容。另外一篇论文则是科学研究，主题是免疫组织化学，其中有大量的分子研究数据。

韦克菲尔德的尝试非常大胆，就算可以重来，他还是会这么做。即使是发现幽门螺旋杆菌的前辈罗宾·沃伦和巴利·马歇尔，都没有同时在《柳叶刀》发表两篇论文。如今，已经有了四个孩子［最小的孩子科林·约翰·奥格尔维（Corin John Ogilivie）刚出生四个月］的韦克菲尔德等待着《柳叶刀》的决定。

接下来的发展没有什么悬念，世俗之风已然是他的坚实后盾。就算依照《柳叶刀》的传统，韦克菲尔德的论文还达不到刊登要求，韦克菲尔德在那年夏天的公共曝光度也肯定会吸引曾经在皇家自由医院任职的《柳叶刀》主编理查德·霍顿的注意。当时，《柳叶刀》的重要影响力计算指数——学者的引用次数——正在下滑，落后于医学期刊界的领导者《新英格兰医学杂志》（*New England Journal of Medicine*）。

韦克菲尔德的好运还不止于此。霍顿指派了一位编辑决定是否应该刊登韦克菲尔德的论文。这位编辑是一位风趣幽默的家庭医生，名叫约翰·比格纳尔（John Bignall），当年 54 岁，曾经凭借快速发表关于罕见脑部疾病（克雅氏病的新变种）的系列文章而大出风头。比格纳尔奉行一种编辑策略（他的同事称其为"比格纳尔法则”）：如果编辑部针对某篇文章的讨论超过十分钟，就代表这篇文章“非常有趣”，应该予以刊登。

但是，在编辑部同意刊登之后，论文才迎来了真正的考验，此时并不能算万事大吉。论文能否发表，很大程度上取决于同行评审程序。韦克菲尔德再次得到了幸运女神的眷顾，1997 年 11 月，比格纳尔将韦克菲尔德的两篇论文交给了一位儿童胃肠病学教授戴维·坎迪（David Candy）。在此之前，坎迪从未给《柳叶刀》评审过任何一篇论文，而他的职业导师正是约翰·沃克–史密斯。“我很清楚，”坎迪告诉我，“不管约翰写了什么，肯定写得很好，而且内容可靠。”

这个世界真小。

—

皇家自由医院及其附属医学院已经开始做准备了。这是数十年来最盛大的时刻。韦克菲尔德和庞德尔与医院和医学院的高层见了面，说服他们再举办一场新闻发布会，其规模比上次为那篇以问号作为标题结尾的论文所举办的发布会还要大。“韦克菲尔德医生表示，每一个主要的新闻机构都联系过他。”在夏日的公共关注风暴之后，医院的媒体主任菲莉帕·哈彻森（Philippa Hutchinson）告诉院长阿里·朱克曼。

65 岁的朱克曼身材高大，戴着一副猫头鹰大框眼镜，他行事拘谨，一生都在追求卓越。他不只是微生物学教授和《医学病毒学杂志》的主编，还是世界卫生组织旗下某研究中心的主管、乙型肝炎疫苗的早期研发者之一。因此，在他看来，为了保险起见，这次的活动不该是“新闻发布会”，而是“情况通报会”，让媒体关注临床研究中报告的某些“胃肠变化”。

朱克曼将会为这个巨大的错误判断而悔恨终生。他以为，身为院长，他有把握控制媒体，能够对韦克菲尔德的研究贡献做出合理的解释。他还以为，医学院事先发布的新闻稿已经将韦克菲尔德的研究发现描述为“存在一定争议”，这可以降低记者们的热情。“除非相关的全国性和国际性权威部门和世界卫生组织决定重新评估关于接种麻腮风三联疫苗的政策，”院方的文件表示，“皇家自由医院将会继续支持目前的研究项目。”

虽然朱克曼要求院方必须慎之又慎，但韦克菲尔德早已聘请了公关公司，进行了几个月的策划。为了快速收发信息（在那个年代，因为电池块头过于巨大，移动电话的体积依然庞大，不便于携带），院方安装了额外的电话线路，让记者能够迅速打通新闻编辑室的电话。他们订购了机械式电话录音机，用于记录社会公众的反应，还进行了一次彩排，确保一切安排都能顺利进行。他们甚至订购了视频拍摄剪辑服务，制作了一部史无前例、长达 21 分钟的电视影片，以便最大限度地发挥电视的宣传效用。

涉身其中的人都很清楚未来会发生什么。那篇以问号作为标题结尾的论文已经引发了公众恐慌，使得麻腮风三联疫苗的接种率下降了一个百分点，考虑到每年持续增长的累积效应，这也是一个很大的数值。在《脉搏》的报道曝光后的几天时间里，皇家自由医院已经被咨询这项研究的家庭“淹没了”（韦克菲尔德本人的说法），许多家长前来询问相关的检验。在院方委托制作的电视影片中，韦克菲尔德宣称，根据他检验十几位孩子之后的发现，政府应该“暂停”接种三联疫苗，改为使用单一疫苗。

“我非常担忧多价疫苗，也就是麻腮风三联疫苗的长期安全性，我认为应该暂停接种。”韦克菲尔德在电视影片中以四种不同的方式重复了同样的信息。“我重申一次，我个人的意见是，使用单价的单一疫苗——麻疹疫苗、腮腺炎疫苗、风疹疫苗——可能更为安全。”

韦克菲尔德的导师—— 一心期待能够继续高升的庞德尔也警告政府留意接下来的发展。虽然韦克菲尔德团队投稿的第二篇科学研究论文被《柳叶刀》拒稿（韦克菲尔德在后来的法律诉讼中声称，他没有保留这篇论文的副本），但那篇临床医学研究论文足以引发轩然大波。“我们相信，目前能够接种的单价麻疹疫苗数量非常有限，”庞德尔在给时任英国政府首席医疗官的肯尼斯·卡尔曼（Kenneth Calman）的信中说，“您领导的部门可能会希望调查这个潜在问题。”

但是，胃肠病学教授庞德尔还有更私人性的关注重点，特别是他的门徒韦克菲尔德发表论文后，能不能给自己领导的医疗组织带来什么好处。在英国政府推行全国研究评估考核之后，政府的科研拨款会分配给在科研方面最为成功的那些机构——论文发表是一个重要指标。简而言之，韦克菲尔德团队的论文不仅意味着医学院可以获得科研经费，还意味着医院的胃肠病学部门能够获得科研经费。实际上，多年以后，我在进行调查时曾经询问一位曾在皇家自由医院工作的科研人员“如何解释那阵子发生的怪象”，她的回答只有简单的几个字：“罗伊·庞德尔。”

于是，万事俱备——媒体室坐满了记者，现场还准备了可供 50

人享用的咖啡和点心。1998 年 2 月 26 日，星期四，韦克菲尔德最新完成的论文将于上午 10 点公之于众。

发布会举行的地点是被皇家自由医院称为"中庭"的地方，这里靠近医院大楼一楼的入口，长 50 英尺，宽 100 英尺，没有自然采光，20 英尺高的天花板上安装了一排白色荧光灯，即使是飞蛾，也不会认为那里就是天空。这一层有四分之三的地面铺设了金黄色的硬木地板，中庭四周有七根柱子，整个场地铺着地毯，就像一个中档酒店的宴会厅。

到了 10 点，记者、新闻节目制作人和摄影师齐聚一堂，他们坐在硬背椅上，面对着一张铺着蓝色桌布的长条桌，发言人就坐在这里，旁边还有一个木制讲台，那是朱克曼的位置。《泰晤士报》（*Times*）、《卫报》、《每日电讯报》（*Daily Telegraph*）以及《独立报》（*The Independent*）的记者都到了。会议现场还有《星期日邮报》、《每日快报》（*The Express*）、《执业护士》（*Practice Nurse*）、第四频道、第五频道、BBC、天空新闻台、英国新闻联合社、路透社的记者。《脉搏》派了两个人，《柳叶刀》派了三个人。韦克菲尔德团队有将近 12 人出席。

此时距离韦克菲尔德团队第一次将论文提交给《柳叶刀》已有数月时间，在这期间，论文的内容也发生了显著的变化。共同作者多了一人—— 担任顾问医师的病理学家苏珊·戴维斯（Susan Davies），作者达到了 13 人。经过讨论之后，他们重拟了论文标题。新版论文就印在现场分发给记者的材料上，单面双栏，总计五页。标题共两行，用的是哥特字体。

回肠末端结节状淋巴组织增生、非特异性结肠炎，以及广泛性发育障碍

非医学界人士基本理解不了这个冗长艰涩的标题，甚至许多医生也无法理解。但是，论文的结论——以“解释”作为小标题——异常明确清晰，所有人都能明白。

> 我们在一组过去都很正常的儿童中发现，肠道疾病和发育退化之间存在时间上的关联性，这通常与可能的环境触发因素有关。

这段文字表明，韦克菲尔德的研究团队并没有**证明**什么。但是，那些被描述为“明确的诱发因素”的病因实际上已经足以成为新闻。

在论文的第二页和第三页有两个三英寸[①]宽的表格，每个表格都横跨两栏，逐项列出了儿童的相关情况。孩子们的资料都经过匿名化处理，编号从一号至十二号。没有孩子被诊断患有克罗恩病。

表格一非常复杂，即使是经验老到的医学记者也难以看懂。与病人编号相对应的三栏，是一连串“异常实验室检验结果”“内窥镜检查结果”和“组织学”发现，几乎每行数据都有同一句难以理解的神秘描述。这句描述中包括“慢性非特异性结肠炎”这种炎症性肠病，以及“回肠末端结节状淋巴组织增生”——在病人的小肠

① 1英寸约为2.54厘米。

中发现的丑陋的肿胀腺体。

表格二相当简单，就像是巨大的"危险"警示标志那样浅显易懂。表格标题是"神经精神病学诊断"，第一栏的表头是"行为问题诊断"，第二栏是"由家长或医生发现的暴露因素"。表头下面列出了每一位孩子的诊断结果，以及明确的诱发因素：

> 自闭症……自闭症……自闭症……自闭症……
>
> 麻腮风三联疫苗……麻腮风三联疫苗……麻腮风三联疫苗……麻腮风三联疫苗……

人们能够明白这篇论文的主题了。

九名孩子的诊断报告为"自闭症"（虽然其中一位，也就是四号孩子的诊断为"自闭症？瓦解性精神障碍？"）。

八名孩子的"暴露因素"是麻腮风三联疫苗。

回到第一页，开篇的"摘要"给出了论文的第一个"发现"——明显是以二号女士、四号女士等家长对约翰·沃克－史密斯及其团队所讲的情况为基础。

> 有十二分之八的父母发现孩子行为症状的出现与麻腮风三联疫苗有关。

十二分之八？也就是三分之二。因此，三个有自闭症孩子的家庭中就有两个将孩子的疾病归咎于麻腮风三联疫苗。

最令人惊讶的信息是下一页提到的一个可怕的突发问题：根据

家长的陈述，孩子“第一次出现行为症状”（也被称为“行为特征”或“行为变化”）是在接种疫苗的**数天**之后。

> 在八名孩子之中，从暴露接触到首次出现症状的平均时间间隔为 6.3 天（范围为 1—14 天不等）。

因此，首次出现症状的时间最长为 **14 天**，也就是两个星期——这个天数就是二号女士的儿子出现撞击头部行为的时候她跟皇家自由医院的医生所讲的。同时，出现症状的最短时间是在接种疫苗之后的“24 小时”，以及“立刻”。

最后是这篇论文最冗长的部分，小标题为“探讨”。这一部分假设了疫苗造成人体损伤的机制，因素包括维生素 B_{12} 和“阿片类物质过量”等，这些都是二号女士与韦克菲尔德通电话时提出的设想。论文的结尾则是一段“附录”——就像韦克菲尔德的父亲格雷厄姆在 1966 年发表的论文。附录中写道，目前已经有超过 40 名病人接受了“评估”，其中 39 人出现了所谓的“综合征”。

—

铺着蓝色桌布的长条桌后，坐着四个主讲人：韦克菲尔德（当时有谣传说这篇论文是韦克菲尔德独自撰写的）、庞德尔（不在论文的共同作者之列）、西蒙·默奇（论文的第二作者），以及秃顶的精神病学家马克·贝瑞罗维兹（在论文的 13 位作者之中位列第七）。

在四位主讲人左手边站着的是这次会议的主持人朱克曼，他面对媒体记者，努力安抚他们的情绪。"这些疫苗在世界各地已经接种了数亿剂次，"他宣称，"已被证明是绝对安全的。"

虽然朱克曼负责主持，但韦克菲尔德才是主讲人，而所有媒体记者出席这次发布会也是冲着他来的。他穿着黑色的无垫肩西装、白色衬衫，系着花纹领带，对着电视摄像机刺眼的光线侃侃而谈，完完全全就是一位诚实正直的医生在危险的科学前沿提出坚实的指引的形象。

"麻腮风三联疫苗和自闭症之间的关联性——目前只是时间上的关联性——最初是在美国发现的，"韦克菲尔德说，"目前我们已经在小部分研究对象中确认了这种时间上的关联性。"

韦克菲尔德讲话的同时，台下的几十名听众也没有闲着。记者们匆匆写下了要点，新闻节目制作人拍摄了实况录像，医院的媒体主任哈彻森做了会议记录。

> 研究选择标准：（1）儿童正常发育；（2）行为退化；（3）肠道症状。
>
> 平均发病时间：6.3 天，范围从 1—14 天不等。
>
> 回肠末端伴结节状淋巴组织增生以及慢性结肠炎。

这篇论文四次提到的"症状"指的是一系列肠道和脑部问题。"我们现在描述的这种特殊综合征是非常新的，"韦克菲尔德解释道，"可能首次出现于 1988 年之后，也就是麻腮风三联疫苗开始接种之后。"

院长朱克曼做出了回应，他提到了麻疹病例的统计数据：前一年在罗马尼亚有两万个麻疹病例，其中有 13 名孩子死亡。

但是，韦克菲尔德并没有理会这样的统计数据，而是呼吁暂停接种三联疫苗。“对于我个人而言，这是一个道德问题，”他这样表示，“在这些问题得到解决之前，我无法支持继续接种三联疫苗。”

光是这些话就已经够了——即使只是一位医生的意见。然而，坐在韦克菲尔德右边的庞德尔也对此表示支持。

庞德尔教授的目光中充满了好奇，他的双眼总是眯着，好似新月，但投向人群的眼神却像一只鸟那样锐利。“现在，我对于疫苗的感觉，跟安德鲁·韦克菲尔德越来越相近，”他说，“在同一天接受三种病毒的独特组合，这非常不自然、不寻常。”

有庞德尔教授的支持就够了，那天也确实如此。经过几个月的规划，韦克菲尔德、庞德尔和一个小型医学院，在一个拥挤的地方，引爆了一枚“炸弹”。

英国独立电视新闻（Independent Television News）当晚是这样报道的：

> 今天，医学界开始质疑麻疹、腮腺炎以及风疹联合疫苗的安全性……

英国第四频道：

> 最新的研究结果显示，肠道疾病可能会引发自闭症……

英国第五频道：

> 医学界宣称，一种常见的儿童疫苗可能与自闭症有关联。

印刷着这些消息的报纸被火车和货车运到全国各地，送到无数书报亭和信箱之中。第二天清晨，整个英国都被这些报道所震惊，例如《卫报》就发了三篇报道，从头版开始刊登。

> 今天公布的一项医学研究表明，小孩在两岁时接种麻疹、腮腺炎以及风疹疫苗（麻腮风三联疫苗）可能会引发炎症性肠病和自闭症。
>
> 安德鲁·韦克菲尔德医生和他在伦敦汉普斯特德皇家自由医院的同事在《柳叶刀》上发表报告称，各地转诊给该医院的有自闭症症状和肠道问题的孩子，都患有一种迄今不明的肠道综合征，治疗肠道综合征能够减轻一些自闭症的症状。
>
> 他们还发现，自闭症的典型行为转变，例如失去刚学会的基础语言能力，也会在接种麻腮风三联疫苗后的几天内出现。

不认同韦克菲尔德的人像希区柯克恐怖电影中的乌鸦一样发出抗议，认为他们的研究样本太少，12 个孩子没有任何代表性，他们也没有设置控制组（未患自闭症或者未接种麻腮风三联疫苗的孩子）来确保韦克菲尔德检验的是独特的"综合征"。这 12 个孩子的家长可能受到"回忆偏差"的影响。病理学研究也不符合盲法试验的标准。

《柳叶刀》也遭到了抨击。确实，它在没有证据的情况之下就对疫苗进行质疑，并刊登了只有 12 个孩子作为研究样本的论文。然而，正如三年前刊登那篇以问号作为标题结尾的论文时一样，《柳叶刀》知道如何保护自己。两位来自美国疾病控制与预防中心（US Centers for Disease Control and Prevention）的科学家——包括流行病学专家弗兰克·德斯蒂法诺（Frank DeStefano），受《柳叶刀》的邀请，发表了一篇 1200 字的反驳意见，批评韦克菲尔德的论文。

“在英国，每年接种第一剂麻腮风三联疫苗的儿童人数大约是 60 万，他们中的大多数都在两岁时接种，两岁也是自闭症症状首次显现的时间，”二人评论道，“因此，某些自闭症症状会在接种疫苗之后出现，这点并不令人意外。”

但是，这些讨论都是白费口舌，英国国民已经不愿再听。如果真的有一家医院的胃肠科在几个月内连续遇到多位家长，声称他们的孩子在接种麻腮风三联疫苗后的几天内出现了行为症状，这肯定需要解释，对吧？或许，在世界各地的其他医院，医生没有那么高的警惕性，因此忽略了一种未知流行病的初兆。

还有，**12 个人的样本还不够？没有控制组？这有什么问题？**质疑韦克菲尔德的人应该更清楚：1932 年，克罗恩病首次有了系统性的报告，其中只有 **14** 个病人的肠道组织样本。自闭症的首次典型描述是在 1943 年，患者也只有 **11** 人。1981 年，后来被命名为“艾滋病”的病症第一次被发现并公布，患者仅是洛杉矶的 **5** 名男同性恋者。难道这些研究结果应该被置之不理，以免引发恐慌吗？

杰姬·弗莱彻和 JABS 团体没有被写进论文中，这次新闻发布会也没有提及他们。发布会也没有提到这些孩子是被父母主动带来参与研究计划的，而不只是常规的转诊。多年以后，我才发现了这些真相，引发了一场喧嚣。但是，如果韦克菲尔德这次研究的对象和发现确实符合论文所描述的情况，那么这些内容就值得在《柳叶刀》上占据一席之地。

前提是，一切都是**真**的。

第二部

秘密计划

第七章　众所周知

我很确定，当年我在接种疫苗的时候大哭了一场。又有哪个婴儿不会哭呢？在伦敦北部肯蒂什镇（Kentish Town）拉格兰街（Raglan Street）的一间诊所内，皮下注射器刺穿了我的皮肤，那种恐怖足以跟遭遇银行抢劫相比。可重复使用的玻璃针筒几乎和双簧管一样粗，铜制柱塞的表面镀了镍，针筒的吸力足以用来清除水管积水，带有斜面的针头在每次注射结束后都会加热消毒，我的母亲没准能用这种针头来织毛衣。

我的记忆或许不太准确。但是，上面提到的那些东西确实是当时——第二次世界大战结束的十年后——疫苗注射的标准工具。13年后，我的母亲因乳腺癌过世，留给我一台便携打字机（我喜欢批判的性格也是受她的影响）和一叠文件（出生证明、学校成绩报告等），我的疫苗接种记录也在这些文件中。根据一张4英寸长、3英寸宽的绿色卡片上的记录，我第一次接种的疫苗是白喉疫苗，接种时间为1955年5月4日，星期三，当时我的年龄是15个月零4天。

你可以根据这个时间点来推算我的年纪。我必须承认，我已经老了，老到当我加入《星期日泰晤士报》报社的时候，这份报纸还在用铅字排版。20 世纪 80 年代，我还是一个 20 多岁、穿着黑色麂皮尖头皮鞋的自以为是的小伙子，刚加入报社的商业版部门，担任改稿编辑和"铅字校对"编辑，每天为了那些宛如墓碑、被印刷工人用小轮车推来推去的钢制平板（即"印版"）以及排好并固定在印版上的铅字而劳心劳力。

然而，让我与安德鲁·韦克菲尔德产生交集的，只是我在报纸上发表的一句话。写下这句话的时候，我还是报社的社会事务记者，发起过一项运动，要求议会通过一项法案，给予残障人士更多的权利保障。发表这句话的那天是 1988 年 4 月 1 日，星期五，我在一篇千字评论里顺带提及了一个与百日咳疫苗有关的争议。在 20 世纪 70 年代和 80 年代的大部分时间里，医生和很多家长都认为，百日咳有时（至少在罕见的情况下）会损伤孩子的大脑。

十年之后，关于百日咳疫苗的争议早已被人遗忘，取而代之的是对麻腮风三联疫苗的忧虑。但是，就在我发表这句话的两天前，在泰晤士河旁的一座雄伟的哥特式建筑——伦敦皇家司法院中，一位法官做出了一项意义深远的判决。经过 63 天的听证，在审查了来自世界各地的专家意见和证据之后，法官斯图亚特－史密斯（Stuart-Smith）——默里爵士（Sir Murray），一位 63 岁、有三子三女的父亲——在一个嘎吱作响、令人窒息的法庭上，大声宣读了一份共有 14 章长达 273 页的判决书，这在很大程度上终结了有关百日咳疫苗的争议。

他的判决是"不"。根据他对一系列可能性的权衡，百日咳疫苗并不像许多人想象的那样有害。"我原本也觉得这种判断确实有事实依据，”这位当过骑兵军官、喜好射击和演奏大提琴的法官说，“但在过去几个星期，我倾听并且审阅了各种证据和主张，越来越怀疑先前的想法。”

我不同意法官的说法，决心反驳他的观点。那个星期五，我开始自行调查。我坐在《星期日泰晤士报》编辑室的转椅上转来转去，一边弹着橡皮筋，一边翻阅装满泛黄新闻剪报的文件袋。证据铺天盖地——甚至连《星期日泰晤士报》后来发起的一场运动都打着“疫苗受害者”的旗号。

疫苗受害者赢得了赔偿诉讼的初审
疫苗受害者的家长主张，百日咳疫苗的风险被有意隐瞒
百日咳：家长并未被告知的事实

这些证据看起来无可置疑。我们的医疗记者所做的“特别调查”甚至认为，接种百日咳疫苗的风险比患百日咳本身还大。这位记者发现“政府使用了误导性的数据”，专家的意见也被“隐瞒”了。

我继续翻阅剪报，发现情况没有那么简单。家长们倍感忧虑，疫苗接种率也大幅下降。根据某项统计，每年的百日咳报告病例数从8500提高至25000。在20世纪70年代末的一次百日咳暴发潮中，有30多名孩子死亡，还有17名孩子脑部受损。

疫苗接种率下降“可能会引发大规模传染”
32463人在疫苗恐慌之后感染百日咳
四名儿童因百日咳而离世

对于报纸来说，这是绝佳的素材：一篇文章可以引发两种惊恐。但我在那篇评论中主要想表达的忧虑只是针对那些脑损伤的孩子，无论病因是什么，他们的家庭都需要帮助。那篇评论的标题是"民众的需求高于追究责任"，标题下面还有一段"导读"：

> 在法院上个星期针对"疫苗损伤案"做出判决之后，相关儿童的家庭将无法获得帮助。布莱恩·迪尔主张，所有残障人士都应该享有平等的权利。

现在，我的观点依然如此。不过，那篇评论的其他内容，我已经记不清楚了——除了让我与安德鲁·韦克菲尔德产生交集的那段话：

> 众所周知，百日咳疫苗和严重的脑损伤之间，确实存在罕见的关联。

在那个电子邮件普及之前的快乐年代，没有人会为了发牢骚而特意写信。但是，这段话可能确实让一些人以为我在疫苗问题上与人存在利益关联。几年后，我接到一通电话，对方是一位来自爱尔兰的女士，她是当时反疫苗运动的"女王"。

她叫玛格丽特·贝斯特（Margaret Best），住在爱尔兰南部柯克市（Cork）的附近。她曾经为自己患有神经障碍的儿子肯尼斯（Kenneth）赢得了一笔数额巨大的赔偿金——275 万英镑，外加她的律师费。赔偿这笔钱的是维康基金会（巧合的是，这家基金会也资助过韦克菲尔德的早期研究）。1969 年 9 月——玛格丽特 22 岁，她的儿子刚满四个月——她带着肯尼斯接种了百日咳疫苗。准确地说，这是一种联合疫苗，还可以预防破伤风和白喉，这种三联疫苗被称为百白破疫苗，缩写是 DTP 或 DPT。

后来，玛格丽特说，在接种疫苗的几个小时后，肯尼斯就出现了严重的癫痫，她不得不给当地的医生打电话。“他的脸涨得很红，眼睛看向右方，”她说，“还把双臂举到胸前，身子好像完全僵住了。”

1996 年 11 月，玛格丽特邀请我去探望她。那年她 49 岁，留着一头浓密的黑色卷发，身材娇小但活力满满，遇事习惯撸起袖子就干。和丈夫肯（Ken）分开后，她现在和男友克里斯蒂（Christy）同居，住在一栋刚建好的房子里。他们装了电动房门，铺了碎石车道，还养了几条狗。房内的家具看起来不太精致，像是在同一家百货公司花了一两个小时就买来的。

肯尼斯已经 27 岁了，住在这栋房子旁增建的一间屋子里。他不会说话，偶尔会发出尖叫。他最大的乐趣是把一大堆毛线球混成一团柔软的多彩毛线。

玛格丽特在餐桌旁与我交谈，回忆当年发生的事情。餐桌上放着她在都柏林法院所做的口供记录，还有一台蓝色微型磁带录音机，这样我就不需要分心做笔记了。

“所以，当初你是在哪里给医生打电话的？”大约 30 分钟之后，我提出了这个问题，希望能够重现她所说的那个恐怖夜晚。

玛格丽特站起身，走到壁炉前笨手笨脚地鼓捣了一番。我**关掉**了录音机，她走了回来。“嗯，”她说，“我有时会借用隔壁邻居家的电话。”

她的说法很合理。在那个年代，装有电话的家庭并不多。孩子发病的那年，她住在一个名叫金塞尔（Kinsale）的贫穷渔村。

"所以，你是在邻居家给医生打的电话？"我继续追问，希望能够获得更多细节。

玛格丽特又站起身，走到壁炉旁边，停顿了一会儿，才说："不是。"

录音机还**关着**，我继续等待。随后，我**打开**了录音机。"那么，你用的是公用电话？"

"对。"

好吧，没什么大不了的，至少我在当时觉得没什么问题。但是，回到伦敦重新播放录音时，我皱起眉头，神色凝重。如果她使用的是付费的公用电话，为什么要提到邻居？为什么在回答这些问题的时候，她会走开，而且回答时说得很缓慢，也很简单？那个毁掉她儿子一生的夜晚，肯定已经深深刻印在她的脑海里了吧？

——

就这样，我的人生道路开始逐渐向韦克菲尔德接近。爱尔兰之行的一个星期之后，我申请调阅了"贝斯特诉维康基金会"的案卷，随后便收到了一个装了许多活页夹的大箱子。案卷记录了为时 35 天的审判过程，每一天都有详细记录。我在案卷中发现了很多异常的情况。举例来说，有些医疗记录和玛格丽特的说法相互矛盾，除此之外，虽然肯尼斯在第一次接种百白破疫苗时就出现了明显的不良反应，玛格丽特还是让儿子接种了第二针疫苗。

"我并不认为贝斯特太太在说谎，"1989 年 6 月，维康基金会的律师亨利·希基（Henry Hickey）对爱尔兰高等法院的首席法官说，“我想说的是，贝斯特太太的回忆是错的，她提到的不良反应真正发生的时间，比她所说的时间还要**晚**六个星期到两个月。”

这么多年过去了，谁能确保自己能准确记得当初的时间呢？但是，首席法官并不容易被说服。“我认为不止于此，”爱尔兰高等法院的首席法官利亚姆·汉密尔顿（Liam Hamilton）表示，“我很确定，如果贝斯特太太的叙述不准确，她就是在**说谎**。”

但是，维康基金会坚持自己的立场——这也是该案有趣的地方。虽然男孩的医生记录了很多症状（“鼻塞”“湿疹”“胸闷”等），但完全没有提到癫痫。然而，根据玛格丽特的证词，男孩一天最多会出现 20 次癫痫发作。

希基主张这位母亲“记错了时间”，并且坚持这个观点。“人们在回忆过去的时候，会说服自己相信事件的真相就是这样的，”他说，“每个星期的每一天，我们都会在道路交通事故中看到这种现象。”

但是，律师提出的意见决定了基金会的命运，让爱尔兰最高法院有了发言权：玛格丽特的口供如此错综复杂——包括每日癫痫发作以及看医生的次数——由此可以推断，如果玛格丽特的陈述**不是真的**，她就**必定**是在说谎。因此，既然维康基金会认为玛格丽特并没有说谎，那么从逻辑上可以推断，她说的是事实。

“他们本来保持沉默就好了，” 玛格丽特告诉我，她后来在一场小型媒体庆祝会上谈起那次胜诉时这样说，“如果他们专心为自己辩护，不说其他的事情，不多嘴讨论他们是否认为我在说谎，或者我是否在说实话，或者我是否弄错了——这些根本不是重点——

倘若他们什么都不说，可能会获得对他们更有利的判决结果。"

我必须承认，这就是我的健力士时刻。我开始琢磨，她**可能**说谎吗？她**会**说谎吗？她**为什么不**说谎呢？玛格丽特的身上有很多我珍视的特质。她是一位工人阶级出身的母亲，在 12 岁的时候就辍学了，还打败了一家制药公司。**太厉害了**。

但是，当我进一步思考时，所有这些陈腔滥调都消失了。她取得胜诉的影响远不止于此。对于其他家长而言，他们面临着是否接种疫苗的抉择，想要权衡利弊，案件的真相对他们来说非常重要。除此之外，我是一名记者，不是活动家。我相信真相才会带来自由。

因此，我稍微深入调查了一下。好吧，我用了一年的时间，发现了故事的真相。真实的人物，具体的事实，就潜藏在一个高等法院法官和一个周报记者的意见分歧之后。

—

有些令人难以置信的是，这个故事起源于一位医生，一位在伦敦某家医院任职的医生。这位医生在某个医学期刊上发表了一篇论文，得到了电视和报纸的关注。这篇论文列举了一系列儿童病例，声称这些儿童在接种三联疫苗的 14 天内遭受了神经损伤。随后，论文引发的恐慌像流行病一样蔓延至全球。

不过，这位医生不是韦克菲尔德，而是约翰 · 威尔逊（John Wilson），一位儿童神经科顾问医师。他所在的医院是大奥蒙德街儿童医院（Great Ormond Street Hospital for Children）——全球顶尖的儿科研究中心之一，位于汉普斯特德皇家自由医院以南 3.5 英里处。他发表论文的期刊是《儿童疾病档案》（*Archives of Disease in Childhood*），最先发出媒体警示的是《本周》（*This Week*）节目——当时，英国只有三个电视频道。

我订购了这期节目的录像带，反复看了很多次。

“你相信百日咳疫苗和脑损伤之间存在关联吗？”1974 年 4 月，《本周》节目的记者询问威尔逊。那位记者穿着粉红色的高领衬衫，戴着厚厚的眼镜，鬓发一直留到了下巴。

“我个人是这么认为的，”这位神经科医生回答，“因为我已经看到过许多病例，他们所出现的严重症状，包括痉挛、失去意识、局灶性神经功能症状，与接种疫苗之间确实存在关联。”

“什么意思？你看到过很多病例？”

“嗯，在这家医院工作期间，也就是过去的八年半，”他提到自己在大奥蒙德街儿童医院任职的时间，“我看到过 **80** 个左右的病例。”

威尔逊和韦克菲尔德的父亲格雷厄姆是同时代的人，跟格雷厄姆一样，威尔逊也是“众神之神”。他乌黑的头发上总是抹着发油，深色西装上钉着闪亮的袖扣，说起话来就像一个冷面的基督教主教那样，一丝不苟，不带感情。

威尔逊在职业生涯的早期就对疫苗产生了兴趣，那时可怕的天花还没有被消灭。英国在战胜这种疾病方面可谓是先行者，最早可以追溯至 18 世纪晚期，一位名为爱德华·詹纳（Edward Jenner）的医生发明了牛痘接种术——被认为是人类历史上第一个真正的“疫苗”。20 世纪 60 年代，威尔逊还与一群专打人身伤害官司的律师合作，帮助他们发起与接种疫苗有关的赔偿诉讼。

1974 年 1 月，威尔逊发表了讨论百白破三联疫苗的论文，此时距离他参加《本周》节目还有三个月，比韦克菲尔德在《柳叶刀》上发表有关 12 位儿童的研究早了 24 年。威尔逊联合两位实习医师——德国人马尔恰·库伦坎普夫（Marcia Kulenkampff）和巴西人何塞·萨鲁马欧·施瓦兹曼（José Salomão Schwartzman）——在《儿童疾病档案》上发表了一篇四页论文。

"1961 年 1 月至 1972 年 12 月，约 50 名病人因为可能与接种百白破疫苗有关的神经性疾病而前往伦敦大奥蒙德街儿童医院就诊，"威尔逊在论文中解释道，"其中有 36 名病人的时间数据非常准确，他们的神经性疾病在接种百白破疫苗的 14 天内就出现了。"

威尔逊要求自己的两位助手查阅医院的病历库，寻找病人接种疫苗的记录。随后，威尔逊将这 14 天设为特定的时间段，用来挑选疫苗的受害者。"当年的那次研究非常原始。"40 多年后，施瓦兹曼在巴西圣保罗接受我的采访时这样表示。

在《本周》节目播出之前，英国儿童百白破疫苗接种率是 79%，在各大报纸加入这场喧嚣之后，接种率下降到了 31%。

法律诉讼纷至沓来。当我开始调查这段历史时，发现加拿大和美国都出现过大规模的法律诉讼潮，伦敦也有两起诉讼——而主审这两次诉讼的首席法官都是那位喜欢演奏大提琴的斯图亚特 - 史密斯。从这些历史中，我得到了一些启示，有助于我后来层层剥开韦克菲尔德那些如腥臭洋葱的故事。

英国第一个与百白破三联疫苗有关的法律诉讼案关注的是一位患有发育障碍的男孩，名叫约翰尼·金尼尔（Johnnie Kinnear）。

根据他母亲苏珊（Susan）提供的证词，在接种疫苗的当天晚上，约翰尼就出现了“五六次”癫痫发作。此后，每天癫痫发作的次数都会增加。但是，虽然医生确实记录了一系列轻微的身体不适，但在接下来的五个月里，小男孩的病历中没有任何严重的病症记录。

苏珊说了谎。

那是个凄凉的场面。苏珊在法庭上咆哮，就像一只想要保卫幼崽的母狮。“你们都明白，你们正在迷惑我，你们在迷惑我。”

实际上，他们并没有迷惑她。

斯图亚特 – 史密斯判定苏珊“没有说实话”，约翰尼的律师决定结束那样的窘境。“任何人，只要来到法庭，听了相关证人的证词，”1986 年 5 月，约翰尼的律师对法官说，“并且发现证人证词和医疗记录之间存在的诸多差异，都会毫无疑问地相信，这个男孩已经没有未来了。”

接下来是第二个相关的法律诉讼，这次的原告是名为苏珊 · 洛芙迪（Susan Loveday）的小女孩，她也患有发育障碍。但是，这次诉讼没有允许小女孩的父母提供证据（理由是担心造成二次伤害、增加诉讼成本或延长审判时间），除非有科学检验能够支持他们的主张。最值得一提的是，这次审判分析了一项具有重大意义的英国研究，这项研究提出，百白破疫苗造成脑部永久性损伤的“归因危险度”是 **1/310000**。

这项“英国全国脑病研究”进行了三年，追踪了 200 万剂百白破疫苗的接种情况，是全球最权威的相关研究。这项研究的主要结论也被全世界的医生在各种产品数据表中引用。

但是，法官审理此案时，发现这项研究的计算结果最终只取决于**七名**关键的病人。因此，法官驳回了研究人员的反对意见，下令调出这七名病人的医疗记录，逐一检查。其中一个孩子患有瑞氏综合征（Reye's Syndrome），但不是由疫苗引发的；另外三个则是遭受病毒感染；最后三个孩子的医疗记录显示检查结果为"正常"。这些事实将归因危险度降到了**零**。

斯图亚特 – 史密斯继续审查这项研究，查看了更多的病例，并且得出结论：即使是最悲痛的陈述，也不一定可靠。

> 第 1473 号病例：家长的陈述前后不一。
>
> 第 1509 号病例：症状出现的时间原本是去年 10 月。但根据家长在几个月后的陈述，症状出现的时间被改口为不到 24 个小时。
>
> 第 1215 号病例：家长在文件记录中宣称，小孩在接种疫苗之前完全正常，但事实并非如此。

斯图亚特 – 史密斯也发现了一些看起来像是欺诈的行为。在技能测评中出现了两个不同的打印结果，测评分数出现了令人无法理解的**变动**。尽管接受测试的是同一位病人，测评内容也完全相同，但最近的测评结果出现了反常的降低，使得某些边缘性病人的智力水平显得更低。

"这很奇怪，"法官表示，"很难理解为什么相同的数据会得出不同的测评结果。"

这使得威尔逊逐渐落入下风，他所做的研究列出了 36 名疫苗受害者，斯图亚特 – 史密斯将他们的医疗记录全部审查了一遍。这位神经学家只好承认，其中 8 位病人所患的疾病和疫苗毫无关联；其中的 15 位病人，他承认可能会有合理的其他原因；他能够确证其病症与疫苗有关联的，只有 12 位病人；至于剩下的 3 位病人，虽然有足够的信息来理解他们的身体状况，但无法证明疫苗在其中产生的影响。

令人惊讶的是，威尔逊在研究报告中提到的某些孩子在接种疫苗**之前**就首次出现了症状。但是，最令人讶异的是威尔逊报告中的一对同卵双胞胎女孩，她们不仅被诊断患有先天性疾病，而且从未接种过百白破疫苗，即使是这样，她们的发育障碍依然在 20 世纪引发了一次公共卫生恐慌。

真是永生难忘。我的调查结果最后汇总成了将近 7000 字的报道，刊登在《星期日泰晤士报杂志》上，占了六个版面。这次调查让我明白，在探讨疫苗受害者时，不能**单纯地相信**医生或家长。除此之外，在掌握了一些我再也用不到的神秘冷知识［从“小白鼠增重测试”到“阿尔文 · 格里菲思（Arlwyn Griffith）① 的信条”］之后，这次调查还让我体会到，探究疫苗领域的问题非常困难，凭一时的兴致是不可能厘清的。

——

1998 年的 2 月 27 日，星期五，我在一位医生家的客厅拿起了一份《卫报》，读到了有关那项汉普斯特德研究的新闻，**就在那时**，我肯定这是一个非常复杂的问题。韦克菲尔德因为麻腮风三联疫苗

① 时任维康基金会的医疗总监。

成为新闻人物时，我还在调查百白破三联疫苗。

“你应该调查一下**韦克菲尔德**。”我离开的时候，那位医生建议道。

“不可能。”我笑着说，“**绝不可能**。”

第八章　第一次接触

因此，那项研究的起点究竟在何处？我是说，**真正的**起点。是像韦克菲尔德说的那样，二号女士的来电让他接触到了那个预警案例？还是在《新闻之夜》节目上，穿着鲜红色女装的女士提到她成立了 JABS 团体，寻求盟友帮助她赢得法律赔偿？还是说，一切的起点是十几年前大奥蒙德街儿童医院的另一位医生，以及另外一种不同的三联疫苗？

我将负责剥开这颗腥臭的洋葱，这样就不必弄脏其他人的手了，后面的头条新闻标题将是：

真相

最开始确实**有**一通电话，但不是**打给**韦克菲尔德的，而是韦克菲尔德打给一位英国政府官员的。此人名为戴维·萨利斯伯里（David Salisbury），当年 46 岁，在英国卫生部担任高级疫苗官员，他行事温和谨慎，从来不会草率行事。他也是一名儿科医生，曾经在神经学家约翰·威尔逊的手下工作过。这段经历也塑造了萨利斯伯里的一生。

在百日咳疫苗恐慌期间，他一直在病房里忙碌，迎接闪烁着蓝色灯光的救护车，以及被转诊到大奥蒙德街儿童医院、戴着儿童专用呼吸机的孩子。他目睹那些咳嗽不止的婴儿被人抬离救护车，家长在一旁哭泣，护士四处匆忙奔走，还有那些诊断结论都很糟糕的病历。他看到婴儿患上了先天性风疹，这种病能够造成脑损伤，还会引发失聪、失明和心脏病。他甚至感受过亚急性硬化性全脑炎的恐怖。

亚急性硬化性全脑炎，一种由麻疹病毒引起的疾病，在初次感染很长时间之后开始攻击人类的脑部。一开始的症状是轻微的记忆丧失，随后病况恶化，病人会陷入昏迷，成为植物人，在一到三年内死亡。一位小男孩被诊断患有亚急性硬化性全脑炎之后，萨利斯伯里和威尔逊一起把这个不幸的消息告诉家长。

"我永远记得，约翰非常温柔慎重地告诉家长，"一天夜晚，我打电话采访萨利斯伯里时，他说，"他们的孩子会怎样死去。"

韦克菲尔德打来电话时，萨利斯伯里正在一栋平平无奇的长方体建筑——弗莱尔大楼（Friar's House）里工作，这栋大楼位于泰晤士河下游南岸不到一英里处的象堡区（Elephant and Castle）。象堡区是一个破败的地区，被复杂的交通系统所环绕着，这里也是许多英国政府机构的聚集地——办理退休金、社会福利、社会服务的机构都在此处——几乎没有政府官员的办公室比萨利斯伯里的更好，他的办公室房号是388，从这里能够俯瞰整个停车场。

韦克菲尔德给萨利斯伯里打电话的时间是1992年9月23日，

星期三，那是二号女士给韦克菲尔德打电话的两年前[①]，杰姬·弗莱彻的儿子初次接种疫苗的两个月前。在萨利斯伯里的办公室外，他的秘书通知有一通来电，这通电话拉开了故事的序幕。

当时，萨利斯伯里负责的重大项目是推行一种用于预防 B 型流感嗜血杆菌的新疫苗。他正在追踪制药公司的疫苗供应情况，为英国卫生部的承包商们解决运输问题，并且应对无数来自内科医生的询问。

“皇家自由医学院的安德鲁·韦克菲尔德医生来电，他想要讨论一些与麻腮风三联疫苗有关的情况。”

又是麻腮风三联疫苗。由于新闻媒体报道了麻腮风三联疫苗的安全性问题，萨利斯伯里已经接到了许多询问电话。上周一，英国政府的首席医疗官肯尼斯·卡尔曼刚刚通知英格兰和威尔士的所有医生宣布停用两个品牌的疫苗。第一个是由英国制药公司史克必成（SmithKline Beecham）开发的 Pluserix 疫苗，第二个是法国制药公司生物梅里埃（Pasteur-Merieux）开发的 Immravax 疫苗。于是，英国只剩下一种疫苗可用——默克公司开发的第二型麻腮风三联疫苗（M-M-R Ⅱ）——前提是这家美国制药公司能保证疫苗供应。

卡尔曼在通报中解释的停用原因很简单。这两种疫苗中的腮腺炎病毒减毒株的活性过高，偶尔会造成疾病。正如三联疫苗中的麻疹病毒和风疹病毒毒株一样，腮腺炎病毒也会以“减毒”的方式被混合到疫苗中。被停用的两种疫苗所使用的毒株被称为 Urabe AM9，它有时反而会导致疫苗本来应该预防的疾病，诱发轻微的

① 原文如此。——编者注

脑膜炎。

加拿大和日本已经采取了行动。但是，英国政府的实验室现在才完成风险评估：在11000次疫苗注射中会出现1次异常现象。"这个概率"，卡尔曼在通报中强调，"明显低于"脑部因自然因素感染发炎的概率。

各大媒体的新闻报道都会在每天早晨送到萨利斯伯里的办公桌上，整整九天，他一直关注着相关的新闻。9月15日，星期二，《泰晤士报》最先刊登了一篇140字的报道。这篇报道的文风非常克制，而且相关的疫苗已被停用，公众对此事的担忧也微乎其微。

萨利斯伯里从来没有听说过这位没有病人的医生韦克菲尔德。秘书按下按钮，让两人直接通话。电话那头，一个洪亮的声音先向萨利斯伯里做了自我介绍，萨利斯伯里起初非常疑惑——这也正是两年半后[①]二号女士打来电话时韦克菲尔德的感受。萨利斯伯里想知道，这位医生为什么会打来电话。

至于接下来发生的事情，一位新闻报道者不应该相信片面之词，因此，我非常感谢韦克菲尔德随后写了一封信，总结了这次通话的内容。当时，韦克菲尔德正在等待《医学病毒学杂志》刊登他有关克罗恩病病毒的研究论文。韦克菲尔德在这篇论文中声称，他的研究团队在病人的肠道中发现了麻疹病毒，并且拍摄了照片。

"所以，我在想，"萨利斯伯里告诉我，"我们有什么必要认真对待这个人的意见呢？我们已经有了非常不错的疫苗接种计划。

① 原文如此。——编者注

麻疹在英国已经绝迹了。”

但是，在那天的通话中，韦克菲尔德非常直接地将那篇还没有在《医学病毒学杂志》上发表的论文作为自己的论据。虽然，韦克菲尔德承认那篇论文与疫苗没有关系（与风疹和脑部疾病也没有关系），但是他依然解释了自己的目的：他想要和萨利斯伯里见面。更重要的是，他想要**钱**。

—

如果我可以在这本书中使用分屏的手法，就像昆汀·塔伦蒂诺（Quentin Tarantino）的电影那样的话，现在就是最合适的时刻。因为，韦克菲尔德不是唯一一个在政府停用特定品牌的疫苗时察觉到机会的玩家。

另一位玩家是律师理查德·巴尔，他的名字后来将登上《星期日泰晤士报杂志》，他的名字还会出现在一张在布告栏上张贴的剪报中，引起四号女士对疫苗的怀疑。

巴尔有一头深色的头发，两眼之间的距离很宽，说起话来有一种略带沮丧的乡村口音。他可能会被人当成钢琴调音师、地毯推销员或者艾尔啤酒酒吧的老板。当时，巴尔已经 42 岁了，他的名声主要来自他和其他人合著的一本书《怎么选房子？买卖房屋和搬家的方法》（*Which? Way to Buy, Sell, and Move House*）。在当年的 11 月（此时使用 Urabe 毒株的疫苗已被停用）之前，他的职业发展不是很顺利。

“一个打零工的初级律师，”将近 12 年之后，我和巴尔见面时，他这样描述自己当时的工作，“早上在治安法庭，午餐时间处理财产转让，下午搞搞遗嘱认证。”

他执业的地方在金斯林（King’s Lynn），位于诺福克（Norfolk）海岸附近。但是，就像“皇家慈善”中的“皇家”一样，金斯林名称中的“King”（国王）也没什么特别的意义。金斯林的人口将近四万，已经在很大程度上背弃了中世纪的传统，从20世纪60年代开始，这里就因为缺乏良好的市政规划而逐渐衰败，没有能照亮夜晚的大学，还深受顽固的白人单一文化的困扰。

然而，巴尔渴望达到大多数律师都想要追求的目标。除此之外，他还有一个长久不变的雄心壮志：在英国法律纷争的大教堂——皇家司法院打一场官司。巴尔的父亲也是律师，母亲则是医生，因此，他有很强的动力来把一个控告制药公司的集体诉讼推进下去。

在《泰晤士报》刊登那篇140字的报道之后，巴尔就像一条善于奔跑的灰色猎犬一样行动了起来。没过几个小时，他就和多位记者讨论了此事。好运总是留给有准备的人，八年前，他为一位商业酒席承办商处理过财产转让手续，此人名叫安吉拉·兰卡斯特（Angela Lancaster）。她在桑德林汉姆庄园（Sandringham Estate）附近购买了一套四居室的平房。这个庄园是英国女王所拥有的众多地产之一，位于金斯林东北方十英里处。

这个委托是一次性的，对巴尔来说没有多大价值。但是，就在某一天，这位委托人又出现了。1990年5月，也就是英国宣布停用两种疫苗的两年前，兰卡斯特的儿子——13岁的理查德患上了流行性腮腺炎性脑膜炎。理查德曾经在一所高级私立学校和同学们一起排队接种了麻腮风三联疫苗。

“非常可怕，”安吉拉回忆起儿子在医院急性发病的情形，“医院每隔十分钟就会给他量一次体温。”孩子躺在担架床上，出现了头痛、畏光、发烧、呕吐、脖子僵硬以及昏睡等症状。

安吉拉询问巴尔是否能够起诉医生。她从另一位母亲那里听说，只要能让接种疫苗的人数达标，医生们就能拿到奖金。因此，安吉拉认为，到学校给孩子打疫苗的医生是在通过高风险的医疗程序牟利。

对于巴尔而言，第一步是取得法律援助：用纳税人的钱，资助付不起律师费的人。在英国的法律系统中，未成年人总能获得法律援助的资格，因此，巴尔填写了一张绿色表格，用于完成第二步：出具一份专家报告。在这份报告加上母亲的声明，用以描述孩子的遭遇及其时间。兰卡斯特的案子看起来很有希望，无论是胜诉还是败诉，英国政府的法律援助委员会（Legal Aid Board）都会支付律师费。

但是，小男孩在一个黑暗的房间休养五个星期后，已经完全康复了。他没有受到任何损伤，也不需要别人照顾。如果非要说有什么后果的话，他的母亲反而有了一种感觉，认为使用 Urabe 毒株的疫苗可能给她的儿子带来了一些好处。

“那个疫苗可能改变了我的儿子，”她笑着提道，轻微的炎症可能让她儿子有了更强的专注力，“他开始阅读计算机杂志。13 岁时，他还总说自己想去美国航空航天局（NASA）工作。到了 23 岁时，他已经不这么想了。”

让我们把时间快进到 1992 年的 11 月——巴尔想起了兰卡斯特的案子。在《泰晤士报》刊登那篇报道的那个星期二，下午四点左右，安吉拉回到家中，发现了律师巴尔的电话留言，询问他是否可以将安吉拉的电话号码提供给记者。她儿子的故事现在成了新闻，也是一个充分利用了英国政府机制的完美轶事。

安吉拉告诉我，她后来与《每日邮报》（*Daily Post*）接触过，但那位记者错过了截稿日期。表现更好的是《独立报》，该报的医疗新闻编辑西利娅·霍尔（Celia Hall）是个兴风作浪的老手，在百白破疫苗恐慌事件中就曾有过动作。那天夜晚，她敲定了**两篇**报道，而这两篇报道都和巴尔有点关联。

第一个关联不太直接，霍尔采访了一位家庭医生，这位医生执业的地点是威斯贝奇（Wisbech）附近的一个小村庄，距离金斯林只有 13 英里。巴尔所在的律师事务所在威斯贝奇设有分部，他的父亲曾经在那里当了很久的初级律师。考虑到当时英国的人口有 5800 万，这种关联更像是一个巧合。

霍尔的第一篇报道发表在报纸第二版，是一篇横跨三栏的头条新闻，"尽管疫苗和脑膜炎之间可能存在关联，孩子们依然接种了疫苗"。报道还引用了那位家庭医生对卫生部行动迟缓的批评。

> 一位全科医生指责卫生部选择追求行政上的便利，而不是民众最大限度的安全。"他们希望在通知医生之前，就能够准备充足的第二型麻腮风三联疫苗。"在剑桥郡威斯贝奇附近奥特韦尔（Outwell）执业的医生戴维·贝文（David Bevan）这样表示。

对于全国性的新闻报道而言，上述言论不算是最有力的反疫苗意见，也算不上多么权威的消息来源。特别是，包括贝文在内的所有医生都知道，接种使用 Urabe 毒株的疫苗所产生的效果，绝对胜过不接种疫苗。但是，霍尔用半版报道挑起的疫苗争议，足以为巴尔招揽到生意。

“‘可怕的’经历导致一些民众采取法律行动。”《独立报》在上述第一篇报道下方刊登了第二篇报道。符合这句描述的案例只有一个，即很久以前就已经放弃起诉的兰卡斯特案，这篇报道用了四个自然段来描述安吉拉当初如何筹划起诉。而接下来的一句话就让人感觉不太对了。

> 但是，他们委托的初级律师，来自金斯林的理查德·巴尔是赔偿诉讼专家，他正在为英格兰北部的另外一个家庭做代理律师，这个家庭中的五岁孩子在接种麻腮风三联疫苗之后就患上了脑膜炎，现已严重失聪。

巴尔……**赔偿诉讼专家**？看来，霍尔是个预言家。在 20 世纪 90 年代初期（餐厅都还没有把菜单放到网络上），律师只要能让自己的名字出现在报纸上，就能成为吸引客户的极佳诱饵。

如果没有这两篇报道，巴尔就只是一位默默无闻的初级律师，但是，他从自己选择的专业领域中脱颖而出，赢得了法律援助委员会的合约，成为许多希望针对麻腮风三联疫苗提起诉讼的家庭的代理律师。这份合约将在接下来的 12 年里“开花结果”，巴尔和韦克菲尔德正在推动一场疫苗恐慌，有朝一日，世界各地都会感受到这场危机。

律师和医生还没有碰面。但是，韦克菲尔德给萨利斯伯里打电话时，他的那个奇思妙想已经有了一些变化。现在的重点不是麻疹病毒，而是用病毒制成的麻疹疫苗。虽然韦克菲尔德并未在《医学病毒学杂志》的论文中"提到这个问题"，但他还是警告说"这将是第一个出现的问题"。

在三楼的办公室里，萨利斯伯里感受到一种"狗哨"[①]的气息。他曾经见过这种推测引起的负面影响。他想起了百白破疫苗恐慌期间的病房、咳嗽到干呕的婴儿、亚急性硬化性全脑炎，想起了他还要告诉家长他们的孩子将会怎样死去的过往。

"我担心，"韦克菲尔德告诉萨利斯伯里，"虽然麻疹，特别是麻疹疫苗，最后可能与克罗恩病等疾病没有任何关联，但是媒体会特别关注疾病发病率增加和疫苗之间的明显关联。"

媒体会特别关注？为什么？韦克菲尔德的暗示正好印证了萨利斯伯里的担忧。

韦克菲尔德的职业发展道路和萨利斯伯里不同，病人从来都不是他高度重视的对象。"因此，我认为，我们必须尽快见面，讨论以后的发展。"韦克菲尔德强调说，后来他在信件中也是这样写的。"然而，对于这个研究计划，拥有充足的资金是很关键的，我们见

① 狗哨（dog whistle）原指牧羊人呼唤牧羊犬时所用的一种哨子，其声音只有狗能听见，人听不见。这个词在现代被引入政治术语中，如"狗哨政治"，意指政治人物用隐秘的方式，对特定受众说出某些具有争议性的话题，由于表达方式比较隐秘，所以只有特定受众才能明白其中暗含的意味。

面时也必须讨论这个问题。”

我和萨利斯伯里见面已经是十多年以后的事情了。但是，说起那次谈话，他记忆犹新，恍如昨日。“即使那只是他第一次打来电话，也依然给我敲响了警钟。”他这样告诉我，并且承认他当时觉得有些话就像是敲诈。“他的口气，就像是勒索加恐吓。‘你会注意这一点的。你会想要这方面的研究，**因为可能会有严重的后果发生**。’”

第九章　交易

理查德·巴尔出生在一个融合了医学和法律、美国和英国背景的家庭。他的母亲玛乔丽（Marjorie）是来自美国内布拉斯加州斯科茨布拉夫市（Scottsbluff）的病理学家，父亲戴维则是英国的初级律师，二人在纳粹德国的残骸废墟中相遇。因此，巴尔早在策划针对麻腮风三联疫苗的诉讼之前，就已经渴望完成一场史诗般的、运动性的、交予法官裁决，最后击败大型企业的集体诉讼，也就不那么令人感到意外了。

根据另一位律师的说法——她告诉我她曾经亲自检查过记录——巴尔第一次接触韦克菲尔德是在 1995 年的 10 月。那是英国政府停用两种疫苗的三年之后，《新闻之夜》报道肠道脑部并发症的六个月之后，第一个孩子来到皇家自由医院接受内窥镜检查的九个月**之前**，距离韦克菲尔德在《柳叶刀》上发表有关 12 位儿童的论文还有两年多。巴尔和韦克菲尔德合作的影响将在未来的很多年里回荡，折磨那些当时尚未生孩子、后来成为父母的人。第一次接触的两个月后，二人在《星期日泰晤士报杂志》上分享了胜利的战果，也就是那篇《黑夜中打响的一枪》，他们和杰姬·弗莱彻一起登上了新闻版面。到了 1996 年 1 月，巴尔宣称有 70 个因为接种麻疹病毒疫苗而遭受伤害的病例，还有数百人的症状“正在浮现”。

二人的合作此时已经非常紧密，而且一直不为人所知，直到多年以后我发表一系列调查报道，真相才得以曝光。“正如各位在《星期日泰晤士报》上读到的内容，”那年 1 月，巴尔在写给委托人和联系人的第四期“内部通讯”中说，“安德鲁·韦克菲尔德医生已经发表了非常令人不安的研究结果，表明疫苗中的麻疹病毒成分和克罗恩病之间存在明确的关联。”

事实并非如此，韦克菲尔德并没有找到“明确的关联”。但这期内部通讯（我从帮助巴尔登上新闻的安吉拉·兰卡斯特那里拿到了这份材料）中列出了巴尔所谓的“要注意的迹象”，包括体重下降、腹泻、“不明原因的低烧”、口腔溃疡和关节疼痛。“如果你的孩子出现上述某些或者全部症状，”巴尔呼吁，“请您联系我们，帮您联系韦克菲尔德医生可能是妥当的做法。”

未来出席那次中庭发布会的绝大多数人依然不知道巴尔和韦克菲尔德等人的行为。除了弗莱彻以外，巴尔也将自己的委托人和联系人介绍给了韦克菲尔德。巴尔等人提出的症状非常模糊，或者说很常见，以至于任何一位家长都可能觉得自己的孩子患上了可怕的炎症性肠病，转诊到皇家自由医院就可以得到良好的治疗。

—

寄出内部通讯的两个星期之后，巴尔搭乘火车南下，前往冬日的英格兰。他再也不需要在法庭上给小偷做代理人，不需要一边吃着农夫三明治一边匆忙处理房契，不需要对着快乐的遗产继承人宣读遗嘱了。抵达伦敦花了两个小时，巴尔又打了一辆出租车，十分钟后，他来到一座乔治王朝风格的宏伟褐砂石建筑跟前，准备与御用大律师（也就是资深律师）和那位充满个人魅力的医生进行商谈。

巴尔的助理柯尔丝滕·利姆（Kirsten Limb）和他同行，二人在五年后结婚。利姆比巴尔年轻十岁，留着一头棕色的直发。她曾经也是巴尔的客户，她的女儿布里尼（Bryony）在一次医疗事故中遭受了严重的脑损伤，因此她希望就此提起诉讼。

在想要针对麻腮风三联疫苗发起诉讼的委托人面前，巴尔会说利姆是他的"科学和医学研究员""科学专家"，更多的时候会直接说她是"科学家"。《独立报》的报道（报道中没有提到韦克菲尔德）声称：

> 巴尔先生拒绝让自己的小孩接种疫苗，并且表示他们的研究得到了某机构内部的一位科学家的帮助。

但是，利姆不是某些家长所认为的科学家。根据她的第一任丈夫罗宾·利姆（Robin Limb）的说法，他们在大学时相识，二人获得了**农学**学士学位。我也拿到了他们在大学就读时的课程表，确实跟医学没有多大联系。后来他们一起在剑桥郡东部的一个甜菜试验农场工作。

那一天，巴尔和利姆前往伦敦会见的主要对象是49岁的奥古斯塔斯·乌尔施泰因（Augustus Ullstein）。乌尔施泰因有一双碧蓝的眼睛，为人友善，刚取得御用大律师的资格，专业领域是人身伤害、医疗过失和产品责任纠纷。“乌尔施泰因是一位真正的绅士，愿意为了委托人而全力以赴。”假如有一本关于挑选律师的指南手册，上面应该会这样称赞乌尔施泰因。

聘请乌尔施泰因的代价很高，不过，御用大律师的价码什么时候便宜过呢？在疫苗诉讼案结束多年后，根据我获得的一份文件，乌尔施泰因的律师费共计 36 万英镑（在我写作本书时，大约等价于 595000 英镑或者 744000 美元），全部由纳税人的钱支付。

韦克菲尔德自然也不会缺席。那个时候，他是巴尔团队中唯一的专家。他们手上的证据非常薄弱，甚至连麻腮风三联疫苗造成损害的范围都没有取得共识。利姆虽然收集了堆积如山的资料，但没有找到令人信服的数据（除了被英国政府停用的疫苗品牌）。且不谈农学界，医学界绝大多数人的共识是：疫苗的安全性非常好。

巴尔交给韦克菲尔德医生的任务就是破坏医学界的共识。他们之间的交易如此机密，尤其机密的是他们达成交易的时间点，以至于多年之后我揭露真相并引发公众的愤怒时，韦克菲尔德还是会否认。根据他的说法，那些孩子来到皇家自由医院纯粹是因为需要接受肠道治疗，**在此之后**，他才接到了请律师协助的请求。

举例来说，美国全国广播公司（NBC）《日界线》（*Dateline*）节目中的一期以我的疫苗调查为主题，记者马特·劳尔（Matt Lauer）采访了韦克菲尔德。“现在，让我清楚地说明，”韦克菲尔德表示，“皇家自由医院接收那些孩子是为了查明他们的症状，与研究计划无关，与集体诉讼无关，跟疫苗也没有关系。”

至于他和律师巴尔之间的关系，韦克菲尔德曾在比利时布鲁塞尔的一场研讨会上表示："一位律师接触了那群孩子后，也确实问过我——这发生在孩子们被送到皇家自由医院之后——问我是否愿意从医学专家的角度，帮忙判断一下他们是否能够对疫苗制造商提起诉讼。"

事实上，韦克菲尔德同意为巴尔工作的时间点应该是巴尔和乌尔施泰因会面**之前**，或者**几天后**。当时，还**没有任何一篇**《柳叶刀》论文提到的孩子走进皇家自由医院的大门，参与韦克菲尔德的研究计划。

"感谢您在上周与御用大律师见面后提出的友好意见，"1996年2月19日，星期一，韦克菲尔德写信给初级律师巴尔，确定了二人之间的合作关系，六个星期后，一号孩子才会来到皇家自由医院一楼的门诊就诊，"我很乐意担任专家证人，为您的委托人服务，费用为每小时150英镑，其他支出另算。"（在我写作本书时，韦克菲尔德的顾问费大约等价于248英镑或310美元）。

多年之后，他还提出了另一个说法，坚持说自己只是巴尔团队的**其中一位专家**，而且"在巴尔律师团队提起诉讼期间，许多医生都曾经担任过他们的医学专家"。

但是，韦克菲尔德的身份绝对不只是一位医学专家。医学专家提供意见，用科学知识协助审判，代表的是医学界的观点。而韦克菲尔德的角色是前所未有的，他接受这个委托是为了制造反对疫苗的证据，他后来的行为印证了这一点。

巴尔和韦克菲尔德二人打了数百次电话，他们甚至使用卡车来回运送成箱的医疗记录。巴尔的另一位助理阿黛尔·科斯（Adele

Coates）则被临时调派到一间狭小的车库办公室工作，而这个办公室就在韦克菲尔德位于泰勒大道的住宅旁边。

他们将共同创造韦克菲尔德所预言的“有史以来规模最大的医学诉讼”。

——

他们的起点很微小，一开始只是巴尔所说的“详细方案”（这个方案是由乌尔施泰因拟定的）——这是他们从百白破疫苗诉讼案中借鉴过来的。在二审即将结束时（在我发表那篇题名为“众所周知”的评论之前），首席法官斯图亚特－史密斯以苏珊·洛芙迪的名义制定了一份清单，列出了说服法庭相信疫苗造成人体损伤所需要的各项证据。

法官提出的第一项证据是“明确且特殊的临床综合征”。

第二项是“特殊的病理学”。

第三项，接种疫苗和出现症状之间的“时间关联性”。

第四项，“可信的机制”（或者“生物学机制”）。

第五项，也是重要性最低的一项，“动物实验”。

最后一项，流行病学证据。

在与巴尔的交易中，韦克菲尔德将尝试制造所有这些证据（除了动物实验）。皇家自由医院成了制造证据的工厂，我可以证明，他们至少给 100 名儿童做了检查（孩子家长的姓名记录在我后来得到的一份法院记录册中），从其他来源转来的儿童病例至少是这个数量的两倍。考虑到皇家自由医院儿童胃肠科每个星期可使用内窥镜的时间段仅有四个，假如儿童胃肠科把每一个时间段都排满，而且只给约翰·沃克－史密斯团队的病人做检查，研究要花费的时间可能会超过一年。

但是在一开始，巴尔要求韦克菲尔德设计一项研究，包括临床证据（症状、特征、病史等）以及科学或实验室类型的检验。与乌尔施泰因会面的五个月后[①]——**还没有任何一个**孩子接受内窥镜检查之前——巴尔等人就开始要求法律援助委员会支付律师费。

如果没有得到这些文件，我也不会相信他们在那个夏天竟然提出过如此野心勃勃的科研宣言。在一份三页的"计划书和预算提案"以及一份 17 页的"临床和科学研究提案"中，他们着手制订计划，确定了孩子们将要接受的严酷检验，列出了八位后来出现在《柳叶刀》论文里的团队成员，并且逐项估算向法律援助委员会申请的费用，以及他们想要得到的结果（你或许会觉得惊讶）：**检验疫苗造成的人体损伤**。

"在约翰·沃克－史密斯教授的照顾下，这些孩子将住进皇家自由医院的儿科肠道病房，"韦克菲尔德在计划书中表示，"与家长在医院共住四个晚上，住院费加上内窥镜检查的费用，一共是 1750 英镑。"

文件里也提到了韦克菲尔德的"协调研究员兼分子研究专家"，那位在内窥镜室等着用液氮冷冻组织样本的年轻科学家尼克·查德威克。一次检验的费用为 500 英镑，用于检验"菌株特异性"，确定麻疹病毒的基因序列，分析病毒的基因编码，确认病毒来自何处——疫苗、自然界，还是实验室。

---

① 原文如此。——编者注

在计划书中，孩子们将会被分成两组，一组五个人。韦克菲尔德宣称，第一组孩子患有克罗恩病（这仍然是韦克菲尔德主要的关注点）。另外一组将会带他进入另一个崭新的研究领域——与野心勃勃的巴尔的抱负息息相关。巴尔参照百白破疫苗诉讼案将重点放在了孩子的大脑上，尤其是那些患有自闭症谱系障碍的孩子，而这些孩子的家长也毫无例外地出现在 JABS 团体的成员名单中。

计划书认为，这些病人患有一种“新的综合征”——这样就满足了斯图亚特法官所列清单的第一项。这种新的综合征结合了肠道炎症以及“类似自闭症的症状”。此外，计划书主张，相关证据（符合斯图亚特法官所列清单的第二项）“毫无疑问地显示出这种综合征是由疫苗引发的特定病理学现象”。

> 我们当然不能期待得出准确的结论，但是，相关迹象显示，我们应该有可能在疫苗和两类症状之间找出明确的因果关联。

换言之，韦克菲尔德等人在开始研究之前，就已经决定了应该找到何种结果。

巴尔在 1996 年 6 月 6 日将这些文件邮寄给了法律援助委员会办公室。他们虽然提出了一项用于检测疫苗危害性的检验（提出的经费要求不到六万美元），但在一开始并没有得到法律援助委员会的支持。在英国，针对制药公司的集体诉讼总是败诉。除了百白破疫苗诉讼案之外，还有一个针对苯二氮䓬类药物的诉讼，数百位“受害者”的索赔材料都被证明是造假。这些案件败诉之后，法律援助委员会的管理层恳请英国政府进行改革，抱怨说许多诉讼当事人都只是随意"试一试"。

"该初级律师没有动力对可疑的案件进行负责任的筛选，"法律援助委员会在一份36页的报告中这样表示，"而且，申请人没有自行支付相关诉讼的费用，且这些索赔可能只是因为媒体宣传而产生的，这些因素都有可能进一步加剧这个问题。"

虽然法律援助委员会谨慎地做出了回应，但巴尔强调说，乌尔施泰因的意见可以表明"初步证明的案件"[①]已经成立，委员会最终让步了。因此，1996年8月22日，星期四，29岁的法律援助委员会工作人员乔安妮·考伊（Joanne Cowie）在两页的授权同意书上签署了自己的名字，要求"安德鲁·韦克菲尔德医生出具先导性研究报告"，并批准了以下资助款项：

> 用于协助由安德鲁·韦克菲尔德医生提出的临床研究和科学研究，资助10位法律援助受援人，最高经费额度为55000英镑。

"如果检验结果呈阳性，那我就有理由相信法律援助委员会将允许我们找更多的孩子接受检验，"巴尔在资助款项获批后写给韦克菲尔德的信中明确了这位医生的职责，"正如我先前跟你提到的那样，最主要的目标就是创造在法庭上无懈可击的证据，说服法院相信这些疫苗存在风险。"

① 初步证明的案件（prima facie case）是指原告提出的证据足以支持其诉讼请求的案件。

巴尔很高兴，他已经找到了一家医院，可以为他的委托人做检验。考伊签署授权同意书的一个月后，法律援助委员会批准了第一笔资助费用，并且开出了支票。虽然韦克菲尔德个人收取的费用是他和巴尔之间的秘密，但是这笔资助还是在皇家自由医学院引发了一场持续数个月的危机。

院长阿里·朱克曼立刻察觉到，这笔资助会引发医疗研究行为不当的问题。在 30 多年的学术研究生涯中，他从未遇到过这样的经费来源。大体上来说，这种资助与烟草制造商资助一项肺病的研究相差无几。朱克曼觉得，巴尔在这项科研计划中的角色存在极大且明显的争议。

“医学院现在所面对的难题是：律师资助特定的研究计划，而该研究计划与具体的法律诉讼有关，这种行为是否合乎学术伦理。”朱克曼在给迈克尔·佩格（Michael Pegg）的信中提道。佩格是一位身材魁梧的麻醉科顾问医师，时任皇家自由医院的伦理委员会主席。这次通信是“严格保密”的。

佩格也觉得韦克菲尔德的研究有些问题，他的回应完全没有缓解朱克曼的紧张情绪。“我已经审查了韦克菲尔德在过去两年提交给伦理委员会的所有材料，”佩格在回信中写道，“其中提到的经费来源并不包括法律援助委员会。”

> 如果你有任何证据证明韦克菲尔德向伦理委员会做出了虚假陈述，那么，倘若你可以将证据提交给委员会，我将非常感激。

但是，朱克曼并没有深究下去。他后来声称自己是因为工作太忙而有所疏忽。我个人觉得，朱克曼是被迷惑了。无论真实情况如何，两天后，朱克曼回信给佩格，表示他的意思被佩格"误解"了，还加了下划线用于强调。

> 安德鲁·韦克菲尔德医生绝对没有任何不当行为。

因此，朱克曼院长建议不要让医学院直接领取这笔经费，而是将其转入由医院行政总监马丁·埃尔斯（Martin Else）管理的一个"特别信托"基金。埃尔斯在一次"机密"的请求中表示，他只有一个条件：医学院必须"书面确认这笔款项不存在利益冲突"。如果事后出现争议，埃尔斯可以借此免除自己的责任。韦克菲尔德也乐于提供保证。

> 我在此以书面形式确认，关于我们所进行的临床研究所获得的法律援助资金，其中并不存在利益冲突……这笔资金是由法律援助委员会赞助的。

因此，接下来发生的是：巴尔申请的用于临床和科学研究的经费被转入医院的特别信托基金，经"漂白"之后，再用于韦克菲尔德在医学院进行的研究。

谁会知道这些呢？《柳叶刀》的编辑不知道，《柳叶刀》邀请的同行评审人不知道，读者不知道，被卷入全球疫苗恐慌的数百万人也不知道。谁能够猜到巴尔和韦克菲尔德之间有过这样的交易，或者知道这笔资金的流转动向，谁又能猜到后来才被我揭露出来的其他真相呢?

“我记得当时我注意到，其中没有对基金资助的致谢，”谈到韦克菲尔德的那篇论文时，巴尔这样对我说，随后拒绝进一步置评，“但这似乎不算什么大事。”

第十章　实验室危机

1997 年 2 月的最后一个星期一，一大清早，一辆出租车离开了皇家自由医院，拐到了医院大楼前方的庞德街（Pond Street），街上挤满了转院的病人和寻找停车位的访客，出租车再次转向，加速驶向南方。那是一个温暖的雨天，是 11 月以来最潮湿的一天，灰蒙蒙的天空就像遗弃给小狗的绒毛垫，笼罩着英国首都。

出租车上只有一名男性乘客，体格健壮，一头黑发，穿着名牌衣服，神情忧郁。他是个 40 岁的白人，来自美国加利福尼亚州的湾区，职业是工程师兼企业家，拥有一家电解抛光公司，专营不锈钢和铝制品。他富有、精明，有着工程师的精准特质。我将称呼他为“十一号先生”。

他要去的地方是著名的皇家切斯特 · 贝蒂实验室（The Royal Chester Beatty Laboratories），这是一家癌症研究中心，与邻近的皇家马斯登医院（The Royal Marsden Hospital）合作，曾被评为全球排行前四的癌症研究中心。皇家切斯特 · 贝蒂实验室由一位号称“铜王”（King of Copper）的纽约人捐资成立，总部设在切尔西市富勒姆路（Fulham Road）上的一栋狭窄砖楼中。这个实验室解开了众多生物学难题，堪称科研领域的“绩优股”，位于汉普斯特德的皇家自由医院跟这个实验室相比，就相形见绌了。

十一号先生手中紧紧抓着一个塑料瓶。他小心翼翼地保护着这个瓶子，仿佛瓶中装着他的生命。出租车在伦敦市中心穿梭了六英里，行经帕丁顿、海德公园和南肯辛顿（South Kensington），他能够感觉到，随着出租车转弯或刹车，瓶中的液体也轻微摇动。

同一时间，在皇家自由医院，他的儿子——十一号孩子已经完成了内窥镜检查，回到了马尔科姆病房。这个五岁的孩子已经被贴上了自闭症的标签。但是，正如许多出现发育问题的儿童一样，他们都难以获得更为准确的医学诊断。与二号孩子和四号孩子不同，十一号孩子非常聪明。我见过他，他看上去就像一位害羞、略显古怪的少年，在社交方面有点笨拙。

“我的孩子有时候非常无礼。”他的父亲告诉我。我们在洛杉矶南部的一家餐厅见了面，那时十一号孩子已经 16 岁了。“他喜欢阅读科技杂志，会给教授发电子邮件，用傲慢的态度和他们交流，但他的观点都是正确的。”

因为未知的原因——他的父亲怀疑是疫苗有问题——十一号孩子的幼年发育更令人担忧。两岁时，十一号孩子还没有开口说话，同时也有明显的消化不良和免疫系统问题，认知能力的发展较慢，经常出现强迫性和重复性的行为。“所有的情况都不对劲，”十一号先生告诉我，随后又修正自己的说法，“也不是所有，五分之一吧。”

作为一个父亲，十一号先生带领全家努力寻找孩子的病因和治疗方法，这与很多家庭不同。他相信"自闭症可能有 200 种不同的类型"，并把孩子的问题归咎于疫苗、重金属、杀虫剂、氟化物和病毒。"其中任何一个原因都有可能。"他说。这次伦敦之行只是十一号先生尝试的无数对策中最新的一个，他试图像一个监控仪表盘的技术员那样，对自己的儿子进行诊断和调整。

在这之前，十一号先生学到了"氧化应激"这个概念，阅读了无数书籍和论文，研究相关的病因和治疗方式，还把大量的资金花费在血检以及购买维生素 B_{12}、叶酸和谷胱甘肽这样的营养补充品上。"我可以告诉你，我儿子的大脑正在逐渐恢复，"他说，"我找到了特殊的检验方法，非常特殊的检验方法，我希望能够针对他的情况，从他身上寻找我所认为的失调问题，或者说缺陷。"

十一号先生并不知道那篇《柳叶刀》论文，因为那篇论文的发表是在他这次伦敦之行一年之后才发生的事。他只是从南卡罗来纳州的一位免疫学家那里听闻——这位免疫学家喜欢抽烟斗，个性非常古怪，名叫休·弗登博格（Hugh Fudenberg）——皇家自由医院正在进行一项研究，可以检验疫苗造成的损害。

"如果有机会尽快将我们的孩子带到伦敦，前往您的医院接受检验，我们将不胜感激，"在皇家自由医院的研究即将结束时，十一号先生在写信给韦克菲尔德的信中写道，"我们相信，如果能够识别出导致疾病的病毒及其感染的范围，这个孩子就可以获得有效的治疗，从这场磨难中解脱出来。"

六个星期后，十一号先生坐在出租车里，手中握着塑料瓶——瓶中装有福尔马林，保存着从他儿子体内取得的肠道组织样本。

"我和妻子一起待在内窥镜室，"他告诉我，"他们切下活体组织，把它切成两半，将其中的一半放进一个特殊的瓶子里。我跑出医院，跳上一辆已经等候多时的出租车，不到半个小时就抵达了目的地。”

他解释说，前往皇家切斯特·贝蒂实验室是免疫学家的主意，69 岁的弗登博格建议他再做一次检验。纵然韦克菲尔德非常有自信，认为是肠道中存留的麻疹病毒引发了炎症性肠病，但通过检索美国国家医学图书馆 PubMed 数据库的文献就能发现，这并非医学界的共识。尽管韦克菲尔德提交给法律援助委员会的报告看起来非常乐观，但后来陆续有新的科研团队想要重复验证韦克菲尔德的病毒研究结果，这些团队一个接一个地遭遇了失败。

—

对于韦克菲尔德研究结果的核验约开始于四年前，也就是韦克菲尔德在《医学病毒学杂志》上发表论文之后。克罗恩病的病因是胃肠病学的圣杯，对病因的研究不可能被一家机构所独占。所以，自 1993 年 4 月起，核验皇家自由医院研究结果的竞赛便开始了。

率先举旗的是一个来自日本的研究团队，由秋田大学的饭冢政弘（Masahiro Iizuka）教授领导。1995 年 1 月（韦克菲尔德在《柳叶刀》上发表论文的三个月前），饭塚政弘的团队写信给《柳叶刀》，说他们检验了 15 名克罗恩病患者的活体组织，但采取了不同于汉普斯特德研究团队所使用的方法。他们使用的是一种分子生物学技术：聚合酶链式反应检验（即著名的 PCR 检测，哪怕只是拿到罪犯在许多年前舔过的邮票，也能够通过这种技术抓到强奸犯和连环杀手）。编码麻疹病毒细胞核、包膜和包膜刺突的基因组共有六个，饭塚政弘团队选择寻找其中的四个。

饭塚政弘团队告诉《柳叶刀》："我们没有任何发现。"

随后是来自康涅狄格大学的一个美国研究团队。在二号女士拨通韦克菲尔德办公室电话的同一个月，《胃肠病学》刊登了一篇九页的研究论文——第一作者是刘颖（音译）——作为一个更大的研究计划的一部分，刘颖等人试图重复韦克菲尔德采用的研究方法。他们检验了 16 个病人的组织样本，使用免疫组化技术（韦克菲尔德发表在《医学病毒学杂志》上的论文所使用的三种方法之一）寻找麻疹病毒的蛋白质。韦克菲尔德在他的论文中声称在 15 个病人的组织样本中检测出了 13 个阳性结果。

免疫组化技术是一种染色技术，可以用显微镜观察，但不属于分子技术。具体而言，就是让特异性抗体结合在想要寻找的蛋白质上，并采用特别的荧光素（通常是棕色）来标记目标蛋白质。刘颖团队所用的抗体是从皇家自由医院实验室那里得到的。虽然韦克菲尔德团队宣称他们成功找到了病毒的蛋白质，但刘颖团队却失败了。刘颖团队得出结论，特异性抗体似乎结合并定位在人类细胞的正常成分上。

"因此，我们的研究结果，"他们在论文中写道，"没有证实韦克菲尔德等人有关麻疹病毒存在的结论。"

弗登博格无须费力就能得到这几篇论文的研究信息。任何一位免疫学家都不难看出，康涅狄格大学团队研究结果说明了皇家自由医院所做研究的检验结果很有可能来自交叉反应：抗体产生了错误的识别结果。这并不奇怪，在生物学界，各种诡异的现象都会出现，一种抗体可能与多个不同的目标产生反应。

但是，韦克菲尔德一如既往地冷眼面对各种批评。他对批评者的研究不屑一顾，反而认为他们的研究“有瑕疵”或“欠缺考虑”，认为他们寻找麻疹病毒的区域不正确，或者认为人体组织内的麻疹病毒数量非常稀少，所以批评者使用的方法无法找到病毒——但韦克菲尔德团队的方法可以。韦克菲尔德坚称，他本人在显微镜中看见了麻疹病毒，麻疹病毒的感染是“持续”且“确定”的。

虽然韦克菲尔德做出了回应，但是学界的批评并未减少。1996年2月，韦克菲尔德正式和理查德·巴尔达成了交易，一年之后，十一号孩子将会被带往伦敦接受内窥镜检查。同时，日本弘前大学的羽贺洋一（Yoichi Haga）及其团队在《肠道》期刊上发表了一篇六页的研究报告。羽贺洋一团队声称，他们采用了高灵敏度的PCR检测——他们认为这种检验方式甚至可以检测到单个的麻疹病毒粒子——将寻找目标设定为韦克菲尔德在《医学病毒学杂志》论文中使用原位杂交技术时寻找的基因序列。韦克菲尔德在论文中提到，他们检测了10个病人的组织样本，得到了10个阳性结果，但是，羽贺洋一团队检测了15个病人的组织样本，却完全没有找到麻疹病毒。

“克罗恩病的病因依然未知，”羽贺洋一团队在论文中表示，“虽然长久以来，学界都在寻找证据，试图证明病毒是克罗恩病的病因。”

弗登博格希望在深入了解韦克菲尔德的研究计划之前能够核实这些研究结果。于是，十一号先生带着儿子的肠道组织样本，坐上出租车前往皇家切斯特·贝蒂实验室，检验肠道组织样本中是否有病毒。

十一号先生前往伦敦不是为了证明某个假设或者参加某次集体诉讼。美国旧金山也有比伦敦皇家自由医院更好的医院。"我只是想要一个简单的结果——与疫苗有关，还是无关，"他告诉我，"我不想听长篇大论。"

—

前一天，十一号孩子和父母一起乘飞机抵达伦敦后，立刻被转入马尔科姆病房。他和其他孩子一样，在检查的前一天晚上做好肠道准备，在星期一早上被送到内窥镜室。他的父母在监视器上看着内窥镜逐渐深入他的身体：直肠、乙状结肠、降结肠、横结肠、升结肠、盲肠、回盲瓣，以及回肠……

注意看。

在亮晶晶的粉红色黏膜中，十一号孩子的父母看见了斑点。它们是苍白突起的结节，丑陋肿胀的腺体，也就是回肠末端结节状淋巴组织增生。

这能证明麻疹病毒假说吗？在向法律援助委员会提交的报告中，韦克菲尔德就是通过回肠末端结节状淋巴组织增生来证明自己的结论的，但十一号先生并不知道这些。十一号先生得知，这些肠道腺体是由于感染而产生了反应，而韦克菲尔德自信地认为这是由于病毒引发的感染。这将成为韦克菲尔德团队投给《柳叶刀》的第二篇科学研究论文（被拒稿）所讨论的主题。

但是，当十一号孩子完成内窥镜检查被送回病房时，关于麻疹病毒的观点出现了更多争议，而且产生争议的地点就在汉普斯特德。来自美国的十一号先生前往皇家切斯特·贝蒂实验室的时候，

“协调研究员兼分子研究专家”尼克·查德威克正忙于处理《柳叶刀》论文提到的 12 个孩子与其他人的肠道组织、血液和脑脊液的 PCR 检测。

查德威克这位安静、孤僻的年轻科学家曾被诊断患有克罗恩病。他以韦克菲尔德门生的身份来到皇家自由医院，在攻读博士学位之前，作为卑微的实验室技术员辛勤工作了一年。首先，查德威克要审查并尝试重复韦克菲尔德团队在《医学病毒学杂志》论文中提出的结论。

查德威克是一位口碑很好、个性顽强、一丝不苟的研究人员，他能够忍受在实验室里一遍遍地重复完全相同且永无止境的化验分析，也能处理好实验室内部的人际关系。在医院工作的乐趣之一就是能够看到科学研究的现实背景，例如检验十一号孩子的组织样本，安抚十一号孩子双亲的情绪。对查德威克而言，他自己就是患有克罗恩病的病人，负责医治查德威克的医生是罗伊·庞德尔，也就是韦克菲尔德的导师。

查德威克在医院十楼的 324 室工作。他所在的研究团队通常有四个人，大家穿着白色实验室外套，共同使用两张平行摆放的实验工作台。他们用放满瓶瓶罐罐、大小盒子的架子分隔彼此的空间。与实验工作台垂直的方向上有几扇玻璃窗，透过它们能够看见北伦敦的迷人景色。

查德威克一开始所做的研究是评估麻疹病毒 RNA 的扩增技术。这个研究后来产出一篇 12 页的论文，刊登在《医学病毒学杂志》的姊妹刊《病毒学方法杂志》（*Journal of Virological Methods*）上，韦克菲尔德是共同作者中的最后一位。随后，查德威克将最灵敏和最特别的技术应用于克罗恩病研究——然后，**唉**，他的职业生涯开始走下坡路了。

检验结果是阴性，与日本团队和美国团队的检验结果一致。查德威克能够找到病毒，但只能在额外添加的控制组样本以及被严重污染的样本中找到。查德威克向自己的博士生联合导师——韦克菲尔德——报告他的发现时，韦克菲尔德一点也不紧张。

"他倾向于相信符合他假设的阳性数据，"查德威克告诉我，"并且否认阴性数据。"

这就是在医院从事研究工作的缺点——研究工作由医生来主导，而不是由科研人员主导。"安迪实际上从来没有自己从头开展任何一项技术工作，"查德威克回忆，"他会用很多时间观察组织切片或者了解数据结果。他的工作和大多数实验室主管一样，都是筹集资金、解释实验数据，以及撰写论文。但是，就实操角度而言，就我个人的回忆，他从来没有真正穿上过实验服。"

那一年的 2 月，查德威克开始检验样本，而提交给法律援助委员会的申请书——查德威克对此一无所知——已经在前一年的 6 月通过了。查德威克在 22 位孩子的生物组织样本中寻找麻疹病毒（以及腮腺炎病毒和风疹病毒），其中包括十一号孩子以及六位控制组病人的样本。

"你检验的孩子，"我在一次电视采访中问他，"是否就是后来发表在《柳叶刀》上的那篇引发麻腮风三联疫苗恐慌的论文中所提到的孩子？"

"是的。"他回答道。

"你在那些孩子的组织样本中找到麻疹病毒了吗？"

“没有。我没有在那群孩子体内发现任何麻疹病毒。”

“通过腰椎穿刺手术获得的脑脊液也是由你检验的吗？”

“是的。”

“你在脑脊液中找到麻疹病毒了吗？”

“没有。”

“因此，你没有在那些孩子体内找到麻疹病毒，而那些孩子的相关情况后来被社会大众所知，引发了麻腮风三联疫苗恐慌——韦克菲尔德医生的理论认为是麻疹病毒引发肠道疾病并由此导致了特定类型的自闭症——但你没有找到任何麻疹病毒，对吗？”

“没错。”

查德威克检验的肠道组织样本和十一号先生拿走的那份样本不同——十一号先生携带的样本被固定在病理学研究常用的福尔马林中——查德威克检验的组织样本从病人体内取出之后，在五分钟之内就被用液氮冷冻起来了。尽管具有这个优势，并且在韦克菲尔德团队中拥有“协调研究员兼分子研究专家”的地位，但查德威克的检验数据并没有被公布出来，也没有写进韦克菲尔德向法律援助委员会提交的报告之中。

我从查德威克的另一位导师那里拿到了这些数据，此人名叫伊恩·布鲁斯（Ian Bruce），一位受人尊敬的分子生物学家。当时，他执教于伦敦东南的格林尼治大学，为这位年轻科学家所使用的研究方法做出了担保。“尼克开发出了当时可能实现的最佳检验方式，用于在人体组织样本中检验麻疹病毒。”

韦克菲尔德并不这么认为，他认为查德威克所做的 PCR 检测的灵敏度不够，PCR 检测技术本身存在“严重的局限”。此外，他还说，检验结果出现了"假阴性"。

但是，令人无法理解的是，为什么韦克菲尔德在显微镜中看见了麻疹病毒，但使用分子生物学方法——肯定比显微镜的灵敏度要高——反而一直找不到病毒。事实上，我和生物学系的本科生们谈起韦克菲尔德的观点时，他们哄堂大笑，觉得那就是一个笑话。

十一号先生并不知道韦克菲尔德和查德威克之间的分歧，但是，他知道韦克菲尔德不喜欢让外部机构进行病毒交叉检验。他将装有组织样本的瓶子交给皇家切斯特·贝蒂实验室的病毒学家罗宾·韦斯（Robin Weiss）处理，然后和妻儿一起回到了加利福尼亚。这位父亲等待着检验结果，一直等着。

"他们不愿意告诉我检验结果，"十一号先生告诉我，看起来依然很困惑，"坦白说，我不知道这是为什么。"

十一号先生等了又等，他写过信，但还是没有收到任何回音。1997 年的夏秋两季过去了，韦克菲尔德似乎总是很忙。他在当年 6 月将发现麻疹病毒的科研论文投给了《柳叶刀》；8 月，他在《脉搏》上发表声明，煽动媒体；9 月，他和医学院高层召开了新闻发布会；两个星期之后，他又搭乘飞机前往美国弗吉尼亚州，在一场反疫苗大会上发表演讲。

在加利福尼亚的家中，十一号先生饱受煎熬。他听取了伦敦律师的建议，发出了他可能会提起法律诉讼的警告。然后，在检验结果已经无法产生任何影响的时候——此时媒体已经掀起了一场疫苗风暴——皇家切斯特·贝蒂实验室的病毒学家终于公布了十一号孩子的组织样本检测报告。

这一次，皇家切斯特·贝蒂实验室采用了另一种技术——这种技术可以判断病毒数量是否能够在人体细胞中增多。检验结果是：病毒数量无法增多。十一号先生让我看了报告，报告中这样写道：“最有可能的原因是组织样本中并不含有麻疹病毒。”

第十一章　斯帕坦堡科学

皇家自由医学院的管理中心设在地下室，必须从这座混凝土建筑一侧的斜坡进入，穿过几道玻璃门，进入横贯大楼的东西向宽阔走廊。走廊右手边是一个套间，由医学院院长和秘书共用。在走廊深处，经过校务规划办公室之后，就是负责财务的主管的办公室。

中庭发布会的五天后，韦克菲尔德来到这间办公室准备开会。此时是 1998 年 3 月 3 日，星期二。在英国，他俨然已经成了穿着白外套的“麻风病救世主”[①]。除了韦克菲尔德在上个星期四的精彩演出之外，医学院也在星期六发表声明，重新公布了《柳叶刀》论文中 12 位儿童的研究数据，而且引用了来自美国的相关证据。

---

① “麻风病救世主”（leper messiah）语出著名美国重金属乐队 Metallica 的同名歌曲《麻风病救世主》。这个词的原意是指愿意走向麻风病病人，向麻风病病人传教，让他们获得解脱的弥赛亚（救世主）；Metallica 乐队则是借这首歌讽刺和批判那些在电视上传道的人，批判他们利用人们的罪恶感来骗取钱财，并获得崇拜。

> 家长们报告说，他们的孩子在接种麻腮风三联疫苗（八个病例）或疑似感染麻疹（其中一个孩子在感染前曾经接种过麻腮风三联疫苗）之后，开始出现行为方面的症状，包括重复行为、对玩耍不感兴趣或者撞击头部。美国的研究人员也在相关症状和麻腮风三联疫苗之间观察到相同的时间关联性。

整个周末，全英国的地方性媒体都加入了战场，例如《南威尔士晚报》（*South Wales Evening Post*）、《贝尔法斯特通讯报》（*Belfast News Letter*）、《北方回声报》（*Northern Echo*）以及《格拉斯哥先驱报》（*The Glasgow Herald*）等。伦敦的报社也没有打算收手，《标准晚报》（*Evening Standard*）披露了英国单一麻疹疫苗库存不足的问题，《独立报》则报道了韦克菲尔德。“如果我错了，我就会是一个坏人，”报道中引用韦克菲尔德的原话，“但是，我必须解决病人交给我处理的问题。”

在地下室召开的这次会议早在中庭发布会召开之前就已经预定好了时间，会议内容也规划了好几个月。在韦克菲尔德作为冷静学者的公众形象背后，不只藏着他和律师理查德・巴尔的交易，还有想要追求更多个人成就的野心。在这次会议上，韦克菲尔德将和医学院的管理层讨论这些事。忘了伯里尔・克罗恩、罗宾・沃伦或者巴利・马歇尔吧。韦克菲尔德将会成为有史以来最伟大的胃肠病学家。

在韦克菲尔德的心中，在 1998 年的前几个月，他不仅解开了克罗恩病的病因谜题，还在孩子们的身上发现了医学界尚未发现的新型炎症性肠病。就目前的情况而言，这种新型综合征的症状有一部分属于退化型自闭症，韦克菲尔德在给孩子做内窥镜检查之前就向法律援助委员会提出了这种说法。无论实验室团队或分子检验的结果如何，韦克菲尔德都确信罪魁祸首就是麻疹病毒，特别是疫苗中的麻疹病毒毒株。现在，他想借助这场会议继续向上攀登，登上超乎想象的成就高峰。

那一天，有两位商业合伙人与韦克菲尔德一起出席了会议，他们都是风险投资人。第一位是专业投资人亚历克斯·科达（Alex Korda），他在生物科技创业企业领域拥有长达 20 年的投资经验。第二位是罗伯特·斯利特（Robert Sleat），他的背景和科达相似，此外还拥有环境微生物学的博士学位。那篇《柳叶刀》论文里的 12 名儿童中的其中 1 名就是斯利特的孩子。斯利特第一次见到韦克菲尔德是在一场自闭症会议上，他与二号女士一起参加了这场会议。

他们一起走入地下室，与医学院的财务主管兼副秘书简吉兹·塔尔汗（Cengiz Tarhan）见面。简吉兹·塔尔汗出生于土耳其，当年 39 岁，幽默中带着些许刻薄，酷爱经典摇滚乐和跑车。上个星期四，他与医学院秘书布莱恩·布拉奇（Bryan Blatch）一起走进医院大楼，来到中庭，听到了韦克菲尔德的呼吁：停止接种麻腮风三联疫苗，改用单一疫苗。

塔尔汗（后来拒绝接受我的采访）非常了解全国研究评估考核，也很清楚韦克菲尔德团队在《柳叶刀》上发表论文能够创造的经济价值。而且，他还是皇家自由医学院旗下一家公司"自由医疗"（Freemedic）的负责人，医学院开办这家公司的目的就是利用员工的发明或发现来获利。星期二召开的这次会议，主要议题就是讨论韦克菲尔德几个月来一直吹捧的一个风险投资项目。

塔尔汗不是第一次和罗伊·庞德尔的门徒打交道了。虽然韦克菲尔德努力塑造的公众形象是颇具理想主义气质的科学家，但他长久以来想要得到的都是商业上的成功。实际上，从加拿大回到英国之后，韦克菲尔德一直都在申请专利，启动商业规划，积极达成各种交易。

塔尔汗不需要打开档案柜寻找资料。作为创业者，韦克菲尔德的履历非常惊人。一开始，他创办了内生植物研究公司（Endogen Research），注册地在萨默塞特的巴斯市。从 1991 年 8 月开始的三年时间里，韦克菲尔德一直通过这家公司跟医学院洽谈，计划开发单克隆抗体。1993 年，韦克菲尔德成立了英赛尔特克（Inceltec）公司；1994 年 12 月，他又成立了希斯多真（Histogene）公司。但这几家公司都没有经营下去。

然而，韦克菲尔德会给人一种充满野心的印象，这种印象甚至超越了其医学专业形象。他申请的一项专利产品是 PCR 检测的“引物”①。我个人印象最深的是“韦克菲尔德之盒”，这是一种“特殊的处理仪器，能够制造化学反应”，可以发出微波，内部装有转盘和风扇——听起来像是一种人们所熟知的厨房电器。

韦克菲尔德确实很勇敢，或许也很有创新精神。但是，他从来

① 引物（primers）是指人工合成的寡核苷酸，用于寻找并且标记希望扩增的基因序列。

都不是无私付出。了解了韦克菲尔德的风险投资项目之后，塔尔汗警告说，必须把医学院的利益放在"个人利益"之上。随后，韦克菲尔德提到"通过股权分配获得适当的激励"。医学院管理层非常惊讶地得知，韦克菲尔德想通过那篇以问号作为标题结尾的论文来筹集高达 2400 万英镑的资金，还要求医学院将自己提拔为教授。

对于这些想法和要求，医学院管理层非常犹豫。论文募集的资金可能会与医学院的计划产生冲突。除此之外，管理层也无法容忍韦克菲尔德自行要求提拔的举动。"要不要授予你教授职称，这不是由你决定的。"医学院秘书布拉奇坚决反对韦克菲尔德的要求。

随后，韦克菲尔德提出关于克罗恩病和自闭症的想法，他早已为此准备了一系列商业文件。就在二号孩子接受内窥镜检查的两天后（此时这个八岁的孩子和他的母亲还在马尔科姆病房），韦克菲尔德就提出了一个惊人的计划，他预估，如果能够诊断出炎症性肠病中的麻疹病毒，光是在英国和美国就能获得每年 3.85 亿英镑的收入（在我写作本书时，大约等价于 7.1 亿英镑或 8.8 亿美元）。

我后来拿到了韦克菲尔德起草的"发明人、院方和投资人会议"文件，文件总共有 11 页（文件里有大量用粗体强调的语句），里面写道："鉴于我们公司提供的独特服务以及科技……这种检验能够带来**巨额收入**"。

因此，当韦克菲尔德认为二号孩子确实患有克罗恩病时，他内心的激动就不足为奇了。他早已用自己的名字和地址申请了一项专利，提出了非常惊人的主张。他不仅声称自己通过在肠道组织和血液中检验麻疹病毒发现了诊断克罗恩病（以及溃疡性结肠炎）的方法，还为"治疗相关疾病的药物"注册了专利。更值得注意的是，他还注册了一种“包含所有或部分麻疹病毒基因组的麻疹疫苗”专利。

以上是韦克菲尔德在克罗恩病上采取的行动，接下来是自闭症。韦克菲尔德申请了一项极为机密的专利，就连约翰·沃克－史密斯事后都表示自己不知情。

在研究 12 名儿童的论文问世并引发一些家长拒绝给孩子接种三联疫苗的九个月**之前**，韦克菲尔德已经注册了一个更有野心的专利，宣称他发现了一种神奇的药物，具有三种极为惊人的疗效。

我们可以将韦克菲尔德的“解药”理解为“麻腮风三联疫苗病毒和麻疹病毒的消除疫苗”，它可以作为克罗恩病和其他炎症性肠病的“治疗方法”，也可以治疗他所谓的“退化型行为疾病”，换言之，它是一种治疗自闭症的药物。韦克菲尔德的新药可以以注射、药片或者栓剂等形式给药，而且“明确没有”副作用。

“我现在发现了一种联合疫苗或治疗方法，不仅可以让新生儿和其他人通过疫苗接种获得更安全的保障，”韦克菲尔德在一份文件中声称，“而且能够用于治疗炎症性肠病，无论是完全治愈还是减轻症状。”我后来拿到了这份文件，并在《星期日泰晤士报》的头版上将其公开。

在那个星期二，韦克菲尔德、科达和斯利特要和塔尔汗讨论的就是这一系列冒险计划。韦克菲尔德等人希望使用“自由医疗”的资金成立一家公司，名为“免疫特异性生物科技公司”（Immunospecifics Biotechnologies）。他们希望能够在皇家自由医院的支持下募集 210 万英镑的经费，用于开发相应的检验技术、治疗方法，以及疫苗。

塔尔汗听完了韦克菲尔德等人提出的计划，并在三天后收到了一份计划书草案。虽然韦克菲尔德团队的实验室检验结果是阴性，但计划书宣称，一位来自东京儿童医院的日本合作研究员河岛尚志（Hisashi Kawashima）发现了尼克·查德威克没有找到的麻疹病毒。

16 页的商业计划书列出了九个目标，其中三个目标涉及发展步骤，例如筹集资金、寻找合作伙伴。另外一个目标则是"免疫治疗方法和疫苗"的商业化，而其他目标的主题全部有关**麻疹、麻疹，以及麻疹**。例如，针对炎症性肠病的"麻疹特效药"，针对"发展障碍"的特效药，"精致处理"相关药品以获得监管机构批准的计划，对"麻疹特异性临床诊断"的处理，以及为疫苗"证明其潜力"的计划。

奇思妙想？还有什么想法能够比他现在的计划更为奇特？就在五天前，韦克菲尔德凝视着电视摄像机的灯光，开口表达他内心的不安和疫苗安全引发的"道德问题"时，他不仅和巴尔在私底下达成了攻击麻腮风三联疫苗的交易，还梦想着推出自己的药品（包括他亲自研发的**单一疫苗**）。但是，即使韦克菲尔德的药品确实可靠，实现他想要的成功还需要一个前提——社会大众对于三联疫苗的信心减损。

—

塔尔汗无法判断韦克菲尔德提出的技术方案是否可行。这种技术也被称为"转移因子"（transfer factor），是一种淋巴细胞的提取技术，在 20 世纪 50 年代由少数科学家率先提出。转移因子技术诞生于一个古老的绝妙想法——将增强免疫力的物质从某个人的身体里提取出来，注入另一个人的身体之中——将有疗效的物质从供者体内转移到受者体内，用于治疗包括阿尔茨海默病和艾滋病在内的许多疾病。

在塔尔汗看来，上述技术的实现是一项艰巨的任务。但是，韦克菲尔德提出的技术看起来还是足够有信誉的。科达和斯利特极力向塔尔汗推销一个三方合作协议。协议三方中，一方是他们二人，第二方是“自由医疗”公司，最后一方则是美国南卡罗来纳州斯帕坦堡（Spartanburg）的一个商业实体，名为“神经免疫治疗研究基金会”（NeuroImmuno Therapeutic Research Foundation）。

韦克菲尔德提出的计划听起来很诱人，而且看似可信。但是，当塔尔汗的助理将计划书送到走廊另一侧的院长办公室时，院长直接给出了否定意见。“我对于转移因子和病毒感染有相当多的研究经验，”院长在一封信中告诉塔尔汗，“我**不支持**这项投资。”

非常明智的决定。因为神经免疫治疗研究基金会的经营者是那位抽着烟斗、曾经给十一号先生提出建议的免疫学家休·弗登博格。毫不夸张地说，弗登博格的履历非常丰富多彩。在搬到斯帕坦堡之前，他曾经是加利福尼亚大学旧金山分校的教授，并在任教时接受烟草公司的资助，研究人类基因对于肺气肿的影响。美国食品药品监督管理局以开具危险药物为由起诉过弗登博格，他也因为违规使用管制药物而被医学委员会吊销了行医资格。现在，弗登博格经营着一家咨询公司，向自闭症孩子的家长收取天价费用。

弗登博格也是第一个提出麻腮风三联疫苗和自闭症之间存在关联的研究人员。虽然韦克菲尔德后来得到了“反疫苗运动之父”

的"皇冠"，致使许多人都认为他给 12 名儿童所做的检验开创了同类研究的先河，但实际上，弗登博格所做的相关研究要更早。事实上，皇家自由医学院在那个星期六发表声明时提到的"美国的研究人员"也观察到"相同的时间关联性"，指的就是弗登博格的论文。

1995 年 6 月，弗登博格的论文在意大利博洛尼亚（Bologna）的一个研讨会上首次亮相，九个月后，这篇五页的论文在一本不太知名的杂志《生物疗法》（*Biotherapy*）上发表，不久后这本杂志就被出版商停刊了。弗登博格在论文中分析了 40 名患有自闭症的儿童，并且指出其中 15 名在接种麻腮风三联疫苗的一个星期内开始出现"症状"。三名儿童在注射疫苗的一天内出现高烧和抽搐，其他儿童则是在 15—18 个月大的时候（自闭症症状最常出现的年龄段）逐渐出现各种症状。

弗登博格将自己的论文称为"先导性研究"，并且声称论文中 40 名儿童的资料来自纽约的神经学家玛丽·科尔曼（Mary Coleman），科尔曼的研究专长是发育障碍。但是，我打电话采访科尔曼时，她表示弗登博格"非常危险而且疯狂"，还认为"弗登博格的心智有问题"，以及"这个研究领域有吸引庸医的特质"。

无论弗登博格是不是庸医，他都成功吸引了韦克菲尔德。因此，我驱车前往南卡罗来纳与他见面。我们见面时，弗登博格年事已高，身体虚弱，只能坐在轮椅上微笑。他戴着牛仔布瓜皮帽，穿着厚重的棕色夹克，还戴了一副墨镜。弗登博格认为韦克菲尔德是一位"绅士"，他曾经去过韦克菲尔德位于伦敦的住所，但最后还是拒绝了韦克菲尔德的提议。

“他想和我合作。”一个湿热的下午，我们在弗登博格位于夏洛特市以南80英里处的家中，坐在二楼阳台上交谈时，他提到此事。

“这个合作能给韦克菲尔德带来什么好处？”

“让他赚很多钱。”

“除了赚钱之外，还有什么好处吗？”

“或许可以让他获得一些名声。我不太清楚。如果你是一个成功的商人，你就会出名。”

弗登博格表示，他不愿意和韦克菲尔德的免疫特异性生物科技公司合作，因为他不喜欢韦克菲尔德的价值观。“他想证明自己是对的，”弗登博格说，“他的主要动机就是这个，证明自己是对的。他不惧艰险，坚持不懈。他只是太**贪财**了。”

我们谈到了转移因子，我得到的文件显示这位免疫学家曾经受到了一些监管机关的管制。“如果使用这种技术，”我问道，“你认为自闭症可以治愈吗？”

这是一个诱导性问题，我想要测试弗登博格的反应。我假设他的答案会符合所有科学先驱的典型回答。无论弗登博格是一个庸医还是诺贝尔奖获得者，比较明智的回答应该是“我们得到了一些不错的结果”。

而弗登博格的答案则是：“对。”

他的答案出乎我的意料，为保险起见，我又追问：“你是说**治愈**？”

他重复了自己的判断：“对。”

弗登博格是一个重要的人物，他是这场疫苗危机的始祖，接着才是韦克菲尔德。弗登博格告诉我，他在一张"三个细胞那么宽的薄片"上制作了解药，而这张薄片就铺在他家的餐桌上。

"它是从哪儿来的？"

"我的骨髓。"

"你自己的骨髓？"

"没错。"

—

韦克菲尔德的"秘密科学"提出了一种改良后的方法：将转移因子制成药物。在美国，通常的做法是将转移因子从供者直接转移到病人身上，但免疫特异性生物科技公司打算使用动物作为中介。根据韦克菲尔德交给塔尔汗的专利计划书，他们会先将麻疹病毒注射至老鼠体内，分离出老鼠的淋巴细胞，放入人类的细胞进行培养，再将其注射至怀孕的山羊体内。

山羊的初乳将会被收集起来，然后进行真空冷冻干燥，再往后，我猜测，这些产品会打着"皇家自由"这个品牌名号进行销售。正如剑桥大学的一位免疫学教授后来所说，韦克菲尔德提出的技术已经从弗登博格的"只是有些古怪"演变为"彻头彻尾的荒诞"。

尽管如此，塔尔汗还是收到了一份详细的分红计划书。计划书中的"原始股权分配"依照以下顺序逐一说明：斯利特、韦克菲尔德、庞德尔、科达、弗登博格（他表示自己拒绝了韦克菲尔德的合作邀请）、医学院，以及一个"慈善信托基金"。

但是，有人可能会好奇（至少我会好奇），除非你像那个斯帕坦堡怪人一样疯狂，否则怎么会将时间和金钱投入一家不切实际的公司？于是，我想起自己在 20 世纪 90 年代后期调查“全球首个艾滋病疫苗”——AidsVax 疫苗时得到的启示。梅尔·布鲁克斯（Mel Brooks）曾执导过电影《制片人》（*The Producers*），在这个故事里，主要角色试图制作一部失败的百老汇音乐剧，以此来骗取投资者的钱，他们认为从一部失败的百老汇音乐剧中获得的利润会比从一部成功的音乐剧中获得的利润更多。一帮曾在美国疾病控制与预防中心任职的员工可能受到了这部电影的启发，这帮人为他们的公司（名为 VaxGen）成功申请了 1260 万美元的联邦资助金。这家位于旧金山的公司本质上就是一大笔糊涂账，但它依然在纳斯达克成功上市，后来又退市。

虽然我无法借此说明某个人是否有此意图，但是，生物科技创业公司的诱人之处就在这里。如果韦克菲尔德的免疫特异性生物科技公司失败了——我们姑且这样假设——公司的所有权人仍然会支付自己的薪水。除了初期的股权分配之外（他们可能会在公司倒闭之前就将股权卖给相信这个计划的其他人），计划书上还明确了韦克菲尔德将会兼职担任这家公司的研究总监，年薪是 33000 英镑（同时他依然能为巴尔和医学院工作）；斯利特是全职研究总监，年薪是韦克菲尔德的两倍；科达担任执行总裁，年薪 20000 英镑；庞德尔一年也能拿到 7500 英镑。

在皇家自由医院、《柳叶刀》和诸多媒体的推动下，如果成功筹集到初始资金，他们就能够高枕无忧。无论研究计划最后是成功还是失败，他们都能拿到不少钱。“几乎没有风险投资人拥有足够的科技知识，能真的明白韦克菲尔德的专利究竟是怎么回事，”一位了解该计划的线人在电子邮件中向我透露，“即使他们明白，其中的许多人还是会认为这个计划值得投资。他们会投入资金，在另类投资市场[①]大肆炒作，吸引公众的高度关注，赚到钱之后就会立刻清算退出。"

① 另类投资市场（alternative investment market）是指英国为那些不够资格在伦敦股票交易所正式上市的公司所设的股票市场，也被称为伦敦证券交易所创业板。

第十二章　问与答

与简吉兹·塔尔汗见面的三个星期后，有一个人只差一点点就能在我之前揭开韦克菲尔德研究计划的真相。她就是安妮·弗格森（Anne Ferguson），54 岁，已经结婚生子，在苏格兰的爱丁堡大学担任胃肠病学教授，是科学家也是临床医生。弗格森至少有五个皇家学院和皇家学会的会员身份，是一位顶尖的肠道疾病专家。

1998 年 3 月 23 日，星期一，即中庭发布会的 25 天后，弗格森参加了一个持续一整天的科学研讨会，韦克菲尔德也出席了这次会议。弗格森问了一个非常简单且基础的问题，如果韦克菲尔德可以如实、公开、完整地做出回答——这也是科学研讨会上应该有的表现——或许，社会大众对于麻腮风三联疫苗以及自闭症的恐慌在那个时候就可以结束。

这次科学研讨会由英国医学研究理事会（Medical Research Council）主办，目的就是评估韦克菲尔德的研究。虽然韦克菲尔德后来声称他遭到邪恶阴谋的抹黑陷害，但他当时获得的尊重和宽容，在 20 世纪的英国社会是很少有人享有的。参会者包括弗格森、韦克菲尔德，以及一位专程从亚特兰大赶来的美国疾病控制与预防中心的工作人员。现场一共有 57 位来宾，包括免疫学家、病毒学家、流行病学家、胃肠病学家、儿科医生、统计学家，等等，其中有 20 人是教授（6 人拥有尊贵的"教授爵士"头衔）。

研讨会的地点——英格兰皇家外科医师学会新古典主义风格的总部——洋溢着特权和庄严，很像通往希斯菲尔德的大门，只是更为巨大。这座建筑总共有五层楼，以波特兰石作为建材，六根刻有凹槽的大圆柱横跨巨大的爱奥尼亚式门廊。从这里可以俯瞰伦敦最大的花园广场——林肯律师公会广场，看清广场上的草地和树木。

那天早上，一个整屋镶嵌着木板的会议室内，会议桌被整齐地摆放成了 U 形，弗格森和韦克菲尔德面对面坐着，目光相对。弗格森是一位头发蓬乱的苏格兰人，一位坚强可靠的女性，她曾经攀登过喜马拉雅山，参加过国际篮球比赛，发表的论文和书籍章节总计超过 300 篇。韦克菲尔德则是一个接受过肠道外科手术训练的培训医师[①]，后来成为一位充满个人魅力的圣战士，他的名字将会永远留在医学史中——虽然不是以他预想的方式。在他们身后，参会者们坐在后一排，观看由一台机械式投影仪播放的幻灯片。

简短的开场白和咖啡休息时间之后，韦克菲尔德立刻成为会议的焦点。他喜欢被别人关注的感觉。"韦克菲尔德展露了他的雄心壮志。"在英国卫生部工作的儿科专家戴维·萨利斯伯里如此回忆道。七年前，英国宣布停用两个品牌的麻腮风三联疫苗时，韦克菲

① 在英国，临床型的医生在医学院学习后，会进入医院轮转，接受两年基础培训，此时他们被称为"培训医师"（trainee）。

尔德曾经向他索要过科研经费。

“很荣幸参与这场研讨会。”韦克菲尔德如此开场，并开始放映幻灯片。他准备了 40 多张幻灯片，用于介绍他对克罗恩病的研究结果：“我希望各位能够暂时保留判断，直到最后再仔细思考，因为我提出的数据确实非常有趣。”

现场来宾听完了他的发言，有人还做了笔记。但是，韦克菲尔德的演讲结束之后，现场的病毒学家和免疫学家纷纷提出了质疑。他们想知道，韦克菲尔德宣称他使用检测蛋白质的免疫组化技术（在场所有的专家学者都认为，免疫组化技术是灵敏度相对较低的检测技术）发现了麻疹病毒，但为什么灵敏度更高、以病毒的核苷酸为目标的分子扩增检测却总是一无所获？

研讨会的主持人是温文尔雅的微生物学教授约翰·帕蒂森（John Pattison）爵士，他是《临床病毒学的原理和实践》（*Principles and Practice of Clinical Virology*）和《临床病毒学实务指南》（*A Practical Guide to Clinical Virology*）的编辑。“如果你找不到核酸，”他用最简洁的方式提出了谜团，“那产生特定蛋白的病毒基因组在哪里？”

对于前来参会的爵士、教授和医生们来说，享受爆米花的娱乐时间很快就到了。韦克菲尔德证明麻疹病毒导致克罗恩病的最有力证据——他之前声称已经“证实”了那篇《医学病毒学杂志》论文提出的主张——就在他事先提交给研讨会的一份稿件中。这个证据是一项系列研究的最新结果，这项研究开始于几年前，使用一种特殊的金色抗体给病毒的蛋白质染色。韦克菲尔德表示，他在电子显微镜下观察到了病毒的“持续感染”。

弗格森安静地坐着听，此时，来自大奥蒙德街儿童医院的免疫学家戴维·戈德布拉特（David Goldblatt）挑出了一张幻灯片，这张幻灯片上的内容与韦克菲尔德使用的检验抗体有关，是抗体制造商的使用说明。关键在于，制造商明确指示使用者必须设置四个不同的阴性控制组——例如同时使用不同版本的抗体——从而避免出现假阳性反应。

"我并不想把**我**的意见强加于你，"戈德布拉特说，"我只是向你展示，关于你们购买的金色检验抗体，制造商对于阴性控制组的说法是什么。"

韦克菲尔德完蛋了。这张幻灯片已经说明了一切，他的研究也一样，不必多加解释了。抗体的制造商明确说明必须设置四个阴性控制组，但戈德布拉特在韦克菲尔德的研究中只找到了**一个**。"阴性控制组比较容易操作，"戈德布拉特背诵着抗体的使用说明，就像大声朗读蛋糕食谱一样，"所以应该**始终**设置四个。"

现场的气氛很紧张，尤其是考虑到康涅狄格大学研究团队提出的观点：韦克菲尔德采用的方法只是检验到了交叉反应，而不是检验出了病毒。

半个小时的午餐时间过后，研讨会换了一个方向，韦克菲尔德的助手斯科特·蒙哥马利以一场演讲作为下午的开场。36 岁的蒙哥马利是一位偶尔看上去不修边幅的流行病学家。韦克菲尔德那篇以问号作为标题结尾的论文有四位共同作者，蒙哥马利是其中之一。

蒙哥马利的演讲主题是汇报病毒（疫苗中的病毒和自然感染的麻疹病毒）与克罗恩病之间的关联。但他的研究结果被现场的统计学家彻底驳倒。讲解完自己准备的幻灯片之后，蒙哥马利实际上承认了他提出的数据不仅无法支持那篇以问号作为标题结尾的论文，反而表明研究中提到的疫苗有助于预防疾病。

“我们和其他人的研究结果都显示，”蒙哥马利退让了，“无法证明在特定的年龄接种单价麻疹疫苗会造成风险。”

无法证明？但是，“麻疹疫苗跟克罗恩病存在关联”，不就是韦克菲尔德团队所有主张的基础吗？

三位参加研讨会的来宾都声称，他们非常“困惑”。

——

回顾当天的讨论记录—— 112 页 65000 字——我很难不感到厌恶。韦克菲尔德和蒙哥马利在三年前联合喜欢刊登争议话题的《柳叶刀》、一家渴望获得金钱的医学院、一位来自 BBC《新闻之夜》节目的愚蠢记者，将那篇以问号作为标题结尾的论文丢给社会公众。他们的一番操作让杰姬·弗莱彻登上电视节目，促使二号女士打电话联络韦克菲尔德。而现在事实证明，那篇论文就是一堆热气腾腾的垃圾。

难道就没有人怀疑，把无法比较的东西放在一起比较，会得到一堆垃圾结论？我认为没有人不明白这个道理。

但是，韦克菲尔德一如既往地冷静且不受干扰。“如果我们生来就能无所不知，也就不需要围着桌子坐在这里了，”他一边说，一边像一条毒蛇蜕掉旧皮那样，试图把众人的注意力从那篇论文移开，“很明显，假设会逐渐进化的。”

弗格森的专业知识是如此广博且精深，以至于那天她打断韦克菲尔德发言的次数差不多有 20 次，但其中没有哪一次能够像她在下午茶时间之前提出的一个质疑那样一针见血。现在，那篇研究 12 名儿童的论文成了讨论的话题，弗格森的质疑跟我在多年之后的怀疑一样。

韦克菲尔德是从哪里找到这些孩子的?

这是一个很关键的问题，但没有人问过，就好像他们的行为礼仪不允许他们去探听这个问题一样。尽管从表面上看，这篇论文研究的都是普通患者——就像从一家儿科肠道诊所的病历库里抽出的一篇文字记录，但文中的家长们却一再提出相同的惊人主张：自闭症和接种麻腮风三联疫苗之间存在关联，行为症状会在接种疫苗的**几天内**发生。

"我直接一点说，"弗格森以这句话开场，"因为似乎没有人准备提出这一系列病例中的偏差问题。"

选择性偏差，正式的学术研究规范中确实有这方面的要求。最常见的规范是一篇标题非常冗长的文件《生物医学杂志投稿统一要求》（*Uniform Requirements for Manuscripts Submitted to Biomedical Journals*），500 多种期刊都采用了这一规范，其中也包括《柳叶刀》。当时这份规范已经出到了第五版，其中明确规定了作者必须说明的相关信息，一篇论文必须在开篇的"摘要"部分说明"如何选择研究对象"，并在随后的"研究方法"中进一步详细说明。

> 明确描述你如何选择观察或实验的对象（病人或者实验室动物，包括控制组）。

弗格森的质疑也有她个人方面的原因。她也曾经在那期《新闻之夜》节目上出现过，她在节目中主张，接种麻疹疫苗和“克罗恩病发病模式的任何变化”都毫无关系。她看到一群家长在镜头前十分刻意地表演，也看见了弗莱彻——那位穿着鲜红色女装、创立了JABS团体的女士。

“或许我得知的时间点，以及我得知的事实，都不是正确的，但是，我个人的认知如下，”弗格森在研讨会上对韦克菲尔德说，“大约在1994年，你的研究团队出于某种偶然的原因开始关注麻疹疫苗的危害，而这与JABS团体的看法一致，他们可能提出、支持，甚至资助了你们的研究，或者跟你们有某些利益关联。”

弗格森确实找对了方向。1994年1月，弗莱彻决定提起法律诉讼，所以才创立了JABS团体。1992年11月，弗莱彻的儿子接种疫苗，在两个月之前，英国政府停用了两个品牌的疫苗。弗莱彻与韦克菲尔德一起参加《新闻之夜》节目之后，她将自己的委托人和联系人都推荐给了韦克菲尔德。

弗格森继续往下讲，并且提到了皇家自由医院。“我的理解是，如果某个人的孩子同时患有自闭症和肠道疾病，电视新闻、报纸和互联网上又有很多关于你们的宣传，那么这些家长自然会觉得这两种病之间真的有什么关联，而你的团队就是全世界研究这种关联的中心。我这样说对吗？”

她的说法**确实是**对的，只是还不完整。与韦克菲尔德有利益关联的不止JABS团体，还有律师理查德·巴尔，他也怂恿了自己的委托人去联系韦克菲尔德。结果导致——在我调查之前没有人察觉——前往医院让孩子接受检查的家长几乎都有提起法律诉讼的意愿。弗格森已经触及了那篇论文的核心，但她还不知道论文的起源是一位律师，论文的第一作者韦克菲尔德按小时向律师巴尔收取顾问费，而他们的经费来自纳税人，获得经费的途径是申请法律援助，这一切行动的目的就是针对麻腮风三联疫苗提起诉讼。

正是因为上述这些问题，约翰・沃克－史密斯（他拒绝参加中庭发布会）开始怀疑这项研究计划是否符合学术伦理。"很明显，几乎所有病人的家长都有相关的法律行动，而他们的既得利益会影响这项研究。"在十二号孩子的内窥镜检查结束之前，沃克－史密斯就在写给韦克菲尔德的信中提到了这一点。

我拿到了这封信的复印件（标题是"小肠结肠炎与退化型自闭症"），并摘录了一部分内容刊登在《星期日泰晤士报》上，其中包括了这位澳大利亚医生最中肯的观察：

> 在我的职业生涯中，从来没有在进行研究时遇到过这种情况：研究对象的父母都准备提起法律诉讼。我认为，这一情况给我们的研究带来了困难，尤其会影响研究结果的发表和展示。

没错，尤其会影响研究结果的**发表和展示**。

弗格森并不知道这封私人信件的内容，她也不是一位记者或律师。因此，她并没有加大力度推开一扇本来应该打开的门，而是继续讨论临床观察问题，例如溃疡、肿胀的腺体和耳朵疼痛。

但是，这次韦克菲尔德给出了回答。他**终于**给出了自己的回答。在经受一整天有关组织病理学和理论假设的尴尬之后，他认为弗格森的**控诉**没有**真凭实据**。

“感谢您的坦率直言，”他一边说，一边用弗格森本人并未使用的词语重新表述了她的问题，“我猜想，您的意思是说，我们的研究计划只是愤愤不平的家长宣泄情绪的途径。但实际情况并非如此。”

弗格森从来没有说过“宣泄情绪的途径”或者“愤恨不平的家长”。但是，韦克菲尔德否认对他本人的质疑后，又下了一个断言，我相信他自己肯定知道自己说的并不属实。

“事实上，这些家长来到皇家自由医院时，都是初诊，”他说，“与其他组织也没有任何关系。”

如果 JABS 团体的创立者在场，可能会有不同的说法。除了来自美国加利福尼亚的家长以外，其他的家长——也就是这场公共卫生危机的根源——几乎全都与 JABS 团体有关系。

韦克菲尔德是不是忘了沃克－史密斯的信？还是说他也忘了四号孩子，那个“最有说服力”的案例？他的母亲曾经用印花信纸给韦克菲尔德写过信，信的第一个段落就明确提到弗莱彻和相关的法律诉讼。或者，韦克菲尔德也忘了十二号女士，十二号女士在 JABS 团体的一次会议上认识韦克菲尔德之后，才将自己的儿子带到了皇家自由医院。此外，我还知道一个病例，巴尔团队的“科学专家”柯尔丝滕·利姆曾经写信给皇家自由医院，强烈要求医院接收她的一位委托人。

我还有很多证据，但人生苦短，没必要逐一列出。我毫不怀疑韦克菲尔德知道这些事情。

但是，韦克菲尔德在那个整屋镶嵌着木板的会议室里成功摆平了弗格森。因为弗格森手上没有足够的证据。

“最近，”他继续说道，“许多家长听说了我们的研究——通过媒体或者其他组织——然后找到了我们。”

最近？我很确定，他所说的最近其实是**起初**。从二号孩子——他所说的预警案例开始，这些家长们就被有意组织、协调起来，并且**有所图谋**。

就以二号女士为例吧。在《新闻之夜》的节目播出之后，弗莱彻将韦克菲尔德介绍给了二号女士。韦克菲尔德让二号女士前往巴斯医院，沃克－史密斯给二号女士的儿子做了检查，认为这个孩子并未患有炎症性肠病。但是，**六个月之后**——根据二号女士本人的记录——她也出现在巴尔提出的疫苗集体诉讼的委托人名单之中。**再过四个月**，在韦克菲尔德的建议下，沃克－史密斯教授**邀请**二号女士将孩子带到汉普斯特德的皇家自由医院。

在皇家外科医师学会总部的会议室内，韦克菲尔德提出了最终的观点。他不希望还有人觉得困惑。“到目前为止，我们检验的所有病人，”他告诉现场来宾，“都是经由他们的全科医生、儿科医生转诊介绍，并依照标准的程序找到我们的。”

标准的程序？实际上的程序是这样的：韦克菲尔德知道有一个孩子的情况可能对他的研究有帮助，就会给这个孩子的母亲打电话，或者让这位母亲打电话给他，然后联络他们的全科医生。这种行为几乎是闻所未闻的，英国国家医疗服务体系的医生不会用这种方式招揽病人。但是，在电话联络的过程中，韦克菲尔德可能会告诉这些母亲，他推测孩子（他还没见过这些孩子）或许患上了某种可怕的炎症性肠病，并提到皇家自由医院能够提供协助。

这样就够了。请想象一下家长会有多么担心——韦克菲尔德一定可以拿到转诊信。

在那个会议室中，又有谁能够想到，分散于英国各地医生办公室中的医疗记录，将会因为一次老派的新闻调查而重见天日？

住在汉普斯特德西北方60英里处的一名七岁男孩：

> 皇家自由医院的胃肠病学顾问医师韦克菲尔德打来电话，缜密且有说服力地提到［五号孩子］的案例，建议我们将孩子转诊给约翰·沃克－史密斯教授。

住在皇家自由医院以南60英里处的一名四岁男孩：

> 皇家自由医院的韦克菲尔德医生与我们讨论了麻疹病毒与自闭症和炎症性肠病之间的关联……如果我们觉得有必要，可以将孩子转诊给皇家自由医院的沃克－史密斯教授治疗。

住在汉普斯特德西北方280英里处的一名八岁女孩：

> 病人的母亲将女孩带到皇家自由医院，找到韦克菲尔德医生，接受了CT检查和肠镜活检，孩子疑似患有克罗恩病。韦克菲尔德医生给我打了电话，提出他们需要转诊信，还提到他们得到了法律援助委员会的资助。

寄给韦克菲尔德和沃克－史密斯的其他转诊信也清楚地记录了

究竟发生了什么。

> 这个患自闭症的孩子年纪为七岁零九个月，他的家长一直都与韦克菲尔德医生有联络，并且要求我将孩子转诊过去。
>
> ［小女孩的］母亲找过我，她说你也需要转诊介绍信，才能将［她］纳入你的研究计划。
>
> 谢谢你主动提出给这个小男孩做检查。

在那个会议室中，谁能够知道韦克菲尔德等人究竟是怎么做的？可能连蒙哥马利都不清楚。韦克菲尔德等人精心策划的转诊流程，可以揭开那篇《柳叶刀》论文背后的一个秘密：他们是在向法律援助委员会施压，要求他们支付一起诉讼案的费用。

韦克菲尔德摆脱了追查者，如此**轻而易举**。几个星期之后，他故技重施。《柳叶刀》的读者——安德鲁·劳斯（Andrew Rouse）医生发现一个名为"自闭残障协会"（Society for the Autistically Handicapped）的小团体（我先前没有听说过这个团体，后来也没有再听到过）在网络上发布了一些巴尔传播的资料单。劳斯担心相关的法律诉讼可能会造成研究偏差，而韦克菲尔德的论文并没有提到这一点，于是他给《柳叶刀》写了信。

韦克菲尔德又一次成功转移了话题，轻而易举地搞定了劳斯。"没有任何利益冲突，"他在给《柳叶刀》的信中写道，冲着追查者的双眼扬了一把沙子，"安德鲁·韦克菲尔德本人从未听说过自闭残障协会，也没有向该协会提供过任何资料单。"

除此之外，韦克菲尔德还加了一句话，有朝一日，他会把这句话当作证明自己清白和诚实的证据。

> 仅有一名作者（安德鲁·韦克菲尔德）已经同意代表法律援助委员会协助评估这一小部分儿童的情况。

韦克菲尔德认为，这句话代表他确实说明过相关情况，承认了自己在法律诉讼中扮演的角色。我在《星期日泰晤士报》上披露真相后，《柳叶刀》谴责韦克菲尔德掩盖了利益冲突问题，而韦克菲尔德则威胁说要起诉《柳叶刀》。但是，通讯记录清楚地显示：韦克菲尔德用现在完成时态——“已经同意”——在中庭发布会的三个月后说明了自己的角色。因此，韦克菲尔德同意的“协助”从表面上看是在论文发表**之后**，但实际上在**两年前**就已经开始了。

弗格森已经尽力了，但她并没有揭露这一切的机会。她接受的是医学方面的训练。想要打倒韦克菲尔德，需要特定的事实——数据、文件，也就是**证据**。听完韦克菲尔德的回答之后，弗格森反而产生了韦克菲尔德才应该有的负罪感，温顺地让步了。韦克菲尔德毫发无伤。

“我对此表示抱歉，”弗格森说，仿佛是**她**冒犯了韦克菲尔德，“我并不是在暗示你有任何不当行为。”

但是，弗格森已经**非常接近**韦克菲尔德真实策略的核心。那篇论文的“研究发现”将自闭症和麻疹疫苗联系起来，但这其实根本不是什么**研究发现**，而是韦克菲尔德研究**方法**的关键要素，不是**发现**，而是执行研究的方法。家长们之所以前往皇家自由医院，是因为他们担心疫苗会对孩子造成伤害。有些人甚至是从数百英里以外的地方赶来（有一位来自几千英里之外）。这是一个预先设计好的**纳入标准**。

但在弗格森道歉后不久，也就是研讨会最后的茶歇时间开始前的几秒钟，韦克菲尔德的面具曾经短暂地滑落过。他证明了自己有一种执拗的本性，从他产生那个奇思妙想的时候开始，他的决心就没有动摇过。韦克菲尔德把话锋从弗格森转向参会的所有来宾，讲了一段话，对于一位科研人员而言，在当天所有的讨论中，这段话最能彰显一个人的性格。20 多年后，我致电给当天负责主持会议的约翰·帕蒂森，他也回忆起了这个时刻。

"很显然，我的观点不同于在座的大多数人，"研讨会即将结束时，韦克菲尔德告诉参会来宾，"我想，这是因为我用显微镜实际观察过，用电子显微镜观察过，我看见了病毒，并且完成了这项研究。我坚定地坚持自己的观点。我依然认为，在这些条件下，麻疹病毒和慢性炎症性肠病存在关联。现在，我的工作就是努力说服各位相信这一点。"

然后，韦克菲尔德又补充了一句："而且这也是我将要做的。"

第十三章　世纪之交

曾有末世论者预言公元 2000 年将会迎来世界末日。在 20 世纪的最后 12 个月里，很多人都在谈论计算机的一个程序缺陷——“千年虫”（Y2K），在迎接 2000 年的午夜时刻，这个程序缺陷可能会造成银行存款凭空消失、飞机坠毁，并引发美国和俄罗斯之间的战争。很多比较老的计算机程序都只用两位数来表示年份，因此有人认为，2000 年的到来可能会引发计数混乱，导致系统出错。

但在皇家自由医院，20 世纪的最后一年对韦克菲尔德来说，形势可谓一片大好。1999 年 1 月，他的办公室搬到了十楼，伦敦市区华丽的街景点亮了韦克菲尔德的人生。他的信箱里塞满了转诊信和咨询信，这意味着会有更多孩子到医院接受内窥镜检查。过去完全不相关的法律诉讼、科学研究和商业投资计划，现在也来到一处，犹如木星、金星和火星在夜空中相会。

首先，韦克菲尔德和律师理查德 · 巴尔的秘密交易进展顺利，他为巴尔制造证据，提交给英国政府的法律援助委员会。他承诺将提供分子扩增检验结果、麻疹病毒的“毒株特异性”报告，还让尼克·查德威克担任他的协调研究员。但是，上面说的这些都没有什么结果。因此，在 1999 年 1 月 26 日，星期二，韦克菲尔德提交了一份报告，主题是以染色试验为基础的先导性研究结果。

根本没人在乎。韦克菲尔德甚至可以把自己的午餐食谱提交上去。法律援助委员会对蛋白质和核苷酸能有多少了解呢？凭借《柳叶刀》引发的风暴，就足以保证巴尔代理的法律诉讼由纳税人买单了。四家全国性的报纸都支持他们的反疫苗运动。巴尔的委托人名单扩大为将近 1800 个家庭。第一份起诉疫苗制造商的令状已经在英国皇家司法院被盖上了红色印章。

韦克菲尔德提交给法律援助委员会的报告是一份秘密文件，文件宣称他发现了一种新型的肠脑"综合征"。在韦克菲尔德等人给一号孩子做内窥镜检查之前，他就已经预言了这种综合征。提出综合征就能够符合斯图亚特-史密斯法官清单的第一项："明确且特殊的临床综合征"。在这份报告中，还有韦克菲尔德准备提出的疾病名称，在清单的第二项，他将这个疾病命名为"自闭型小肠结肠炎"。

"法律援助委员会资助的患病儿童，以及通过全科医生独立转诊过来的类似患病儿童，都得到了检验。"韦克菲尔德在由巴尔转交的报告中如此表示道：

> 本报告的结论认为，在某些儿童身上可以发现麻疹病毒和麻腮风三联疫苗的特定成分，这很有可能与新型的综合征之间有因果关系。

关于肠道疾病问题，韦克菲尔德在报告中的描述与他在《柳叶刀》上发表的论文完全一致。他告诉法律援助委员会，结肠炎和肿胀腺体——回肠末端结节状淋巴组织增生——都是“持续出现的肠道病理学现象”，而且与病因就是病毒的观点“一致”。但是，韦克菲尔德提出的“时间关联性”（清单的第三项）已经发生了明确的变化。现在，根据他提交的报告，接受检验的孩子已经不再只是12 人，而是 40 多人，而接种疫苗之后出现行为症状的时间从**最长**14 天变成了**平均四个星期**。

我认为巴尔必定知道这个变化，他也明白时间点的重要性。在韦克菲尔德发表论文之前——甚至是在孩子们接受内窥镜检查之前——这位律师和他未来的妻子兼团队科学专家柯尔丝滕·利姆已经建议韦克菲尔德提出时间关联性。为了让法律援助委员会为那些想要提起诉讼的家长支付相关费用，巴尔二人强调必须提出“明确的接种疫苗反应”和“时间上的密切关联”，最好是“在几天之内”发现症状。

这并不意味着巴尔二人会告诉委托人**该说什么**，关键是**需要说什么**。“我要跟你说清楚，”在我进行调查的早期，巴尔还没有拒绝进一步置评之前，他曾经这样表示，“我的职责就是为委托人谋求最佳利益，以前是这样，以后也会是这样。委托人找到了我，然后告诉我在他们的孩子的身上发生了什么。”

他说的没错。但是，源源不断的资料和通信记录显示，这对夫妇确实发表了很多意见。这或许并不令人意外，因为利姆相信她的女儿就是医疗过失的受害者，或许他们是出于某种原因而充满热情，也或许就是为了赚钱。无论是什么原因，他们都不仅指控医生存在**过失**，还暗示医生**不诚实**。

我们非常担心，与实际疾病有关的风险可能被夸大了，或许就是为了威吓民众，逼迫他们让孩子接种疫苗。

以及：

即使接种疫苗和人体损伤之间的关系如此明确，医生们依然不屑一顾，还说造成疾病的原因绝对不是疫苗。

以及：

我们非常担心，这些数据似乎存在一定程度的篡改。

凭借着这些阴险的意见，加上为心碎的家长们提供的"绝佳"建议，在这之后的几十年，这些毒果将孕育出一种黑暗的意识形态。想要制造一场意识形态战争，最有效的方法就是给对手贴上傻瓜和骗子的标签。

"她是一个完完全全以自我为中心的人，"一位参与法律诉讼案的母亲这样评价利姆，"她喜欢谈英国，说起来就停不下来，满口都是阴谋论。"

"我要老实告诉你，布莱恩，"一个曾经与巴尔夫妇共事，帮助他们准备集体诉讼的人对我说，"为他们工作，就像是把自己的手臂浸入一锅滚烫的热油里一样。"

巴尔和利姆告诉委托人，韦克菲尔德是“儿科胃肠病学专家”，但韦克菲尔德根本不是；巴尔和利姆还声称那些“以任何方式质疑”疫苗安全性的人受到了“公开侮蔑”，但事实并非如此；巴尔和利姆甚至承认他们的目标是“引发疑惑”，而不是“理性思考”疫苗。

“不必多说，柯尔丝滕和我都很满意，接种疫苗和个别委托人所遭受的损伤之间的关联并不是空想，而是明确的因果关系。”巴尔在一封内部通讯中这样宣称。当时，他甚至还没有与奥古斯塔斯·乌尔施泰因见面，韦克菲尔德要在两年之后才会在《柳叶刀》上发表论文。

他们早已下定决心，哪怕要牺牲公共利益，也不会将想法藏在心里。

多年来，他们一直向委托人灌输一种立场，暗示整个医疗行业都存在许多骗局。巴尔等人查阅了为家庭使用而出版的业余医学书籍，指出在疫苗问世之前医生们并不怎么重视麻疹、腮腺炎和风疹的危害，还告诉家长这些疾病的症状通常比较轻微。但是，就在疫苗获得批准并开始推行之后，情况就不同了。巴尔等人用长达七页的资料制造了惊人的对比效果，说明“对于相关疾病的认知”明显**改变**了。医生现在用“难以理解”的方式强调这些疾病的**风险**。

“医生看待疾病的‘官方’态度产生了可疑的变化。”巴尔夫妇告诉他们的委托人——其中许多人都是非常单纯的家长，“自从疫苗推出之后，医生对于这些疾病的官方态度都变得更严肃了。”

凭借如此讨巧的论述技巧，委托人的数量水涨船高，巴尔和利姆转到了一家更大的律师事务所，办公室也搬到了伦敦，虽然能够操作的空间有所减小，但家长还是可以自由地将自己的所见所闻告诉巴尔——像往常一样，通常是由二号女士带头。“想要掩饰真相的卑鄙尝试，”二号女士在“过敏引发自闭症”家长团体的声明中猛烈批判一篇由英国政府资助完成的研究论文，“可耻的公共欺诈。”

—

说二号女士是万里挑一也不为过。她的执行力极强，就像手脚利落的助产士。1999 年 3 月，她组织了一场研讨会，吸引了将近 400 名来宾（包括沃克－史密斯）来到英国国家摩托车博物馆附设的会议厅，韦克菲尔德是这场会议的明星人物。除此之外，最重要的是，二号女士率先提出了疫苗造成损伤的机制，也就是斯图亚特－史密斯法官清单的第四项。在《新闻之夜》的节目播出之后，二号女士在电话中提出了这个想法，而这个想法将一直持续到巴尔法律诉讼案结束。

她提出的机制要追溯到与“阿片”有关的概念，这一点甚至出现在那篇《柳叶刀》论文中。这个概念来自爱沙尼亚神经生物学家雅克·潘克赛普（Jaak Panksepp）。他将吗啡注射到实验室老鼠和豚鼠体内，然后发现这些实验鼠会陷入昏迷或者发狂。1979 年 7 月，潘克赛普发表了一篇两页半的论文，提出了一个假设，认为阿片肽（最常出现在小麦制品和乳制品中）会导致他所说的“阿片类物质过量”。如果在小孩身上发生这种情况，将会造成“情绪障碍”。他认为，这就是自闭症的病因。

“想想吗啡或者海洛因，你们就能明白其中的基本原理。”二号女士开始推广这个假设。

到底需要食用多少面包才有可能造成人体损伤？这个问题从来都不是韦克菲尔德关心的重点。但是，他从二号女士那里听说这个机制后——我将这个机制称为“自闭症吸毒啮齿动物模型”——很快就加以利用。在那篇《柳叶刀》论文中，韦克菲尔德用 200 多个字说明了这个机制，而他提交给法律援助委员会的报告花了更长的篇幅讨论这个机制。

“关于肠道问题、麻疹病毒持续感染、人体自身免疫和自闭症之间的关联，一个连贯的解释就体现在‘阿片类物质过量’假设之中，”韦克菲尔德告诉法律援助委员会，“这个假设认为，在人类生命早期阶段摄取的阿片肽——主要是 β-酪啡肽（β-casomorphin）和 β-麦醇溶蛋白肽（β-gliadorphin）——分别来自日常食用的酪蛋白和麦醇溶蛋白，它们会经由受损或破损的肠道进入人体循环。”

这就是韦克菲尔德等人对麻腮风三联疫苗导致自闭症的设想。持续生存的麻疹病毒导致肠道发炎，随后，从食物中摄取的“过量”阿片肽逃出肠道，进入血液循环，到达大脑并造成损伤。二号女士在为他儿子提交的法律文件中说：

> 存在于肠道组织的麻疹疫苗病毒造成了免疫系统失常和（或）自身免疫反应，从而导致炎症性肠病，并且引发生物化学反应，造成血液中的阿片类物质过量，损伤人类的大脑，从而引发自闭症。

这不就是一种推测吗？确实是。但是，这种观点实际上参考了一种新的学说，也就是神经生物学。1999 年，有不少有关人体免疫系统影响大脑的新观念出现。1999 年 7 月，美国卫生与公众服务部和美国儿科学会呼吁停止使用一种含汞的抗菌剂——硫柳汞（thimerosal），以免对人的神经发育造成影响，而当时的许多疫苗中都含有硫柳汞，这在美国引发了广泛的担忧。

硫柳汞的使用大约有 70 年的历史，使用它的目的是防止疫苗受到细菌感染。美国呼吁停止使用硫柳汞的行动，不免让人想起英国当年停用两个品牌的疫苗的做法，而且二者引发的社会反应也很相似。当政府采取行动加强疫苗安全性的时候，律师们也扑了上来，各种运动团体趁机成立，提起集体诉讼。

采用"活病毒"的麻腮风三联疫苗并不含有硫柳汞。然而，韦克菲尔德依然从中获得了力量。在那个时候，他的心思还集中在麻疹病毒上，为巴尔的法律诉讼案提供服务并按小时收取费用，他还仔细研究了来自二号女士的自闭症吸毒啮齿动物模型。在那个丰收之年，他的第三个优先事项是商业投资——也就是赚钱。

—

韦克菲尔德的免疫特异性生物科技公司还在与皇家自由医院洽谈合作，但在那个时候，皇家自由医学院已经被伦敦大学学院合并。伦敦大学学院是一家非常出色的机构，拥有超过 16000 名学生、7000 名教职人员以及无数座建筑。合并后的学院现在拥有了韦克菲尔德申请的专利——检验方式、治疗方式，以及单一麻疹疫苗——虽然没有获得雇主的许可，韦克菲尔德依然使用院方的经费进行相关开发。

更多商业开发的好消息来了。韦克菲尔德成立的另外一家公司已经准备就绪，他的创投企业合伙人罗伯特·斯利特、亚历克斯·科达和胃肠病学教授罗伊·庞德尔共同策划了一家更有野心的企业，名为“卡梅尔医疗保健”（Carmel Healthcare，下方简称卡梅尔公司），这家公司的第一个目标就是销售以检测麻疹病毒为主的诊断试剂盒。

我拿到了这家公司用来招揽投资人的招股说明书，说明书上盖着“私人机密文件”的图章，文件内容非常大胆。

> 卡梅尔公司有着非常独特的定位，希望解决新千禧年最主要的医疗保健问题之一。
>
> 卡梅尔公司是新成立的生物科技公司，专门从事麻疹特异性临床诊断用品的开发和商业化工作。

在调查此事的这些年中，我一直都没搞明白，为什么寻找麻疹病毒还能诊断出除麻疹以外的结果。但是，他们原本的计划是在第二年，也就是 2000 年的 1 月 17 日成立这家公司。在公司成立之前，韦克菲尔德想要做好应对媒体的准备，发出比两年前那场中庭发布会更响亮的警示。

他原本打算提出，他的团队使用分子研究方法找到了“明确”的证据，证明自闭症患者的肠道组织中确实有疫苗带来的麻疹病毒。二号女士会站在韦克菲尔德这一边，提出家长们的观点。最后，韦克菲尔德就可以说，他们的研究结果将发表于《自然》杂志——全球两家最顶尖的科学期刊之一。

韦克菲尔德认为这是一个重要的转折点，而且能让自己反向受益。那个以他的研究作为依据的法律诉讼案，不仅让韦克菲尔德通过与巴尔的合作拿到顾问费，也为卡梅尔公司搭建了启动的发射台。卡梅尔公司将"英国法律援助委员会"列为初始客户，并在35页的招股说明书中表示，"自闭型小肠结肠炎"有极大的获利空间。

> 据估计，为美国和英国患有自闭型小肠结肠炎的儿童提起法律诉讼所必需的诊断检验将构成这项诊断检验的初始市场。据测算，到了第三年，这项检验的收入将会从330万英镑提升至2800万英镑（在我写作本书时，大约等价于4800万英镑或5900万美元）。

这可不是慈善事业，韦克菲尔德将会拿到丰厚的报酬。他制造了隐藏在疫苗恐慌之下的证据，加上他与律师的秘密交易以及他对媒体的影响力，他的股份比例将是37%。斯利特是22.2%，科达是18%，庞德尔是11.7%，第五位合伙人则为11.1%。韦克菲尔德每年还会获得三万英镑的顾问费，其他人则依照股份比例得到相应的收入。

韦克菲尔德认为自己取得了终极胜利。无论成功与否，他都能从公司中拿到薪水。现在只剩下一个小挑战：一位刚到汉普斯特德任职的医学主管。跟多年来韦克菲尔德遇到的众多情况一样，到了他施展个人魅力和领袖气质的时候了。

新任医学主管马克·佩皮斯（Mark Pepys）在1999年10月1

日上任，他的办公室在皇家自由医院大楼后方新建的大楼里，建造这栋大楼的目的就是安顿佩皮斯的团队。佩皮斯时年 55 岁，清瘦挺拔，出生于南非，成就斐然，是免疫学教授，拥有剑桥大学双学位，还是英国皇家学会（全世界最精英的科学机构，伊萨克·牛顿曾经担任过学会会长）的成员。佩皮斯是皇家自由医院这几十年来最大的收获，能跟他的加入相提并论的事要追溯到 1959 年，那一年，肝脏领域权威希拉·夏洛克（Sheila Sherlock）加入皇家自由医院，成为英国历史上第一位女性医学教授。

佩皮斯的专业也让他对韦克菲尔德的研究方法有了一些看法。他是淀粉贮积病领域的领导者。淀粉贮积病是一组神秘罕见的病症，是由淀粉样物质沉积造成人体器官损伤的临床综合征。20 世纪 80 年代，佩皮斯发明了淀粉贮积病的诊断方法，并在之后的十年设计出了一套筛选系统，用来找出可行的治疗方式。虽然佩皮斯研究的内容非常艰深，但他在很多方面都有涉猎，例如临床、细胞，以及分子研究。

开着红色捷豹汽车的佩皮斯不苟言笑，他到皇家自由医院任职时，内心早有想法。“他们开出了我无法拒绝的条件，”佩皮斯向我说明他决定来到汉普斯特德的协商过程，“我告诉他们，‘我提出 25 个条件，你们同意，我就愿意来，我希望院长从第 1 个条件开始签字，一直到第 25 个—— 一共签 25 个名字——答应我的条件’。其中一个条件就是我上任以后，要把韦克菲尔德踢出我管理的部门。因为我知道，他是一个卑鄙的骗子。”

这就是世纪之交那一年的转折，那位没有病人的医生也无力控制。虽然“终身制”原则让院方很难开除韦克菲尔德，但佩皮斯不仅是一位令人钦佩的科学家，他还非常熟悉办公室政治。因此，韦克菲尔德向皇家自由医院提出申请，希望院方与两家咨询公司签约，第一家是强生制药公司，第二家就是名为卡梅尔的生物科技创新公司。新上任的医学主管没花多长时间就发现，"卡梅尔"是韦克菲尔德妻子的名字。

"他说，'但是我们已经证明了我们的假设，我们还有《自然》杂志的论文'，"佩皮斯告诉我他们第一次在办公室见面时的情形，"我说：'不要再说了，什么《自然》杂志的论文？他们刊登了吗？''还没有。''你投稿了吗？''没有。'我说：'感谢上帝。你究竟打算拿什么论文投稿？'他说：'我们已经证明了我们的假设，因为我们有十个这种病例，又有七个那种病例……'然后我说：'你不懂统计学基础吧，韦克菲尔德先生？'"

现在轮到佩皮斯开价了。韦克菲尔德可以选择带薪休假，到自己创立的生物科技公司工作一年，或者针对自己提出的假设开展符合最高标准的检验。有了伦敦大学学院的资金、协助和设备，韦克菲尔德可以进行分子研究——找到确定无疑的基因序列——来证明或者反驳他有关麻疹病毒的观点，而且必须是一劳永逸、毫无疑问的结果。他宣称自己已经找到了 150 个病例，那研究结果就必须包含这 150 个病例，他的研究方法也必须获得两个外部研究机构的佐证，才能确保研究的精准程度和发表速度。

你可能会认为，任何科学家都会为这样的提议而感到高兴：时间、协助，还有**金钱**。但是，韦克菲尔德犹豫了，他似乎不愿意接受。他没有做出任何回应。

同时，佩皮斯也得知皇家自由医院的商业公司"自由医疗"参与了一次非同寻常的谈判，如果韦克菲尔德创业成功，医院可以通过期权获利，但如果他失败了，医院将会否认他们参与其中。“医院可能永远都不会行使这些期权，”财务主管简吉兹·塔尔汗在1999年11月写信告诉韦克菲尔德，“因此，无论是医院还是‘自由医疗’，都不会以任何方式与卡梅尔公司发生关联，直到正式行使期权并持有股份。”

因此，佩皮斯越过医院，叫来了韦克菲尔德，并和他一起前往市中心，用行政术语来说就是去找“**高层**”。他们与庞德尔一起来到了位于布鲁姆斯伯里（Bloomsbury）的伦敦大学总部。说话语气非常柔和的理论物理学家——克里斯·卢埃林·史密斯（Chris Llewellyn Smith）重复了佩皮斯的提议。他曾经是瑞士日内瓦大型强子对撞机的总干事，也是英国皇家学会的成员。身为伦敦大学学院的校长兼教务长，他的办公室差不多有半个足球场那么大。

坐在巨大的会议桌前，卢埃林·史密斯要求韦克菲尔德进行这项研究，因为那些惊恐的家庭应该知道真相。他也要求韦克菲尔德在发表最终研究结果之前不要再做出任何公开声明。伦敦大学学院不仅会依照这些条件支持韦克菲尔德的研究，如果他本人同意，校方还会将检验方法、疫苗和产品专利都**还给**韦克菲尔德，让他在卡梅尔公司自行开发研究。

“我们要求你不要发表你在相关领域已经完成或正在进行的不成熟研究，”这次会面结束之后，韦克菲尔德在12月13日收到了卢埃林·史密斯的两页来信，“良好的科学标准要求你和其他成员必须可以确定或者否定你们提出的麻腮风三联疫苗以及自闭症/自闭型小肠结肠炎/炎症性肠病之间的可能关联，而且要有可信度，以及最重要的可重复性。"

这就是 20 世纪即将结束时在那座混凝土城堡中发生的事情。当对千年虫危机的恐惧在大街小巷四处流传之时，新任医学主管佩皮斯在办公室里反复思考韦克菲尔德可能做出的回应，一直思考到深夜。在佩皮斯看来，韦克菲尔德只是一个幻想家。他不可能同意进行真正的科学研究。

但是，就在 2000 年 1 月的第一道曙光到来的 11 天前，韦克菲尔德做出了反击。"关于我们先前的会议讨论和教务长的信件，"韦克菲尔德在信中表示，"我已经做好了准备，将遵守院方的要求。"

第十四章　国会山

约翰·奥利里（John O’Leary）天生就能说会道。在距离美国国会大厦350码[①]的雷伯恩众议院大楼（Rayburn House Office Building）2154室，奥利里似乎能以这样一种权威性——**独立**的权威性——来发言，这场听证会看起来就像是专门为韦克菲尔德量身打造的游戏。

“我可以确定，”奥利里用一种柔和的爱尔兰口音说，“他的假设是正确的。”

奥利里坐在会议厅前方狭长会议桌的左边，这里是这次会议的证人席，桌子上铺着白色的亚麻桌布，就像是为了晚宴而准备的摆设。奥利里的头发已经所剩无几了，头皮上只剩下苦行僧般的深色刘海，体型肥胖的他穿着藏青色西装、白色衬衫，打着灰色的领带，眼睛透过一副金丝边眼镜凝视着前方。

36岁的奥利里是组织病理学副教授，他对着雕刻精美的双层

① 1码约等于0.91米。

平台发表自己的言论，平台上坐着十几位凝视着他的议员。这是一个决定性的时刻，关乎一场出现在英国之外的疫苗安全性争议。

"在韦克菲尔德送到我所在实验室的活体组织样本中……"奥利里继续说道，"有 **96%** 的样本带有麻疹病毒的基因组。"

此时是 2000 年 4 月 6 日，星期四的清晨，差不多是我发表第一篇调查报道的四年前。奥利里受邀到美国国会提出专家意见，他的证词是当天的重头戏。二号女士乘飞机来到了美国，在旁边的房间观看了全程。《星期日邮报》的医学通讯记者洛雷恩·弗雷泽则在伦敦的办公室收看了转播，并在周末发布了一篇重要报道：

独家报道：医疗体制刻意忽视的确凿证据

奥利里在 20 分钟前才坐上证人席，在此之前，他已经旁听近两个小时。会议一开始，前排的议员们首先讲了话，随后由六位家长组成的一个小组做了发言。听取这些发言的是众议院政府改革委员会（House Committee on Government Reform，下文简称改革委员会），众议员丹·伯顿（Dan Burton）是这个委员会的主席。

伯顿是共和党员，代表印第安纳州的一个选区，他召集这次听证会——安排得很紧密，共计五个小时——是为了他的个人诉求。他相信，他深爱的孙子克里斯蒂安就是疫苗的受害者。

"我无法相信这是一个巧合，"当家长们把证人席让给奥利里和另外五位医学专家时，伯顿表示，"在孩子接种疫苗后，就在几天的时间内，一个原本能和我们一起玩耍、说话，能做其他各种事情的正常孩子，突然就开始四处乱跑，用头撞墙，并且胡乱挥舞双手。”

伯顿随即念出六位专家证人的名字。专家们站起身，肩并肩，举起右手，宣誓自己提出的证据准确且完整。伯顿就像在电视广告上提醒药物不良反应的人那样，用极快的语速向专家们发问：“你们是否愿意庄严地发誓，向万能的上帝发誓，你们提供的证据将是事实，全部事实，只有事实？”

奥利里给出了肯定的回答。

在奥利里身后，坐着六排穿着精致服饰的男男女女，他们大多是参加听证会的媒体撰稿人。奥利里右手边坐着的是韦克菲尔德，他正在将自己的伟大事业引入下一个庞大的市场——美国。当天早上，韦克菲尔德和多位反疫苗运动人士一起召开了新闻发布会，美国公共事务有线电视网（CSPAN）进行了现场直播。今天是韦克菲尔德的机会，他可以埋下观念的种子，为自己的商业蓝图奠定基础。

我很少见到韦克菲尔德以如此精致的形象出现在公开场合。他的头发梳得又顺又薄，看样子是花了一笔钱精心设计了发型。他的皮肤看起来光滑水嫩，对于一位 43 岁的男人而言，这意味着他可能稍微用了一些化妆品。那天，他穿了一套正式的黑色淡条纹西装、黑色衬衫，打着带有方形图案的领带。

在奥利里发言之前，韦克菲尔德就发表了演讲。他一边讲，一边把幻灯片投在高处的屏幕上。“我在这里提出的证词不应该被解释为反疫苗，”他以这样一句话开场，“我拥护的是最安全的疫苗使用政策。”

随后，韦克菲尔德用 13 分钟把他的证据展示了一遍——轻松、清晰、优雅、有说服力——就像一位滑翔翼玩家顺着热气流在天空中翱翔。他说，"自闭型小肠结肠炎"是一种"真正的综合征"，而且"极其一致地"引起了"肠道疾病"和"退化"。他还认为肿胀的腺体图像是"重要的图像"。他在屏幕上展示了二号孩子发病前后的照片，讲了阿片肽对"人类大脑的影响"，对**退化型**自闭症和**传统**自闭症做了区分，并向议员们总结了第一批进入马尔科姆病房的 60 位儿童的检验结果。

"我们检验的绝大多数孩子都患有自闭症，"他用手指拨弄着铅笔，"但是，神经精神性问题是一个谱系，包括阿斯伯格综合征和注意力缺陷障碍。"

鉴于发育障碍诊断的演变，这确实是一个值得强调的比较。"阿斯伯格综合征"是欧洲根据当时世界卫生组织发布的国际疾病分类所确定的名称——在美国心理学会的手册中被称为"阿斯伯格紊乱"——相较于自闭症，阿斯伯格综合征更容易被确诊。

但是，韦克菲尔德一如既往，把当天早上论述的重点放在了他的那个"奇思妙想"——麻疹病毒上。在奥利里发表意见的两分半钟之前，韦克菲尔德对着听众进行了类似坦白的陈述。"我们使用分子扩增技术，想要找出这种病毒，但彻底失败了。"韦克菲尔德承认道，言下之意，就是尼克·查德威克的 PCR 检测失败了。这项检测技术是在韦克菲尔德和理查德·巴尔刚达成交易时，他向英国法律援助委员会承诺将采用的技术。

韦克菲尔德提到的技术是一种非常强大的检测工具。长久以来，PCR 检测在科学界一直都在实验室里被广泛使用，它可以分离 DNA 的双链，进而让任意靶序列发生特异性扩增。在反复快速加热和冷却的过程中，双链的 DNA 开始分离，变成单链，其形态就像一条从中间拉开的拉链。随后，一种神奇的酶开始补全这条“拉链”，新的核苷酸加入，取代缺失的核苷酸，将原本的一条 DNA 变成**两条**完全相同的 DNA。

韦克菲尔德念念不忘的麻疹病毒是 RNA 病毒，需要进行前置步骤“逆转录”才能转化成 DNA。但通过 PCR 技术，可以让靶序列不断进行指数级增长，直到其数量足以用核苷酸测序技术对生命的组成单元——腺嘌呤（A）、胸腺嘧啶（T）、胞嘧啶（C）和鸟嘌呤（G）进行检测、分析和验证。

TGACTGG TTCCAGCCAT CAATCATTAG TCATAAATT AATGCCCAAT AATGCCCAAT ……

但是，年轻的科研人员尼克·查德威克在组织样本中没有任何发现，无论是自闭症患者的样本，还是克罗恩病患者的样本。虽然韦克菲尔德曾经指导过他（甚至和他共同撰写过一篇验证 PCR 技术的论文），但这位前外科医生得出了不同的结论。韦克菲尔德主张，实验室检验失败的原因是技术本身。PCR 检测的**灵敏度**不够。他声称自己用**显微镜**染色技术找到了麻疹病毒的蛋白质，并且坚持认为用**分子扩增**技术是无法找到基因组的（基因组决定了构成蛋白质的氨基酸，如果没有氨基酸，病毒就不可能存在）。

“我的实验室所采取的检验反应，其灵敏度大约是 10000 个拷贝数，”在奥利里发言之前，韦克菲尔德告诉改革委员会，而 10000 个拷贝数意味着有数百万个病毒粒子，“如果拷贝数低于这个数量，我们是无法发现病毒的。”

二

现在，轮到坐在韦克菲尔德左边的爱尔兰人奥利里发言了。他们二人已经相识并合作两年。在风险投资人罗伯特·斯利特的建议下，这位没有病人的医生搭乘飞机前往纽约——相关费用由英国法律援助委员会支付——提出一个合作研究计划。当时，奥利里在康奈尔大学任客座教授，后来回到爱尔兰，主管都柏林库姆医院（Coombe Hospital）的一个实验室。

"请容我提醒各位，我是个病理学家，还是个分子生物学家，"奥利里刻意用古怪夸张的用语宣称，"这些研究是按照刚刚发表证词的韦克菲尔德医生向我提出的方法进行的。"

随后，奥利里解释说他在查德威克失败的检测上取得了成功，他的话语中不时穿插着一些专业术语，还提到一种新的研究设备。他说，他的实验室拥有一个具有革命性意义的检测系统。他将这个系统称为"TaqMan PCR"。

"过去六年，我一直在研发这项技术，"他一边解释，一边在伯顿和屏幕之间来回扫视，"新检测技术的灵敏度大约是原有技术的 1000 倍。"

与奥利里所谓的"标准"或者"液相"技术（也就是查德威克等研究人员依靠试管进行的传统检验）不同，他所谓的"TaqMan"——更常用的叫法是"ABI Prism 7700"（以下简称"7700"），它是这项技术的配套设备，可自动化作业，还附带一些花哨的功能。这台设备是全封闭的机器，使用激光扫描检验盘，在加热和冷却过程中扩增靶序列时，不仅能够给出一个基因片段是否**存在**的信号，而且能通过计算机信号发出前的加热冷却循环次数，计算出基因片段的**数量**。

利用这台绝佳的设备——其大小和外形与一台大型复印机差不多，奥利里表示，他已经检验 40 名患者的肠道组织样本，其中 25 名患有“自闭型小肠结肠炎”，作为阴性控制组的 15 名发育“正常”。

2154 室的重要时刻到了，奥利里提出了最关键的结果。他表示，他确实在炎症性肠病患者的组织样本中，特别是在韦克菲尔德送来的小肠结肠炎患者的组织样本中，发现了麻疹病毒的基因序列。

“25 名儿童中，有 24 名携带麻疹病毒基因组，在韦克菲尔德送到我实验室的组织样本中占比为 **96%**，这些儿童患有自闭型小肠结肠炎，”奥利里宣称，“控制组里有 1/15——**6.7%**——的孩子携带麻疹病毒基因组。我认为，不需要使用非常复杂的统计分析，也能够明白 24/25 与 1/15 之间的显著差别。下一张幻灯片。”

此时的情景，就像 O. J. 辛普森戴上血手套的情景，会议室的空气都似乎凝固了。“就安德鲁·韦克菲尔德提出的相关性而言，我可以确定，他的假设是正确的。”

这就是韦克菲尔德需要的辩护。奥利里还想更进一步——展示数据的**独立性**。他用几张幻灯片展示了某种黑色的物质，那东西看起来就像蜘蛛一样恐怖邪恶。他解释说，这种黑色物质就是藏在人体组织内的病毒。奥利里还强调，他的实验室有“非常严格的防污染措施”，借此可以“排除”假阳性的检验结果。他还补充说，他使用“基于荧光法的基因测序”——标示基因中的 A、G、C、T，来确认这种病毒。

在 15 分钟之内，奥利里强调了七次"基因测序"，并称其为确认研究结果的"黄金标准"。在提交给改革委员会的书面报告中，奥利里甚至明确提出他使用的设备是 ABI Prism 310 毛细血管测序机——与 7700 不同的型号——能够对核苷酸进行逐个分析，核查检测结果。

"我们可以对从这些儿童身上分离出来的麻疹病毒进行基因测序，"奥利里说这番话的时候，他身后有一位穿着蓝色女装的棕发女子摇了摇头，"当然，我们能够找到病毒的基因序列，也可以说，该序列就是在这些儿童的组织样本中发现的麻疹病毒 RNA。"

还需要再说什么吗？韦克菲尔德的研究得到了支持，奥利里找到了证据。正如弗雷泽在那个周末的《星期日邮报》的报道中所说：

> 已有约 200 名儿童——其中多数都患有自闭症——的家庭起诉了麻腮风三联疫苗的制造商，他们聘用的律师绝对不会忘记奥利里教授检验出的结果，不会忽视这项结果的潜在重要性。

但是，在 2154 室里，并不是所有的人都相信奥利里。在证人席旁边，奥利里左手边第四个座位上，坐着另一位教授，他同样是从欧洲搭乘飞机来到美国，针对疫苗问题为改革委员会提供证词的专家。他的名字叫布伦特·泰勒（Brent Taylor），是一位出生于新西兰的儿科专家，他满头白发，脸颊上还有胡茬。泰勒不仅跟韦克菲尔德一样在皇家自由医院工作，还曾经在《柳叶刀》上发表过有关麻腮风三联疫苗的论文。他曾经努力寻找过，但并没有发现自闭症的病例数在三联疫苗批准接种后有相应“上升”的证据。

奥利里的检验结果尚未正式发表，泰勒是这个房间内少数不认可其准确性的人之一。“奥利里提出的信息必须由一个独立实验室进行验证。”轮到泰勒发言时，他这样告诉伯顿。

泰勒的发言激怒了奥利里，后者要求再次发言。“我提出的是证据，直接的证据，”他怒气冲天地说，“这些证据是在韦克菲尔德实验室之外的另一个实验室中完成的。如果泰勒教授对我有意见，大可明说。但是，我的检验结果是**完全独立**的。我亲自监督了全部检验过程。我来这里是来说实话的，不说实话对我没有任何好处。”

奥利里的愤怒是可以理解的，他对自己的检验结果很有信心，我当然无法在科研层面上挑战他。但是，奥利里在宣誓时曾保证他会讲出**全部**真相。我想知道，他的抗议是不是有点过头了？

举例而言，奥利里并没有说出来的是，在韦克菲尔德的推荐下，他也和巴尔达成了协议。我后来发现，就在听证会举行的一个星期之前，奥利里将一家在都柏林注册的公司更名为“单一基因”（Unigenetics），而韦克菲尔德后来成了这家公司的董事。这次更名是为了收取来自伦敦疫苗诉讼案的检测费。100 多位家长加入了针对麻腮风三联疫苗的集体诉讼，奥利里会用他的 7700 仪器给他们的孩子做检验。这家公司的账单由英国纳税人支付，总金额将近 80 万英镑。

上述利益关系是否影响了奥利里检验的独立性？况且，这**依然**

不是全部的真相。获得公共关注之后，奥利里将会向家长收取检验费用，他和韦克菲尔德之间的关系还会更加复杂。我在免疫特异性生物科技公司的记录中发现，在听证会举行的四个月前，奥利里已经以股东的身份加入该公司。卡梅尔公司——他们原本计划在听证会举行的三个月前成立这家公司，直到皇家自由医院医学主管马克·佩皮斯介入——拟定的"私人机密"招股说明书将"约翰·奥利里教授"列为公司的第五位合伙人，拥有 11.1% 的股份。

"本公司的技术部门将设于都柏林库姆医院的病理学部。"招股说明书这样写道，并且指明将使用 7700 仪器，也就是奥利里在听证会上大加赞赏的仪器，那种赞美之情，就跟他想要把一台奔驰汽车推销给委员会成员一样。"本公司的联合创始人之一约翰·奥利里教授，已经大幅度发展了定量 PCR 检测的概念。"

令人哭笑不得的是，伯顿议员在面对冲突时是不折不扣的鹰派。促使爱尔兰病理学家大发雷霆的讨论，也让利益冲突成为听证会探讨的主题。改革委员会中的资深民主党人，来自加利福尼亚的亨利·韦克斯曼（Henry Waxman），呼吁联邦机构审核奥利里的研究结果。但是，伯顿没有采纳这个提议。

"我们一直都在审查食品药品监督管理局、卫生与公众服务部和疾病预防控制中心职员的所有财务记录，"伯顿反击道，"我们发现，其中一些人，甚至包括顾问小组的成员，确实存在一些潜在的财务冲突问题。"

很明显，伯顿并没有审查韦克菲尔德的财务记录。但这位众议员对着证人席提了一个问题："韦克菲尔德医生，请问是谁资助了你的研究？"

“我们自己出的资，”思考了两秒之后，韦克菲尔德回复道，“我们有一笔小额的慈善捐款。”

“一个慈善捐款组织，我明白了。”

“但是，我们确实发现募款有些困难。”

伯顿并没有询问奥利里，他提问题只是演戏罢了。

我很惊讶奥利里居然强调他的研究是独立的。不过，当天早上，奥利里的一些话的确向委员会成员揭示了一些问题，至少对我来说是这样。奥利里为韦克菲尔德辩护的证据之中似乎出现了某种异常，一个科学上的矛盾。韦克菲尔德曾经说过——而且他也经常说——查德威克所做的 PCR 检测的**灵敏度不够**。因此，如果奥利里拥有灵敏度更高的工具，就可以找到病毒，这确实**合理**。

“TaqMan PCR 检测的灵敏度，”奥利里曾说，“是标准液相检验方式的 1000 倍。”

然而，后来我展开调查时，发现设备的制造商并不认同奥利里的说法。奥利里向改革委员会提供的 15 分钟证词中，有五次提到他对同一批来自伦敦的样本进行了“标准”PCR 检测，甚至还在一张幻灯片中展示独特的凝胶条带，而凝胶条带是查德威克所采用的传统检验方式的主要特色。奥利里用这张幻灯片告诉伯顿，“所有患有自闭型小肠结肠炎的孩子”，**麻疹病毒的检验结果都是阳性**。

“通过液相 PCR 这种我们所称的实验室标准作业程序，”他解释道，“我们可以在这些孩子的肠道组织样本中检验出麻疹病毒，阴性控制组也出现了相应的阴性反应。”

但是，我有点好奇，如果他所说为真，那为什么还要用 7700 仪器？这个仪器或许很不错，但真的有**必要**吗？如果标准的 PCR

检测足以检测到肠道样本中的麻疹病毒基因，那为什么查德威克找不到呢？

这个谜同样也存在于有关克罗恩病的检验结果，韦克菲尔德宣称他用染色检验技术找到了病毒的蛋白质，这个说法也遭到了质疑。为什么日本秋田大学和弘前大学的研究团队无法用 PCR 检测技术找到病毒？更关键的事实是，在 1998 年 2 月 28 日出版的那期《柳叶刀》上——跟韦克菲尔德团队所发表的论文只隔了五页——有一篇研究快报。在这篇快报中，英国政府最顶尖的公共卫生实验室的科研人员表示，他们也找不到病毒。这又该怎么解释？

奥利里也检验了克罗恩病患者的样本，检验出麻疹病毒的比例是 3/4。"这是一个有趣的生物学事实。"他这样告诉伯顿。

我们在后面还会再讲到这位病理学家奥利里。

第十五章　解雇

皇家自由医学院的高层已经受够了。韦克菲尔德必须离开。唯一的问题是，他们还没有决定要用什么方式解雇韦克菲尔德。在美国华盛顿传来消息后的几天里，韦克菲尔德在伦敦大学学院的上司们已经开始讨论如何解雇他了。

就在众议员伯顿在雷伯恩众议院大楼2154室举办听证会的13个小时之前，医学主管马克·佩皮斯在2000年4月5日晚8点27分接到了相关消息。“马克，”一份三页的传真在开头写道。

> 4月6日国会听证会召开前举办了新闻发布会，我附上了出席人员名单。你会看到，安德鲁·韦克菲尔德也参加了。

发传真过来的人是戴维·萨利斯伯里，英国政府官员兼儿科专家，在英国决定停用两个特定品牌的疫苗时，第一次和韦克菲尔德有了接触，此时他正在协助美国民主党的议员处理听证会的事务。萨利斯伯里已经与胃肠病学打了七年多的交道，花费了大量时间来应对声势浩大的疫苗危机。这场危机的制造者——韦克菲尔德——已被校方要求不得发表公开声明。萨利斯伯里知道此事，也对此感到遗憾。

在英国，家长们对于麻腮风三联疫苗的信心就像一辆行驶在结冰的山坡上的失去抓地力的卡车一样，缓缓地向毁灭滑去。在《新闻之夜》的节目播出之前，疫苗的接种率最高达到 91.8%，但现在，两岁婴儿的三联疫苗接种率已经滑落至 87.6%。随着易感人群的增加，疾病的暴发也不可避免地越来越近。

韦克菲尔德已经同意进行符合黄金标准的研究，但他仍然没有向佩皮斯提交任何研究计划，也无视了校长兼教务长克里斯·卢埃林·史密斯的提醒。"自从我上次写信给你之后，已经过了三个月，"3 月 16 日，史密斯表示，"现在，如果可以的话，希望你在下个星期向我提交相关研究的进度报告。"

韦克菲尔德的回答不是一个好的征兆。他回复说，与这个问题有关的任何"更进一步的沟通"都必须通过他所在的工会——英国大学教师联合会（Association of University Teachers）进行。

佩皮斯是对的，韦克菲尔德不会开展这项研究。他拒绝了一位科学家一生追求的馈赠。

因此，一位肩膀宽厚的精英女性调出了韦克菲尔德的教职员档案，她就是萨拉·布兰特（Sarah Brant），伦敦大学学院的人力资源主管，在大学总部领导着一个成员多达 50 人的部门。布兰特接到了一项任务：用最低的成本、最低限度的负面舆论，尽快将韦克菲尔德赶走。

佩皮斯认为韦克菲尔德只是在吃空饷。韦克菲尔德不仅是没有病人的医生，还是没有学生的教师；他不是科学家，而是狂热的投机分子。“他没有从事过临床工作，据我所知，他也没有教过学生，”佩皮斯在一份备忘录中告诉布兰特及其同事，我后来得到了备忘录的复印件，“在我看来，韦克菲尔德的活动给本机构的声誉带来了严重的不良影响。”

校方管理层决定审查那些更为明确的研究，而审查结果让他们大为震惊。虽然报纸将韦克菲尔德赞美为伽利略再世，那些发育障碍患儿的母亲有时禁不住哭哭啼啼，只为了和他见上一面，但仔细研究了那些不需要拿到数据就可以进行审查（与那篇研究 12 位儿童的论文不同）的论文后，校方发现了很多问题。

技术上最为复杂的是河岛等人发表于《消化疾病与科学》（*Digestive Disease and Sciences*）杂志上的论文，韦克菲尔德与五名日本内科医生并列为论文作者，出版时间则是在美国众议院听证会召开的同一个月。第一作者是来自东京的儿科医生河岛尚志，这篇论文也被免疫特异性生物科技公司的招股说明书所引用。论文不仅报告说在血液中发现了麻疹病毒基因，还认为构成基因的 DNA 序列（以 A、G、C、T 来表示）与**疫苗的病毒株**“一致”。

“九名患有自闭型小肠结肠炎的儿童——经回肠结肠内窥镜和组织学检查证实——全都是英国的病例，”这篇论文说道，“所有的儿童都有回肠末端结节状淋巴组织增生以及非特异性结肠炎。”

论文提到的检验结果呈阳性的病人中，也包括二号孩子，他也是理查德·巴尔疫苗集体诉讼案的典型病例。对于韦克菲尔德的支持者而言，这篇七页论文已经非常接近于确定性结论。“来自日本的河岛医生已经证实，我们发现的病毒来自麻腮风三联疫苗，”《今日美国》（*USA Today*）的一位专栏作家这样表示道，"我认为这听上去就是确凿的证据！"

但是，通过病毒学家的专业审查，我们能够轻而易举地发现这些研究结果的诡异之处。河岛不仅使用了与查德威克相同的检验技术（而韦克菲尔德认为这种技术的灵敏度不够），而且他检验出来的基因测序结果实际上是确凿的反面证据。这些测序结果不符合英国使用的任何一种疫苗，而且结果本身也不一致。

一个麻疹病毒基因组有将近 16000 个核苷酸，PCR 检测时会将病毒原生的 RNA 逆转录为 DNA，并用 A、G、C、T 四种碱基的序列来表达。为了证明基因测序结果与疫苗中的病毒株一致，河岛在论文中记录了部分测序结果——有时包括**同一位病人的两份结果**。但是，科研人员比较同一位病人两次测序的结果时，却发现核苷酸发生了**改变**。A 变成 C，G 变成 T，T 变成 G，以此类推。

"出现这种性质的异常，"一份专家评议意见认为，"通常是因为交叉污染。"

—

校方也审查了韦克菲尔德和他的助手斯科特·蒙哥马利发表的两篇研究报告。蒙哥马利这位流行病学家不仅和韦克菲尔德共同发表了那篇以问号作为标题结尾的论文，还参加了皇家外科医师学会召开的研讨会。与河岛等人的论文一样，这两篇研究报告不需要核验数据就可以审查其中的文字和图表。校方再次核查出了交叉污染——这次的污染只可能是人为造成的。

这两篇研究报告中的一篇发表于《柳叶刀》的通讯栏目上，篇幅不到一页；另一篇发表在一本以色列杂志上，篇幅则是五页。两篇研究报告都包含同一个图表（“自闭症的时间序列趋势”），图表中有两道从左下角延伸至右上角、斜率很高的斜线，分别表示来自加利福尼亚和伦敦的两个研究团队先前发表的数据。研究报告声称，这个图表显示了自闭症病例数在**十年间**增加的趋势“与麻腮风三联疫苗的批准接种相吻合”。

但是，图表的内容并不准确。麻腮风三联疫苗在美国获得批准的时间要比英国早 17 年。更重要的是，加利福尼亚研究团队的数据明显遭到了曲解。最重要的是，韦克菲尔德的上司们认为，图表数据被人有意篡改了。

就像那篇以问号作为标题结尾的论文一样，这两篇研究报告的图表想要通过比较其他学者搜集的数据来证明自己的观点。但是，这两条逐步升高的斜线之所以能够比较，只是因为韦克菲尔德等人从加利福尼亚数据的图片说明中删除了一个词——“登记”。这一举动改变了图表的真实含义——从在加利福尼亚社会服务机构登记、接受政府扶持的自闭症患者人数变成所谓的“自闭症发病率”。

自闭症登记患者的人数

是谁篡改了数据？这很难说。尽管韦克菲尔德知道研究报告的真实性已经遭到质疑，但是他依然将研究报告散播给自闭症儿童的家长。

等到韦克菲尔德的教职员档案摆在布兰特的办公桌上时，这种研究中的异常已经成为能在公开场合讲的笑料。后来，另一位科学家汤姆·麦克唐纳（Tom MacDonald）——巴斯伦敦医学及牙科学院①的研究部主任兼免疫学教授——发现了另一个惊人的研究瑕疵。韦克菲尔德发表在《美国胃肠病学杂志》（*American Journal of Gastroenterology*）的研究报告中有两张照片，照片说明为一例受到麻腮风三联疫苗影响的儿童的回肠末端的"正常"小肠，以及另一例出现"严重"回肠末端结节状淋巴组织增生的儿童的小肠。但是，有人在照片上留下了清晰可见的时间标记，显示这两张照片拍摄的时间间隔不到两分钟，这意味着这两张照片拍下的小肠只可能来自同一位病人。

韦克菲尔德对此丝毫不觉得尴尬。我甚至觉得，他根本没有良知。校方要求他做好研究工作，证明那个后来影响了整整一代人的研究结果，但他完全无视这些研究中的差错（无论是差错还是其他什么问题），断然拒绝回应校方让他遵守黄金标准完成研究的要求——他甚至宣称，这种要求会侵犯他的"学术自由"。

几个月过去了，终于到了摊牌的时候：2000 年 9 月，韦克菲尔德毫不掩饰地确认，他不会启动他已经同意的研究计划。他在给卢埃林·史密斯的信中写道：

> 我的合作研究人员和同事一致决定，唯一恰当的方式就是

① 前文所说的巴斯医院在 1995 年正式与伦敦医学院（London Hospital Medical College）以及伦敦大学玛丽王后·威斯特费尔学院（Queen Mary and Westfield College，2013 年更名为玛丽女王学院）和伦敦大学（University of London）的附属医学院合并，合并后的名称为巴斯伦敦医学及牙科学院（Barts and the London School of Medicine and Dentistry）。

由我们自己决定研究目标，由我们制定研究的审核与证明标准，并由我们决定何时可以将研究结果提交给同行评审。

两个月后，韦克菲尔德也违反了校方禁止他公开发表言论的规定。他参加了美国哥伦比亚广播公司（CBS）的节目《60 分钟》，迄今为止，这是他宣传自己的最好机会。

韦克菲尔德参加《60 分钟》节目的五个星期后，布兰特转向电脑屏幕，以自己的名义写了一封三页的信件，标题是：

安德鲁·韦克菲尔德先生亲启——相互同意终止聘用关系

校方已经制订了一个计划，让学校的管理层能够安然度过不可避免的舆论风暴。《星期日邮报》的弗雷泽已经跳槽到了《星期日电讯报》（*Sunday Telegraph*），她必定会向对韦克菲尔德有利的方向报道此事。因此，这封免职信的第三页列出了七个名字、七个职位，以及七条虚线，就像要处死一个失势的独裁君王一样。

从院长兼教务长到（行政）副校长一直到校务规划主任和财务主管，从 2000 年 11 月一直到 2001 年 1 月，这封免职信往返于汉普斯特德和布鲁姆斯伯里之间，直到七个人都在虚线处签了名。

——

决定已经做出，但执行依然遥遥无期。在那个时代，根据学术工作的安全保障机制，这次免职需要将近一年的时间才能完成。校方已经外聘了律师，会计师也来到校方办公室审查韦克菲尔德的研究支出。韦克菲尔德必须解释他为什么长期旷工而待在美国，甚至是他使用的信笺——书写信件所用的印刷纸——也会因为不符合常规而受到审查。

长久以来，韦克菲尔德的通信都被视为笑话，现在则被视作证据。通常情况下，一位医生或科学家都会在工作文件上签署一个简短的落款，这一点跟几乎所有的办公室职员一样。比如说，给《柳叶刀》论文中的大部分孩子做内窥镜检查的西蒙·默奇，他的落款是"西蒙·默奇医生，高级讲师"。但是，韦克菲尔德在通信中——即使是学校内部通信——也会展现他伟大华丽的**自我**。

说到底，韦克菲尔德只是一名中级实验室研究人员。但是，他并不满足于这个身份和地位，精心设计了自己的个人信笺抬头。在医院、大学、部门的名称和"胃肠病学研究中心"之后，韦克菲尔德还加上了：

> 炎症性肠病研究团队总监
>
> 安德鲁·韦克菲尔德 内外全科医学学士 英国皇家外科医师学会成员

我觉得这也可以，毕竟这些都是实打实的学位和头衔。但是，就好像上述落款还不足以让收件人得知韦克菲尔德的能耐，在他的签名下方还有好几行文字，虽然用五行就足以容纳这些头衔，但韦克菲尔德还是把它们调整成了令人印象深刻的六行，仿佛海军上校军帽帽檐上那酷似炒鸡蛋的叶形装饰。

安德鲁·韦克菲尔德　英国皇家外科医师学会成员

内科和组织病理学系

胃肠病实验学讲师

皇家自由医院胃肠病实验学荣誉顾问

汉普斯特德国家医疗服务体系信托基金会

炎症性肠病研究团队总监

默奇其实也可以用这种方式装饰他的自尊心，但是，这些头衔不过是韦克菲尔德的自我妄想而已。布兰特曾经写信给韦克菲尔德，指出他已经在 1998 年 3 月退出组织病理学系，不应该再使用相关的头衔。1996 年 7 月，根据英国皇家外科医师学会的记录，由于未缴纳会费，韦克菲尔德已经不是学会成员。至于“荣誉顾问”，那只是一种礼节性的头衔，在医院之外没有实质性意义。最后一行（重复了信笺开头的头衔），在韦克菲尔德要求医院授予他教授职称时，医学院秘书布莱恩·布拉奇已经告诉过韦克菲尔德：

炎症性肠病研究团队不是医学院的正式部门，我也不记得你曾经得到过总监的头衔。

韦克菲尔德的行为是否出于自尊心不足？完全不是，所有的迹象都表明，韦克菲尔德认为自己**与众不同**。

一直到 2001 年，韦克菲尔德终于显露出自己有多么与众不同。他不同意启动研究计划证明自己职业生涯的关键研究结果，反而和自己最喜欢的助手合著了另一篇论文。我在大英图书馆查阅了论文所用的原始资料之后，发现论文内容可谓漏洞百出，几乎每一行都有问题。

这篇论文名义上的出版时间是 2001 年 2 月，发表于一本名为《不良药物反应和毒物学评论》（*Adverse Drug Reactions and Toxicological Reviews*）的短命期刊上，这本期刊的发行量只有 350 份。实际上，韦克菲尔德早在一个月前就通过一个名为"内脏"（Visceral）的非营利组织发布了这篇论文，而这个组织其实是韦克菲尔德自己设立的，用于在医院之外筹集资金。

已经在《星期日电讯报》任职的弗雷泽事先就得到了消息，还发表了一篇报道：

声称麻腮风三联疫苗非常安全的政府官员十分可耻

韦克菲尔德的另一位助手也在《每日邮报》上表示：

麻腮风三联疫苗，究竟是奇迹还是威胁？

但是，忧心忡忡的英国家长根本没有办法得知藏在新闻标题背后的污秽行为。韦克菲尔德新发表的论文似乎是一篇独立的科学评论，一共有 19 页。蒙哥马利担任共同作者（根据后来的法律文件，蒙哥马利通过协助巴尔的集体诉讼案获得了将近九万英镑的收入），论文标题非常宏大：《麻疹、腮腺炎，以及风疹疫苗：对着镜子观看，模糊不清》（"Measles，Mumps，Rubella Vaccine： Through

A Glass，Darkly”）[1]。

确实，模糊不清。

> 官方认为麻腮风三联疫苗很安全，本文对相关证据进行了检验。

然而，这篇论文并没有检验相关证据，它只是一篇宣传性的材料，用来装饰韦克菲尔德的观点。论文声称他们审阅了 20 世纪 60—80 年代在三联疫苗获得使用许可之前所进行的安全性研究，通篇文章看起来就像论文作者们早就知道三联疫苗的风险，一位英国政府的疫苗安全监督人员在 15 页的媒体声明中谴责了韦克菲尔德和蒙哥马利。

整篇论文的重点是一个占满整页的图表，综合分析了六项研究的数据结果。我从大英图书馆借出了一堆发霉的文献资料，用卡车运送到伦敦。经过仔细查阅，我发现，韦克菲尔德等人在这篇论文中引用的数据**没有一个**是准确的。

我给蒙哥马利写了一封 2000 字的电子邮件，通过逐行比较，指出了数据不准确的问题，例如：

> （b）关于第二篇论文（Stokes，1971），你们在图表中表示，228 名病例中的 77 名来自美国，与 106 名未接种疫苗的控制

① “对着镜子观看，模糊不清”语出《圣经·哥林多前书》13：12，后来被许多作家和创作者用作标题。

组对照，随访期为 28 天。你们的说法是错的。这篇论文报告了 685 名病例，其中 228 名来自美国，比较的控制组为 281 名，随访期为 6—9 个星期。

另外一个例子：

（d）关于第四篇论文（Schwarz 等人，1975），你们在图表中表示该研究没有相关的研究结果。你们的说法是错的，该研究取得了关联性很强的结果，他们发现麻腮风三联疫苗引发的不良反应与单价麻疹疫苗非常相似。

蒙哥马利在瑞士的卡罗林斯卡学院（Karolinska Institute）回复了我的电子邮件，他离开汉普斯特德后一直在那里任职。他回应了其他问题，虽然他是韦克菲尔德那两篇论文的共同作者，但他拒绝针对那篇名为《麻疹、腮腺炎，以及风疹疫苗：对着镜子观看，模糊不清》的论文以及篡改加利福尼亚研究数据的图片说明发表任何评论。"由我猜测或评论那篇论文的具体细节并不合适，这不是我的责任，因为我并未参与。"他在邮件中说道。

韦克菲尔德似乎相信他不必服从世间的规则，无论是在学术研究上还是在其他任何事情上。那篇《麻疹、腮腺炎，以及风疹疫苗：对着镜子观看，模糊不清》的论文造成的负面影响让公共卫生机构十分恼火，汉普斯特德的教授们也抱怨韦克菲尔德无故旷工，抱怨他明明没有权限却向其他人提出工作要求，以及他在管理层不知情或未经允许的情况下，擅自以皇家自由医院的名义申请专利。

在冲突不断的苦涩之年，韦克菲尔德甚至威胁说要向英国的医师管理组织——英国医学总会（General Medical Council）检举佩皮斯的行为，并要以诽谤罪起诉一名教授。后来，2001 年 7 月，在一封写给布兰特的简短邮件中，韦克菲尔德终于展现了他藏在领袖魅力背后的人格：

> 在任何情况下，你们都不能把我从工资单上除名，不然我就会立刻采取法律行动。我希望我已经明确表达了自己的立场。

短暂的休战时刻出现在 2001 年的 9 月 11 日，星期二，伦敦的天空一片寂静，几个星期之后，众人的注意力才从纽约世贸中心的恐怖袭击事件中转移出来。随后，校方和韦克菲尔德之间再度打起了攻防战，这次双方争论的焦点是一份“和解协议”——签署这份和解协议后，韦克菲尔德将从医学院辞职，并以十英镑的代价获得检验方式、治疗方式和疫苗的专利——佩皮斯觉得这个金额有点太高了。

11 月 14 日，在妻子的见证下，韦克菲尔德签署了 25 页的和解协议，他的学术生涯结束了。扣除税金和其他费用之后，韦克菲尔德最后领到的薪水是 109625 英镑（在我写作本书时，大约等价于 178000 英镑或 223000 美元），外加一封校方提供的毫无热情的推荐信。“作为团队领导人，韦克菲尔德已经展现了自己拥有的鼓舞同事士气的能力，”推荐信中这样写道，“他曾经在《胃肠病学》和《柳叶刀》等期刊上发表过论文，还是一位非常受欢迎的演讲人。"

校方也同意不在推荐信中提到造成韦克菲尔德离职的原因：他拒绝启动验证自己假设的研究。但是，韦克菲尔德立刻把自己离职的消息透露给了记者弗雷泽，并挂上了一个非常适合自己的身份，准备前往美国赚取大笔财富。

> 安德鲁·韦克菲尔德，一位胃肠病学顾问医师，通过研究发现了疫苗与自闭症和肠道疾病之间的关联。他昨晚表示，因为这项研究结果，校方要求他离职。

弗雷泽引用了韦克菲尔德的原话："我被迫辞职，是因为我的研究结果不受欢迎。"

第十六章　桥梁

根据一份记录，在一个潮湿的下午，焕然一新的安德鲁·韦克菲尔德在美国华盛顿特区首次公开露面。此时距离他离开英国汉普斯特德已经过去了五个月，现在，他的雇主只剩下理查德·巴尔，他终于能自由地表达自己的想法了。

这是 2002 年 4 月底的一个星期日，当天的天气有些反常，温度很低，而且下着雨，韦克菲尔德参加了在国家广场上举行的一场民众集会。“我们现在正身处一场全球性流行病之中，”记录转述了韦克菲尔德的发言，“负责调查并应对这场流行病的人失败了。失败原因之一是这样一个事实——他们自己可能需要为这场危机承担责任。”

这在某种程度上算是一种指控。他所说的“流行病”就是疫苗造成的人体损伤。他声称应该解决疫苗危机的人之所以没能成功，是因为他们自己就是这场疫苗危机的罪魁祸首。

“因此，”他继续说道，“为了免除自己的罪行，他们便成了解决问题的障碍。”

在记录所述的演讲词中，韦克菲尔德大声疾呼，他的话语有一种抑扬顿挫之感，仿佛掷地有声的雄辩。或许可以将其比作英国战争领袖温斯顿·丘吉尔爵士的演讲，只是背景移到了美国，就像是电影中经过艺术处理以取悦观众的情节一样。我似乎看到在阵阵细雨中，"伟大"的男人傲然站立，眺望着一座纪念碑，他的身边环绕着星条旗，旗帜在山巅高高飘扬。

"我相信，公共卫生官员知道这个问题。但是，他们想要否认问题，并且愿意为了公共卫生政策的成功——强制性地接种疫苗——任由人们失去不计其数的孩子，以此作为必要的牺牲。"

这是一个极为恶毒的指控，韦克菲尔德认为那些轻视他的人都参与了这个阴谋，并且在掩盖真相。英国政府官员、儿科专家戴维·萨利斯伯里就是其中一位，韦克菲尔德曾在十年前向他索取过金钱。虽然韦克菲尔德没有向其提交过任何申请经费的计划书，但他依然没有忘记那次"侮辱"。他曾经给萨利斯伯里写了一封信，还给了巴尔一份复印件；在信中，韦克菲尔德指责萨利斯伯里诽谤他。接下来的几十年，他还会一直谩骂萨利斯伯里。

现在的韦克菲尔德不只**假设**麻腮风三联疫苗会造成自闭症（他在专利申请中明确提出这个主张），他的言论甚至已经超越巴尔和柯尔丝滕·利姆在内部通讯和资料单中所载明的内容。巴尔夫妇传播的观点无非是夹杂了一些含沙射影的"调味料"，而他们的首席专家韦克菲尔德（他们之间的交易此时尚未曝光）现在正在召唤恶魔。

"我和我的同事都不认同可以拿任何孩子作为牺牲品的想法，"华盛顿的活动记录中引述韦克菲尔德的发言，"历史上曾经出现过这样的想法，人们也与其斗争过。”

这番言论并非夸大，而是韦克菲尔德的精神宗旨。在那个阴暗的下午，几十名家长聚集在第四大街聆听韦克菲尔德的演讲，并欣赏一支来自路易斯安那州的摇滚乐队的表演，我不清楚他们有没有什么收获。天气很糟糕，下午四点的温度大约为 11 摄氏度，还下着雨。无论是热乎乎的秋葵汤，还是一位患有阿斯伯格综合征的男孩咏唱的经典名曲《美丽的亚美利加》（*America the Beautiful*），都无法消除现场的散漫情绪。

这场活动是由一个名为“解开自闭症”（Autism Unlocked）的团体组织的，他们中的大部分人赶来华盛顿的目的其实是参加另一场众议院听证会。坦白地说，我并不相信韦克菲尔德参加了这场活动，他可能也没有发表过这样的演讲。但是，他的控诉已经四处流传，在数十万人的心中回荡——主要的传播者则是另一个极力发声的人。

—

此人名为兰尼·谢弗（Lenny Schafer），来自加利福尼亚州的萨克拉门托，正是他建立了韦克菲尔德将要跨越的桥梁，将用恐惧、愧疚感和疾病构成的流行病从英国带到了美国，然后扩散到全世界。

这样的疫苗恐慌——由英国制造、美国包装，再从美国传播到世界各地——以前也发生过，那就是约翰·威尔逊造成的百白破疫苗恐慌。但约翰·威尔逊也不是第一个走上这条反疫苗之路的人。1879 年 10 月，英国商人兼“反疫苗圣战士”威廉·特布

（William Tebb）横渡大西洋，来到纽约市东区，在“美国反疫苗联盟”（Anti-Vaccination League of America）的成立大会上发表了主题演讲。

“统计数据显示，每年因为接种疫苗而遭到杀害的孩子有25000名。”特布如此宣称，并呼吁开展一场反对接种天花疫苗的运动，第二天的《纽约时报》对此进行了报道。

说回到谢弗，他已经50岁了，既不是演讲家，也不是活动家，但足以胜任他的角色。他来自密歇根州的底特律，曾经是一名愤怒的年轻人、左翼运动的积极分子，从事过“地下媒体”的出版事业。中年时，他收养了一个儿子，名叫伊扎克，不幸的是，这个孩子患有自闭症。这促使谢弗加入了由当地家长成立的团体“早期自闭症治疗家庭”（Families for Early Autism Treatment，简称FEAT）。

谢弗留着浓密的小胡子，有一种古怪的幽默感，他在1997年把自己的全部身家投资在一个开创性的网络电子布告栏上。在万维网问世的六年后，谢弗开始搜集关于自闭症问题的各种报告，再将它们转发给在一个电子邮件列表中的家长。在起初的六个月，邮件列表的人数已经增长到100。在这之后，随着互联网成为每个人日常生活的一部分，等到他们在国家广场举行活动的时候，谢弗宣称他运营的《FEAT电子报》（*FEAT Daily Newsletter*）已经有10000名订阅户。

除了伊扎克之外，这个电子报就是他的骄傲，从萨克拉门托市老普莱瑟维尔路上的一间拥挤公寓传至整个美国。“每一位承担这项事业的家长，都将他们的希望之光带给了我们其他人，”谈到有关发育障碍的艰难奋斗时，谢弗写道，“这个电子报就是我的微小光芒，我会让它闪耀。”

这个电子报——后来，谢弗将它的名称改成自己的名字——内容虽然粗糙，但很有实效。在许多家长的帮助下，谢弗搜索并收集了媒体上有关自闭症的报道，把这些报道复制下来，制作成朴素的文本文件。他无视版权法的规定，以一种他称为“新闻剪辑服务”的方式重新发布这些报道，将它们无偿提供给订阅者。

最开始的几年，谢弗一直以 FEAT 团体的核心利益为原则来传播各种报告，例如自闭症安置中心①的限制、关于心理疾病的调查。但是，韦克菲尔德在英国——全世界竞争最激烈的报业市场——发起反疫苗运动之后，谢弗也搜集到了更为骇人听闻的报道，并依照自己行事的步骤将这些报道转发给最容易受这些报道影响的民众——那些和他有相同遭遇的父亲和母亲。

研究显示麻疹病毒和新型的肠道疾病有关联

科学家：麻腮风三联疫苗不应该获得使用许可

这些孩子是不是死于麻腮风三联疫苗？

想象一下你的电子信箱发出提示音，你收到一封新邮件，而这封邮件来自一个值得信任的非营利组织。“重要的是这一点，我们不写新闻，我们只是新闻的搬运工，”谢弗向电子报的订阅户保证

---

① 在美国，有几种成人自闭症患者的生活模式，其中一种就是住宿安置（residential program），即自闭症患者到专门的住宿安置中心生活、工作，而安置中心在接收自闭症患者前会对其进行评估面试，同时设置一定的限制条件。

道，"这种编辑方针让我们跟你家的送报员一样，不带有任何立场和偏见。"

谢弗转载了河岛那篇存在诸多缺陷的论文所得出的结果。他为那篇被媒体广泛报道但漏洞百出的《麻疹、腮腺炎，以及风疹疫苗：对着镜子观看，模糊不清》论文搜集各种支持意见。一篇又一篇美国媒体之前所忽视的英国报道被引入美国，转发给自闭症儿童的家庭，大西洋彼岸的噪声变得格外大，在国家广场集会的十个星期前，谢弗公开表示，他将举办一场"韦克菲尔德集会"。

"我们现在有许多关于麻腮风三联疫苗的报道，"谢弗解释道，"因为英国公众都非常关心这个话题。"

约翰·奥利里在一本非常短命的期刊《分子病理学》（*Molecular Pathology*）上发表了一篇论文，引发了这场反疫苗集会。这位两年前在华盛顿出席过众议院听证会、声称自己使用过 7700 仪器进行基因扩增的爱尔兰教授在论文中宣称他找到了更多证据，能够证明麻疹病毒的存在。他在论文中指出，在 91 名被诊断患有自闭症、小肠结肠炎和回肠肿胀问题的儿童中，有 75 人的麻疹病毒检验结果是阳性。在 70 名控制组患者中，只有 5 人的检验结果是阳性。因此，奥利里主张，他的实验数据"可以确认病毒和症状的关系"。

奥利里的发现必然会引来英国媒体的长篇报道。"麻腮风三联疫苗争议"已经成为全英国的热点话题。从英国首相到名人，每个人都在这场争议中选定立场。

韦克菲尔德——奥利里这篇论文的共同作者之一——拥有更多的媒体优势。他为筹款而成立的法人实体"内脏"中，有一位董事的嫂子是 BBC 的电视记者，名叫萨拉·巴克利（Sarah Barclay）。

虽然巴克利曾经向我本人保证，BBC的管理层都**知道**她和韦克菲尔德的关系，但她还是为BBC第二频道的调查节目《广角镜》（*Panorama*）做了长达一个小时的专题报道。

“我们已经发现麻疹病毒，”爱尔兰医生奥利里在镜头前告诉巴克利，“人们想要知道的下一件事，你也明白，就是麻疹病毒的基因测序结果。”

在美国的媒体市场，奥利里的论文没有激起一点水花。但是，谢弗发布了一个观看BBC电视节目的网络链接，这让他可以将伦敦的争议焦点集中到最有可能受到情感冲击的对象身上。谢弗有一群非常忠实的家长读者，他们中的许多人在观看谢弗剪辑的新闻时，一定会想：“这是不是说，我们伤害了自己的孩子？”

除此之外，谢弗的电子报还刊登了韦克菲尔德在国家广场参加活动时的演讲记录，其中许多浮夸不实的措辞被用作模因（meme），并被无数个网站转载传播。“你们，父母和孩子，就是我们努力的灵感和力量之源，”韦克菲尔德的声音在网络上回响，“我们追求真理——通过一种富有同情心、不曾妥协，也不会妥协的科学。”

在为韦克菲尔德建造一条通往美国的桥梁这方面，没有什么可以跟谢弗的微小光芒相提并论。但是，谢弗并非孤军奋战，共和党议员丹·伯顿也出力颇多。伯顿非常确信他的孙子因接种疫苗而受到损伤，他年复一年地组织了一系列“审判秀”。韦克菲尔德——“从古老快乐的英格兰远道而来”——也在这些听证会上如同莎士

比亚一样受到了热情款待。

2000 年，韦克菲尔德参加了众议院听证会，并得到了奥利里的支持。一年之后，2001 年 4 月 25 日，韦克菲尔德再次坐上了听证会的证人席——这次他穿着宽松的奶油色西装——证词的内容跟去年相差无几。综合征、肠道疾病、持续存在的麻疹病毒（据他所言通过基因测序证实为疫苗病毒株）。"请各位记得，我们正在对抗退化型自闭症，"他强调，"不是典型的自闭症。如果是典型的自闭症，孩子从一开始就会出现症状。"

但是，正如他从皇家自由医院医学主管马克·佩皮斯身上领教到的，领袖魅力不是万能的。在证人席的另一头，坐着一位卷发男士，他是美国最顶尖的肠脑互动领域的专家——纽约哥伦比亚大学解剖学和细胞生物学系的主任，被誉为"神经胃肠病学之父"的迈克尔·格申（Michael Gershon）。

格申告诉伯顿，如果麻疹病毒像韦克菲尔德说的那样导致肠道壁破裂，那么应该产生双向的渗透，**但这并没有发生**。如果阿片肽从肠道逃逸到血液中，那么其他大小接近的肽也应该会进入血液系统，**这同样没有发生**。如果食物成分可以造成韦克菲尔德所主张的损伤，那它们必须绕过肝脏——格申相信这是不可能的——必须要有"奇迹"出现才可能发生：血脑屏障[①]必须敞开，"就像摩西分开红海"。

韦克菲尔德没有对格申提出的宏观性问题做出回应，就我所

---

① 血脑屏障（Blood-Brain Barrier，BBB）是指脑毛细血管壁与神经胶质细胞形成的血浆与脑细胞之间的屏障，以及由脉络丛形成的血浆和脑脊液之间的屏障。

知，他后来也没有回应。但他在下一次和伯顿见面时抨击了格申对于奥利里的评论。韦克菲尔德对格申的怨恨一直持续到国家广场的集会结束两个月后的 2002 年 6 月 19 日，改革委员会再次召开疫苗听证会时才集中爆发出来。那个时候，这位来自英国的逃亡者显露出了不那么和善的本性，开始猛烈地抨击格申。与这些恶毒的攻击相比，谢弗在电子报上记录的发言更像是佛徒禅修时的诵经。

提出摩西分开红海的比喻后，格申讲述了他从另外一位顶尖科学家那里得知的信息。此人是迈克尔·欧德斯东（Michael Oldstone），全球研究麻疹病毒的顶级权威，任职于全球顶尖的研究中心——加利福尼亚圣地亚哥的斯克里普斯研究所（Scripps Institute）。韦克菲尔德曾经想要跟他合作，佩皮斯得知此事之后，建议欧德斯东先评估一下韦克菲尔德长期合作的奥利里实验室的检验水准。于是一些双盲实验样本被送到爱尔兰进行检验。根据格申向伯顿提出的证词，奥利里实验室的检验结果中有很多异常，有一些样本设置了不同的编号，送去检验了两次，最终得出了阴性和阳性两种结果。

最有可能的解释是实验室内部污染。脆弱、轻如空气、宛如鬼火的 RNA 病毒可以在室内停留数个小时，附着于实验服的袖子上，或者随着开门的气流飘到某个不应该有病毒的地方，或者可能是 7700 仪器的设定有误，也可能是因为没有启用必要的安全机制。另外一种可能性是一个或一群操作人员在使用仪器时出现了某种形式的操作失误。但无论原因为何，欧德斯东最终决定拒绝跟奥利里开展进一步的合作。

“欧德斯东认为，奥利里实验室的检验记录不能作为临床实验室证明的依据。"格申告诉伯顿领导的改革委员会。

韦克菲尔德气急败坏。他正计划要发表更多论文，而奥利里实验室的检验结果也是巴尔法律诉讼案的关键，这个案件在伦敦已经快要走到尾声了。韦克菲尔德坚持说，基因测序结果就是疫苗的病毒株，**如果存在**任何污染，那也必定发生在斯克里普斯研究所，而不是在库姆的奥利里实验室。

"我想要澄清一点，"韦克菲尔德在雷伯恩众议院大楼会议室内的证人席上表示，"格申医生的行为非常可耻。"

格申提出的都是可以进行科学讨论的问题。但是，韦克菲尔德在一封五页的信中大肆抨击格申，完全抛弃了在汉普斯特德时保有的优雅风度。他告诉伯顿，格申不仅犯有"明显的错误"，还有"不专业的行为""虚假证词""可以证明是错误的断言""不严谨的科学""缺乏诚信""几乎等同于伪证"的行为，以及可能构成韦克菲尔德所说的"诽谤"的"恶意造谣"。

至于欧德斯东，韦克菲尔德写道，这位麻疹专家也有"明显错误"和"草率行事"的问题，如果欧德斯东知道格申证词的"实质"，那么他"也可能做了伪证"。

韦克菲尔德已经不是来自古老快乐英格兰的好好先生了。而且，他的反击还不止这些。回到 2002 年 6 月的听证会，韦克菲尔德向改革委员会提交了一份非常惊人的声明，暗示了他在跨越美国之桥时还带来了些什么。格申没有参加 2002 年的听证会，而韦克菲尔德在声明中评论说，如果格申参加这次听证会，"我确定他会告知委员会——虽然有点晚——他的太太可能拥有默克制药公司水痘疫苗的所有权。"

格申的太太拥有疫苗的所有权？经调查发现，根本**没有**此事。但是，现场的议员们并不知道，这段话的背后潜藏着一个令人不安的事实，**韦克菲尔德**才是拥有疫苗所有权的人——他申请了一种新的**麻疹疫苗**专利——他不只是这个疫苗产品的发明者，还是专利的拥有者——在伯顿举行听证会的五个月前，伦敦大学学院把这些权利都转给了韦克菲尔德。

我有点好奇，这是韦克菲尔德的某种心理投射吗？如果确实是这样，那这种心理投射发生过不止一次。回到伦敦之后，韦克菲尔德与他的助手斯科特·蒙哥马利以及二号女士也做了相似的事情。他们接到英国医学研究理事会的邀请，参加一场自闭症的工作坊活动。但是，就在工作坊活动开始的几天前，三人同时退出，声称他们得知有些参与者接受了制药商的资助，在一个法律诉讼案中担任制药商的顾问。

这个法律诉讼案就是巴尔的诉讼案。事实上，韦克菲尔德所批评的参与者实际上站在**他**的对立面，如果他参加了这次工作坊活动，可能会暴露出他和他们有同样的利益冲突的事实。然而，他依然写信给工作坊活动的主办方：

> 我们虽然并不怀疑这些人已经声明过这些明显的利益冲突，但是，在这样一个被公众严格监督且十分敏感的领域，对这种利益冲突的声明很有可能被人们理解为一种掩饰。这种冲突是无法调和的，因此应将相关人士排除在外，防止他们扮演双重角色。

扮演双重角色？这是个奇特的自我反思。而且，即使是在韦克菲尔德发表《柳叶刀》论文并在中庭发布会上作秀引发公共卫生危机之前，他和巴尔的交易——为法律诉讼案创造专门定制的证据——也远远超出了专家顾问应有的行为。

平心而论，伯顿不可能知道这些，而且他早已下定决心，如果只是讨论民主党的财政状况，他就无法以更多的党派激情来维持他领导的改革委员会。因此，他将韦克菲尔德的来信发布在众议院的网站上，并把韦克菲尔德比作一位医学界的巨人。

"我相信其他与主流观点相悖的科学家也会遭受与你相似的指责，"在 2002 年的听证会上，韦克菲尔德发言完毕后，伯顿这样对他说，"你可以放心，真相终将大白。……那些批评并持续诋毁你的人，将会自食恶果。"

伯顿是跟谢弗一样热心的造桥者。但是，在桥的另一端——伦敦，巴尔的法律诉讼案已经出现了危机。

第十七章　揭盲

如果事情再晚几年发生，可能就会有视频记录了。当结果揭晓时，人们会拿出自己的苹果手机或安卓手机，捕捉现场参与者的各种行为、反应、表情。揭开真相的时刻到了：**揭盲**后，对于理查德·巴尔的法律诉讼案而言，一切真相都会被揭晓。

至少是**足够多**的真相。

一年前，BBC 曾经在皇家自由医院的内窥镜室拍摄了一段有些预示意味的视频。视频中，一个 16 岁的男孩正在接受内窥镜检查（韦克菲尔德曾经跟丹·伯顿提到过这个男孩，作为因疫苗受到伤害的病例）。但是，穿着绿色实验服的内窥镜检查员西蒙·默奇凝视着监视器，然后宣布没有发现任何病毒。

这段视频（后来在 BBC 的调查节目《广角镜》上播出，报道人是韦克菲尔德“内脏”组织一位董事的嫂子）中有一个四秒钟的片段，捕捉到了韦克菲尔德的情绪反应。原本在默奇身后盯着监视器的韦克菲尔德抬起右手，遮住了自己的双眼，仿佛他正在遭受偏头痛或者时差反应，然后，他的手掌滑至脸颊，再滑到脖子后面。

他将头转向左方，抬起了右手肘，用手指抚摸着衬衫的领子。这几个动作，让我觉得韦克菲尔德肯定提早感受到了揭盲的痛苦。

揭盲在2003年的春天进行，为期两天（4月27日和4月28日）。揭盲地点位于英格兰绿意盎然的中部地区，就在华威大学校园边缘低矮、外形奇特的创业中心内，在一个装饰有玻璃幕墙的研究室内进行。主持揭盲的机构是微病理学公司（Micropathology），这是一家承接诊断和研究工作的生物科技公司，与其他20多家相似的小型公司共用前台、咖啡厅和浴室。

现场见证人表示，理查德·巴尔和他的妻子——法律诉讼团队的科学专家柯尔丝滕·利姆也来了，还带着一群巴尔聘请的专家和助手。他们的目标是揭示最后的实验室检验结果，证明麻疹病毒和阿片肽的存在。

韦克菲尔德对于自闭症的病毒起因假设和吸毒啮齿动物模型也将接受盲法试验，对比控制组的研究数据。因此，那些接受检验的儿童——无论是自闭症患者还是神经正常的控制组儿童——他们的健康状况都不会事先让研究者知道。

在司法鉴定的历史上，这个前所未有的研究项目即将迎来高潮。巴尔的律师团队聘请了一名护士，并把她安排到农学学士利姆的手下工作。这名护士跑遍英国，从委托人的孩子和其他人那里收集血液和尿液样本，送到微病理学公司。随后，微病理学公司会将样本分送到各个实验室，其中包括都柏林库姆医院的病理学家约翰·奥利里主管的实验室。

"我们的护士萨拉·多德（Sarah Dodd）正努力在最短的时间内，收集尽可能多的样本。"在堆满瓶罐箱盒的办公室，巴尔给他的委托人们发送了一封"绝密"的内部通讯，他解释说，"迄今为止，她已经收集了大约 100 名儿童的血液和尿液样本，其中包括控制组（性别和年龄相仿，但并未受到麻腮风三联疫苗的影响）的儿童。"

毫无疑问，这是一场与时间的赛跑。从理查德·兰卡斯特（接种麻腮风三联疫苗后患上了流行性腮腺炎脑膜炎的诺福克少年，巴尔曾经帮他的母亲处理过财产转让手续）的案子算起，已经过去了十年。

法院的最后期限悄悄逼近。他们必须准备好有关自闭症的证据，与制药公司聘请的辩护律师交换，时间不得晚于 7 月 4 日。

——

理查德·巴尔，那个曾经的小镇初级律师，现在已经成天跟大人物一起奔忙了。护士多德奔赴全国各地搜集样本时，巴尔已经在一家大型律师事务所里工作，拥有一支几十人的幕后团队。他经常要和来自美国的专家学者一起召开长达一个星期的会议，在摆满书籍的法官室里与御用大律师一起开会，为了跟上科学的新发展而在国外进行调查，并在豪华酒店过夜。

"讽刺的是，他们总是说'跟作为被告的制药商相比，我们几乎没有多少资金支持'，"一位参加了揭盲流程的疫苗专家约翰·马奇（John March）告诉我，"我想，从你们支付的金额来看，被告们必定过着百万富翁般的奢华生活。"

某些制药商确实如此。审前听证会的场面就像一群中学地理老师对阵罗马军团。巴尔的团队大约有八人，坐在法官的右手边；法官的左手边则是被告的团队，有 30 多人。对这类法律诉讼案来说，原被告双方的差异一直都是如此，守擂的是强大的制药商。它们是总部在法国里昂的安万特·巴斯德（Aventis Pasteur）公司［后来改组为赛诺菲·巴斯德（Sanofi Pasteur）公司］，来自美国新泽西的默克制药公司，以及英国的史克必成（后来改组为葛兰素史克）公司。

到目前为止，巴尔和利姆一直都围绕着韦克菲尔德拼凑起来的一个又一个越来越复杂的假设来组织论据。在那个多伦多之夜，韦克菲尔德获得灵感——推测克罗恩病的病因——阅读病毒百科全书之后，选中了麻疹病毒。后来，在《新闻之夜》的节目播出之后，他接到了二号女士的电话，采纳了神经生物学家提出的阿片肽推论。

由于其他情况的可能性极低（例如麻疹病毒可能会直接损害人类的神经结构），他们井然有序地老调重弹，整理自己的论述：接种麻腮风三联疫苗→麻疹病毒持续存在于肠道中→小肠结肠炎→肠道壁破损→血液中的阿片类物质过量并进入大脑→导致退化型自闭症。

完成了，一切就是如此简单。

“我相信有一天，所有真相都会水落石出。”马奇表示，他是分子生物学家、病毒学家，曾是哈佛大学医学院的研究员，对牛瘟病毒很有研究，而牛瘟病毒正是麻疹病毒的原型。“基本上，目前就是两位法律人士在进行一项耗资五六百万英镑的研究计划。这种情况前所未有，如果你到英国医学研究理事会说你今年所有的研究经费都由一位律师和一位律师助理负责，理事会肯定不会相信。但是，现在的情况就是如此。”

巴尔夫妇时时刻刻都在为这件诉讼案而奔波努力。但是，无论麻腮风三联疫苗是否会导致自闭症，他们的法律诉讼案从一开始就是一团乱麻。

“我已经不知道应该如何强调，在这种状况下提起法律诉讼，简直就是一场灾难。”御用大律师杰里米·斯图亚特－史密斯（Jeremy Stuart-Smith）这样写道，他的父亲正是默里爵士——提出百白破疫苗核查清单的斯图亚特－史密斯法官。小斯图亚特－史密斯被聘请来与奥古斯塔斯·乌尔施泰因共事，他在一份 22 页的秘密文件中提出了上述看法，当时是法院发出第一份令状的两个月**之后**。

尽管有这样的警告，但状况并没有得到改善，相关费用和支出宛如竹节般迅速增长。由于眼前的挑战过于艰巨，2000 年 7 月，巴尔的团队甚至提议说自闭症议题应该被无限期“搁置”（法官认为这很“愚蠢”），将审判专注于麻腮风三联疫苗造成“自闭型小肠结肠炎”上。

然而，让我难以置信的是，巴尔等人提交给法院的文件显示，他们提出的新型肠道疾病通常“没有明显的临床症状”，也就是说，这种疾病的患者甚至很可能根本不知道自己患病。“病毒感染可能不会引发临床症状的事实，”巴尔团队在一份声明中坚称，“并不表示这种疾病不存在。”

即便是在华威大学最后决战的六个月之前，小斯图亚特－史密斯依然没有被说服。他在另外一份意见中指出，如果没有更好的证据，巴尔团队的索赔必定会“失败”。三位御用大律师［巴尔又聘请了御用大律师希米恩·马斯克里（Simeon Maskrey）］

在提交给法律援助委员会的报告中，谈到案件的证据情况时这样说道：

> 从盖然性权衡[①]来看，我们依然无法认为疫苗造成了自闭症谱系障碍。

只谈**盖然性权衡**尚且如此，与科学证据的距离就更远了。然而，在法律诉讼案之外，对于接种疫苗的恐惧和愧疚感已经让英美两国的许多家庭产生恐慌——疾病也濒临暴发。就连伦敦市市长肯·利文斯顿（Ken Livingstone）都在呼吁家长先不要给孩子接种麻腮风三联疫苗。"我不会让小孩承担这种风险。"利文斯顿在电台专访中表示，"为什么要让小孩一次接种这么多疫苗？"

但是，在巴尔提起的集体诉讼案（要求制药商赔偿多达 1600 名儿童的损失）幕后，他聘请的御用大律师依然难以厘清其中的逻辑。韦克菲尔德虽然想要满足斯图亚特 - 史密斯法官当年提出的核查要求，但几乎没有解释为什么他们控告的三联疫苗的安全性会低于单一疫苗。这起法律诉讼案的核心依然建立在韦克菲尔德的那个奇思妙想之上，在他人生的每个时刻，这个奇思妙想都闪耀着光芒。

正如负责该案的一位法官所说：

① 在英国，民事诉讼的一般证明标准是"盖然性权衡"（balance of probability），也称为"盖然性优势"，即案件中负有证明责任的当事人只要证明并让法官确信其所主张事实的真实性大于不真实性即可。

巴尔律师团队提出的所有病理机制，其出发点都建立在麻疹病毒持续存在于患有退化型自闭症的病人体内这一假设上。

韦克菲尔德自己无法解开这个谜题。他不是病毒学家、免疫学家、流行病学家，也不是任何一种能让他的意见被法院接受的“学家”。此外，他在接受英国国家科学博物馆为一场在揭盲时举办的伦敦展览所做的书面采访时，也承认他不知道原因。

科学博物馆：安德鲁·韦克菲尔德建议，为安全起见，孩子两次注射疫苗的时间应该间隔一年，这也是大多数提供单一疫苗的医生所坚持的观点。请问韦克菲尔德先生，你是基于何种理由提出这种观点的？

韦克菲尔德：纯粹的经验——我们也不清楚，应该让研究公共卫生的人来进行解答。

回到华威大学这边，护士多德搜集的血液和尿液样本的检验结果即将揭晓。“全部样本都是事先经过编盲处理的，”马奇回忆道，“最后会由一个人公布结果，然后说：‘**这个**是自闭症组的样本，**那个**是控制组的样本。’”

揭盲的开场就像奥斯卡颁奖典礼，结局则像赌城拉斯维加斯的寂静黎明。“他们开始将结果写在白板上，”马奇说，“结果非常清楚，已完成的所有检验，在自闭症组和控制组之间，结果没有任何差别——无论是尿液检验，还是麻疹病毒检验。”

马奇是一个很不错的线人，和他谈话很放松，而且他也有一个近亲被诊断患有自闭症。"我从来没有看到过有报告指出——我也不知道为什么会有这个诡异的情况，"他告诉我，"相较于患有**自闭症**的儿童的血液和尿液样本，更多来自**控制组**的儿童的相应样本中检验出了麻疹病毒。"

我可以用我从奥利里实验室取得的电子数据表来证实马奇提出的异常现象。举例而言，二号孩子的血液检验结果为阴性，三位控制组的受试者（姓氏均为"韦克菲尔德"，我认得他们名字的首字母）则被列为麻疹病毒感染者。

马奇的任务是通过检验尿肽水平来证明**阿片类物质过量**。他任职于莫登研究院（Moredun Research Institute），一个研究家畜疾病的研究中心，位于苏格兰爱丁堡南部。巴尔和利姆聘请马奇使用质谱分析法检验——使用带电的粒子碰撞检验样本，判断样本的成分。

在结果揭晓后的休息时间，马奇和一位同事离开研究室，来到铺着地毯的宽阔走廊，开始思考相关数据的含义，他们先前并不知道自己检验的样本是自闭症组的还是控制组的。对于他们来说，"阿片类物质过量"已经没有希望了。麻疹病毒也是同样。

"我回到研究室，他们一切如常，仿佛什么事情都没有发生，"马奇回忆道，"于是我说了一句类似'很抱歉，我不太明白，**你们要找的结果并不存在**'这样的话。他们看着我说：'你是什么意思？'我说：'好吧，很明显，这里没有我们要找的结果。'"

马奇表示巴尔等人要求他签署保密协议，永远不会公布揭盲的数据。"那种感觉就好像，他们追求的目标已经变成一种宗教神谕。如果你发现了一个你不喜欢的结果，就不管它，继续前进。"

二

马奇的说法毫不令人意外。因为巴尔诉讼案背后的逻辑就是如此。他们的目标不是追求真相，而是赢得诉讼——至少要让法律援助委员会提供最多的经费。作为律师，巴尔没有自乱阵脚，甚至是在揭盲结果令他们大失所望之后，依然很冷静。他们迅速在诺福克召开了一场讨论尿肽的会议，邀请了四位来自美国的学术研究人员跟马奇一起讨论。在这场会议中，“阿片类物质过量”理论已经被无声无息地抛弃，取而代之的是一个崭新的“阿片类物质抑制假说”。

捍卫韦克菲尔德那个奇思妙想就没有这么简单了。麻疹病毒能否在肠道持续生存是这场争论的核心。因此，在奥利里实验室的检验结果引发质疑之后，巴尔立刻委托了一个后备团队来重复奥利里实验室的检验结果。这个团队来自巴斯伦敦医学及牙科学院（约翰·沃克－史密斯的老东家已经被合并到了这里），拥有多年的PCR检测经验。

这个团队使用的仪器和奥利里实验室所用的一样，都是7700仪器。他们使用的“引物”也与奥利里实验室所用的相同。他们使用的“探针”（probes，另外一种不同的基因组，用于在检测到病毒时触发荧光反应）同样完美匹配。这一切都是为了让爱尔兰病理学家奥利里的检测结果得到无可反驳的确认。

伦敦后备团队的工作进展顺利，除了一个问题：他们找不到病毒。好吧，他们**可以**在控制组以及少数在奥利里实验室预处理过的样本中找到病毒。但是，如果血液样本直接来自华威大学创业中心——没有横渡波涛汹涌的爱尔兰海到过库姆医院——他们就找不到病毒。**一切都是竹篮打水。**

"由于在我们实验室提取的 RNA 并未得到阳性结果，"实验室主任、血液学教授芬巴尔·科特（Finbarr Cotter）在代表巴尔的委托人提交的一份报告中指出，"因此，我们得出结论，按照我们实验室的检测水平，这些样本中不存在可检测的麻疹病毒。"

——

巴尔团队已经和辩方律师交换了相关报告（巴尔团队有 28 份报告，制药商有 32 份），现在大家都知道了对手的底牌。制药商聘请的专家——大多数是相关领域的领军人物——从各方面一致谴责"疫苗造成自闭症"这一主张。不仅如此，巴尔聘用的三位御用大律师也发现了自家证据的"痛脚"。

韦克菲尔德的报告分为厚重的上下两册，一共 198 页。根据我的计算，"一致"一词出现了 59 次，而主张因果关系的叙述则毫无变化地出现了五次。"我的观点是，从盖然性权衡来看"，韦克菲尔德主张，二号孩子和八个受试病例中的四个孩子的"疾病都是由麻腮风三联疫苗引起的，至少与疫苗有一定关系"。

这就是韦克菲尔德提出的结论，他也几乎不会有其他更好的观点了。但是，在报告书上册的段落 1.1，韦克菲尔德在进行史诗般的分析时匆忙承认了一个非比寻常的事实。

> 我不会依赖河岛等人的研究数据。河岛医生已经告知我，相关数据无法用于进一步的严格审查。

这位日本儿科专家曾声称自己发现了与麻疹疫苗的病毒株“一致”的基因序列，也就是所谓的“确凿的证据”。但是，韦克菲尔德的“协调研究员兼分子研究专家”尼克·查德威克在当时就警告称河岛的检测存在一些问题。河岛所报告的自闭症儿童血液细胞的基因测序结果与一位患有亚急性硬化性全脑炎的伦敦病人的检验结果一致。这位病人的组织样本是作为阳性控制组从汉普斯特德送来，用以评估河岛等人的 PCR 检测结果的。

这恰好与查德威克没有检验出麻疹病毒的情况相吻合。查德威克非常确定日本研究团队的检验结果是伪阳性，后来他也明确声明了这一点。“我所使用的每一个亚急性硬化性全脑炎阳性控制组样本在基因序列上都有非常特别的改变，因此，很容易判断样本在何时遭到了这一来源的污染，”查德威克写道，“我曾经和韦克菲尔德医生提过这一点，但他似乎并未特别留意。”

巴尔这边的三位御用大律师仔细地分析了控辩双方提供的报告，注意到了河岛研究报告的问题。2003 年 8 月 8 日，星期五，他们决定终结令人痛苦的巴尔法律诉讼案。“假设法官不会接受进一步的检测结果作为证据，”他们在 218 页的秘密意见书中表示，“我们认为，原告可能已经无法证明疫苗已经导致或者可以导致自闭症谱系障碍。”

这就是结局，即时生效。法律援助委员会停止了经费资助，虽然巴尔还可以将委员会的决定上诉到独立审查机构、高等法院（两次）和上诉法院，但这个结果已经永远无法被推翻。2003 年 10 月 1 日，星期三，现在已经更名为“法律服务委员会”（Legal Service Commission，LSC）的法律援助委员会发布了一篇声明，在小字号的注释中追溯了委员会多年前犯的致命错误——同意支持韦克菲尔德的"临床和科学研究"。

> 这是第一个由法律援助资金资助的科学研究计划。现在回想起来，法律服务委员会既不能，也不适合资助研究计划。法院不应该是证明医学新发现的场所。

二号女士、四号女士和其他数百位家长听到这个消息后都非常震惊。有些闹事者把法律服务委员会的声明归咎于权贵们的阴谋，某些家长宣称要奋战到底，拒绝签署撤回索赔的文件。但是，游戏结束了，音乐停止了。几乎所有人都不知道原因。

毫无疑问，许多家长只是"试一试"，他们通过媒体得知有一个控告疫苗的法律诉讼案后便决定加入，期待或许有一天真的能够获得补偿。距今 20 年前，法律援助委员会曾经资助过起诉制药商的集体诉讼，律师们许诺给每一位患有自闭症的孩子争取高达 300 万英镑的补偿金。这有谁会不愿意加入呢？

但是，即使是那些在韦克菲尔德出现之前并没有将自闭症的病因归咎于麻腮风三联疫苗的家庭，依然要面对很多实际问题，面对不确定的未来。一些患自闭症的孩子也许仅靠着家人的包容就能茁壮成长。但是，在自闭症谱系障碍极其煎熬的另一端是时时刻刻都要面对挑战的家长们。如果他们的父母离开人世，这些孩子又会怎么样呢？他们中的许多人已经等了五年，甚至更长时间，梦想着自己会得到经济补偿，但现在，这个梦永远不会成真了。

虽然这些家长不需要承受法律诉讼带来的地狱般的压力，不会像那些付不起律师费和诉讼费的人那样在暗夜中惊醒，但是，他们还要承受一种特别的痛苦。念念不忘的事情会改变人的心智，许多父母在巨大压力的驱使下开始责备他人，从而为自己寻找心理安慰。在漫长的等待中，他们变得刻薄、多疑，他们满心迷惘，撕开一个又一个装满剪报、内部通讯和资料单的牛皮纸袋。

剩下的重点就是钱，很多钱。“在整个诉讼过程中，他们一直对我们说，这里、那里还有其他证据，有各种‘迹象’，”身材修长、充满学究气息的法律援助委员会资助政策主任柯林·斯塔特（Colin Stutt）告诉我，“我们只需要再多付点钱，就没有问题。疫苗和自闭症之间的因果关系快能得到证明了——只要你们愿意再稍微多付一点钱。”

法律援助委员会支付的钱大多落入了律师、医生、“专家”和团队工作人员的口袋里。巴尔团队最终的收账金额是 2620 万英镑（在我写作本书的时候，大约等值于 4100 万英镑或 5100 万美元）。韦克菲尔德得到的顾问费为 435 643 英镑（大约等值于现在的 67.7 万英镑或 84.6 万美元），外加 3910 英镑的其他费用。这个金额大约是韦克菲尔德在皇家自由医院年收入的八倍，他还索取过更多的钱，然而遭到了拒绝。

巴尔和利姆的生活很优渥。他们回到诺福克，住在建于 1593 年、谷仓风格、茅草屋顶的住宅中，还拥有 17 英亩[①]的土地。利

① 1 英亩约为 4046.86 平方米。

姆的女儿布里尼取得“惊人的成果”之后，巴尔成为“顺势疗法协会”（Society of Homeopaths）的董事会成员，而他的妻子则成立了名为“顺势疗法”（CEASE）的工作坊。这个工作坊专门针对自闭症的护理开展培训，由一位荷兰人设计课程，参与者经过三到五天的培训后，就能够得到护理发育障碍问题的资格证书。

“我现在稍微能够明白那位创作《断臂维纳斯》的雕刻家的感受了，”巴尔在为一本律师杂志撰写的专栏文章中用轻松的口吻说道，并将耗费他十年光阴的法律诉讼案比作雕琢与打磨，“他终年辛勤雕刻，慢慢地将一块最棒的大理石变成美到令人无法想象的作品。”

有些律师告诉我，制药商在这次诉讼中的支出与巴尔这边相差无几，包括用于抵税、支付退休金的钱，可能还有一小部分医学研究费用。因此，这场“断臂维纳斯”式的法律诉讼，总成本大约是5200万英镑（在我写作本书时，大约等值于8000万英镑或者1亿美元）。

这笔钱是不是打了水漂？反疫苗运动人士不这么认为，世界各地的家长已经听到了他们的讯息。在美国，一大堆新提起的索赔案还在等待审理，谢弗的电子报和丹·伯顿的听证会将来自英国的警讯引入美国时，律师们也在召集成千上万个家庭。

麻腮风三联疫苗中的麻疹病毒再度成为罪魁祸首，都柏林的实验室再度成为重要角色，民众再度产生不信任和怨恨的情绪，已经破碎的心再度遭到毒害。

隐藏在这一切背后的依然是那篇研究12位儿童的论文，以及接种疫苗的14天内就会产生症状、淋巴增生和非特异性结肠炎的主张——还有许多真相，待人揭开。

第三部

揭发

第十八章　指派

正如纸质媒体黄金时代的很多新闻报道一样，我开始调查韦克菲尔德那篇研究 12 位儿童的论文。这要从一顿午餐说起。

招待我的朋友是保罗·努基（Paul Nuki），他曾是骁勇善战的记者，现在已经被提拔为《星期日泰晤士报》“焦点”栏目的编辑，正在寻找能够填补版面的大型报道。他热情积极、专注投入，酷爱冲浪和攀岩，身体精瘦强健，带有一种台球选手的优雅风度。他是一名医生（风湿病专家）的儿子，也是一个女孩和三个男孩的父亲。

午餐的地点在伦敦的标志性建筑——塔桥附近的一家餐厅，餐厅的每张桌子上都铺了白色桌布。我们俩选了露台上的座位。我的右手边、努基的左手边就是泰晤士河，突突作响的驳船和观光游艇开过，翻起闪耀的水花，惊动海鸥发出尖声鸣叫。此时是 2003 年 9 月 16 日，星期二，一个寻常的英国夏日，晴朗无云。

努基当年 39 岁，他一开始提议我去调查亨氏（Heinz）番茄酱。他认定亨氏番茄酱的所有产品在颜色和质地上过于一致，不可能是天然产品。我不大认同他这个想法，觉得他的假设过于草率。无论如何，努基并不是真的需要我去做什么。我在当时也算是小有名气，可能是唯一一位"监管制药公司"的英国记者。而据我所知，亨氏企业并没有宣称他们的番茄酱有任何医学价值。

我个人最满意的制药调查报道始于 1986 年，那次我率先揭露了一位生物化学家在新一代避孕药的安全性研究上造假。他和德国柏林的先灵公司（Schering AG）签订了合同。我从澳大利亚吉朗（Geelong）的迪肯大学（Deakin University）开始追查他的行踪，经过美国伊利诺伊州芝加哥的一家会议型酒店，到了西班牙马贝拉（Marbella）的一栋出租别墅。他打开别墅前门看见我之后，差点晕倒了。

我还记得他的妻子—— 一位家庭医生——想要把我赶走。"但你能**证明**什么？"她讥讽道，"你能**证明**什么？"

我们发表相关调查报道之后，她的丈夫因为饮酒过量而死。

那是一个精彩的故事，刊登于头版。后来，我调查了一位去世已久的人，报道引发了更大的反响。此人就是亨利·维康，美国威斯康星州的药品销售员，他死前的遗嘱签署于 1932 年 2 月，将其遗产遗赠给一家兼有控股药厂和慈善捐赠功能的基金会。我曝光了被隐藏多年的秘密——在一场造成大规模伤亡的流行病期间，维康基金会不顾药物不良反应的风险，大肆宣传并销售维康生产的多种抗生素，导致许多人在服药后死亡。在我们发表长达五页的报道之后，亨利·维康的医药帝国瓦解了，转型成一个更加富有、面目一新的维康信托基金会：一个大型的生物医学研究资助机构，在国际上拥有良好的声誉。

维康当年大肆经销的药物被称为赛特灵（Septrin），其药物成分与瑞士制药巨头罗氏公司推出的复方新诺明（Bactrim）完全相同，维康将这两种药物混合在一起，配药比例大致与两家公司的资产总额成比例。但是，当我打电话给一位参与药品配方研发的研究人员时，他立刻挂掉了电话。我因此**知道**其中必有问题。有关维康的报道发表之后，我收到了几百封信件和电子邮件，看到了英国政府限制这一药品在国内的使用，也听到了一位母亲回忆她 18 岁的女儿去世时生命维持仪器发出的声响的讲述。

努基喜欢这种报道，这本就是《星期日泰晤士报》的专长：融合公共和个人的利益。多年以前，在资深编辑、传奇人物哈罗德·埃文斯（Harold Evans）的引领下，报社掀起了一场运动，反对一种恶名昭彰的孕妇止吐药沙利度胺。这种药物导致了至少数千起骇人听闻的婴儿畸形事件。为了正义，埃文斯发表了一篇又一篇报道。

我想，我只是接续了这个传统，从一篇讨论万艾可不良反应的八页杂志报道，到五页的揭露肾脏权威专家伪造病人签名行为的《医疗欺诈的盛行》。但是，这种报道的成本非常非常高昂，在几个小时内完成是不可能的，一篇报道的调查工作可能要持续几个月甚至几年。然而，和我共进午餐的朋友希望在几个星期后就收到我完成的稿件。

服务生送上甜点之后，我们开始发散地讨论各种想法。我原本提议去调查一位政府军事武器专家之死，但最后，我们终于讨论到了“麻腮风三联疫苗”。在英国，家长们对于这种疫苗的信心已经跌至谷底，只有 79.9% 的孩子接种了疫苗。在伦敦的部分地区，疫苗接种率甚至只有 58.8%。麻疹的暴发、死亡案例的出现似乎是必然的。因此，任何新的报道角度都有发挥的空间。

我说：“好吧，我答应你，保罗。”但其实我没指望能调查出什么结果。坦白说，我对报道疫苗问题已经感觉有些乏味了。一开始，我调查的是百白破疫苗，调查的动机源于一位来自爱尔兰的母亲，我用了将近一年的时间才完成这个调查。后来，我开始调查毫无希望的艾滋病疫苗 AidsVax，在《星期日泰晤士报杂志》上刊登了八页的报道，然后又追踪调查了很久。我发现了美国疾病控制与预防中心的一位员工替 VaxGen 公司“指点明路”并协调经费申请，还私下收受 VaxGen 公司的贿赂的事。

我觉得我已经做够了。这类工作会耗尽一个人的力量，因为你必须理解所有相关学说的前沿信息。疫苗是一个庞大的议题，涉及各个领域和学科，为了梳理专家们的琐碎演讲——**他说了什么，她又说了什么**——学俄语都比这轻松。阅读医学资料中出现的专业术语和复杂概念，就像阅读莎士比亚作品时一样：你会希望只凭借上下文就能理解那些艰涩的词语。而在我调查百白破三联疫苗时，就与自己做了一个约定，我不会略过任何一个“控诉”或者“惨白的赫卡忒献祭”①。我下定决心理解各种艰涩词语的意义。

医学甚至不是我的专业领域。我第一次接受报社指派所做的调查是一个社会议题，我的天性使我更倾向于报道贫穷、无家可归、监狱和残障人士等问题，使人们平等地享受到应有的权益。然而，我的社会议题报道只会刊登在第三版到第九版，而几乎所有关于医

① 控诉（delation）是莎士比亚悲剧作品《奥赛罗》的重要概念，而“惨白的赫卡忒献祭”则是莎士比亚另外一部悲剧作品《麦克白》当中的台词。此处意指艰涩的医学概念。

生的报道都会刊登于头版。因此，我在和努基共进午餐之后，并没有兴高采烈地一头扎进麻腮风三联疫苗争议中，除去发了几封电子邮件之外，什么也没做。后来的几个星期，我都把时间用在了写小说上。

—

13年来，我一直没有写完这部小说。似乎应了那句“冥冥之中，自有天意”，在11月下旬的一个星期日下午，我在伦敦街头散步，从白金汉宫走到特拉法尔加广场时，我偶然看见一间小小的艺术中心，里面正在放映一个电视节目（只放映一天）。根据节目描述，这是一部“纪实影片”，名为《倾听宁静》（*Hear the Silence*），韦克菲尔德和一位母亲——都由演员扮演——与一个留着小胡子的医疗权贵展开了斗争。

影片里的母亲是一个虚构人物。但我后来得知，这个角色所经历的故事情节就是根据二号女士的故事改编的。放映结束后，她起身发表演说。她仪态优雅，举止更加优雅，说起话来带着兰开夏郡（Lancashire）的口音。她以一种既自信又有控制力的气质指挥观众遵守秩序。

根据这个影片所述，她是第一个联络韦克菲尔德的人，并以极具戏剧效果的方式冲进了医院。我在第二天打电话联络了二号女士。四天后，我去了她的家——一座小型的黄砖房屋，位于伦敦以北85英里处一个不起眼的剑桥郡小镇（为了保护她儿子的隐私，我不会说明具体地点）。

二号女士和她的先生以及两个正常的孩子住在一起，两个孩子一个 22 岁，一个 12 岁。二号孩子当时 15 岁，在一所特殊教育学校寄宿，但家里依然保留着一些他生活过的痕迹——围着安全围栏的院子、一张蹦床以及非常结实耐用的玩具。

在电话里，我告诉二号女士，我的名字是"布莱恩·劳伦斯"，来自《星期日泰晤士报》，借此保证我们之间的谈话不会有拘束感。我已经获得了努基和《泰晤士报》的一位律师的许可。在新闻调查工作中，化名采访很常见。那时，谷歌搜索引擎已经普及，我最不希望发生的事情就是她发现我发表的有关百白破疫苗的报道，这可能会让她在回答问题时变得戒备。"'布莱恩·劳伦斯'其实就是布莱恩·迪尔，"后来，《华盛顿邮报》（*Washington Post*）伦敦分社的社长格伦·弗兰克尔（Gleen Frankel）写道，"一位荣获多个奖项的调查记者。"

到这个时候，我已经读了那篇研究 12 位儿童的论文，也特别留意了其中提出的时间关联。根据论文的说法，有八位家长将症状归咎于接种麻腮风三联疫苗，而他们所报告的第一次出现行为症状的时间，都没有超过接种疫苗后的 **14 天**。我意识到，这种时间关联跟约翰·威尔逊在 20 世纪 70 年代挑选百白破三联疫苗患者的时间段非常接近。

在我整理的档案中，有一份政府报告也用了这个时间段，报告的发布日期为 1981 年 5 月。为了对接种百白破三联疫苗之后出现的脑部疾病进行分类，报告中一个名为"因果关系"的章节根据约翰·威尔逊的论文对发病时间进行了划分。这份报告认为，如果"痉挛和行为异常现象"发生在接种疫苗的"14 天后"，疫苗和行为异常现象之间的关联就"不太可能成立"。但是，如果问题出现在接种疫苗的**两个星期**之内，疫苗和行为异常的关联就会被视为“可能成立”。

跟我先前在爱尔兰采访玛格丽特·贝斯特女士一样，我带着微型录音机，坐在二号女士家中的客厅里，询问二号孩子接种疫苗的时间。虽然二号孩子在 1989 年 11 月接种了疫苗——早于麻腮风三联疫苗在英国引发争议的时间——他的母亲依然表示，她非常担心疫苗可能造成的不良反应，也向护士和医生表达过自己的担忧。

“我还清晰地记得自己走出病房并和医生讨论，”二号女士表示，“因为我谈到了疫苗，谈到我非常担心疫苗。”

她是一位**聪明的女士**。她通过对她父亲的回忆，解释自己为什么会有这种先见：她的父亲是在普雷斯顿行医的家庭医生。我一边小口喝着热茶，一边听她回忆。二号女士当时的一项“工作”就是“整理药房”，有一天，她在诊所发现了几箱尚未拆封使用的沙利度胺。

“我还记得自己当时说‘这些箱子没有人动过’，”她告诉我她和她父亲的谈话，“咱们存了这么多箱。爸爸，你为什么不用这些箱子里的药呢？”

她说，她父亲当时的回答让她后来开始怀疑麻腮风三联疫苗。“他让我坐下，然后说：‘箱子里装的是沙利度胺。’他又说：‘而且我不会使用这些药。’我问他：‘为什么？’他说：‘唉，因为沙利度胺没有经过妥善的检验。’”

录音机的卡带缓慢转动，我询问二号女士，她儿子接种疫苗的那天发生了什么。“我猜，你离开诊所，然后去购物了？”我推测道，“后来发生了什么？”

"不，实际上，我去上班了，"她回答，"我在工作，所以没有去购物，我回家，保姆照顾孩子。嗯……"

我在这段对话的文字记录旁写道："停顿了几次，听起来有些混乱。"然后，二号女士开始匆忙说起她在旅行社的职务，其实她之前顺带谈过自己的工作。"抱歉，我只是……我们之前就讨论过我的工作。我今天早上有点疲倦。"

无论她是否真的疲倦，她又继续说了下去，我没有打断她。

> 我当时还在IT部门工作，因为，我调过去了，我真的调过去了，他才那个年纪而已，我只是——年纪不那么重要，对吗——但我那个时候还在IT部门工作。我下班时正在处理设施管理的工作，我自己部门的工作，我下班了，因为我其实，到底发生了什么……

她继续说了大约370个让我难以理解的单词，全都与一家位于伦敦的旅行社有关。这太让人困惑了，我只得努力整理头绪，希望准确地找到她的孩子第一次出现行为症状的时间点。她已经确认，她的孩子就是韦克菲尔德在论文里研究的12个儿童中的一个。

她说："事发的经过是这样，他开始在夜里不睡觉，整个晚上都在尖叫，又开始撞击头部。他以前没有撞过自己的头。"

"你觉得，这些情况是从何时开始出现的？"

"接种疫苗的一两个月后，或者几个月后。但是，我依然，我依然非常担心，我还记得自己回去……"

“不好意思，”我打断她，“我并不是想抠字眼，但究竟是**几个月**后，还是**一两**个月后？”

“感觉更像**几个月**后，因为他的情况，你也明白，越来越差。他的状况不对，在症状出现之前，他的状况就不太好。”

“所以，应该是超过两个月，那究竟是在第几个月发作？具体的时间是多久？”

“根据我的记忆，大约是在六个月之后。”

她偶尔会起身打电话，其中一通电话打给了理查德·巴尔，另外一通电话打给了 JABS 团体的杰姬·弗莱彻。我回到伦敦后，用了一两天时间来厘清二号女士的采访录音。

二号女士的父亲在她 11 岁时就去世了。因此，我认为她对于在药房整理沙利度胺的记忆可能不准确。我觉得，这么多年过去了，这可能只是一个错误的回忆。或者，她也有可能是在《星期日泰晤士报》的记者面前刻意演戏。如果二号女士真的整理过药房，她已故的父亲——曾经担任普雷斯顿医学伦理委员会秘书的詹姆斯·伦恩（James Lunn）会因为让一个孩子接触药物而遭到英国医学总会的处分。

二号女士非常有远见地质疑麻腮风三联疫苗的安全性，也仔细安排保姆照顾小孩的时间。但是，尽管她声称自己不知道《柳叶刀》论文中的哪一个孩子是她的儿子，我依然意识到她所说的“大约六个月”和韦克菲尔德提出的“14 天”之间存在巨大差异。

—

当然，七年前，我还不知道，在汉普斯特德皇家自由医院的记录中，二号女士曾两次告知医生，她的儿子在接种疫苗的两个星期后开始出现撞击头部的行为。因此，采访二号女士的几天后，我与约翰·沃克－史密斯见面，向他表达了我的疑虑。

"在那篇论文中，没有任何一位病例的情况符合二号女士告诉我的情况，"我对沃克－史密斯说，"没有一位病例符合。"

这位澳大利亚医生似乎并不意外。"好吧，这有可能是真的。"他回答的语气仿佛在陈述事实。他不只是那篇《柳叶刀》论文的最后一位共同作者，还多次见过这位男孩。他表示，他认为家长不应该讨论这些事情。他强调，这是一个"机密事项"。

"因此，只有两种可能，她告诉我的信息不准确，"我坚持道，"或者论文的内容不准确。"

"我不会发表任何意见。"他说。

对我来说，这样就够了，其中必有问题。如果论文的共同作者也无法提供更好的答案，我就会怀疑二号女士和韦克菲尔德二人之间的说法差异确实是真的。如果二号孩子的病史信息有问题，那么在那篇五页 4000 字的论文中，还会出现什么错误呢？

我想要一探究竟。但是，我要怎样才能调查一系列临床病例呢？匿名患者、儿童患者，以及发育障碍患者，他们的医疗信息都处于最高安全级别的保护之中。想要找到这些家长，得知他们的孩子在什么时候第一次出现自闭症症状，成功的概率大概跟不买彩票还中奖的概率差不多。

但是，向努基回复调查进度之前，我对这次疫苗问题的调查就愈发重视了。我们收到了二号女士的投诉。她投诉的内容如此夸大其辞，以至于在我看来，虽然没有明说，但她真正的目的显然是不让劳伦斯先生再调查下去。

“我依然深感震惊，在我看来，这样一个记者，消息不灵通，也不算特别聪明，居然能够代表声誉卓著的《星期日泰晤士报》。”她在长达三页的电子邮件中写道，信件标题是“对于星期日泰晤士报记者的深深忧虑”，收件人则是报社编辑约翰·威瑟罗（John Witherow）。“他从询问我的小儿子接种麻腮风三联疫苗后究竟发生什么事情开始，一直探听我在哪里工作、诊疗室的环境如何、发生在当天什么时间等。”

为了避免上述控诉**不够**严重，她还提出了更多不满。我只承认有关我膀胱的那句是真的。

> 我对他的语气感到惊讶和震惊……几乎相当于审讯……反复展现出傲慢的姿态……似乎完全不知道……持续流露出一种危险的偏执和明显的无知……极度侮辱人……完全是在浪费我的时间……采访的方法更接近八卦小报……看起来就像假冒、靠不住的记者……每次录完都要翻转同一卷录音带……去了很多次洗手间，声称喝茶会影响他的膀胱，但稍早的时候，他说他经常喝茶。

第二天，努基接到了一通电话，来自韦克菲尔德的公关负责人阿贝尔·哈登（Abel Hadden）。后来，律师克利福德·米勒（Clifford Miller）发来律师函，用非常滑稽的方式想要阻止我继续调查（之后的某一天，此人还会再度出现，代表韦克菲尔德出庭）。米勒发来的两页纸上密密麻麻地写了一堆可笑的法律用语，声称二号女士同意我去她家进行录音采访的“允入许可”是“自始无效的”，要求我必须在 28 天之内“交出”录音带。他还告诉我，使用二号女士“所说的话”，将会侵犯他的委托人的“文字著作权”。

可以说我多疑。但是，接到她的律师函后，我觉得二号女士隐瞒了一些事情。

第十九章　进入库姆

在理查德·巴尔的法律诉讼案土崩瓦解之后，我以为自己只能孤身一人在狼藉中调查。其他跟韦克菲尔德打过交道的记者，大多数人要么充当他的喉舌，要么搭建平台跟韦克菲尔德一起与其他“专家”辩论。很显然，似乎没有人想要寻找真相，做一次老派风格的新闻调查。

然而，就在我拜访二号女士的五个星期之后，一个我并不知晓的调查启动了。在都柏林南部的库姆妇女医院，一位律师和两位科学家接受制药公司的委托，来到医院前台，准备跟约翰·奥利里和他的神奇麻疹病毒搜寻仪器一决雌雄。

这所被当地人简称为“库姆”的医院位于城镇的贫民区。医院东边是霍利斯街（Holles Street），南面是利菲河（Liffey River），库姆是爱尔兰首都三家妇幼医院中的一家，分子生物学并非它的科研特长。库姆周围有许多薄壁的连栋别墅，还有非常适合黑帮出没的公共住宅区，一般人都不会想在晚上穿过这片区域，更不会希望在这里解决科学谜题。

"相信我，库姆可不是都柏林的大奥蒙德街儿童医院，"一位朋友这样告诉我，他的弟弟在库姆出生，也很熟悉那里的环境，"他们最近稍微治理了一下周边地区，使那里看起来不像以前那么脏乱差了，但依然是一个可怕的地方。"

然而，这里就是21世纪疫苗恐慌的重生之处。奥利里珍爱的仪器（"灵敏度大约是原有技术的1000倍"）仅次于韦克菲尔德发表在《柳叶刀》上的论文，是巴尔孕育"断臂维纳斯"的核心所在，正如医院病房迎接新生儿时必须依靠助产士或产科医生的协助一样。

来到库姆的三人中，带头的是吉利恩·安德朗克·达达（Gillian Aderonke Dada）。她既是律师又是医生，当年40岁，有"极具自信""鼓舞人心"的美誉，在一家重量级的商业律师事务所中工作。这家事务所也曾代表制药公司，参与过百白破三联疫苗的审判。那一天，达达等人代表了三家疫苗制造商：史克必成、安万特·巴斯德、默克。

英国的集体诉讼案已经结束了。但是，一连串毫无希望的上诉让这个半死不活的怪兽还在苟延残喘。因此，制药公司必须利用这个机会，他们关注的目标是美国。在丹·伯顿的听证会、兰尼·谢弗分发的来自英国的媒体报道，以及韦克菲尔德参加的《60分钟》电视节目的推动下，美国境内有数千名家长接受律师的招募，准备提起一场规模更大的法律诉讼。

这个故事从此开始变得更为复杂，由于我已经接受报社的指派，有义务调查韦克菲尔德、巴尔、柯尔丝滕·利姆和二号女士，找到分子层面的证据。后来得知这一点时，我意识到这将是我人生最大的挑战，我必须掌握无尽的专业知识，因为真实的人物和具体的事实就藏在这些专业知识之后。

因此，我在伦敦艰难地努力调查时，两位顶尖的生物医学调查员正和达达一起在库姆医院的接待区等待着。其中一位是马尔科姆·盖佛（Malcolm Guiver），英国政府曼彻斯特公共卫生实验室的分子诊断主任。另一位是斯蒂芬·巴斯廷（Stephen Bustin），伦敦玛丽女王医学院的分子科学准教授[①]（后来升为教授）。二人都是 PCR 检测方面的专家，对于奥利里使用的 7700 仪器也有多年的操作经验。

相较于后来推出的基因扩增仪器，当时的 7700 仪器就像巨大的重金属怪兽。虽然机身宽度只有 94 厘米，但重达 130 千克（加上一台连接在仪器上的苹果计算机）。仪器采用飞机内部的配色，正面是一个斜面，斜面下方是几行与机身同宽的排气百叶格栅。机身右侧有一个塑料制成的上开窗口，窗口里面有一个外形很像盒子的隔热盖，用于保护极为精密复杂的链式反应。

仪器操作手册上的说明非常简单，我家洗衣机的使用说明看起来都比它复杂。奥利里实验室的操作人员只需要打开塑料窗，揭开隔热盖，露出一个被分成 96 个小格的“反应盘”，反应盘下方则是“加热块”。他们将封闭的塑料试管插入反应盘中，试管中装有浸泡在化学试剂中的肠道样本、血液或脑脊液。试管周围也会放置各种用于比较的控制组试管：有些是阴性控制组的样本，比如只

① 在英国的大学教职体系中，准教授（Reader）相当于美国的正教授（Professor）；教授（Professor）相当于美国的讲座教授（Chair Professor），教席名誉头衔，数量很少。

装了蒸馏水的试管；有些是阳性控制组，试管中的样本含有麻疹病毒。

技术人员设定好计算机的流程之后，仪器开始运行，自动进行分子扩增检验。

如果某个试管中的样本中含有奥利里想要寻找的东西（麻疹病毒的 RNA 单链），仪器就会将 RNA 单链转变为双链的 DNA：先是生成与 RNA 互补的单链，随后才会转变为大家都知道的完整双螺旋 DNA。接下来加热试管让 DNA 的双链分离，就像拉开拉链一样。被用来与单链互补、创造生命奇迹的物质是一种特殊的酶，被称为"Taq 聚合酶"。

Taq 聚合酶通过创造新的腺嘌呤、胸腺嘧啶、胞嘧啶、鸟嘌呤——A、T、C、G——来为分离的单链重新生成一条互补的单链。随后，仪器会冷却试管，再次形成双链——此时便有了两条双链 DNA。因此，单链 RNA 先互补为一个 DNA，DNA 再分离，互补成两个 DNA，每次循环都会加倍，DNA 随后以指数形式扩增，直到出现数十亿个拷贝。

每个试管每秒钟都会受到激光监控，7700 仪器会以此计算循环次数，用图表呈现每次循环出现的目标数量（如果目标确实出现），以便计算刚开始进行检验时目标的数量。

迅速，而且简单。实验室的工作人员认为使用 7700 仪器进行检验就是如此。但是，陷阱藏在粗心之中。虽然韦克菲尔德成立的卡梅尔公司想要游说投资者，宣称他们使用的 7700 仪器可以诊断克罗恩病和"自闭型小肠结肠炎"，但仪器的制造商却认为这种使用方法是不恰当的。仪器的操作手册、技术指南和宣传册里都有明确的警告，用单行的粗体字标示：

仅限于研究用途，不能用于疾病诊断。

其中一个原因在于，运用灵敏度如此之高的分子技术时，如果存在出现错误的可能性，就必定会出现错误。尽管仪器配套的苹果计算机会实时将数据处理成图表，将数据数字化，但是人永远不能两次踏入同一条河流。生物学现象就隐藏在这种高科技工具背后，这种工具也要求研究人员和技术人员执行艺术般的完美操作，这使得他们更像是小提琴手，而不是科研人员。

因此，达达医生带着两名检验专家来到库姆医院的目的，就是搜集实验室制作的“音乐作品”。然而，实验的结果不是无形的音乐，仪器的所有检验都有记录，有数字化的存档资料，可以向法律诉讼案的被告公开。奥利里已经向法院提供“实验报告”，给出了许多样本的检验数据，而这些样本都来自皇家自由医院。苹果计算机会记录下更多数据——每支试管的检验过程都有 4000 多个数据点——这些是制药公司想要的数据，非常想要的数据。

——

当年 46 岁的盖佛留着一头黑发，面容清秀，但他真正吸引人的并不是外表。盖佛拥有分子病毒学的博士学位，他任职的实验室率先使用 7700 仪器进行检验。他先前已经提交过一篇长达 94 页的报告，基于检验结果评估了奥利里实验室的表现。他认为，奥利里实验室的研究方法“完全不恰当”而且“完全不可靠”，“缺乏判断力"，"没有足够的控制组"，还抱怨他们的仪器出现"错误的假阳性结果"。

盖佛是大型制药公司聘请来提供意见的专家，但他不是唯一批评奥利里实验室的人。一位来自北爱尔兰贝尔法斯特女王大学（Queen's University Belfast）的分子生物学教授、拥有30年麻疹病毒研究经验的伯图斯·瑞玛（Bertus Rima）提供了关于奥利里实验室检验结果的第二份分析报告。第三份分析报告来自苏格兰爱丁堡大学的病毒学教授彼得·西蒙兹（Peter Simmonds），在过去十年间，西蒙兹是英国被引用次数最多的微生物学家。

瑞玛和西蒙兹的观点相同。

> 没有意义……可疑……缺乏效度……执行方法非常令人怀疑。
>
> 完全无法接受……研究结果无效……不可靠……自相矛盾……论证站不住脚。

我花了几个星期的时间才能够理解这些判断。但是，这其中有一个非常容易理解的简单问题，涉及仪器最基础的操作。只要你愿意，这台仪器你想开多久就能开多久。但是，如果激光没有快速地侦测到来自试管的信号——一次检验原则上不能超过35次循环——你就必须接受这样的结果：试管中没有你想寻找的目标。你也可以重新准备试剂，然后重新检验。因为，35次循环之后，该检验将会消耗掉全部样本——准确来说是试剂。打个比方，几亿个随机扩增的分子所发出的嗞嗞声，可以盖过任何其他重要的声音。

所有的数据源都强调了这一点，甚至优兔网（YouTube）上的介绍视频也是如此。但为安全起见，我依然咨询了仪器的制造商。当时，7700 仪器的制造商已被跨国企业赛默飞世尔科技（Thermo Fisher Scientific）公司收购，该仪器随即成为赛默飞世尔旗下生命科学集团的经典产品。该集团负责研发的副总裁维诺德·米尔钱达尼（Vinod Mirchandani）在旧金山向我说明了情况。“我们了解到，如果循环超过 35 次，”他告诉我，“你就会看见一些微弱的指示信号，但它们有很大概率不是真实的结果。”

他表示，早期的循环阶段的结果要更为可靠，此时苹果计算机绘制的图表会呈现出急剧上升的曲线，当检验效果开始衰退时，曲线则会趋向平缓。米尔钱达尼以仪器制造商的身份解释说，在后期的循环中，可能会得到“许多噪声”和“假阳性结果”。

但是，爱尔兰病理学家奥利里以及他的团队在满怀热情寻找麻疹病毒的过程中，却进行了不同的操作。从他们在法律诉讼案中提交的报告来看，来自汉普斯特德的样本（包括二号孩子的组织样本）通常会进行高达 **45 次**循环的检验，其中一个样本的加热冷却循环更是高达 **50 次**。瑞玛甚至说，巴尔所在的律师事务所曾经告诉他，他们计划重新检验的在华威大学揭盲的样本，循环次数则是荒谬的 **70 次**。

与此同时，巴斯廷也在一次顿悟中有所发现，他用另外一种思维方式批评奥利里。巴斯廷当年 49 岁，拥有分子基因学的博士学位，行事风格非常大胆开放，可谓英国的“PCR 狂人”。在 PCR 检测这个领域，他写过研究性文章，讲授过相应的课程，说不定在梦里都在想着 PCR 检测的热循环。巴斯廷接受制药商的委托，开始评估奥利里实验室的检验方法,几天内,他一直在思考,不停地思考。

巴斯廷一直在研究奥利里实验室使用的7700仪器所绘制的检验盘结果图表。在检验盘的96个格子中,有51个格子显示为“使用中”,编号从A1一直排到E3。试管都是两两放入的(每个孩子的样本或控制组样本都会被分成两份,分别检验),这也是这类检验工作的常见做法。

但是,巴斯廷从一开始上学就知道,51是**奇数**,E4似乎失踪了。

无论检验结果是对是错,巴斯廷都想知道更多原因,而51个格子这一异常现象可能就是一个线索。缺少的样本可能是“无模板对照”(No Template Control)——代表试管中只有试剂、Taq聚合酶和其他物质,但是**没有生物组织样本**,也不会有麻疹病毒。如果这根试管的麻疹病毒检验结果是阳性,则意味着样本可能遭到了污染——PCR检测的灾难。巴斯廷推测检验盘确实遭到了污染,而根据检验报告,那个格子是空的,也许有人篡改了检验结果。

—

六个月以来,达达一直在催促,希望确定访问库姆医院的时间。但是,在巴尔团队通过证据披露详细了解了达达等人给出的专家报告之后,库姆医院之行的筹划就一直不太顺利。一开始,奥利里在澳大利亚,无法取得联系。然后,达达接连提出了59个参访日期,均遭到拒绝。库姆实验室称还要花费两万英镑以及长达五个星期的时间才能做好接待达达等人的准备,因为7700仪器出现了故障。

但是,达达和她的分子调查专家还是来到了库姆医院,他们被工作人员带到了医院大楼的后面。奥利里的实验室明亮而且极具现代风格，但从实验室的墙上就能发现一些异常。在通往侧室的门上，达达等人留意到一对门牌，其中一个门牌上写着“质粒室”，另一个是“PCR 准备室”。第一个房间通常代表制备阳性控制组样本的地方，第二个房间则用于进行分子扩增。

“这些侧室的门都是单向门，”达达在后来递交给伦敦皇家司法院的声明中解释道，“我也没有看到工作人员更换实验服和（或）鞋子的专用场所。”

更让达达等人高兴的是，巴尔成了她的最佳证人，他也乘飞机来到了都柏林，还带了一台照相机供达达等人使用。但是，奥利里不允许他们拍摄任何照片。除此之外，达达表示，奥利里不愿意公布任何尚未披露给制药商的研究数据。

事态很快趋于明朗，律师有权介入，制药公司也付得起相关的费用。几个星期后，由于奥利里不愿意妥协，伦敦的一位法官向都柏林法院发出请求，要求爱尔兰病理学家必须配合司法机关的行动。在一个关系到数百万人生命安全的关键议题上，这个曾经在美国华盛顿吹嘘自己“独立性”研究成果的人，此时竟然变得异常“害羞”。

那个星期一的参访非常有成效。虽然几位访客在大部分时间里都被安排在会议室里等待，但是，达达、盖佛、巴尔以及奥利里指派的一位同事现场见证了巴斯廷的“魔术”。众人围着巴斯廷，观看他的笔记本电脑。这位“PCR 狂人”在屏幕上展示了一个在华威大学创业中心揭盲的血液检验结果，样本取自一个**未患自闭症**的儿童。

检验结果显示，该血液样本的麻疹病毒检验结果为阴性：如果你想证明疫苗造成自闭症，这个结果是好消息。但是，巴斯廷从奥利里披露的少量数据结果中找到并展示了检验的原始数据。数据显示，这份来自**同一位儿童——检验盘上的同一个格子、同一个试管**的样本检验结果为阳性。

糟糕。

"理查德·巴尔本人承认，这是一个重要的科学证据争议。"达达在声明中冷冰冰地写道。

因此，"PCR 狂人"找到了另一个异常现象。在法庭上还会有更多异常现象被指出。"巴斯廷找到了一些不一致的检验结果，"几个星期后，代表史克必成制药公司的律师在伦敦对一位法官说，"这些结果引发了非常严重的担忧。"

盖佛、巴斯廷、瑞玛和西蒙兹都同意，奥利里的检验结果存在严重的错误。除了超量的检验循环导致伪阳性的结果——这正是仪器制造商警告我要注意的现象——他们还认为实验室内有大量的麻疹病毒。"奥利里实验室给我的整体印象是检验不当，没有严格遵守实验规定，而且缺乏基本的理解。"巴斯廷如此说道。

他们相信，样本的污染可能发生在任何一个阶段，或许在汉普斯特德时就已经被污染，甚至有可能与把样本亲自送到都柏林的韦克菲尔德本人有关，也有可能与质粒室和透风的单向门有关，还有可能是试剂、手指或者滴管带来的污染。瑞玛举了一个例子，在他自己的实验室中，腮腺炎病毒（另外一种副黏液病毒）曾经在一张试验台上潜伏了九年。

然而，辩护律师还向法院提出了另一个更让人震惊的消息：巴尔诉讼案提交的实验报告并没有如实给出仪器检验出的数据。

倘若达达等人的推测属实，这就是非常严重的疏漏。奥利里实验室的数据是巴尔诉讼案的关键，也是 BBC 那期《广角镜》节目的核心，更是病理学家奥利里在美国众议院听证会上支持韦克菲尔德的基础。谢弗因为这些数据，决定在国家广场举办一场“韦克菲尔德集会”。这些数据甚至让无数家长相信，他们的孩子之所以出现发育障碍，就是因为接种了麻腮风三联疫苗。

奥利里的回应依然是他的实验室没有问题，在任何方面都没有疏漏，实验室中没有游离的麻疹病毒，实验室的检验结果能够支撑二号女士等家长的主张。在一份报告中，奥利里坚持说实验室始终坚持了“适当的环境与操作流程”。检验的结果也已经“明确且毫无争议地”证明，实验室并没有发生污染。

更有利的是，奥利里还有方法证明自己的主张，正如他在华盛顿向美国国会议员解释的那样。奥利里所说的“黄金标准”是基因测序：在 PCR 扩增后，找到构成基因的碱基（A、G、C、T）排列顺序。这个结果不仅能够证明病毒确实存在，还可以排除假阳性和检测中的污染存在的可能，甚至能最终确定是哪种麻疹病毒毒株，查明这些病毒究竟是来自自然世界、疫苗，还是实验室培养的实验用病毒毒株。

麻疹病毒专家瑞玛曾经读过奥利里在众议院听证会上所做的证词。因此，达达的团队早有准备。病理学家奥利里甚至向伯顿领导的改革委员会确认了他使用的设备是 ABI Prism 310 毛细血管测序仪（重达 94 千克），可以逐个筛出核苷酸。

这种检验技术加上 7700 仪器的组合，能够做的不仅是在一滴唾液或一撮头发中找出确认连环杀人犯的证据。韦克菲尔德在

1996年的夏天已经向英国法律援助委员会做出承诺。"菌株特异性"的结果是韦克菲尔德研究的关键要素，他在七年前就和巴尔达成协议，要在疫苗损伤检验中使用这种技术。

但是，奥利里没有拿出成果。他没有完成基因测序——我后来在法律诉讼案的文件资料中发现了真相。就像韦克菲尔德拒绝启动一项决定性的研究那样，巴尔团队在法庭上用同样的短语一次次提出相同的主张，重点就是病理学家认可的黄金标准。

关于13岁自闭症男孩的样本：

> 专家否认基因测序有必要性。

关于第二位15岁男孩的样本：

> 基因测序没有必要。

当然，还有二号孩子，也即韦克菲尔德预警案例的样本：

> 专家否认基因测序有必要性。

巴尔团队主张，对于这些孩子来说，麻腮风三联疫苗中的病毒是造成自闭症的真正元凶。其他的医生和科学家有足够的能力和仪器，在律师们的监督之下进行基因测序。这样做或许可以帮助人类免受自闭症的侵袭，但他们经过思考之后，选择了不这么做。

第二十章 爆料

《柳叶刀》的总编辑理查德·霍顿瞪着我，就好像我们当中有人偷偷放了屁，而他害怕被人怀疑一样。他坐在一张精致的长桌旁，脸色铁青，眯着双眼，噘着嘴唇，而我正在向他简述我初步调查后的发现。在加入这份世界排名第二的综合性医学期刊并担任总编辑的八年时间里，他最勇敢的一次赌博就是相信那位没有病人的医生。但是，我，一位报社记者，正在这里向他展示，他究竟有多么愚蠢。

我曾经见人用“衣冠楚楚”来描述霍顿。这是一个形容词：描述一个人的**衣着打扮和体态整齐干净又利落**。对于霍顿来说，则是“**对自己很满意**”的状态。我们见面时，霍顿只有 42 岁，那是我采访二号女士的 12 个星期之后，吉利恩·达达前往都柏林的 6 个星期之后[①]。霍顿曾经在纽约住了两年，然后打败了更有经验的竞争者，坐上了《柳叶刀》总编辑的位置。我以前就听说过霍顿聪明到

① 原文如此。——编者注

了狡猾的程度。但是，正如我们所知，他还有许多东西要学。

当时，我还不知道达达等人前去库姆医院的事情。在《柳叶刀》的会议室里，我站在桌子前方，右手拿着马克笔。霍顿坐在我的斜对面，偶尔记一下笔记，他手下的五名高级员工也是如此，他们大多坐在我的左手边。在桌子远处的另一端，则是我的见证人——国会议员埃文·哈里斯（Evan Harris）——我希望他可以保护我，以免我的编辑收到投诉。调查记者总是会引来许多投诉。

"还有这个，"我转身来到身后的一个画架前，在画架上钉着的挂图纸上画了一连串方格，"这些代表 12 位孩子，后来在皇家自由医院接受检验的孩子增加到 **30 位**。这是第一批出现在论文里的孩子，一共 12 位，后来又增加了 18 位。各位理解了吗？现在，请看看这里。"

调查进行到现在，我找到了两篇论文的摘要，这为我的初步调查提供了一个窗口。摘要的文本几乎相同，大约有 300 字。这两篇论文是韦克菲尔德在英格兰北部和美国路易斯安那州新奥尔良举办的胃肠病学研讨会上分别提交的。虽然摘要只包含了研究的一小部分信息，但给出了更多进入马尔科姆病房接受内窥镜检查的病人的数据。

我圈出了一连串方格，代表那篇《柳叶刀》论文表格二介绍的 12 位儿童中的 **8 位**：他们的家长很明确地将孩子的"发育退化"问题归咎于接种三联疫苗。

十二分之八，也就是三分之二。

"但是，根据论文的摘要，"我继续说道，"在后来增加的 18 个病例中，只有 **3 个**病例的家长——也就是**六分之一**的比例提到了麻腮风三联疫苗。为什么会有这种情况？为什么在研究刚开始的时候就会有这种集群效应，然后就消失了呢？”

在那个时候，我已经知道答案了：法律援助委员会的合约。韦克菲尔德在 1996 年时无法预料到政府很快就会通过《信息自由法案》[①]。因此，我提出申请之后，从委员会——当时，法律援助委员会已经更名为法律服务委员会——那里得到了一份简报，并最终拿到了两页委托韦克菲尔德进行“临床和科学研究”的文件，其中还载明了研究所涉及的资金数额。

我和霍顿会面时，韦克菲尔德和巴尔的交易还是秘密，连韦克菲尔德的论文共同作者都不知情。虽然苏格兰教授安妮·弗格森于六年前在研讨会上差点拆穿了此事，但韦克菲尔德还是成功掩饰了自己在法律诉讼案中所扮演的角色。“这份研究报告受到了来自几方的批评。”他在提交给法院的报告中特别指出其中一项批评：这些孩子是“刻意选择的一群人”。

事实就是如此。然而，韦克菲尔德的回答让这些孩子看起来就像是正常求诊的病人。

> 这种批判看似为真，但实际情况是有肠道病征的儿童会找儿童胃肠科医生看病。患有炎症性关节痛的病人会求诊于风湿科医生，患有视神经炎（眼部神经发炎）的病人会接受神经科

---

① 《信息自由法案》（Freedom of Information Act）是英国于 2000 年通过的法律，旨在提高政府的透明度和公开性，让公众可以更方便地获取政府机构的信息。法案规定，公众有权要求政府提供信息（涉及国家安全、个人隐私和商业机密的信息除外）。

医生的治疗。患者会根据他们的症状和疾病自行寻找医生——这是医学的本质。

实际上，这群孩子是被那些对疫苗安全性不满的家长特意带到皇家自由医院的。因此，这篇论文加上韦克菲尔德造成的疫苗恐慌，能够确保巴尔的法律诉讼案（以及韦克菲尔德本人）获得政府公共资金的资助，而这种行为违背了生物医学发表的原则，掩盖了研究样本的真实来源。

我在这次会议上还讲了很多内容。会议长达五个小时，他们准备了三明治作为午餐。下一个重点——从某些层面而言，或许是最重要的议题——当这些孩子被迫在医院中来回穿行的时候，谁可以保护他们，从而使他们免于受到虐待？有些孩子又踢又叫，接受了一连串的医学处理——麻醉、内窥镜检查、脑部磁共振扫描、腰椎穿刺、抽血，以及服用钡餐。韦克菲尔德的论文声称医院的伦理委员会"同意相关调查行为"。而在这次会议上，我告诉霍顿这是假的。

我可以看出来，霍顿在努力压抑自己的反应。他不仅是一位有行医执照的医生，而且多年来一直在公开场合强调学术伦理的重要性。他曾是世界医学编辑协会（World Association of Medical Editors）的第一任主席，也是《生物医学杂志投稿统一要求》的共同作者，还是国际出版伦理委员会的共同创始人。在学术伦理方面，他本人可谓一个"清白先生"。

霍顿不是当天唯一一个因为我的发现而感到困惑无比的人——无论是在那个会议室，还是其他地方。那天是 2004 年 2 月 18 日，星期三，我的调查报道预计会在四天后刊登在报纸的头版（当时，我查到的内容依然非常有限）。当我在《柳叶刀》杂志社的办公室开会时，我的三位同事正在梅费尔（Mayfair）采访韦克菲尔德，具体地点在韦克菲尔德委托的公关公司。

当时，韦克菲尔德已经移居到美国得克萨斯州的奥斯汀。通过他的公关负责人阿贝尔·哈登拒绝与我会面后，韦克菲尔德乘飞机回到伦敦接受采访，条件是我不得在场。他觉得自己找到了一个机会，一个能够在那些不太了解相关事实的记者面前施展他的个人魅力的机会。

然而，那个三人小组的领头人是报社的三把手，一位异常冷静的执行官，名叫罗伯特·蒂勒（Robert Tyrer），绰号“轻声细语的鲍勃”，在处理棘手问题这方面拥有多年的经验。跟他一起采访韦克菲尔德的正是《焦点》栏目的编辑保罗·努基。我觉得，努基在那天早上一语道破了问题的关键，也捕捉到了韦克菲尔德的性格特点。

“我跟你讲，”努基说道，“你作为一个代理人收受报酬，为巴尔和他的委托人工作，这是一个本应被披露的事实。”

“我不这么认为。”韦克菲尔德回答。

“**你不这么认为**？”

“我不这么认为。”

这就是韦克菲尔德，他如今已经不把规则放在眼里了。对于可能影响到人身健康的医学研究来说，学术伦理的作用是确保研究的公正性，而即使是这些至关重要的规则，韦克菲尔德照样不放在心上。他相信，无论他怎样描述这个世界，这个世界就应该是他描述的那样。韦克菲尔德声称，那些孩子"单纯是因为有医疗需求"而被转诊到皇家自由医院的。他所做的研究得到了医院伦理委员会的许可。**不存在任何利益冲突**。

"无论对哪位病人，我所进行的检查都符合应遵循的行为规范，"他告诉蒂勒和努基，"我没什么可后悔的。"

但是，《生物医学杂志投稿统一要求》在这一点上的规定非常明确，来自第三方的研究资金以及担任专家证人必须被视为利益冲突。

> 与产业（例如雇佣、咨询、股票、酬金、专家论证费等）有关的经济联系，无论是直接相关还是通过直系亲属，通常都被视为最重要的利益冲突。

韦克菲尔德过去总是小心翼翼地遵守相关原则。在第一篇发表在《柳叶刀》上的研究报告中，他明确表示了他的研究得到了维康基金会的资助，其中一位共同作者得到了"儿童时期克罗恩病研究计划"的补助。在《医学病毒学杂志》的论文中，韦克菲尔德再次提到他获得了维康基金会和另外两个基金会的资助。在那篇以问号作为标题结尾的论文中，他则明确提出其中一位共同作者得到了两个慈善组织和默克制药公司的资助。

韦克菲尔德的几位共同作者和合作研究员在得知我们查实的真相后都非常惊讶。约翰·沃克－史密斯声称他本人得知法律援助委员会的合约后"极为震惊"。"我们给孩子做检查时，完全不知道有任何相关的法律诉讼。"我打电话到他家进行采访（并提到了已经更名的法律援助委员会）的时候，他这样告诉我。

“你一定知道，在 1996 年 8 月，法律服务委员会已经和韦克菲尔德达成了协议。”虽然我知道沃克 – 史密斯可能不会承认，但还是直言不讳。

“我完全不知道。”

“金额是 55000 英镑。”

“我完全不知道。”

“1999 年 1 月，法律服务委员会收到了先导性研究报告。”

“我完全不知道。”

爱尔兰病理学家约翰·奥利里声称他也同样“震惊”。内窥镜检查员西蒙·默奇的回应则是“我们非常生气”。论文的另外一位共同作者（他要求匿名）则说他“非常非常”生气。

“如果事先知道这个研究计划存在利益冲突，我是绝对不会参与的，”这位匿名作者愤怒地表示，“如果没有我的参与，那篇论文永远都无法发表。”

那个星期三有两场会议——我在《柳叶刀》杂志社的办公室，蒂勒和努基在梅费尔——同时进行。现在，轮到我大受震撼了。讲解完我的调查发现之后，我等待着《柳叶刀》编辑团队的回应，例如“我们需要一点时间来调查”。但是，霍顿拒绝发表评论，过了一会儿，他竟然告诉我，韦克菲尔德曾经来过《柳叶刀》杂志社。

在我们约定见面时间的电话中，霍顿总编辑同意我们私下讨论。会议开始前，我们又确认了一次。霍顿甚至主动提出他可以签署承诺书。“你不需要担心，”他告诉我，“你知道，这里的人在处理机密事宜方面都很有经验。”

但是，我没有调查过霍顿，并不知道他和韦克菲尔德早有来往。在加入《柳叶刀》之前，霍顿曾经在汉普斯特德工作了两年，与韦克菲尔德共事。在我走进《柳叶刀》杂志社会议室的八个月之前，这位总编辑早已表现出他对韦克菲尔德的深深迷恋。

"韦克菲尔德是一位非常努力、迷人、富有魅力的临床医生和科学家，"霍顿在一本书中如此奉承道，"我不后悔刊登韦克菲尔德的论文。医学的进步需要自由表达崭新的观念。在科学界，正是有了对言论自由的保证，才能摆脱宗教对人类的禁锢，让人类可以用多种方式来理解他们的世界。"

从现在的情况来看，霍顿可能想要死死把握住他的命运。在会议结束的几个小时后，他火速召集了几位医生，让他们调查并报告我的发现。这些人里有韦克菲尔德、沃克－史密斯、默奇，还有另外给两三位儿童做了内窥镜检查的共同作者麦克·汤普森（Mike Thompson）。

正常来说，他们四个人的调查工作必须有人监督，但是，《柳叶刀》并没有遵守常规。肝病学家汉弗莱·霍奇森（Humphrey Hodgson）也加入了调查，他当时已经接替阿里·朱克曼担任皇家自由医院的副院长。韦克菲尔德的公关负责人阿贝尔·哈登也在其中，蒂勒和努基曾经在哈登的办公室里和他有过交锋。

"这种处理方法，"后来，当英国医学总会派出的委员会重新调查我最开始的发现时，问了霍顿一个问题，"让被指控有严重医疗不当行为的人去调查可能存在的严重不当行为，这符合惯例吗？"

"按照惯例，应该由此人所在的机构负责调查，并搜集相关数据资料，而这些数据资料将无可避免地影响参与调查的人员，"霍顿回应说，“因此，该机构的责任就是确保对相关发现的解释与那些受到调查的人员保持一定程度的分离。这些人员在某种意义上都受到了一定的指控。一旦相关机构做出了解释，并且将其传达给任意一位提出控诉的人，我们就能够继续推进。所以，保持一定程度的分离是必要的，这就是为什么我在一开始希望获得韦克菲尔德医生、沃克－史密斯教授和默奇医生的回应。在这之后，我的职责就是和相关机构的主管人员联系。在这次调查中，我联络了副院长霍奇森教授。”

他们确实干得不错：在调查的所有事项上都能证明彼此没有过错。但是，他们的调查没有任何的“分离”或者“独立性”——皇家自由医院后来也确认了这一点。我和《柳叶刀》高层开会的第二天——星期四——霍顿就赶到了皇家自由医院。已经退休的沃克－史密斯也回来跟汤普森一起查阅孩子们的医疗记录。他们最终得出结论，认为一切都没有问题，并强调他们找到了转诊介绍信，以此反驳我在星期三提出的观点：那些前往皇家自由医院的家庭是为了法律诉讼而集结到一起的。

同时，默奇查阅了医院的审查记录，否认他们的研究存在任何学术伦理问题。他本人就是伦理委员会的成员，甚至还找出了那项研究的审批文号“172/96”，以此证明伦理委员会确实批准了韦克菲尔德的研究计划。“我可以确认，《柳叶刀》论文中提到的病人所接受的相关研究检验得到了伦理委员会的批准。”他代表霍顿等人提出上述意见。

韦克菲尔德此时已被禁止进入皇家自由医院，但他在位于泰勒大道的家中提供了孩子们的姓名（医院、医学院和论文的其他共同作者都不知道这些信息），并且草拟了一份声明，声称他为法律援助委员会进行的研究工作是另外一个"完全独立的研究"。他强调，无论家长是否认为孩子的症状与麻腮风三联疫苗有关联，都与孩子是否被列为检验对象"没有任何关系"。

但是，这个声明跟许多文件所记载的内容相矛盾。从孩子的医疗记录开始。论文中提到的12个孩子中，没有任何一个住在伦敦（最近的孩子住在距离伦敦60英里的地方），他们的医疗记录里有很多幕后操纵的痕迹，当地的医生不过是把自己当作橡皮图章，配合家长们（他们都与杰姬·弗莱彻、理查德·巴尔有关联，有些人还认识二号女士）的需求，而韦克菲尔德也会给当地医生打电话，确定他们愿意配合。

四个孩子被送到了沃克－史密斯当时所在的巴斯医院，但孩子们的转诊介绍信中甚至没有提到肠道疾病。沃克－史密斯主动把其中两个孩子纳入研究计划之中。还有另外两个孩子被转给了韦克菲尔德，其中一个男孩的转诊材料里还有一封法律援助信。孩子们的医疗记录中有很多揭示真相的措辞。

> 这个患自闭症的孩子年纪为七岁零九个月，他的家长一直都与韦克菲尔德医生有联络，并且要求我将孩子转诊过去。
>
> [小女孩的]母亲找过我，她说你也需要转诊介绍信，才能将[她]纳入你的研究计划。
>
> 谢谢你主动提出给这个小男孩做检查。

只要读一读这些医疗记录，就能捕捉到以上线索。但是，沃克－

史密斯宣称他们没有任何不当行为。同时，他们提到的伦理委员会批准的研究计划，针对的是不同的疫苗、不同数量的儿童和不同的发育障碍。最后，默奇最终承认（三年之后），他向霍顿做出的声明不是真的。巴尔的支票送到医院时，韦克菲尔德也曾私下告诉管理层，他的研究获得了法律援助委员会的“赞助”。

——

但是，霍顿召集的调查者们已经证明了他们的清白。因此，《柳叶刀》几乎否认了我所有的调查发现。他们甚至使用一些鬼鬼祟祟的方法来削弱我的报道所造成的影响。在那个时代，想要迅速摆脱不利新闻的标准公关手法，就是“抢先爆料”，并在星期五下午——一个不利于报纸媒体做出响应的时间点——发布相关信息。“清白先生”霍顿（无视了我发送的电子邮件和打去的电话）采取的就是这个策略。

副院长霍奇森知道这个针对我的诡计，事先在一封电子邮件中提醒他的同事们。“毫无疑问，唯一的目标，我相信他们唯一的目标，”他写道，“就是通过抢先反击来维护《柳叶刀》的声誉，并通过‘抢先爆料’来干扰新闻报道。”

如果这就是他们的目的，最终的结果只会让他们惊慌失措。这个策略反而引发了一场媒体风暴。由于霍顿是《生物医学杂志投稿统一要求》的起草人之一，他**无法**否认韦克菲尔德的论文确实存在利益冲突。我们甚至知道法律援助委员会给韦克菲尔德的“临床和科学研究”计划拨付多少资金——我后来发现，这笔资金的数额远不及韦克菲尔德个人收取的顾问费。

"我们认为，韦克菲尔德等人应该向《柳叶刀》的编辑团队公开他们的经费来源，"在星期五下午提出的一份三页声明中，霍顿承认，"我们相信，当时采用的利益冲突原则要求韦克菲尔德团队必须对相关事宜作出声明。"

霍顿没有向记者透露他的消息来源，但这种态度只会让媒体更为好奇。在他接连否认该论文有任何其他不妥之处的几分钟内，英国媒体发起了攻势。半小时后，BBC 发布了相关报道，国会议员埃文・哈里斯出现在电视屏幕上。英国新闻界的编辑也能够猜测到，下一期《星期日泰晤士报》头版的头条新闻是什么。

霍顿想要抢先得到控制权。但是，由于全英国的疫苗接种率遭受重挫，这区区 55000 英镑的资助也足以成为挑动人心的新闻，能够表明韦克菲尔德的研究计划是为了实现某些目的，而非开展独立的研究。"如果我们知道韦克菲尔德医生在这个研究计划中存在利益冲突问题，我认为，这会极度影响同行评审中有关论文可信度的判断，"当天晚上，霍顿不得不承认，"根据我个人的判断，我们会拒绝刊登韦克菲尔德团队的论文。"

虽然霍顿掩盖了重要的事实，但第二天早上，连我们报纸的竞争对手都刊登了我想报道的消息。

挑战麻腮风三联疫苗的医生陷入资助经费争议
麻腮风三联疫苗风波背后的"败坏研究"
科学家在研究中扮演的双重角色可能产生利益冲突

可恶，我心想。独家报道的机会就这样没了。但是，我和霍顿都误判了情势。蒂勒和努基经历过类似的情况，也知道如何应对“抢先爆料”这种公关策略。

“今天，我们将揭露所有完整的细节，”蒂勒在那个周六的早晨敲打键盘，“《星期日泰晤士报》用了四个月的时间进行调查，发现了一个隐藏在全球疫苗恐慌背后的医学丑闻。”

周日，《独立报》头条新闻是《引发麻腮风三联疫苗恐慌的医生因“不当行为”受到调查》，《观察家报》（*Observer*）和《每日电讯报》也可能会加大报道力度。而我们，《星期日泰晤士报》，决定向民众传达一个简单的讯息。

揭露：麻腮风三联疫苗研究丑闻

加上《焦点》栏目刊登的两页叙事报道。

麻腮风三联疫苗：危机背后的真相

我们目前掌握的信息只有那笔55000英镑的资助金、韦克菲尔德和巴尔之间的交易、参与研究计划的孩子都是被巴尔团队招募来的这些事实。我还不知道韦克菲尔德拿到的更多收入，也不清楚他的秘密商业计划、专利、麻疹疫苗、库姆医院的实验室——以及那些可以永久终结韦克菲尔德职业生涯的真相。但是，在那个二月的周末，英国媒体共同分享了一个健力士时刻：韦克菲尔德——律师——丑闻！

在接下来的一个星期，媒体战更加激烈了。《每日邮报》做出了反击，宣称他们的反疫苗英雄遭到了"诽谤"。英国首相在早间新闻中表达了对我们的支持，而韦克菲尔德则扬言要起诉我们。

后来，那篇《柳叶刀》论文的12位共同作者中，有10位——包括沃克－史密斯和默奇——于5月3日星期一的晚上，在《柳叶刀》上共同发表了一份声明。他们收回了那篇论文的结论，推翻了论文的"解释"部分："发育退化"与麻腮风三联疫苗存在"时间上的关联性"。

多位医生否认与韦克菲尔德研究的关系
研究人员收回疫苗和自闭症之间存在关联的结论
医生们的180度大转弯

我很愿意就此结束，不再写任何有关疫苗的词句。后来，我们了解到，在媒体掀起风暴的时候，英国的麻腮风疫苗接种率终于有了逆转，开始逐渐攀升。

我们的努力有了结果。**任务完成**。

但是，我又开始思考，如果那篇论文的"解释"是错的，那为什么会有这种错误？这个想法让我回想起斯图亚特－史密斯法官在"贝斯特诉维康基金会"一案中的逻辑。这篇论文写得如此精细，韦克菲尔德又如此坚定地捍卫自己的结论。如果论文的结论确实不正确（对二号女士的采访也让我有类似的想法），那么其中一位作者或多位作者在撰写论文的时候，会不会已经知道这一点？

第二十一章　得克萨斯

如果换成其他人，可能都会说："我很抱歉。"他们可能会因为没有**更加清楚**地说明自己和律师的交易以及研究资金的来源而致歉，可能会说自己误解了《柳叶刀》对于论文作者的相关规定，或者责备媒体造成了社会公众的恐慌。无论怎么说，他们都会为自己所犯的错误而感到后悔，并且公开表达自己的歉意。这样，我的注意力就会转移到其他议题上。

但是，韦克菲尔德不是这种人，他从不为悔恨所困扰。他就像愤愤不平的扒手那样大发雷霆，但他偷来的"火鸡"——从理查德·巴尔那里领取的高额顾问费——还藏在他的大衣底下。他愤怒地表示"在任何时候都没有利益冲突问题"；法律援助委员会的55000英镑支付给了皇家自由医院，用来做了另外一个"完全不同的研究"；我的"指控"是"可恶的诽谤"；我把这些"混为一谈"，是为了帮助韦克菲尔德的敌人。

"我和我的家人因为这些污蔑而饱受挫折。"他悲叹道，将自己描述成一个受害者。

现在，他已经在美国得克萨斯州的奥斯汀定居，准备重新开始。在美国，人们并不清楚英国的疫苗集体诉讼案为什么不明不白地结束了，也不知道韦克菲尔德拒绝启动一项符合黄金标准、可以证明或推翻麻腮风三联疫苗假设的研究。多亏了丹·伯顿、兰尼·谢弗和其他人的信任，韦克菲尔德并没有遭到怒斥或猜疑，反而受到了欢迎，那种受欢迎程度好像自由女神都会屈膝迎接他一样。

举例来说，芭芭拉·菲舍尔（Barbara Fisher）就是这样看待韦克菲尔德的。"一个人需要有非凡的勇气和风骨，才能挺身对抗科研同仁的压力，并且在知道何为真理的时候，拒绝表达虚假的信息。"她这样讲道。菲舍尔是国家疫苗信息中心（National Vaccine Information Center）的创办人，这个民间组织的名称很容易让人误以为这是一个政府机构，其总部距离华盛顿只有半小时车程。

菲舍尔是美国反疫苗人士中的杰姬·弗莱彻。她的行事风格令人惊奇，她酷爱举办社交聚会。1982 年，NBC 播出了节目《疫苗轮盘赌》（*Vaccine Roulette*），把英国大奥蒙德街儿童医院神经医生约翰·威尔逊提出的百白破三联疫苗争议重新炒了一回冷饭，其内容以威尔逊那篇后来被斯图亚特 - 史密斯法官推翻的论文为基础。看了这期节目之后，菲舍尔认为她的儿子克里斯就是因为接种疫苗而受到了伤害，她决心发起反疫苗运动。

韦克菲尔德的到来让菲舍尔的团体成员非常振奋。同时，另一位新加入的资助者——伊丽莎白·伯特（Elizabeth Birt）也与韦克菲尔德结成了紧密的联盟。伯特是一位强硬的律师，也是众多反疫苗团体的幕后首脑。这些团体包括"汞中毒健康支持者联盟"（Advocates of Children's Health Affected by Mercury Poisoning），"全国自闭症协会”（National Autism Association），以及“心智安全”（SafeMind）。伯特是将韦克菲尔德的反疫苗圣战转移到美国的策划者。

韦克菲尔德那篇研究12位儿童的论文引起了伯特的注意。论文发表后不久，她就仔细研读了一番。伯特的长子马修（Matthew）接种麻腮风三联疫苗不久，就出现了自闭症的症状。根据纽约记者戴维·柯比（David Kirby）的报道，伯特研究了那篇《柳叶刀》论文后认为：“我的天啊，这就是马修的遭遇。”第二天，伯特就向她的儿科医生宣战了。

一年后，伯特在芝加哥附近举办的一场研讨会上遇到了韦克菲尔德，研讨会的主办团体是“现在就治愈自闭症”（Cure Autism Now）。当时，伯特43岁（比韦克菲尔德年长四个星期），身体消瘦，一头金发。她和五岁的马修、另外两个孩子以及丈夫莫里斯住在一起。他们一家人住在芝加哥北部的富裕郊区。

我看过韦克菲尔德在类似研讨会上的表现。在过去，他以科学家和临床医生的身份自居，年轻的母亲们争相记下他的发言。但在芝加哥的这场研讨会上，韦克菲尔德不仅做了一次技术性的讲座（讨论淋巴组织增生、非特异性结肠炎等），他还邀请伯特和马修来到他的酒店房间，在那里给小男孩做了检查。韦克菲尔德摸了摸孩子的腹部，然后告诉伯特：“我想我们可以帮助他。”

三个月后，马修来到了汉普斯特德，进入马尔科姆病房接受内窥镜检查。“我带我的儿子去了伦敦，”伯特在一篇网络文章中回忆道，“在皇家自由医院，我发现他以前和现在都病得很重。他患有结肠炎，粪便阻塞物有甜瓜那么大。”

根据柯比的说法（他和伯特合著过一本书），马修接受内窥镜检查的第二天晚上，韦克菲尔德和伯特一起吃了晚餐。根据我从美国伊利诺伊州政府得到的相关记录，她乘飞机回到芝加哥的家中时，已经对韦克菲尔德的说法深信不疑。三个星期后，伯特成立了名为"自闭症医学治疗"（Medical Intervention for Autism）的基金会，为韦克菲尔德及其研究计划筹到了几十万美元的资金。

伯特还搞定了韦克菲尔德来美国的签证，并为他的未来辛苦地进行了一番规划。他们的 A 计划是加入一家位于佛罗里达州中部的公司，名字是"国际发育资源中心"（International Child Development Resource Center）。公司的创办人是内科医生詹姆斯·杰弗里·布拉德斯特里特（James Jeffrey Bradstreet），他的孩子也患有自闭症。

"这位英国医生因为研究麻腮风三联疫苗和自闭症的关联而被迫离职，"《星期日电讯报》的洛雷恩·弗雷泽表示，"现在，他接受了一个任命，去往美国，负责一项涉数百万美元经费的研究计划。"

在布拉德斯特里特创办的这家公司，韦克菲尔德将以"研究主管"的身份负责一个"研究中心"，率领一群分子病理学家、免疫学家和生物化学家重整旗鼓，证明他提出的假设。

这个计划看起来很不错，在阳光之下重新开始。然而韦克菲尔德仍小心翼翼地保护自己的利益。我拿到了他提交给布拉德斯特里特的一份备忘录，上面写道："所有属于安德鲁·韦克菲尔德的知识产权，都将永远属于韦克菲尔德，并且交由他控制。"

但是，自那个遥远的多伦多酒吧之夜以来，韦克菲尔德的许多梦想和计划都必须被详细地审查，最新的这个研究计划也是同样。因此，在他否认我所披露的事实之后，没过几个星期，我就做了更进一步的调查。在伦敦专利局翻寻记录、寻找尼克·查德威克、重新挖掘休·弗登博格在斯帕坦堡所做的研究之后，我将目标锁定在佛罗里达的研究中心。

欢迎，你和你的家人可以在此为孩子找到答案和希望……在这里，最先进的发育问题研究是我们的日常使命。

此时，我已经签订一个制作新闻纪录片的合同，有了更多的资源来支持我的调查。在南卡罗来纳采访弗登博格之后，我与纪录片制作人和摄制组成员一起驱车前往佛罗里达。在佛罗里达东岸的宁静小镇墨尔本（Melbourne），我们找到了布拉德斯特里特成立的研究中心。那是一间位于郊区购物中心的医生办公室，看起来非常乏味，前台堆满了各种招摇撞骗的药品。

这些昂贵的产品宣称可以“强化认知能力”，例如“学习优势”（Learner's Edge）、“儿童精粹”（ChildEssence），以及“免疫宝贝”（ImmunoKids）等产品都是由布拉德斯特里特配制的。2015年，美国食品药品监督管理局搜查了他的诊所。不久后，布拉德斯特里特开枪自杀。他们还提供各种分泌素，如“一种天然的身体激素”（通常从猪的身上提取）和“海洋小伙伴集中！关注配方”（Sea Buddies Concentrate! Focus Formula），让踏上这场绝望旅途的家长能够获得仅有精神安慰效果的食粮。

同时，布拉德斯特里特的网站上满是各种活动的宣传。某些活动将二号女士吹捧为"世界领先的专家之一"，参加活动需交的费用高达数百美元。

> 抢先聆听布拉德斯特里特医生、卡特辛尼尔（Kartzinel）医生和韦克菲尔德医生的全新综合治疗方案。

在墨尔本的这间办公室，我没有找到韦克菲尔德，也不确定他是否真的在这里工作过。处理这种窘境并不是韦克菲尔德的拿手好戏，他似乎急于将这一段经历抛诸脑后。他的律师团队写信告诉我，他和这家公司之间的关系纯粹是"名誉性质"，并声称韦克菲尔德"从未从中收取钱财"。

韦克菲尔德进军佛罗里达的计划失败了。但是，伯特并未因此而气馁——即使她的丈夫已经提出离婚。根据柯比的说法，伯特的丈夫指责妻子"对韦克菲尔德怀有更多的爱和感情"。一位线人在电子邮件中告诉我，伯特"基本将生活的全部重心放在了韦克菲尔德身上"。显然，从韦克菲尔德打电话给正在开车的伯特，声称自从在她儿子的脑脊液中找到麻疹病毒的那一天开始，伯特已经不是过去的那个她了。

"从那以后，伯特每况愈下，"那位线人告诉我，"她开始做一些可怕的事情，坠入黑暗的漩涡。"

—

佛罗里达之后是得克萨斯，韦克菲尔德将重头戏转移到了得克萨斯州首府奥斯汀。他四处兜售自己的个人魅力和反疫苗殉道者的崭新身份，鼓励其他家长协助伯特筹款成立一家诊所，并且计划为一个“虚拟大学”成立一个“枢纽”。他们在一栋三层砖瓦楼的地下室租了一间套房，韦克菲尔德就这样成了“体贴照护儿童中心”（Thoughtful House Center for Children）的执行主任。

这个机构的名字是韦克菲尔德从最新一位捐助者拥有的一间石砌小屋那里借来的。这位捐助者名叫特洛伊琳·鲍尔（Troylyn Ball），她是房地产经纪人，非常富有，家里还养着马。她和伯特一样，为了寻找孩子发病的答案，愿意付出一切。

“那时候的感觉就像，‘你知道吗？这是一位非常聪明的医生，他知道**真相**，他有**远见**’，”多年后，鲍尔在一段 YouTube 视频里回忆道，“我自己没有办法解决问题，但我可以召集一群人，试着解决问题。”

特洛伊琳和她的丈夫查理·鲍尔（Charlie Ball，也是房地产经纪人）所说的“问题”已经影响了他们的两个儿子。17 岁的马歇尔和 15 岁的科尔顿都出现了严重的发育问题，最开始的表现是癫痫发作。最初的“体贴照护儿童中心”就是鲍尔夫妇在他们七英亩大的牧场上为马歇尔准备的静居处。

两个男孩都很有活力，尤其是马歇尔，他已经成了名人，还以作家和精神导师的身份参加了三次《奥普拉脱口秀》（*Oprah Winfrey Show*）节目。虽然他从未开口说过话，还有严重的发育障碍，但据说他能够传达上帝的讯息。他可以让家人或朋友托着自己的右手肘，用一种怪异的方式点戳纸板上的字母，借此传达上帝启蒙的诗句。

纵然我已非常满足，
但深知完美为何物，我倾听，
上天对于愿望的回应。
我倾听，
美好的想法，
就像弥漫在山顶的云雾。

马歇尔的母亲为他的沟通能力感到骄傲。她曾说："如果你拿起两个东西，问他：'哪一个是杯子？'马歇尔就会把身子往前探，用额头触碰杯子。"

根据《达拉斯观察报》（*Dallas Observer*）的专栏作家布拉德·泰尔（Brad Tyer）的说法，特洛伊琳（比韦克菲尔德小三岁）是一位"非常有魅力的金发女子，总是笑容满面，身材和举止看着就像一位非常擅长骑马的女人"。

特洛伊琳也饱受着不应由她承受的内疚的折磨。她曾说："许多时候，你看着自己，心里想着，'我做错了什么？''我做错了什么，要让我的孩子一出生就承受这种痛苦？'或者'我做错了什么，要承受这种痛苦；我真的做错了吗？'你知道吗？真的非常非常痛苦，特别是作为孩子的母亲。我认为这对母亲来说尤其痛苦。"

到后来，体贴照护儿童中心有了十多名员工——其中有两三名是负责管理并执行治疗计划的医学博士，还有心理治疗师、营养学家、研究人员，以及行政人员。这是一位母亲下定决心之后创造的美好结果。虽然韦克菲尔德没有在美国行医的执照，但他从这里领取的薪酬——大部分由伯特支付——是一般家庭医生的两倍。此时，韦克菲尔德在伦敦还有一笔土地交易的收入。

一个由多人组成的董事会为体贴照护儿童中心带来了建议和信誉。在公司的第一个自然年——2004 年——董事会的成员包括戴尔金融服务公司（Dell Financial Services）的首席执行官、一位在委内瑞拉出生的电影制作人、一位退休的少将、一位美国职业棒球大联盟（MLB）前球员，以及南方小鸡乐队（Dixie Chicks）中的一位乡村歌手。

这些人物的支持是无价的。但是，韦克菲尔德现在最需要的是一位“常务董事”。她就是来自纽约曼哈顿的社交名流简·约翰逊（Jane Johnson），38 岁，身材苗条，宛如超级名模，精致又有气质，她家族的祖先曾经控股过美国制药和保健产品巨头强生公司。伯特保存的账目显示，光在第一年，约翰逊的个人基金会就为那位没有病人的医生捐赠了惊人的 100 万美元。

约翰逊也有一个遭受发育障碍的儿子。她极力保护儿子的隐私。我对这个孩子的了解几乎全部来自体贴照护儿童中心网站的聊天室，她在聊天室中提到过无麸质和无蛋白质的饮食、鼻腔分泌物，以及一次失败的治疗（治疗方案包括使用高压氧舱至少 80 次）。

约翰逊在三年前认识了韦克菲尔德，为了找到医治孩子的办法，她参加了由“自闭症研究中心”（Autism Research Institute）举办的一场研讨会。自闭症研究中心创立于 1967 年，总部位于加州圣迭戈（San Diego），创立人是心理学家伯纳德·里姆兰（Bernard Rimland），当时 39 岁，他的儿子也患有自闭症。

里姆兰很早就因挑战精神病学家而声名远扬，他曾与人联手推翻了一个自闭症理论——“冰箱妈妈理论”（几乎和自闭症吸毒啮齿动物模型一样诡异）。这个理论认为，自闭症的典型症候群——在思维、沟通和社会互动等方面——都是由母亲的冷漠疏离导致的。

但是，在约翰逊结识里姆兰的时候，72 岁的他已经淡出心理学界很久了。这个留着令人印象深刻的花白大胡子、双眼炯炯有神的老人领导着一个由约 400 名医生组成的松散团体，以"立刻打败自闭症！"的名头，向家长推销各种离奇的治疗手段。无论哪个医生想要加入里姆兰的自闭症研究中心，都需要签署一个纲领，纲领中有大量未经证实的揣测，包括疫苗导致自闭症的观点。

实事求是地说，里姆兰提出的种种疗法确实响应了自闭症家庭的现实诉求。一位母亲在自闭症研究中心的网络聊天室谈到自闭症对家庭的影响时，简述了她家的情况：

> 便秘、严重的自残行为（咬自己、啃咬手指甲和脚指甲，在椅子上咬出一个洞，甚至拔掉了自己的一颗牙——他只有五岁），睡不好，吃不好，经常发脾气，长期踮脚走路导致足跟腱紧绷，所以无法穿鞋子，出现社交沟通障碍，不吃酸奶，我已经无计可施。我的宝贝孩子究竟怎么了？
>
> 附注：我还要照顾（因为一次脊髓肿瘤手术）瘫痪的丈夫，以及另外两个孩子、一只狗、一只猫、两只青蛙、两条鱼，还要付账单，打扫房间……你们都是怎么撑过来的？

面对以上所说的这些难题，哪个家长会不尝试里姆兰的各种另类疗法呢？就算没有取得什么明显的效果，有一**点点**效果也是好的。自闭症是医学领域的难解之谜，正如暗物质依然是引力物理学的谜题一样。里姆兰曾经做过调查，对于某些孩子来说，似乎任何疗法都能发挥效用。是的，**任何**疗法。例如维生素 A，里姆兰表示，41% 的家长表示服用维生素 A 能让孩子的情况“有所好转”；对于 β 受体阻断药，有 33% 的家长表示孩子的情况“有所好转”；对于使用转移因子疗法，39% 的家长表示孩子的情况“有所好转”；对于禁食巧克力，49% 的家长表示孩子的情况“有所好转”。

他提出的疗法越来越多，一栏接着一栏。

里姆兰在 1996 年 11 月听说了韦克菲尔德，比《柳叶刀》刊登那篇研究 12 位儿童的论文还早了一年。11 月 29 日（此时，12 位儿童中的 5 位接受了内窥镜检查），在里姆兰位于圣迭戈的办公室内，传真机打出了一份律师发来的长达 36 页的“资料单”。发来传真的人是理查德·巴尔和柯尔丝滕·利姆，他们在资料单里解释说：“我们也在和安德鲁·韦克菲尔德医生合作。”

在自闭症研究中心下一期的内部通讯《国际自闭症研究评论》中，里姆兰在第一页大肆宣扬“令人震惊”的消息：

英国研究发现自闭症和接种疫苗有所关联?

里姆兰依然在寻找答案，他永远不会回头。在体贴照护儿童中心正忙于购买合适的家具时，里姆兰公开了一份清单，并称其中有麻腮风三联疫苗导致自闭症的证据。清单的内容包括：一篇评论文章、教授休·弗登博格先前一位合作者提出的三份报告，以及韦克菲尔德那篇研究 12 位儿童的论文。

约翰逊每年都会参加里姆兰举办的研讨会，她认为体贴照护儿童中心给那些自闭症家庭带来了希望。但是，也有一些家长寄信或发电子邮件给我，表达了对该中心优先事项的忧虑。

我得知有些孩子被送到邻近的医院接受内窥镜检查，但孩子的母亲表示，孩子根本没有肠道疾病的症状。也有其他家长抱怨说他们是迫于压力才同意接受体贴照护儿童中心提出的检验。一位母亲告诉我，她想让儿子参加体贴照护儿童中心宣传的"马术课程"，但该中心告诉她，参加马术课程需要购买一个"套餐"，而套餐里包括了"结肠镜检查"。

"除了费用之外，第一个让我非常震惊的事情，就是他们表示可能会确认一下我的孩子要不要接受内窥镜检查，"另外一位母亲写道，"如果确实要做检查，他们要求必须使用他们的设备，大多数保险都不会赔付这样的项目……我的儿子从来没有过任何肠道问题。"

—

到了现在这个时候，韦克菲尔德已经知道我到美国追查他来了。这一次不仅仅是文字报道，我和英国的第四频道签订了纪录片制作合同。第四频道是一个全国性的电视频道，有负责事实和公正性核查的法务人员。到现在为止，我已经拿到了韦克菲尔德的专利文件、商业计划书，以及一整箱布拉德斯特里特的医疗产品。我有查德威克的证词、弗登博格的证词、二号女士的采访记录。我还接到投诉说，那些孩子在马尔科姆病房接受了恐怖的检查。现在，我只需要找到那个人——韦克菲尔德。

我开始追查他的行踪，得克萨斯是最好的地点，但是这里似乎没有任何重大事件将要发生。韦克菲尔德下一次在公开场合露面是在美国印第安纳波利斯（Indianapolis）的印第安纳会议中心，时间为 2004 年 10 月 22 日，星期五，他将在美国自闭症协会举办的研讨会上发表演讲。因此，为了让我们的新闻纪录片能登上晚上 9 点的黄金时间，当韦克菲尔德走下讲台，与台下的多位母亲交流时，我走上前，向韦克菲尔德伸出了手。

换成其他任何人，他们的反应可能是"滚开"，但那不是真正的安德鲁·韦克菲尔德会做出的反应。他立刻闪到一旁，击打我们的摄影机，用手掌拍打镜头，然后转身离开，我迅速追了上去。我们之间的追逐战不停——不停——不停地持续。会议中心很大，非常适合追逐。他穿着奶油色的西装，背着单肩黑色帆布包，迈着大步子逃走—— 一位身材魁梧的男士保护着他——韦克菲尔德甩开听众，绕过里姆兰，一路奔逃，最后用一扇可以上锁的玻璃安全门挡住了我的脚步。

"家长有非常严肃的问题要请教你，"在追逐韦克菲尔德时，我一边大喊，一边带着摄制组成员沿着走廊飞奔，"如果你对自己的研究很有信心，先生，如果你对自己的研究质量很有信心，先生，如果你的商业发展计划能够经受公众的审查，你就应该坚定你的立场，回答我们的问题。"

第二十二章　并非表面那样

一个炙热的夏日清晨，韦克菲尔德在华盛顿做出了回应。他收到了我的道歉信，信中我承认自己提出的指控都是假的，我的所有发现都是错的，不存在任何利益冲突，他没有接受任何律师的金钱，所有事情都与他一直以来的说法一致。他针对 12 位儿童所做的研究符合学术伦理规范，孩子们都是通过规范的程序转诊过来的。

"我们已经收到诽谤诉讼案的起诉通知，"他大声朗读手上那份 166 字的道歉信，"对于给韦克菲尔德医生造成的任何不便，我们在此诚挚致歉，并在韦克菲尔德医生的要求下，将适当的款项捐赠给了指定的慈善机构。"

那一天是 2005 年 7 月 20 日，星期三。在国家广场的草地上，韦克菲尔德斜靠在一个木制讲台旁，讲台上摆满了麦克风。他穿着浅蓝色衬衫和卡其色裤子，系着斑点领带，身边围的一群人——大部分都是母亲，听到韦克菲尔德的声明开始拍手叫好。

丹·伯顿也在，还有另外三名国会议员，他们到这里是为了抗议使用硫柳汞抗菌剂。在那个时候，硫柳汞抗菌剂几乎在美国绝迹了。体贴照护儿童中心正在规划相关的研究。

在现场可以看到这样的标语——“保护我们的孩子”“自闭症就是汞中毒”。

不过，正如兰尼·谢弗在电子报中向数千名订阅用户声称的那样，当天聚集在首都参加现场活动的民众，他们的喜悦是因为：

英国媒体撤回了对安德鲁·韦克菲尔德医生的诽谤。

这是一个重大的成就，韦克菲尔德在那些他现在赖以为生的民众面前眉开眼笑。为了挽回被我严重打击的个人形象，他针对我的调查提起了三起诽谤诉讼：第一起针对《星期日泰晤士报》，以及我；第二起针对英国第四频道，以及我；第三起针对我的个人网站 briandeer.com，以及我。

“韦克菲尔德医生的临床报告，”他的律师团队在一份九页的文件中要求获得实质性的赔偿，“研究了 12 位持续出现退化型自闭症和肠道症状的儿童，描述了他们的疾病史和临床发现，报告内容非常可靠且有可信度。”

韦克菲尔德现在看似更有机会获得诺贝尔奖了。但是，他拿到的道歉信并不是我们发出的。他在这之前威胁了《剑桥晚报》（*Cambridge Evening News*），这是英格兰东部的一家弱小的地方报纸，它在一篇报道中用了两句话提及我的调查。与发行量达 120 万份的《星期日泰晤士报》相比，《剑桥晚报》的发行量只有 5000 份，光是处理韦克菲尔德团队发出的投诉，报社召开编辑会议所耽搁的时间都足以打乱其原本只够勉强糊口的工作节奏。因此，《剑桥晚报》屈服了，在 24 小时内撤回了报道，甚至连当期的报纸都没有在第一时间印刷。

"我收到了一份贵社所发声明的复印件，我非常惊讶，" 在韦克菲尔德于华盛顿发表声明的同一天，《星期日泰晤士报》的法务部主任阿拉斯泰尔·布雷特（Alastair Brett）在给《剑桥晚报》报社的信中说，"你们所做的显然只是为了《星期日泰晤士报》刊登的报道而道歉。"

韦克菲尔德**确实**声称我们诽谤了他。后来，他采取了一个策略。我的第一个报道促使英国卫生大臣要求医学总会（英国所有医生的主管机构）进行调查。韦克菲尔德狡猾地声称他"非常欢迎"调查，并且"坚决要求"医学总会出面调查。但是，当医学总会的官员相信了他的话开始进行调查时，韦克菲尔德立刻要求冻结他提起的法律诉讼，直到医学总会完成调查。他认为用这种方法就能让他的支持者们知道他正在控告我们，同时又不需要实际推进诉讼。

于是，**我们**——我和第四频道——要把**他**带上法庭，迫使他继续诉讼流程，或者干脆闭嘴。如果韦克菲尔德声称要起诉我们，来吧！他应该**起诉**。我不会活在他对我的指控之下。因此，我们不仅没有向韦克菲尔德道歉，而且在他于华盛顿发表"胜利宣言"的七天后，法院甚至支持了我们的请求，**命令**韦克菲尔德必须继续诉讼流程。

三个月后，韦克菲尔德再次收到法院的传令，要求他必须以合理的速度推进流程，尽早开庭审判。"很显然，"伊迪（Eady）法官在伦敦皇家司法院第十三号法庭做出裁决，"原告希望利用当前的诽谤诉讼程序，以达到公关宣传的目的，并恐吓其他的批评者，同时试图让自己免于做出实质性的辩护，从而摆脱诉讼的不利影响。”

韦克菲尔德的诉讼费是由医生保护协会（Medical Protection Society）承担的，这个协会本质上是一家保险公司。虽然我也一直忙于与第四频道完成合同的签订，但还是被韦克菲尔德的诉讼绊住了将近 18 个月，完全脱不开身。我们的法律团队需要起草数不清的简报，还有数百份文件需要制作索引并进行交换。在实际见到法官之前，我们还要与律师开会，召开听证会。虽然韦克菲尔德后来声称他从来没有浏览过我的个人网站，但他的律师团队还是给我发来了恐吓信——有些甚至是由穿着皮衣、戴着防撞头盔的男人送到我家的——警告我将付出毁灭性代价。

—

我的新闻从业生涯可以浓缩为两个报道。第一个是调查默克药厂的止痛药万络（Vioxx），花了我六七个星期的时间。我还记得自己在一个公共档案馆里待了整整五天，拿着尺子比照一栏又一栏的死亡记录，想要寻找一位因药物不良反应而丧生的古稀老者。不良反应事件报告隐去了他的名字，只留下一个缩写——K.W.

后来，我找到了他。

于是，有了这样一篇头版报道：

万络在英国造成的死亡人数可能已经超过 2000

相关的“特别调查”刊登在第五版：

被隐瞒的万络药品受害者

另外一个成功的调查报道是我为第四频道拍摄的新闻纪录片《出错的药物试验》（*The Drug Trial That Went Wrong*），我调查了一个代号为 TGB1412 的单克隆抗体人体试验。参与该试验的志愿者们遭受了极大伤害，濒临死亡。影片的高潮是我在波士顿四季酒店的豪华走廊中追逐应该对此负责的制药公司老板，那个场面就像我在印第安纳波利斯追逐韦克菲尔德一样。

我知道韦克菲尔德提起的诽谤诉讼案永远不会有什么结果，这让我非常困扰。上一个在伦敦提出诽谤诉讼的"圣战士"名叫戴维·欧文（David Irving），一位满嘴谎言的历史学家，他起诉纽约作家黛博拉·利普斯塔特（Deborah Lipstadt）和企鹅图书，声称利普斯塔特影射他是希特勒的辩护者。欧文不只输了官司，在法官将他称为"纳粹大屠杀的否认者"之后，他和利普斯塔特的法律攻防战甚至被拍成了一部电影①。

不过，2006 年 5 月的一个星期二下午，我发现自己并不是在白白浪费时间。当时，我身处伦敦西区的中心，同第四频道委托的维京律师事务所（Wiggin LLP）开碰头会。我正端着纸杯小口喝着红灌木茶，此时，我们那位令人生畏的律师阿马莉·迪·席尔瓦（Amali De Silva）将厚厚一沓报告复印件丢在我面前，这些全都是韦克菲尔德律师团队提供的资料。

我数了一下，这沓文件总共包含了约 40 份报告，每份报告都

---

① 即 2016 年上映的美国电影《否认》（*Denial*）。

记录着一名住进马尔科姆病房接受检验的孩子的信息。每个孩子的记录大约有 17 页，其中有病情诊断、疾病史、内窥镜检查结果、组织病理学检验结果、血液检测结果。令人沮丧的是，报告的内文已经被人用黑色墨水处理过，病人的名字和出生日期都被涂掉了，这些数据对我来说毫无用处，因为我无法将其中任何一份报告跟任何一位出现在论文中的孩子对上号。

但是，当我开始翻阅第一份报告，发现内文里的一个名字时，差点把一口茶喷在报告上。等到我把这起诉讼的相关人员名单、新闻报道和其他数据关联起来之后，已经能够确认《柳叶刀》论文中全部 12 位孩子的身份。我翻阅的第一份报告是关于一位五岁男孩的记录，他在论文中被匿名为"六号孩子"。但有人忘了在病理学报告中删掉他的名字，而且整叠文件中的所有报告都是如此。

这就好比自动提款机出现故障，将钞票哗啦啦吐入我的购物袋，对于这个小小的失误，我深表感谢。虽然还有些缺失——包括二号孩子和四号孩子的记录——但这些就是韦克菲尔德那项研究幕后的数据汇总，而正是这样一项研究引发了全球性的疫苗恐慌。据我个人所知（如果我的信息有误，欢迎指正），没有任何一位记者在匿名处理过的生物医学研究中得到过这样的观察机会。

这或许也算是一种"报应"。韦克菲尔德在华盛顿装腔作势了一番之后，刚刚过上比较舒坦的生活。他在发表无罪声明的那个月为自己和家人——卡梅尔和四个孩子（分别为 17 岁、15 岁、11 岁、9 岁）——购买了一栋适合他风格的房子，能够一览得克萨斯州乡村的山丘美景。虽然没有罗马风格的大门或仆人寝室，但这栋位于奥斯汀西部的房子依然堪称豪华，占地面积有五英亩，拥有西班牙风格的门厅、大理石地板、四个客厅，以及六间卫浴设施齐全的浴室；此外还有游戏室、健身房、游泳池，以及热浴缸。

自闭症 + 疫苗 = 大笔金钱。

六号孩子虽然不是"预警案例"或者"最有说服力的案例"，但他的母亲非常可疑。六号女士和二号女士一样，也在《新闻之夜》的节目播出之后给韦克菲尔德打了电话，她也是杰姬·弗莱彻JABS团体的"创建者"和"女发言人"。在华盛顿国家广场"致歉"活动的四个半月之前，六号女士还和二号女士一起在体贴照护儿童中心的一场活动中发了言。二人还是同时加入体贴照护儿童中心的。

我拿到的报告来自韦克菲尔德先导性研究的数据库（由皇家自由医院的一位研究护士负责维护）。报告内容大多是问答记录，回答被填在特定的表格方框中。我翻到六号孩子的报告的第三页，上方的标题是"摘要"。

标题下方有一行字，询问孩子"最初的发育情况"是否"正常"。如果要主张接种疫苗会导致人体损伤，这个问题是非常重要的。我知道《柳叶刀》论文的数据没有问题，在"研究方法"和"解释"的相应段落都强调了这12个孩子"过去都很正常"，"生长发育史也正常"。

但是，六号孩子的报告从一开始就不对劲。"**最初的发育情况是否正常？**"报告中有这样一个问题，记录的回答也非常直接。

不正常

我心想：这看起来有点意思。不过我并没有在这个问答上纠结太久，因为在下方三英寸处，有一个六英寸宽的表格直击韦克菲尔德研究活动的核心。表格的表头用粗体字写着“初期诊断”，答案则是：

阿斯伯格综合征

在此页下方，则是“目前诊断”。

阿斯伯格综合征（非常可能）

我不需要重新核对论文。我确定那篇《柳叶刀》论文里没有提到任何一个孩子患有阿斯伯格综合征。根据论文表格二的第二个字段——“行为问题诊断”——八个孩子被诊断患有“自闭症”，一个孩子是“自闭症？瓦解性精神障碍？”，另一个是“自闭症谱系障碍”，还有两个孩子则是“脑炎？”

阿斯伯格综合征在20世纪晚期比较受重视，到21世纪初期已经不是学界的关注焦点（至少儿科专业人士是这样认为的）。20世纪70年代，世界卫生组织将自闭症归类为“儿童精神疾病”。1992年出现了新的学说，提出“广泛性发育障碍”这一概念。自闭症谱系障碍是其中的一种，阿斯伯格综合征则是另外一种，两者的编码分别是F84.0和F84.5。“瓦解性精神障碍”（在年龄稍大一些的儿童中多见）则是F84.3，如果无法确定发育障碍的类型（通常都是如此），自闭症谱系障碍就会成为常用的术语。

虽然以上内容看上去只是业余人士的闲聊或是医学新闻的简短摘要，但重点在于，全世界所有的儿科专家都知道，阿斯伯格综合征是一种独特的诊断。"广泛性发育障碍，"澳大利亚教授沃克－史密斯在他的自传《长久的记忆》中解释道，"包括自闭症、阿斯伯格综合征和其他所谓的'自闭症谱系障碍'。患阿斯伯格综合征的儿童并没有语言发育延迟的现象，语言发育延迟是自闭症的主要表现。"

韦克菲尔德当然知道这一点，他也经常提到两者的区别。在新奥尔良研讨会提交的论文的摘要中（韦克菲尔德在这篇论文里公布了 30 名儿童的检验结果，我在和《柳叶刀》编辑部的会议中使用了相关数据），在提交给法律援助委员会的临床和科学研究报告中，在萨克拉门托和家长对谈的研讨会上，在伯顿举行的听证会上，在体贴照护儿童中心的网站上，在控告我和第四频道的起诉书中。在上述的所有场合，韦克菲尔德都能够正确区分自闭症和阿斯伯格综合征。

"阿斯伯格综合征有一个与自闭症截然不同的基础层面，"韦克菲尔德曾经在一本书中解释道，"阿斯伯格综合征的患者依然能够正常习得语言，阿斯伯格综合征的诊断则需要判断患者是否拥有符合其正常年龄范围的认知能力。"

阿斯伯格综合征完全不像二号孩子或四号孩子所患的疾病。我在巴西圣保罗采访何塞·萨鲁马欧·施瓦兹曼（约翰·威尔逊那篇百白破三联疫苗论文的共同作者）时，他曾解释道："我们每天都会遇到这样的事，我们告诉孩子的父亲，'先生，你的孩子出现了阿斯伯格综合征的症状'。那位父亲则说：'不，医生，他只是**很像我**。’”

——

我在维京律师事务所拿到的报告内容非常丰富，我甚至可以知道是谁给六号孩子下了诊断。报告第三页的一个表格中列出了两位儿科医生的名字。第一位是在某儿童医院的生长发育科任职的顾问医师，这家医院位于伦敦以南大约50英里处；第二位则是在伦敦某家旗舰级医学中心任职的生长发育科顾问医师。然后，在皇家自由医院，专长并非儿童生长发育的精神科医生马克·贝瑞罗维兹（在中庭发布会上跟韦克菲尔德一起发了言）同意了上述两位专家的诊断。

随着手上的茶逐渐变凉，我发现韦克菲尔德—— 一位非临床的成人肠道疾病研究人员——篡改了儿科医生的诊断记录。

他为什么要这么做？**他为什么不这么做**？他详细记录了检验数据，只要篡改儿科医生的诊断记录，就能够让他提出的“综合征”更有说服力。那篇《柳叶刀》论文宣称一群孩子出现了“发育退化症状”，或者用韦克菲尔德律师团队的说法，“研究了12位持续出现退化型自闭症以及肠道症状的儿童”。但是，阿斯伯格综合征（在美国称作“阿斯伯格障碍”）与自闭症的**差别很大**——阿斯伯格综合征没有可以辨识的“**退化**”类症状。

读过那篇《柳叶刀》论文的儿科专家在几秒钟内就会注意到这个重点，并且发现一些不太对劲的地方。“不存在退化型阿斯伯格综合征这种说法，”加拿大蒙特利尔麦吉尔大学（McGill University）精神病学系的主任埃里克·佛姆博恩（Eric

Fombonne）后来告诉我，“在自闭症中出现退化症状，几乎可以完全排除掉阿斯伯格综合征存在的可能性。”

我继续阅读手中的报告，读完六号孩子的“感染和疫苗接种史”，读到第五页的“不良反应”。在这里，数据库的报告又出现了矛盾之处，不仅与《柳叶刀》论文提到的疫苗不良反应不一致，甚至与六号孩子母亲的说法也不一致。

在报告中，来自六号女士本人的描述不多，但是，她在其他场合多次提到过她的儿子，言语中带着令人难忘且极其一致的色彩。“在接种麻腮风三联疫苗的几个小时之内，他发出高音调尖叫，并且出现高热，”在理查德·巴尔的法律诉讼案宣告败诉后，六号女士告诉法官，“我甚至发现他的行为就像野生动物，这是我唯一能够形容他的方式。在接种疫苗后，如果有任何人触碰他，他就会尖叫，而且日日夜夜都在哭泣。”

六号女士也对自己的选区议员说过同样的话——“高音调尖叫”和“退化型自闭症”。后来，在一个网络广播节目上，对于儿子接种麻腮风三联疫苗的经历，六号女士提供了更多细节。她儿子在14个月大时接种了疫苗。“那天下午，我带他接种了疫苗，几个小时后，我们回到家，他开始发出可怕的高音调尖叫，”她说，“就像猫的尖叫，我现在还会听见那种声音。我会被他的尖叫声叫醒。”

然而，诡异的是，这些接种麻腮风三联疫苗后出现的反应并未被记载于报告第五页的表格中。报告的内容显示，六号孩子在接种疫苗的一个星期后有“发热”“持续感冒并起疹子”等症状。这些症状持续了两个星期，但没有注明时间点或者其他特定细节，只有“行为变得具有攻击性”。

六号女士绝对不会忘记萦绕在她梦中的惊声尖叫。发出尖叫声是公认的疫苗反应，甚至被写进了疫苗的说明书里（用语是“持续尖叫”），并且被描述为罕见的反应现象。来自美国加利福尼亚州和马里兰州的一个研究团队甚至进行了研究统计，并将结果发表于权威医学期刊《儿科》（*Pediatrics*）上，提供了近16000次疫苗接种的数据。他们发现，有488个孩子在接种疫苗的48小时内会持续哭泣，17个孩子出现了“高音调的不寻常哭泣……通常会被家长描述为高音调的尖叫”。

上述描述符合六号女士的说法，而且精准匹配，但唯一的问题在于：疫苗说明书和那篇《儿科》论文探讨的疫苗不是麻腮风三联疫苗，而是另外一种完全不同的疫苗。尖叫是百白破三联疫苗的已知反应，在洛芙迪的法律诉讼案中曾经被提出，甚至在媒体报道中也有描述，例如《泰晤士报》于1987年10月提道：

> 在第三次接种疫苗之后，婴儿持续尖叫了两天，不是正常的哭泣，而是高音调的尖叫。

“高音调的尖叫确实是百白破三联疫苗的特有反应，”戴维·萨利斯伯里确认了这一点，“如果有人说他们的孩子在接种麻腮风三联疫苗的48个小时内出现高音调尖叫，我认为，他们如果不是捏造，就是在什么地方读到过相关信息。高音调尖叫是百白破三联疫苗的典型反应。”

我也记得“高音调尖叫”，就像我记得“14天内”。它们都是百白破三联疫苗诉讼案中的核心，是重要的、令人难忘的特征。

但是，约翰·威尔逊当年提出的时间段似乎转移到了韦克菲尔德的理论中，而在六号女士的诠释中，这种独特的高音调尖叫也成了其他疫苗会出现的反应。

如果你不懂科学，就很容易出现这种失误。你可能不知道疫苗之间会有多大的差异。在那个年代，百日咳疫苗其实是一种非常粗糙的产品：疫苗的成分是被福尔马林杀死的巨大全细胞细菌。因此，我们已经知道百日咳疫苗会在接种几个小时内产生反应。但是，麻疹疫苗（与腮腺炎疫苗和风疹疫苗相同）是"活病毒"疫苗，疫苗的成分要在**几天后**才能在接种者的身体组织中成长，随后才会产生效果。

那篇《柳叶刀》论文并未提到尖叫。然而——正如这个故事的发展一样，一切都会变得越来越诡异——六号孩子检验报告中的一个表格却**提到了**尖叫，这个事实让六号女士的回忆变得更加让人捉摸不透。报告还提到一个事件，发生在六号女士听说韦克菲尔德之前，即接种麻腮风三联疫苗的**十个月之前**，六号孩子当时只有四个月大。

> 第三次接种百白破疫苗后，［六号孩子的］母亲描述孩子有过度哭泣的情况，而且在接种疫苗的五分钟后出现高音调的尖叫。这种情况持续了 12 个小时。

因此，从这份报告来看，让六号孩子产生异常的疫苗显然是百白破疫苗。这不只说明韦克菲尔德篡改了六号孩子的诊断记录这么简单，也说明六号孩子的母亲偷换了产生不良反应的疫苗。

迪·席尔瓦丢在桌上的那一沓文件中还有更多重要的信息。我将我的判断告诉了她和第四频道的执行主管，他们希望把韦克菲尔德带上法庭。我们一致认为，现在最需要的就是取得法官的命令，要求韦克菲尔德拿出12位孩子完整未删减的记录，于是我们向法官提出了申请。

在法庭上，六号女士想要阻止我们。但是，伊迪法官直接驳回了她的意见。“我不会让家长决定控辩双方谁可以拥有哪些文件，”那年的11月，伊迪法官坐在13号法庭的法官席上表示，“我认为，相关医疗记录是至关重要的文件。”

因此，在2007年的1月2日，星期二，我们终于拿到了这些文件。我回到维京律师事务所的办公室，查阅两大箱医疗记录中的内容——一位律师在桌子旁边监督着我。

我在那天得出结论，韦克菲尔德完蛋了。但是，我无法告诉你，我究竟看到了什么才会得出这个结论。因为现在送来的文件与上次遭到恶意删减的报告文件不同，完整的医疗文件记录必须保密。(那些删减过的报告后来又派上了一次用场，因为韦克菲尔德在美国得克萨斯州又起诉了我。虽然官司还是输了，但他只是为了告诉别人，他正在起诉我。)

我当时不知道事情会如何发展。但是，当天晚上研究完那些孩子的医疗记录后，我感到法律诉讼的苦闷一扫而空。我现在不只知道了关于那篇论文的众多秘密，在上个星期，我还在《星期日泰晤士报》刊登了一篇独家报道，揭露了韦克菲尔德通过与巴尔交易得到的巨额报酬。

挑战麻腮风三联疫苗的医生曾获得数百万英镑的法律援助

这篇报道几乎占满了第 12 版，还有相关的图片和照片。

当我回到家，勉强赶上晚六点的新闻时，电话响了。迪・席尔瓦打电话通知我，在我坐在维京律师事务所查阅医疗记录时，韦克菲尔德的律师团队已经提交中止诉讼通知书，韦克菲尔德不再主张我的新闻报道诽谤了他，并且同意支付我们的诉讼费。

第二十三章　芝麻街

一个小女孩正在等待自己最喜欢的电视节目。她的目光始终没有离开屏幕，她知道，在任何时间，音乐都有可能响起，大鸟和甜饼怪就会出现在它们以前经常出现的地方。这是一个拉丁裔黑发小女孩，她穿着粉白相间的衣服，焦急地在坚固的婴儿椅上伸着懒腰。她的名字是米歇尔·塞迪略（Michelle Cedillo）。

小女孩的母亲特雷莎（Theresa）透过一台磁带摄像机的镜头注视着自己的孩子，拍下了这些画面。我也透过这台摄像机的镜头观察着这个孩子，只是在不同的时间、不同的地点。将近 12 年后，我在录像拍摄地以东 2500 英里的华盛顿，白宫北部的一座古典风格的深樱桃色雄伟建筑——霍华德·马基国家法院大楼（Howard T. Markey National Courts Building）的 201 室看到了这些录像。

这是"疫苗法庭"——美国联邦索赔法院（US Court of Federal Claims）的一个分支机构——召开的一次庭审。这个寒冷的会议室里，坐着律师、专家和民众，会议室前方是装了一扇对开门的审判席，三位特别主事官坐在高高的镶板座椅上凝视着屏幕。

跟"14 天"和"高音调尖叫"一样，这个疫苗法庭也是百白破疫苗危机留下的遗产。1982 年 4 月，NBC 播出了那期《疫苗轮盘赌》节目，将这场危机引入了美国。美国的诉讼文化远远超出约翰·威尔逊的想象，这个法庭的设立也引发了雪崩般的诉讼案：1981 年 4 月只有三起诉讼案，四年后，每年的诉讼案超过 200 起。大多数制药商已经放弃疫苗的生产，到了 1986 年 11 月，当时的美国总统罗纳德·里根签署了一项法案，将与疫苗有关的诉讼交由联邦政府的特别主事官裁定，并且推行"无过错赔偿计划"。

韦克菲尔德那篇研究 12 位儿童的论文发表——已经是九年前的事了——以来，美国有将近 5000 个家庭提起了与疫苗有关的诉讼，律师团队将米歇尔选为代表性案例。她就是美国版的二号孩子。律师团队相信，米歇尔是最有可能获胜的标准案件[①]，能够证明一个不变的主张：是麻腮风三联疫苗中的麻疹病毒造成了自闭症的大流行。

录像画面中，音乐声响起，米歇尔有了反应。一个柔和、略带法国腔的声音点明了会议室内所有人都看到的细节。"在这段录像中，各位可以看到米歇尔非常痴迷于儿童电视节目《芝麻街》，"来自蒙特利尔的自闭症专家埃里克·佛姆博恩说道，"米歇尔非常兴奋。我们都可以看出她洋溢的情感——还有手部动作，例如拍手和其他典型的动作。"

---

① 标准案件（test case）也被译为参照执行案件，是指存在共同原告或被告、事实与证据相同、所要解决的法律问题也相同的多个案件中选出的一个案件，经全体当事人同意，法庭作出相当于合并审理的裁定，对该案件首先进行审理并作出判决，全体当事人均受该判决的约束。

此时是 2007 年 6 月，距离韦克菲尔德放弃他主动提起的诽谤诉讼已经过去六个月，但是，他的观点已经成功进入了这个法庭。这次的诉讼案名为“塞迪略诉卫生和公众服务部部长”（Cedillo vs. Secretary of Health and Human Service）。卫生和公众服务部部长必须代表政府支付所有可能的合理赔偿。如果米歇尔一方胜诉，根据美国司法部员工的计算，赔偿金额将高达 150 亿美元。

米歇尔的母亲特雷莎第一次听到韦克菲尔德的名字是在 1997 年，当时他初次出现在伯纳德·里姆兰的内部通讯《国际自闭症研究评论》的封面上。随后，在 1998 年 12 月（理查德·巴尔提起法律诉讼的两个月之后），特雷莎根据疫苗法庭的程序要求提出诉讼，主张她的女儿是疫苗的受害者。

特雷莎非常相信那篇《柳叶刀》论文，并于 2001 年 10 月在美国圣迭戈见到了韦克菲尔德。就像简·约翰逊前往体贴照护儿童中心的旅程一样，特雷莎也参加了里姆兰组织的一次“立刻打败自闭症！”研讨会——充满魅力的韦克菲尔德在研讨会上发表了演讲，告诉参会的家长他发现了“自闭型小肠结肠炎”，而且已经找到了病因。特雷莎站在研讨会会场的后排倾听，韦克菲尔德离开会场时，她紧随其后。

在法院听证会第二天的交叉盘问中，特雷莎证明了二人后来有比较密切的联系。“你是否与韦克菲尔德医生通过电子邮件？”代表美国司法部的律师琳恩·里奇亚德拉（Lynn Ricciardella）询问特雷莎。

“是的，我和他通过电子邮件。”坐在证人席上的特雷莎答道。她当年 45 岁，仪表端庄，戴着一副眼镜和一对大耳环，一头蓬松的黑色卷发，行事老练，非常酷，就像二号女士一样。

"大约通过几封邮件？"

"天啊，我不知道确切数字。"她说。

"超过 10 封？"

"是的，超过 10 封。"

"超过 50 封？"

"可能超过 100 封电子邮件，但不到 150 封。"

坐在婴儿椅上的女孩——特雷莎唯一的孩子——出生于亚利桑那州尤马（Yuma）的一家医院，距离墨西哥边境只有 20 分钟的车程。出生那天——1994 年 8 月 30 日——米歇尔接种了乙肝疫苗，一个月后接种了第二针。

米歇尔满两个月时又接种了另外三种疫苗，包括百白破三联疫苗、B 型流感嗜血杆菌疫苗（这两个都是注射疫苗）和口服小儿麻痹疫苗。随后，米歇尔在 12 月接种了这三种疫苗的第二针，第二年 3 月接种了第三针 B 型流感嗜血杆菌疫苗。1995 年 9 月，米歇尔接种了水痘疫苗。1995 年 12 月 20 日，15 个月大的米歇尔接种了麻腮风三联疫苗。

这符合美国当时标准的疫苗接种时间表。米歇尔的家长认为所有的疫苗都对米歇尔造成了伤害。特雷莎和她的丈夫迈克尔·塞迪略（Michael Cedillo）通过律师表示，硫柳汞——在当时，B 型流感嗜血杆菌疫苗与百白破三联疫苗都用它作为抗菌剂——造成了米歇尔的免疫系统问题，让她更容易被麻腮风三联疫苗中的麻疹病毒所伤害。

这场听证会正是围绕特雷莎等人提出的主张而召开的。但是，在听证会上，硫柳汞这个议题却被搁置一旁。原告的律师团队主张，无论其他疫苗是否造成了米歇尔的发育障碍，“最关键的问题”都是都柏林库姆医院检验的肠道组织样本中是否有麻疹病毒。

“有一个关键的事实性指控，”主审该案的特别主事官小乔治·黑斯廷斯（George L. Hastings Jr.）解释道，“原告方所有的因果关系理论都取决于一个检验的可信度。这个检验据说可以在米歇尔和其他自闭症儿童的样本组织中找到麻疹病毒持续生存的证据。”

韦克菲尔德也被列为这起诉讼案的主要证人。由于约翰·奥利里的检验结果是该案的核心，你或许会期待奥利里和韦克菲尔德都在庭审现场，他们质疑了数百万儿童接种的疫苗。但是，两人都没有出庭。

取而代之的，他们真正的证据只是一纸检验报告。报告日期是2002年3月15日，标题为“麻疹病毒检验报告”，奥利里代表“单一基因”公司（一年前，韦克菲尔德已经辞去该公司总监的职务）签了字，报告列出了米歇尔的名字和生日、家长的身份证号，并且声称：

> 麻疹病毒检验结果为阳性

没有任何证据能证明米歇尔体内的麻疹病毒（倘若真的存在）来自疫苗。这份报告没有给出病毒毒株或分子序列信息，也没有任何文件详细说明检验方法——他们使用了一台仪器，但仪器制造商警告使用者，该仪器“不能用于疾病诊断”。

还有其他的细节。奥利里实验室表示他们寻找的是麻疹病毒的

F 基因序列（编码了病毒微粒的刺突）。他们声称，米歇尔的结肠组织样本取得了"令人满意的检验结果"。奥利里实验室的 7700 仪器给出了以下报告：

共有 1.67×10^5 拷贝 / 纳克的 RNA

得知这个检验结果之后，特雷莎如释重负。她的想法得到了证实，正如二号孩子在汉普斯特德接受内窥镜检查时，二号女士在内窥镜室的监视器上看见淋巴组织增生时的感受。

"我有些不知所措，"特雷莎告诉三位特别主事官，"因为它证实了——向我们证实了——我们在女儿身上发现的问题。"

但是，对于长期研究麻疹病毒的科学家而言，奥利里实验室的检验结果证明不了任何事情。1.67×10^5 拷贝数的病毒数量，代表每十亿分之一克 RNA 中有 167000 个病毒粒子，这意味着样本的**感染程度十分严重**。

"这个数字意味着回肠这一部分的所有细胞都遭到了感染，并且持续产生 RNA。"约翰·霍普金斯大学布隆博格公共卫生学院（Johns Hopkins Bloomberg School of Public Health）分子生物学系主任戴安娜·格里芬（Diane Griffin）在呈交给美国司法部的报告中这样写道。格里芬认为，奥利里实验室的检测数据数值"高得非常可疑"，并且"在生物学上没有可信度"。

同时，北爱尔兰贝尔法斯特女王大学分子生物学系主任伯图斯·瑞玛（之前曾在巴尔的法律诉讼案中提供过分析报告）也针对这个检验结果发表了意见，他认为，如果米歇尔的身体组织内有如此大量的病毒，她的细胞将会被麻疹病毒的 RNA“充满”，将不会有空间留给其维持生命的正常细胞成分。

塞迪略一方的专家对此没有做出任何回应，他们在分子层面还有更多需要处理的问题。虽然法院通常会采纳实验室的检验结果作为证据——从产品责任评估到醉酒驾驶——但是，政府一方的律师已经看到了我针对奥利里实验室争议所发表的新闻报道。

麻腮风三联疫苗的研究数据引发新的质疑

报道一共 900 字，刊登于第 11 版。

我向他们提供了文件证据（这是我的公共职责），他们将“PCR 狂人”斯蒂芬·巴斯廷列入了专家名单。“一位新闻记者坚持不懈的调查，让我们关注到了这一点。”政府一方的首席律师文森特·马塔诺斯基（Vincent Matanoski）告诉特别主事官，这位身材修长的海军预备役军官认可了我的调查报道。

到了这个时候，巴斯廷已经核查了更多奥利里实验室的数据，并且来到华盛顿作证。巴斯廷表示，他修改了奥利里实验室的电脑设定，再通过 7700 仪器进行检验。虽然检验过程中 RNA 未能转为 DNA，仪器却依然给出了成功扩增病毒的报告。巴斯廷也比较了用福尔马林固定（这是医院病理学检验的标准保存方式）的样本和尼克·查德威克用液氮冷冻保存的样本。

我特别喜欢巴斯廷的最后一个证明，因为它解释起来并不困难。采用冷冻样本的原因在于福尔马林会降解核酸，让分子扩增变得更为艰难。因此，如果使用福尔马林固定的样本，仪器需要进行的循环次数会比冷冻样本更多。但是，巴斯廷发现，在奥利里的报告中，两种样本找到F基因的平均检验循环次数是相同的——完全不像"控制组基因"会有的情况。

因此，巴斯廷得出了一个结论，他认为样本感染麻疹病毒的时间是在病理学家完成福尔马林固定程序之后，也就是样本**从孩子的体内取出之后**。

"无论真实的情况如何，样本都被污染了，"巴斯廷告诉黑斯廷斯，"检验出的麻疹病毒不可能来自原始的组织样本。"

—

出庭作证的证人有17位，包括特雷莎，她的证词最令人印象深刻。正如法院所知，疫苗损害赔偿的核心要素（可以追溯到斯图亚特－史密斯法官提出的清单，以及更早的时候）就是他们认为接种疫苗和孩子的症状之间有"时间上的关联性"。在她作证时——这类案件通常由母亲作证——响起了《芝麻街》的音乐声。

在特雷莎撰写的一篇"自述"中（写作时间是在她女儿接种疫苗的很多年以后），她声称她女儿在接种麻腮风三联疫苗的**14天后**开始发热。后来，她口中的时间又缩短为**七天后**。在庭审开始前的一份证词中，特雷莎又说在接种疫苗的"七天或八天之后"女儿开始"伤心欲绝地哭泣"，除非他们播放《芝麻街》的录像带。

"在我印象中，大约是发热之后的一到两天，也就是1995年12月27日，或者1995年12月28日。"在交叉盘问时，特雷莎这样说。

"你能不能描述一下米歇尔对《芝麻街》录像带的反应？"里

奇亚德拉问道。

“她会冷静下来。”

“在这段时间，米歇尔是不是停止与人互动了？”

“是的，她的行为能力开始退化。”

这位母亲说，大约两个月后，米歇尔开始拍手。再过几个月，米歇尔变得孤僻，即使叫她的名字，她也没有反应。如果有人想要抱她，就会被她推开，而且她会“全神贯注”地观看《芝麻街》。

“你所说的‘全神贯注’是什么意思？”

“米歇尔观看《芝麻街》的时候，我觉得可以这么说，她对身边的其他事情都没有反应。”

米歇尔的证据与奥利里的检验结果完全不同，人们可以在法庭上亲眼看到。法裔自闭症专家佛姆博恩一段又一段地播放特雷莎拍摄的家庭录像带，在录像画面中，小女孩在婴儿椅上和其他任何地方的行为都符合她母亲的描述。

在这段录像中，米歇尔对着《芝麻街》的画面拍手；在那段录像中，米歇尔对躲猫猫游戏没有反应；在下一段录像中，米歇尔坐在蓝色小马上时“身体没有任何动作”。面对海洋球池，米歇尔也不想进去游玩；在生日派对上，穿着美丽白色童装的米歇尔无动于衷，她的妈妈只能徒劳地呼喊：“米歇尔……米歇尔。”我们看见不太寻常的“手指怪癖”，听见“喉音”，看到小女孩目不转睛地盯着旋转的车轮。

“这是多段录像中的一个样本，米歇尔在这些录像中的行为很一致，”佛姆博恩确认了特雷莎的说法，“换言之，各位看到的录像不是刻意挑选出来的，米歇尔在所有录像中都表现出了相同类型的行为。"

第二天，另一位自闭症专家马克斯·维兹尼策（Max Wiznitzer）走上证人席，确认了相同的自闭症特征。他是儿科神经学家，既忙于临床工作，同时在克利夫兰的凯斯西储大学（Case Western Reserve University）任教。维兹尼策在法庭上再次播放了米歇尔的录像。"家长想让米歇尔说话，但我们没有听到任何回应，"维兹尼策这样评论道，"米歇尔没有真正意义上的反应，也不理会身旁的家长，无论是社会性微笑①还是其他表现。"

这种证据是无法否认的。即使我坐在后三排的座位上，也能看到这些医生们在做什么。这些录像的力量虽然强大，却有一个缺点：它们的拍摄时间是在米歇尔接种麻腮风三联疫苗之前。佛姆博恩和维兹尼策都是政府一方的证人。这些录像是有时间标记的，拍摄的时间从 1995 年 3 月 25 日，小女孩接种麻腮风三联疫苗的七个月前，到 1995 年的 12 月 17 日，接种疫苗的三天前。

米歇尔一方的胃肠病学专家——来自纽约的儿科医生亚瑟·克里格斯曼（Arthur Krigsman）在报告中提到了这些录像，而他正是给体贴照护儿童中心的孩子做内窥镜检查的人。美国政府通过提出"证据动议"（motion for production）得到了这些录像。米歇尔的家人曾反对联邦政府的要求，但被特别主事官黑斯廷斯驳回。黑斯廷斯留着一头梳理整齐的白发，以及非常相称的牛仔小胡子，他曾经是税务律师，也是三个孩子的父亲。他认为，这些录像"可能

① 社会性微笑（social smile）是由照料者的面孔、声音、活动所引起的婴儿微笑，也是婴儿情绪社会化的开端。

会产生重要的证据”。

黑斯廷斯说得没错，事实确实如此。除了录像之外，还有其他迹象让人产生怀疑。医疗记录显示，米歇尔在四到六个月大时都还没有笑过，满 11 个月之前无法独立坐着。她的头围大于 95% 的同龄女孩——除此之外，同样是在接种疫苗之前——儿科医生也在医疗记录中写道，米歇尔有社交发展迟缓、语言发展迟缓和顽固性便秘。

没有任何迹象表明特雷莎在听说韦克菲尔德之前就已经认定女儿的疾病与疫苗有关，更好的解释方式——正如我经常发现的真相——证实性偏见。自闭症儿童的家长（特别是母亲）听到韦克菲尔德的主张之后，就按照这种主张来解释他们孩子的发育史。

巴尔发起的集体诉讼案所采用的“阿片类物质过量”理论彻底失败之后，特雷莎的律师团队没有采用吸毒啮齿动物自闭症的解释方法，而是主张麻疹病毒直接攻击了米歇尔的大脑。政府一方的律师团队则回应说，如果病毒直接攻击脑部，通常会导致病人死亡，他们还指出自闭症与麻疹的暴发没有流行病学上的关联。

特雷莎的法律诉讼就像巴尔的集体诉讼案一样彻底失败了。但是，巴尔，以及柯尔丝滕·利姆和他们找来的专家，他们的律师和专家费用都是从公共基金中支出的（每小时的费用大约是 300 美金，而且无人监督），而特雷莎一家人没有任何收获，只是单纯承受了压力、怀疑和痛苦。

三位特别主事官也认为这些证据是压倒性的。可悲的是，米歇尔得不到任何补偿。这个 13 岁的女孩穿着宽松的居家休闲服，戴着一对巨大的耳罩，坐在轮椅上被人推进法庭。对于身处庭审现场的我们来说，这是发人深省的场面。除了自闭症、癫痫和认知发展迟缓外，米歇尔还患有关节炎和视神经创伤。她无法说话，只能通过胃管进食，还会击打自己的眼眶与下颌。

“对于塞迪略一家人，我深感同情和钦佩，”黑斯廷斯做出裁决时表示，“我也从来不怀疑，无数个自闭症儿童的家庭，他们每天都要面对艰难的挑战，必须照顾这些患自闭症的孩子，他们同样值得同情和钦佩。然而，我不能用情感决定案件的结果，而是必须依靠证据。”

这个案件结束之后，还有两个标准案件，原告分别是来自佛罗里达州的科尔滕·斯奈德（Colten Snyder），以及来自田纳西州的威廉·黑兹尔赫斯特（William Hazlehurst）。但是，三个案件的科学分析和结果都是相同的。在特别主事官做出的680页的判决书中，根据我的计算，韦克菲尔德的名字一共被提到了360次，而他的名声也被美国法院彻底击碎。

“即使我完全忽略流行病学的证据，拒绝采纳录像带证据并（或）排除巴斯廷医生的证词，判决也会是一样的，”黑斯廷斯在判决书中写道，“不幸的是，塞迪略一家人被某些医生误导了，我个人认为，这些医生要为他们所做出的严重医疗误判承担法律责任。”

对于一个满脑子都是点子的人来说，还有什么会比这些事情更恶劣呢？

当然还有，这才刚开始而已。

第二十四章　小肠结肠炎

从我发表第一篇调查韦克菲尔德的报道开始，英国医学总会的律师团队花了近三年半的时间重新调查并证实了我的发现，还以严重失职为由指控韦克菲尔德、约翰·沃克–史密斯和西蒙·默奇，要求他们参加听证会。又过了两年半——加上休会等断断续续的时间——这一连串事件才最终得到解决。整个听证流程总共耗时 217 天，比历史上最著名的 O. J. 辛普森杀妻案的审判时间还要长。

英国医学总会原本计划用 35 天的时间完成听证，重点调查韦克菲尔德的行为失当和欺诈问题，以及在那篇《柳叶刀》论文中谎称获得了伦理委员会许可的欺诈行为。但是，韦克菲尔德的两位战友让整个流程陷入了混乱，对于他们在相关事件中扮演的角色，两人的说法一直变来变去。他们现在主张，内窥镜检查、脊髓穿刺、脑部磁共振扫描和其他检查程序都只是为了孩子们的健康。

孩子们的家长非常惊讶，例如四号女士和十一号先生，他们是为了检验疫苗造成的伤害才将孩子带到汉普斯特德的。我也非常惊讶，因为这些检验是在这些孩子入院之前在法律援助委员会的委托下进行的，韦克菲尔德在"临床和科学研究"计划中也列明了这些检验。通过这些检验，他们撰写了两篇论文，都投给了《柳叶刀》，并提出了理查德·巴尔法律诉讼案的核心命题——"新的综合征"。

但是，这两位临床医学专家采取的策略着实是对我的恩赐，让我掌握了大量信息。由于沃克－史密斯的律师主张所有的检验程序都是为了孩子们的健康，听证会决定采用极为细致的方式审查所有的最终诊断结果、疫苗接种结果和症状，包括我在律师事务所读过的那些机密医疗记录。

这场大戏始于 2007 年 7 月，而且尤为精彩。在伦敦尤斯顿路 350 号的一栋八层玻璃办公楼中，那些引发疫苗危机的最终数据终于得以公开。我可以像 20 年前的斯图亚特－史密斯法官那样，一个接着一个地仔细审阅孩子们的医疗记录。我得以知晓哪些是真相，哪些不是。

"我即将开始讨论十号孩子和皇家自由医院的记录。"辩方律师或检察官会这样开场。在三楼的一间铺着蓝褐色地毯、摆满钢管家具的狭长房间内，成堆的纸箱摆在了我们面前，每个纸箱都装满了三英寸厚的档案夹。我数了一下，一共有 15 堆资料，一堆有七个纸箱。这些资料是调查记者的利器，**我敢保证**，纸箱中藏着一些秘密。

房间内，17 张桌子拼成了一个方形，三位被告坐在一边，英国医学总会派出的"执业能力评审委员会"（后文简称为"评审委员会"）的五位成员坐在另一边。评审委员会的主席是苏伦德拉·库马尔（Surendra Kumar），一位家庭医生；另外四位成员是老年病专家斯蒂芬·韦伯斯特（Stephen Webster），精神病学家帕里马拉·穆德利（Parimala Moodley），教育学家温迪·戈尔丁（Wendy Golding），以及前地方政府行政长官西尔维娅·迪安（Sylvia Dean）。

双方的律师也分坐于两边。而我——房间内唯一一位记者——坐在门边，努力记下他们所说的话。

“七号孩子……”他们拿出一份报告。“九号孩子……”他们拿出另外一份报告。日复一日，月复一月。“现在，我们回到十号孩子的记录……”

我的第一个重大突破出现在听证会的第32天，9月14日，星期二。在我前方证人席上宣誓作证的是非常有活力的顾问医师苏珊·戴维斯，在韦克菲尔德的研究中，她负责领导病理学研究人员。她的名字原本并未出现在《柳叶刀》论文的共同作者之列，但在论文投稿到中庭发布会的这段时间里，戴维斯被列为共同作者。

戴维斯马上解释了她领导的部门制备肠道组织样本的精细流程。他们会切下一小片肠道组织样本，将其染色后固定在载玻片上，由两位医生使用双人双目显微镜进行检查，然后在报告中进行描述。报告打印之后，两位医生都要签名，他们还会在每周例会上和临床医学专家讨论，最后将报告归档，存放于病人的医疗记录中。

病理学家着重于寻找炎症细胞的总数是否过量——一般来说，炎症细胞的数量都会在一个合理的范围之内。最重要的是，他们想要在大肠和小肠的上皮组织以及形似坑道的隐窝内寻找受损或者扭曲变形的迹象。

戴维斯作证的过程很顺利，没有引起太大反应。等到12点半，咖啡休息时间结束后，众人从纸箱中取出二号孩子的档案夹，翻到了 264 页。首先是曾让韦克菲尔德、沃克－史密斯和默奇感到振奋的信息——**太好了！**——这个八岁的孩子患有克罗恩病。但紧接着的第二份报告承认，二号孩子可能只是食物不耐受。

我注意到了这个在《柳叶刀》论文中并未提到的变化。接着，随着更多的报告被抽出，一份份地堆积在桌上，一些词句开始在律师和证人之间流动，就像网球比赛中来回往复的高吊球。"炎症细胞并未增加，"我听到他们说，"没有发现异常。"

正如《柳叶刀》论文的表格一所示，韦克菲尔德提出的综合征，第一个判断基础是在患有自闭症的儿童身上发现"慢性非特异性肠炎"，第二个判断基础则是"结节状淋巴组织增生"。韦克菲尔德把这两个结果综合在一起，提出"小肠结肠炎"——与结肠炎同时出现的小肠炎症性疾病。

"小肠结肠炎，"诉讼结束之后，一位线人告诉我，"让胃肠病研究人员非常振奋。"

《柳叶刀》论文主张小肠结肠炎是一种"独特的疾病发展过程"，并且想要把小肠结肠炎和麻腮风三联疫苗联系起来。论文表格中的内容显示，12 位接受检验的儿童中有 11 位患有慢性结肠炎，在 10 位儿童的回肠中发现了肿胀腺体。这篇论文用以下文字总结了相关发现：

> 本文描述了发育障碍儿童出现的溃疡与回肠末端结节状淋巴组织增生的模式。

但是，在那个星期二上午的其余时间，一直到下午，律师和专家们都在研究戴维斯所在部门出具的报告。报告的大部分内容都与《柳叶刀》论文不相符。论文声称发现了疾病（艰涩难懂的“非特异性肠炎”），而戴维斯部门的报告只有无趣的日常发现，但在司法鉴定上具有非常重要的地位。

> 大肠黏膜符合正常的组织现象……
>
> 出现极为微小的炎症变化，可能是人为检验造成的差异……
>
> 没有显著的组织异常现象……
>
> 没有人体内部构造的异常现象；炎症细胞并未增加……

报告之间的差异如此显著，以至于担任听证会专家证人的儿童胃肠病学教授伊恩·布斯（Ian Booth）在自己的报告中提出了令人震惊的评判。根据布斯的判断（我亲耳听见），他无法排除这当中存在“科学欺诈”的嫌疑。

“在六个案例（三号、四号、八号、九号、十号和十二号孩子）中，结肠组织样本的病理报告为正常或基本正常，但在《柳叶刀》发表的论文中则被列为结肠炎，”布斯在一份报告中如此表示道，我后来从韦克菲尔德的一位合作对象那里取得了这份文件，“在两个案例（二号和五号孩子）中，临床病理学的报告提出了微小的组织异常现象，但在论文中，它们则被呈现为更为夸张且不符合真相的描述。”

举例而言，四号孩子是韦克菲尔德认为“最有说服力”的早期案例，在论文中被列入表格一，标示为“慢性非特异性结肠炎”和

"回肠末端结节状淋巴组织增生"。但是，在医院的报告（进行了单独的同行评审）中，孩子的检验结果为**正常**。

病理学研究人员没有在孩子身上发现病理学异常。

> （1）小肠黏膜的检验结果确实有淋巴滤泡。
>
> （2）—（7）大肠黏膜，有些附着于黏膜肌层，没有结构扭曲的迹象，固有层的炎症细胞没有增加。在许多活体组织样本中可以发现淋巴滤泡的生发中心。没有发现隐窝炎或者隐窝脓肿。上皮组织完整。没有发现肉芽肿、寄生虫卵或者寄生虫。
>
> 意见：大肠和回肠末端没有组织病理学异常。

医学总会聘请的首席律师是身材苗条、白肤金发，穿着黑色服装的御用大律师萨莉·史密斯（Sally Smith）。她询问戴维斯："你第一次阅读《柳叶刀》论文时，对于文章中使用的医学术语，整体而言有什么看法？"

"对于他们使用'结肠炎'一词，我确实有疑虑。"

"首先，你对于'结肠炎'一词的理解是什么？"

戴维斯停顿了一会儿，整理自己的思绪。"就我个人而言，我只有在观察到活动性炎症，或者能够代表特定诊断结果的变化模式时，才会使用'结肠炎'一词。在我的印象中，那些孩子并未以间歇性发作的形式出现此种情况，对于应该如何使用'结肠炎'一词，我确实有一种明确的方式。"

"你刚刚说到有疑虑，你的疑虑究竟是什么？"

戴维斯再次停顿了一会儿。"唔，"又是一次停顿，"正如我方才的解释，我的疑虑主要就是他们使用‘结肠炎’一词。”

我查阅了档案中的诊断数据，戴维斯的疑虑看上去是有道理的。“从现有的报告和病人的情况来判断，整体而言，”比利时天主教鲁汶大学（Catholic University of Leuven）教授、欧洲最有名望的肠道病理学专家卡雷尔·吉布斯（Karel Geboes）研究了11位儿童（那位来自美国的孩子除外）的报告之后，做出了这样的判断：“我认为，在这11位儿童中，有8位儿童的身体状况是正常的。”

但是，韦克菲尔德一直希望证明他发现的综合征，他找到了另一种意见，借以实现他的目标。坐在证人席的21天时间里，韦克菲尔德声称，论文表格一的“最终结论”和“诊断的最终决定因素”并非来自戴维斯所在的病理学部门，而是来自他在皇家自由医院的一位长期合作伙伴。此人的名字是阿玛·迪隆（Amar Dhillon），他是韦克菲尔德多篇论文的共同作者，还设计了他所谓的“评级表”，用来给孩子们的活检样本计分。

但是，韦克菲尔德提出证词之后，我拿到了他所谓的“迪隆表格”。四位来自欧洲和美国的专家告诉我，从表格的内容上判断，这些孩子的身体状况**依然完全正常**。迪隆表格呈现的儿童健康情况在本质上与戴维斯的检验结果是相同的，只是迪隆的表格没有直接叙述，而是采用了勾选方格的方式。

“关于儿童患有小肠结肠炎的说法，绝对是不正确的。”吉布斯评论说。

“我非常惊讶，真的非常惊讶。”伦敦玛丽女王大学的病理学教授葆拉·多米齐奥（Paola Domizio）表示。

“这些迹象我们在实际从事临床检验时完全不用去理会。”密歇根大学的外科病理学教授亨利·阿普尔曼（Henry Appelman）表示。

然后，更麻烦的事情来了。迪隆**否认**他在报告中主张这些孩子患有小肠结肠炎。"我没有在任何一个评级表中提到'结肠炎'。"我在《英国医学杂志》（*The BMJ*）上发表了对于迪隆表格的分析后，迪隆在一份声明中做出了回应。"我设计了评级表，"他说道，"但我这样做的目的并不是，也不可能是，更不曾是针对结肠炎下一个最终的诊断。"

——

韦克菲尔德依然没有放弃他的立场，他否认自己有任何错误。但是，他提出的回肠检验报告也很诡异。所谓的"结节状淋巴组织增生"被视为与医学听证会无关的议题，在孩子们的医疗档案中也没有太多说明。因此，我沿着尤斯顿路向东来到大英图书馆，在科学区翻阅了十来篇相关的论文和图书章节，揭开了一个被遮掩的真相。

虽然家长在监视器上看见的肿胀腺体很可怕，但在胃肠病学家看来，这是"正常"或者"良性"的现象。这种腺体就像扁桃体组织，属于人类免疫系统的一部分，在人体的特定部位聚集，形成"聚集性淋巴结节"，也被称为"派伊尔结"。派伊尔结的总数量差异，受到年纪和身体部位的影响，在儿童期和回肠末端（靠近回盲瓣的位置）是最多的。

"派伊尔结在大多数儿童的身上都有出现，"来自纽约州布法罗（Buffalo）的一位专家解释道，他在 1980 年 8 月的《胃肠病学》

杂志上发表了一篇论文，认为淋巴细胞聚集与自闭症或疫苗毫无关系，“由于X射线技术以及结肠内窥镜技术和设备的改进，临床发现淋巴细胞聚集的次数也就多了。”

沃克－史密斯当然懂得这些。虽然在忧心忡忡的业余人士眼中，聚集性淋巴结节看起来很可怕，但早在1983年，沃克－史密斯就报告了在神经正常儿童的回肠末端发现的肿胀腺体，并且将其称为“良性淋巴增生”，因为他认为“无临床症状的儿童身上经常出现这种现象”。1994年3月，沃克－史密斯编辑了一本教科书，其中的两位专家解释道：

> 这在儿童体内很常见，是一种正常的变异。

但是，韦克菲尔德、沃克－史密斯和默奇**没有**在《柳叶刀》论文中披露任何有关这方面的信息。论文的“讨论”部分用16行讨论了吸毒啮齿动物自闭症模型，用13行讨论了二号女士提出的维生素 B_{12}，并用45行将自闭症的病因归咎于麻腮风三联疫苗，但其中**没有**任何有关淋巴增生的讨论。在“参考文献”中甚至没有列出任何文献。

韦克菲尔德等人刻意忽略淋巴增生的信息相当不正常。是不是疏忽？**不太可能**。淋巴增生不只是论文标题的第一个词汇，也被用于**定义**这种综合征。韦克菲尔德等人的研究记录中还有更多值得注意的东西，他们不仅没有在《柳叶刀》论文里详细讨论淋巴增生，也没有透露另外一个事实：检验是否存在炎症的标准血检结果是**正常**的。

他们还隐瞒了更多信息。这篇论文完全没有提到——**只字未提**——孩子们的**主要肠道症状**。

主要的肠道症状是什么？如果它是综合征的一种病征，那必然与孩子的**粪便**有关。我坐在门边，看着孩子们的档案夹被众人翻开又合上，一个月又一个月过去，我不可能忽略这一点。在**十个**孩子的记录中有这样一些描述，"明显的便秘症状""严重便秘""粪便阻塞""明显便秘""慢性便秘""连续出现便秘"，以及"他的主要问题是便秘"。

"我们当时发现，便秘是这些儿童的主要症状。"2008 年 7 月，坐在证人席上的沃克 - 史密斯告诉评审委员会。他一共聘请了三位律师，此时正在回答其中一位提出的问题。在起诉之前，沃克 - 史密斯的反应非常机敏。"便秘，"他补充了当时显而易见的事实，"是临床症状中完整且基础的一部分。"

但是，为什么他们在以医生为读者群体的《柳叶刀》上发表论文时没有提到这一"完整且基础的一部分"？对于一些医生来说，粪便的情况或许可以有助于病人的治疗。对于患有发育障碍的儿童而言，包括那些没有语言能力的患者在内，粪便情况是一个重要的问题，相关的研究信息可以提高对这一问题的重视。

而且，对于专业人士而言，韦克菲尔德等人的忽略也会让所谓的"综合征"的可信度受到质问和怀疑。

"便秘与你想要寻找的症状完全相反，"布斯解释说，"如果病人患上了炎症性肠道疾病的话。"

炎症性肠道疾病是韦克菲尔德的主张，也是巴尔法律诉讼案完整且基础的一部分。如果便秘儿童的炎症性细胞出现轻微的改变，

"这就引出了一个问题"，布斯告诉评审委员会，"即便秘是否是真正的原因。"

原因是便秘？不是麻腮风三联疫苗？布斯的分析不止是凭空臆测。粪便堵塞和肠道表层上皮的磨损（大肠和小肠的表层上皮是单层柱状上皮，仅由一层细胞组成）长久以来都与炎症有关系。在这次听证会的九年前，在皇家外科医师学会召开的研讨会上，苏格兰胃肠病学家安妮·弗格森也提到过便秘和"轻型溃疡"。

在《柳叶刀》论文的13位作者之中，必定有人懂得这个。不过严格来说，这篇论文只有一个作者，其他人根本没有担任共同作者的资格，他们不符合论文作者的严格标准。根据《生物医学杂志投稿统一要求》对于期刊论文起草的要求，只有对论文的多个层面给予"实质性帮助"的人才能称为作者——符合这个标准的，几乎只有韦克菲尔德一个人。

这篇《柳叶刀》论文的作者都不太出名，其中三位还是实习生。"在1996—1998年，你不需要深度参与就能被列为论文的共同作者。"这篇论文的其中一位作者在声明中承认，他是初级病理学家，名字是安德鲁·安东尼（Andrew Anthony）。共同作者中的其他几位顾问医师也做出了类似的回应。"这篇论文的组织病理学部分并不是我写的。"迪隆在回应我时这样说道。默奇（他表示自己在论文实际发表之前从未见过最终的版本）则告诉我，用"小肠结肠炎"来概括他们的研究发现"非常不妥当"，而论文对肿胀腺体的描述有"过度夸大"之嫌。

实际上，当其他共同作者在论文发表前仍希望继续修改的时候，是否采纳他人意见的决定权掌握在韦克菲尔德的手中。马克·贝瑞罗维兹，那位曾经在中庭发布会上发言的儿童精神病专家不仅表示他不知道那些儿童的身份，而且声称他不同意韦克菲尔德在论文中对自闭症的描述。"这不是一种行为障碍，"他告诉评审委员会，"我们也不清楚这是不是退化型障碍。"

即便如此，沃克－史密斯依然接受了韦克菲尔德根据二手检验数据提出的主张。根据他的说法，有一天，韦克菲尔德带着"所有的临床和实验室细节"来到他的办公室，准备把这些数据整理到"一张总表"之中。

"我们所有人都彼此信任，"听证会的第 24 天，这位澳大利亚教授告诉评审委员会，"我信任韦克菲尔德医生。"

我的天！"不好意思，能再说一遍吗？"在证人席对面坐着的黑衣律师萨莉·史密斯问道。

"我们所有人都彼此信任，"70 岁的儿科专家沃克－史密斯平静地说，"没错，我信任韦克菲尔德医生。"

"你指的是哪种层面的信任？"

"总体上。"

在那个晴朗的八月天，那是一个激动人心的时刻。我认为在场的所有人都听懂了沃克－史密斯的意思。但是，下一位坐上证人席的人将会带来更多关于病理学的真相。这个人就是默奇，他提到一个惊人的事件，而戴维斯、沃克－史密斯和韦克菲尔德在作证时都表示他们不记得曾有此事。

一

在听证会的第 113 天，默奇提到，那篇《柳叶刀》论文的作者们在论文发表的三个月前开过一次会议。他说，韦克菲尔德将最新版本的论文分发给了众人，其中有七位医生，包括默奇本人、沃克-史密斯、戴维斯，可能还有两位初级医师，以及部门里的其他两个人。他们在组织病理学的研讨室内开了碰头会，共同观看幻灯片，讨论这篇论文。

其他人都忘了这次会议吗？还是说这只是默奇的凭空想象？坦白说，我无法确定谁更值得相信。他们碰头的时间大约是最后一位孩子离开马尔科姆病房的十个月之后；距离《脉搏》杂志刊登相关报道，导致媒体掀起关于麻腮风三联疫苗的舆论风暴已经过了三个月；韦克菲尔德和他的导师罗伊·庞德尔已经和医院的管理层见了面；皇家自由医院正准备在中庭举办新闻发布会。但是，默奇这个关键人物，似乎依然对论文表格一的精确性感到疑虑。

“我对那次会议的印象很深，”默奇告诉评审委员会，“开会的原因，应该是戴维斯医生读过论文的初稿之后，想确定一下有关组织学的描述是否过度夸大。”

我们思考一下，无论是真相还是想象，默奇的说法都是值得注意的证词。如果组织病理学的检验结果被“过度夸大”，那这篇论文还剩下什么？如果论文的作者修改了表格一的内容，《柳叶刀》还会刊登这篇文章吗？韦克菲尔德是否愿意告诉英国公众他犯了一个错误？在研讨室中的每个人都想在自己的简历上加上重要的一笔，有谁会举手表示反对吗？

出席听证会的人不需要在心理学上有多深的造诣就能猜到沃克－史密斯想要什么。这位有资格参加皇家自由医院各个委员会的教授（在研讨室内，他是级别最高的医生），不仅拿到了珍贵的学术研究发表分数（校方会把相应的分数提交给全国研究评估考核），还让所有接受检验的孩子（除了来自美国的那位）服用带有黑框警告的强效克罗恩病抗炎药物。

韦克菲尔德的目标也是如此。在巴尔的法律诉讼案中，韦克菲尔德担任专家证人并收取费用，他的目标就是发现一种新的"综合征"。如果他无法在巴尔选中的目标——麻腮风三联疫苗中找到问题，就无法继续收取顾问费。韦克菲尔德甚至申请了两个单一疫苗的专利。而且，他还与庞德尔一起通过《脉搏》杂志告诉全世界，他们已经找到了证据，可以"证实我们的怀疑"。

默奇告诉评审委员会，当时，戴维斯和迪隆已经发起了关于组织样本检验的争论——这两位专家肯定知晓病理学界的共识。炎症细胞的数量稍有增加——正如戴维斯报告中随处可见的描述，迪隆设计的评分表中也有相似的结果——在**健康**的肠道中也是经常出现的**正常**现象，不应该被诊断为结肠炎。

举例来说，1989 年 11 月出版的《美国外科病理学杂志》（*American Journal of Surgical Pathology*）刊登了一篇有重要意义的指南，指南中解释说（我搜集的其他几篇论文也持相同的观点）："一个常见的错误，就是根据单核细胞数量在正常范围内的变动，将正常的肠道组织样本诊断为'轻度慢性非特异性结肠炎'，根据实践经验，除非结肠的上皮受损，否则不应该做出这种诊断。"

但是，戴维斯依然担任了论文的共同作者，拿到了学术研究发表分数，而默奇也告诉评审委员会，报告的内容是准确的。“核查完所有的幻灯片之后，”他说，“在场所有的病理学研究人员都同意论文的表述是合理的。”

是啊，是合理的，只有这样，他们才能在世界排行第二的综合性医学期刊《柳叶刀》上发表一篇论文。

第二十五章　我们能够揭露真相

当韦克菲尔德所说的“战争”从英国扩散到美国时，我也开始收到演讲邀请。这意味着我必须开始学习用 PowerPoint 制作幻灯片，还要把周末的大好时光用在调整尺寸和复制粘贴上。

一开始，我设计了一个不太常见的幻灯片版式，在纯黑的背景上用橘色和黄色的字体，并套用了一个与赌博相关的主题。幻灯片的左下方是一只捏着五张 A 的手，其中有两张黑桃。头几张幻灯片展示的照片是韦克菲尔德和他的大本营—— 一群数量日渐增加的家长。

起初只有一张……四张……五张……九张照片，后来变成数百张、数千张。

一开始，我讲的内容并不多，挖掘的深度也比较合适。加入我揭露的韦克菲尔德的秘密法律交易、以时薪计算的顾问费、他设计出来准备大赚一笔的疫苗和相关产品、他的实验室无法找到麻疹病毒的基因组的困境，以及他拒绝启动符合黄金标准的研究等内容之后，我已经被动辄 40 分钟的演讲搞得身心俱疲。我演讲的内容更像是一张充满冲突和愤怒的购物清单，而不是“我们能够揭露真相”风格的硬派新闻调查。

但是，这一切都在 2009 年 2 月 8 日的那个星期日改变了，此时距离我发表第一篇有关麻腮风三联疫苗的调查报道已经过了五年。在尤斯顿路举办的听证会暂时告一段落，韦克菲尔德又一次登上了新闻头版。

那一天的黎明时分，我来到希思罗机场，准备搭乘飞机前往美国密歇根州的底特律。我在机场买了一份报纸，把它摊在地上，阅读我最新发表的报道。此时，五号航站楼几乎空无一人，我把手肘放在膝盖上，用拳头撑着下巴，低头注视着报纸，快速地浏览了几段文字。

挑战麻腮风三联疫苗的医生篡改自闭症研究的数据

时机已经到了，我们或许等了太久。不过，我们要确保披露出来的消息都是真实的。

> 《星期日泰晤士报》经调查后发现，引发麻腮风三联疫苗恐慌的医生在研究中篡改并且误报了结果，伪造了疫苗可能与自闭症有关的假象。
>
> 相关的机密医疗文件和证人证词已经证实，安德鲁·韦克菲尔德暗中改动了病人的检验数据，捏造了疫苗与病况有关联的结论，从而引发民众对于麻腮风三联疫苗的担忧。

′ 我不确定这里"病况"一词的使用是否妥当，但报纸文字是团队合作的成果，在接下来的版面里还有更多报道。我继续翻下去，翻到了第六版和第七版：3000 字的报道，总共占据了 16 栏，加上两栏延伸信息。一个白字标题横跨两个版面，大写粗体，灰色背景：

从隐藏的记录中探寻麻腮风三联疫苗的真相

接下来是一张我的照片，以及一段导语：

> 《星期日泰晤士报》经调查发现，长达十年的疫苗恐慌背后隐藏着被篡改的研究数据。

非常利落。

再往下，从左到右依次有三张彩色照片：被针头刺过之后哭泣的婴儿；穿着印有"绿化我们的疫苗"[①]字样的 T 恤衫，挥动手臂的詹妮·麦卡锡及其男友金·凯瑞（Jim Carrey）；在尤斯顿路听证会大楼外咧着嘴笑的韦克菲尔德。

接下来的报道中有一个小标题是"疫苗危机的关键日期"，还有一个小标题是"恐惧如何导致麻疹重新流行"。

我早就料到这一天会到来。我采访过二号女士（此时我还没有披露有关她的消息），得到了从先导性研究数据库中查到的大量数

① "绿化我们的疫苗"（Green Our Vaccines）是 2008 年 6 月 4 日的一次游行活动，游行的目的是呼吁政府消除疫苗中的"有毒成分"，并要求国家卫生机构重新评估疫苗强制接种计划。

据、理查德·巴尔法律诉讼案的专家意见书、听证会的记录，以及无数通过《自由信息法案》申请得到的文件。而且，在韦克菲尔德撤回诽谤诉讼的那天，依照法院的命令，我还在律师事务所的办公室里读到了孩子们的医疗记录。

根据法律规定，有些资料是要封存的。同时，证据链中也有一些需要填补的空白，就像缺失了部分琴键的钢琴一样，虽然我很清楚琴键该如何排列，但仍旧无法弹出这首曲子。

幸而，澳大利亚教授沃克－史密斯帮了我一把。他改变了说法，辩称那些检查都是正常的医学护理，这意味着他的律师团队以及参加听证会的每一个人都要一遍又一遍地查阅记录，不能放过任何一个箱子里的任何一张纸条、任何一封信。那些资料里隐藏着许多秘密，远比我所需要的还要多。

我坐在门边拼命记录，写满了一本又一本笔记本。我不仅找到了在那篇《柳叶刀》论文中被描述为患有炎症性肠病的正常孩子，还发现了一些没有自闭症却被诊断为患有退化型自闭症的孩子。有几个男孩被列在接种疫苗**几天内**出现第一次症状的病人之中，但医疗记录显示他们在**几个月内**都没有任何症状；还有一些病人在接种麻腮风三联疫苗**之前**就已经成了韦克菲尔德等人关注的对象。

我核对了一下，那篇《柳叶刀》论文所列出的病例中，**没有任何一个**病例的描述是与医疗记录相符的。

在我看来，如果你从反疫苗团体给出的名单中挑选一批病人，加入某个地方律师发起的集体诉讼，多半会出现这种情况。虽然我们报纸的头版标题非常惊人，但是，如果在医疗记录中仔细核查个别儿童病例的数据——病史、诊断记录，以及韦克菲尔德等人声称的时间关联性，就能发现他们胆大妄为的程度可谓令人震惊。

所有的数据偏差看上去都只是技术问题，听起来非常枯燥乏味。这里找到一份字迹潦草的笔记，那里又找到一份样本检验报告。但是，这些偏差所凸显的一系列病例，愚弄了《柳叶刀》的编辑、同行评审专家和读者，激起了公共舆论风暴，确保了理查德·巴尔的集体诉讼案可以获得公共资金的资助，并且打造了引发全球疫苗信心危机的引擎。

以 12 位儿童中唯一的女孩为例，接受检验时，她的年纪只有三岁，她和四号孩子不仅都是 JABS 团体推荐来的病人，而且来自同一个城镇的同一个全科医生诊所。"根据《柳叶刀》论文的描述，她在接种麻腮风三联疫苗的'两个星期'后出现了脑部损伤。"报纸第六版的报道中这样写道：

> 她的医疗记录与论文的叙述并不相符。进入皇家自由医院之前，几位当地的医疗专家已经给她做过检查，她的全科医生曾告知皇家自由医院"在接种麻腮风三联疫苗的几个月前，她的发育情况存在重大问题"。

另外一位六岁的男孩，《柳叶刀》论文认为他"患有肠道疾病"，但医疗记录却显示他没有明显的问题。

> 《柳叶刀》论文声称这位男孩患有退化型自闭症和肠道疾病，"特别是急性和慢性非特异性结肠炎"。但是，根据小男孩的出院小结，他的活体组织检查没有任何问题。

令人难以置信的是，12 位儿童中的两位（包括六号孩子，我曾在律师事务所读过关于他的那份删减严重的报告）不止是相似的病例，实际上，他们是**亲兄弟**。他们的母亲带着这对兄弟和另外一位男孩参与了韦克菲尔德的研究，但他们**根本没被诊断患有自闭症**。“其中三名儿童被诊断患有阿斯伯格综合征，但阿斯伯格综合征患者能正常说话，不会出现退化的现象。”

类似的情况太多了，我们无法一一列明。这篇 3000 字的报道只能揭开冰山的一角。不过这篇报道的影响力还是不错的，特别是在美国，《今日美国报》、《新闻周刊》、《洛杉矶时报》（*Los Angeles Times*）、《芝加哥论坛报》（*Chicago Tribune*）以及其他许多媒体都刊登了相关报道。

现在，我收到了更多的演讲邀请，希望我披露更多的真相，而我也可以借此真正地挖掘细节。

—

这次底特律之旅可以让我做到这一点。我接受了密歇根大学安娜堡分校的邀请，在被冰雪覆盖的校园里进行为期一周的演讲、专题讨论和“大查房”① 式的演示，我也在此展示了我人生中的第一个幻灯片。幻灯片的配色选得不太好，样式也很业余，展示的大部分内容都是很粗糙的要点。

---

① 大查房（grand rounds）也被称为教学查房，实际上是指针对具体专业领域而举行的专题讲解活动，医学院会邀请某一领域的知名学者或医生前来进行分享交流，并承担教学工作，学生们在临床老师的引导下，以真实案例为教学内容，以师生互动为形式，对医学知识进行归纳总结。

律师指派给韦克菲尔德的研究目标：

（1）建立麻腮风三联疫苗和行为障碍之间的时间关联性（14天）

（2）寻找疫苗产生伤害的鉴别特征

（3）提出疫苗造成伤害的机制

《柳叶刀》论文达成的研究目标：

（1）8/12的比例，"麻腮风三联疫苗"，最多在14天内就会出现"行为症状"

（2）退化型自闭症和肠道疾病结合的"新型综合征"

（3）提出最终的病因可能是麻疹病毒

我在演讲结束后安排了问答环节。敏锐的观众可能已经注意到（但没有人明确提出来）我的叙述之中存在一个明显的矛盾。根据我发表的报道，如果那些孩子们被招募到汉普斯特德就是为了打造一个控告麻腮风三联疫苗的法律诉讼，那为什么《柳叶刀》论文只在**8位**孩子身上建立了疫苗和自闭症之间的关联？**全部12位**孩子的家长应该都希望提起诉讼、获得赔偿吧？

"为什么不是所有孩子的家人都将责任归咎于麻腮风三联疫苗？"我在密歇根大学所做的主演讲——讨论儿童健康政策的苏珊·梅斯特讲座（Susan B. Meister Lecture）中提出了这个问题，但没有在第一时间给出答案，而是希望有观众举手回答。随后，我决定公布答案，"**所有孩子的家长**都提出了相关的权益主张。"

到了这个时候，所有档案夹里的记录都已经被无情地分析过了，我也得知了医疗记录中的大量细节。很显然，在皇家自由医院接受检验时，**11 位**孩子的母亲或父亲都将责任归咎于疫苗。剩下的一个没有提出这个主张的家庭最初认为病因应该是“病毒感染”（最初是风疹，后来则主张是麻疹），而在一位律师登门拜访之后，他们更改了自己的说法，将矛头指向麻腮风三联疫苗。

因此，《柳叶刀》的论文内容**隐瞒**了其中三个家庭的指控，原本的比例是 **11/12**，而不是 **8/12**。

在这之后，当我询问观众为什么数字会出现不同时，观众就像突然开了窍一样纷纷举手。最普遍的意见认为，如果公开的是 11 个或者全部家庭，很有可能会暴露他们的秘密计划，这群家长的真实目的也可能被人察觉：他们是一个编排有序、筹谋已久、准备控告疫苗制造商的反疫苗团体，而不是想要诊断肠道疾病的病人家长。

然而，很久以后，韦克菲尔德提出了一个不同的解释，并且引用了一个在《柳叶刀》论文中并未提到的标准。“我们在论文中报告了在孩子的病情恶化时发现这种关联的八位病例，在这之后才发现关联的病例被我们排除掉了。”他在长达 148 页的证词中写道，还特意标了下划线予以强调。

> 如果孩子的家长后来才提出这种关联，而且不是出于他们自己的想法，例如他们在报纸上读到了相关的讨论，我们就不会把这个孩子列进去。因为如果家长最近才有这种想法，或者根据二手文献报道得出了结论，那么还把这些家庭的病人列入讨论，就会让这篇《柳叶刀》论文产生明显的偏差。

韦克菲尔德在得克萨斯州再次起诉我（而且又败诉了）的时候，作出了上述的解释。从表面上看，这种解释还是有说服力的，至少看似合理。但是，那篇《柳叶刀》论文报告说，8 位儿童从接种疫苗到"第一次出现行为症状"的最长时间是 **14 天**，而被韦克菲尔德"排除掉"的其他儿童则是在 **1—3 个月**内出现症状。因此，如果把剩下的几位儿童也纳入考量范畴，就会影响他们提出的时间上的关联性。但是，至少韦克菲尔德承认了家长们的说法可能是**错的**——我从未在其他场合听到过他承认这一点。

韦克菲尔德作出的解释依然是拆东墙补西墙。孩子们的医疗记录显示，如果将他所说的标准套用到全部 12 位孩子身上，那就应该把更多提出索赔主张的家长的孩子**排除**掉。举例而言，四号女士将麻腮风三联疫苗和自闭症关联起来是在儿子接种疫苗的三年半后，受到一篇**新闻剪报**启发以后。

因此，四号孩子应该被排除掉。根据韦克菲尔德自己提出的接纳标准，《柳叶刀》论文的内容已经出现了错误。"我的儿子刚接种疫苗时没有任何不良反应，那个时候他很健康。"1998 年 10 月，四号女士向律师们解释。后来，她还将那篇新闻剪报的复印件寄给了我。

在《柳叶刀》论文列出的八位儿童中，四号女士的孩子也不是唯一一位不符合接纳标准的孩子。诊治过一号孩子的当地医生曾经写信给沃克－史密斯，表示孩子家长"近来最大的担忧"就是麻腮风三联疫苗，而孩子接种疫苗是在 28 个月之前。1996 年 10 月，沃克－史密斯和六号女士见面讨论之后写信给韦克菲尔德，表示六号女士"最近才将孩子的行为问题"的病因跟三年之前接种的疫苗联系起来。

“在这个孩子的案例中，”沃克－史密斯在英国医学总会的听证会上表示，“虽然这位母亲一开始并未将麻腮风三联疫苗跟孩子的症状联系起来，但是，她后来非常确信疫苗是重要的原因。”

那么，根据韦克菲尔德的标准，在《柳叶刀》论文中列出的八位儿童是否应该再排除掉三人？没错，还有三号孩子。“最近，英国社会服务机构告诉他的母亲，孩子的行为问题可能是由麻腮风三联疫苗引起的。”沃克－史密斯教授写信给为这个男孩出具转诊手续的当地医生时这样表示，此时距离孩子接种疫苗已经过了将近五年，而沃克－史密斯教授也提到三号女士“一直都与 JABS 团体有接触”。

然后是二号孩子——韦克菲尔德的灵感基础，二号孩子的母亲似乎无处不在。在听证会开始三个星期后，听证会审查的档案资料第一次显示了二号女士向医学专业人士提到麻腮风三联疫苗。二号女士的家庭医生也出席了听证会，承认他在 13 年前给二号孩子的医疗记录中加上了这样一条笔记：

> 并未发现接种麻腮风三联疫苗不良反应的病史。

他在 1994 年 11 月 2 日星期三写下这条笔记，当时二号女士带着孩子来到了他的办公室。她的儿子在五年前接种了疫苗。在二号女士拜访的当天（《新闻之夜》节目播出的五个月前），《卫报》刊登了一篇半版的报道，主题是 JABS 团体、杰姬·弗莱彻和疫苗赔偿问题，标题是：

痛苦的风险选择

二号女士读过这篇报道吗？是因为她读过这篇报道，家庭医生才会注明并未发现明显的疫苗不良反应？是不是有人跟二号女士说了什么？又是谁会跟她说这些呢？很明显，韦克菲尔德所说的疫苗和行为问题之间的关联，其立论基础是非常薄弱的。他只列出了**8位**儿童，但这个人数应该**更多**，应该是所有在医院将孩子的问题归咎于疫苗的家长的孩子。但如果严格彻底地核查医疗记录，这个人数应该**更少**。无论真相是什么，《柳叶刀》的读者都被误导了。

——

韦克菲尔德经常搞这种拆东墙补西墙的回应。举例而言，12位儿童中的3位：一对兄弟加上另外一个男孩（她的母亲接受了两兄弟母亲的建议，将孩子交给韦克菲尔德做检验）从未有过"自闭症"的诊断。为什么他们会被列入论文的表格二？为什么表格的内容明确表示，在12位儿童之中有9位儿童得到了"自闭症"的"行为诊断"？

在那份极度邪恶的证词之中，韦克菲尔德对此的答复是：他在《柳叶刀》论文中使用的"自闭症"，其意义不同于他在其他任何场所使用的"自闭症"，例如他在新奥尔良研讨会提交的论文摘要中提到的自闭症（我在跟《柳叶刀》编辑部开会时就针对这篇摘要提出了质疑），他在萨克拉门托的会议上和家长解释的自闭症，他在递交给法律援助委员会的报告中提到的自闭症，他在伯顿发起的国会听证会上提到的自闭症，他在体贴照护儿童中心网站提到的自闭症，他在起诉第四频道和我时所提到的自闭症，或者是他在自己写的书中解释的自闭症。

韦克菲尔德在证词中表示，《柳叶刀》论文是在“通用意义”上使用“自闭症”一词，将“自闭症”作为“通用术语”，他甚至主张，这种方式很“适合”用于描述“谱系障碍”。

> 在特殊的语境中会使用以下名词，例如“阿斯伯格综合征”“自闭症综合征”“自闭症的”“近似阿斯伯格症”以及“自闭症谱系障碍”，因此使用通用术语“自闭症”是非常恰当的处理方式。

但为什么一位专业的医学人士会有这种想法？表格二并没有太多的文字描述，完全可以加入更加详细的说明。况且，表格二的内容也与韦克菲尔德的解释相互矛盾。他在表格二中用“瓦解性精神障碍？”作为四号孩子的诊断说明，还用“**自闭症谱系障碍**”作为九号孩子的诊断说明。

自闭症的诊断也不存在任何的“通用”特性。诊断结果就是诊断结果，只有对、错、相关、不相关，只有这样的分别。诊断是一种谨慎的文字形式，家长和专业人士通常都非常重视它。如果韦克菲尔德的目标就是如他所说的那样，那他为什么会将**特定**的描述改为**通用**的描述，将**具体**的描述改变为**空泛**的描述——刻意向杂志的编辑团队、同行评审人和读者透露**更少**的信息（以及更不**精确**的信息）？为什么要用实验室工作人员和前肠道外科实习医生（他们从未给病人做过检验，而且他们的工作合同也禁止他们负责临床护理）的意见来取代专业儿科医生的诊断意见呢？

我认为，线索就藏在韦克菲尔德发表的论文、申请的专利中：他声称**全部 12 个孩子**“过去都很正常”，并且遭受了“退化型发育障碍”（以及“严重的发育退化”）。而真正的诊断结果会与此矛盾，儿科专家在几秒钟内就能察觉到这个错误。如果韦克菲尔德的动机不是制造**退化型自闭症**的假象——用**小肠结肠炎**创造他提出的“综合征”——那他为什么要用自己的描述取代临床医学专家的诊断描述？

韦克菲尔德并没有解释这一点，而且，他篡改的资料内容与斯图亚特 - 史密斯法官制定的清单也不一致。在我开始调查之初，二号女士曾经告诉我，她的儿子在接种疫苗的“大约六个月”之后出现撞击头部的行为（而不是《柳叶刀》论文所称的两个星期），在这之后，我发现了更多在时间段上做的改动，而这些改动必然会影响论文的结论。

完成第一篇报道之后，我很快就有了一个新发现。我得到了《柳叶刀》论文的早期版本，也就是在 1997 年 8 月时在医学院内部传阅的版本（后文简称为“夏季版本”），此时距离论文最终发表还有 6 个月。夏季版本让我的幻灯片异彩纷呈：我制作了精美的饼状图，用以呈现韦克菲尔德做出的重大修改。夏季版本原本是为中庭发布会准备的，在这个版本中，将孩子的病因归咎于麻腮风三联疫苗的家长不是 8 位，也不是后来听证会审查的档案资料中记录的 11 位。

而是 **9 位**，也就是 3/4。

因此，从 1996 年 9 月到 1997 年 2 月联系韦克菲尔德进行检验的家长之中，有 **11 人**认为麻腮风三联疫苗和自闭症之间存在关联。而到了 1997 年 8 月，也就是韦克菲尔德声称采用所谓的排除标准之时，人数从 11 减少为 **9**。到了 1998 年 1 月论文即将付梓时，又变成了 **8**。

而且，请注意，夏季版本列出的 9 个病例比后来正式发表的版本多出了 1 个男孩，他母亲所称出现症状的时间段是 **2 个月**。虽然这个版本采用的时间段**依然是 14 天**，这个男孩还是被计入其中。

14 天，这是约翰·威尔逊 1974 年在引发百白破三联疫苗恐慌的论文中采用的数字；14 天，这也是 24 年后韦克菲尔德在那篇《柳叶刀》论文中提出的时间段；14 天，同样是那位住在美国亚利桑那州的母亲特雷莎·塞迪略所主张的时间段，后来她才将时间减半为 7 天。现在，听证会审查的档案资料显示，二号女士在汉普斯特德时也主动提出，她的儿子在接种疫苗的 14 天后出现撞击头部的行为。

但是，夏季版本中的“14 天”有不同的含义，它并不是接种疫苗与出现症状之间的**最长**时间间隔。在这个版本中，最长的时间间隔是 **56 天**。换言之，不是 2 个星期，而是 2 个月。

更准确地说，如果按照 **9 个**病例的统计来计算，14 天是出现症状的**平均**时间。

后来，他们又剔除了一个病例——去掉了时间段的峰值——原本的**平均值**变成了**最大值**，控诉疫苗的家长比例成了 8/12，14 天成为最长时间间隔。

平均时间则是 6.3 天。

这个发展过程确实非常复杂且诡异，让人难以理解。但是，复杂表象的背后很可能潜藏着严重的渎职行为。问问那些在华尔街工作的人，他们对此再清楚不过了。

这 14 天俨然带来了巨大的疑问。那么，感染的最长时间从**两个月**变成**两个星期**，两个星期从原本的平均值变成最大值，这会不会只是一种巧合，或者另有隐情？

有时候我会想，是不是有个人悄悄地对韦克菲尔德低语道："不，安德鲁，14 天是**最长**的时间。"

但那只是我的猜想。当我在细节中挣扎时，幻灯片就是我准备演讲的好朋友。论文的夏季版本还显示，经过韦克菲尔德的修改，孩子们患肠道疾病的比例也急剧增加（但事实上他们并没有回到皇家自由医院再次接受内窥镜检查）。数据的变化如此频繁，以至于我可以制作出一个饼状图动画，呈现病例数的变动，从大约 3 位儿童变成 8 位，最后则是 11 位。

虽然幻灯片的呈现非常简洁，但还是无法比拟真人证词的力量。

有一个消息来源可能非常重要——那位加州的十一号先生。他曾经冲出皇家自由医院，小心翼翼地保护装着组织样本的瓶子。我和他见过两次面，第一次是在伦敦，他和十一号女士、十一号孩子以及十一号孩子的弟弟一起到伦敦旅游，观看每年一度的温布尔登网球锦标赛，他们一家人住在切尔西斯隆广场（Sloane Square）附近的酒店。

在酒店的大厅，我让十一号先生看了韦克菲尔德的《柳叶刀》

论文（在此之前，他从未看过或听过这篇论文）。我告诉他，他的儿子被编为十一号，但在得到他的回应之前，我没有透露其他细节（也没有提到我已经读过被删减的医疗记录）。

《柳叶刀》论文表格二“神经精神病学诊断”显示，十一号孩子接种麻腮风三联疫苗到出现第一次行为问题之间隔了一个星期。但是，看了这个表格之后，十一号先生否认了这个说法。一开始，他表示曾经有人告诉他，他的儿子是**第 13 位**接受检查的孩子（我采访过的一位母亲说她的儿子是第 11 位）。随后，我向十一号先生保证，关于孩子是第几号的问题，我的信息是绝对正确的，此时，他否认了“一个星期”这个时间段。“时间错了。”他指着我们面前摊开的《柳叶刀》杂志。“这不是真的。”他补充说。

他的儿子在 14 个月大的时候接种了疫苗。关于十一号孩子的发育从什么时候开始不再符合皇家自由医院儿科专家所谓的“正常”，被删减的医疗记录给出了两个版本的说法。第一个版本是 13 个月——在接种疫苗之前，第二个版本则列举了“最开始的发育异常”：

18 个月：说话变得缓慢；出现重复性的手部动作。

因此，时间点是接种疫苗的**四个月之后**。

早在十一号先生将孩子带到伦敦之前，他已经将正确的时间段——四个月——告诉了韦克菲尔德。“他开始出现类似自闭症的行为，”1997 年 1 月，十一号先生在家中写信告诉韦克菲尔德，“是在大约 18 个月大的时候。”

韦克菲尔德无法解释"一个星期"这个时间段是怎么来的。"时至今日，我们已经无法准确地说明具体是什么症状。"他在提交给得克萨斯法庭的证词中说道：

但是，我能够确定某些行为症状确实是在接种疫苗的一个星期之后发生的，否则我们就不会在论文中这么讲了。

然而，十一号先生对此有不同的看法。回到加利福尼亚的家中，仔细阅读《柳叶刀》论文之后，十一号先生给我发了一封电子邮件，说出了他的心声："请告诉我，安德鲁·韦克菲尔德的行医执照有没有被吊销。"后来，十一号先生更为明确地表达了自己的意见：

如果我的儿子确实就是十一号病人，那么这篇《柳叶刀》论文就是明目张胆地造假。

十一号先生的家庭也是唯一一个没有加入巴尔法律诉讼案的家庭。英国的家长——在二号女士和六号女士的幕后操控之下——就没那么容易接触了。虽然我的调查是在巴尔的法律诉讼案宣告失败之后才开始的，但因败诉而感到困惑的家长们却联合起来谴责我。不过，在四号女士与他们分道扬镳，主动和我接触并把一些文件交给我之后，论文中隐藏的另一个问题出现了。

四号女士把她掌握的所有材料都给了我，包括韦克菲尔德带领医生查房的日志（"韦克菲尔德医生和一个五人小组来到病房解释情况"）以及医学总会开始调查时，韦克菲尔德的妻子卡梅尔所发的电子邮件，邮件表示希望四号女士可以给她打个电话（“很抱歉打扰您，但我希望能够帮助安迪”）。但是，真正能对查明真相产生影响的，还是一个致命的数据差异。

四号孩子（“最有说服力的案例”）受到了特别的重视，论文中专门有一栏说明他的情况，表格二也为他列了一个条目。夏季版本提到，四号孩子接种疫苗之后，“根据他母亲的描述，四个星期之后出现剧烈的行为恶化”，听证会审查的档案资料也支持这个说法。

但是，在**正式发表的版本**中，接种疫苗和出现症状的时间又被缩短了。到这里，论文所说的第一个症状出现在接种疫苗的“**第二天**”，而表格二的数据则是（符合 14 天的时间段）：

接种麻腮风三联疫苗之后立刻出现剧烈的行为恶化

但是，档案资料中的医疗记录并不支持论文的说法，就连四号女士本人也坚持说论文的内容不正确。四号女士**没有**在儿子接种疫苗与出现症状之间建立任何时间关联，她甚至在听证会开始之前就发信（一封后来转发给我的电子邮件）给韦克菲尔德的律师团队，**向他们表明**韦克菲尔德的论文内容是错的。

“我从来没有说过我的儿子在接种麻腮风三联疫苗之后立刻出现剧烈的行为变化，”四号女士告知韦克菲尔德等人的律师团，“我说的是几个星期之内。”

四号女士曾经希望亲自前往伦敦参加听证会，特别想说出她的儿子在马尔科姆病房住院期间经历的恐怖检验。但是，韦克菲尔德的律师团队针对她要说的话出具了一份书面声明之后，她就知道自己没有必要出席了。

“我担心的是那篇论文和在医院里发生的事情。”四号女士在电子邮件中告诉我。

> 我知道那篇论文并不正确，而且很有欺骗性。看看它是如何描述[我儿子的状况]的，就可以明确这一点。

第二十六章　高声诽谤

在英国医学总会召开听证会的 217 天里，尤斯顿路 350 号之外没有发生任何事情能让人知道大楼里正在进行一项工程量浩大的调查，只有三天是例外。从周一到周五，街景都没什么变化：在铺着蓝黑色沥青的六车道高速公路上，往西行驶的车辆加快速度——从一条用盖挖法[①]开凿的隧道中加速从斜坡上冲出——而向东行驶的车辆只能在汽车尾气形成的薄雾中缓慢地驶向信号灯。

但是，在那三天确实发生了一些有趣的事情。在伦敦内环道路北侧，警方在玻璃旋转门外竖起了钢制屏障，大约有五六十位民众——大多是中年女性——聚集在一起，他们拿着手写的标语牌。

① 盖挖法（cover and cut method）也称随盖随挖法，是指由地面向下开挖至一定深度后，将顶部封闭，下方的其余工程都在封闭的顶盖下进行施工，这样可以确保施工不会影响工程所占用道路的交通。

我们支持韦克菲尔德
韦克尔德医生心系民众
停止隐瞒疫苗造成的伤害

听证会召开的第一天，就出现了这样的集会。当时，在三楼的会议室中，英国医学总会的工作人员大声宣读了长达 93 页的指控。但是，我永远能够清楚记得的是另外一天——韦克菲尔德出席听证会作证的第一天。因为那天我犯了一个错误，而这个错误让我对反疫苗运动人士有了更多的了解，当他们将他们的"英雄圣战"宣传至世界各地时，我必须做好准备。

而且永远不再犯错。

我犯了一个严重的错误——但事后回想，倒也是可以理解。当时的世界变化太快了，在我发表第一篇麻腮风三联疫苗调查报道的两个星期前，几位哈佛大学的学生创立了一个网站，名为"Facebook"（脸书）。当韦克菲尔德威胁弱小的《剑桥晚报》报社时，第一个 YouTube 视频已经上传了两个月。法院下令让我查阅《柳叶刀》论文中提到的儿童的医疗记录时，距离第一条 Twitter 的发布已经过了 63 天。

这种急速的变化需要一些时间才能消化。虽然我加入新闻界时用的还是机械打字机，但我认为自己还算是一个能够跟上网络时代的人。我从 1990 年 7 月开始在互联网上冲浪，在 2000 年 6 月架设了自己的个人网站。但即使把这个巨大变化的方方面面加起来，也没有将我的意识和反应提升到另外一个层次。特别是，我料想不到，如果每个人的背包或长裤里都装着一个摄像头，会产生何种结果。

我那天犯的错误是这样的。穿过抗议的民众时，我在一位男士面前停下了脚步，他手中拿着一张标语牌，上面写着：

猎巫

这位留着棕色胡子的男士名叫戴维·思罗尔（David Thrower），当年 57 岁，是来自英格兰北部地区的公共运输规划师，他参与了理查德·巴尔的诉讼案，代表患有自闭症的儿子奥利弗控告史克必成制药公司。

思罗尔还是作者，撰写的《简短笔记》（*A Briefing Note*）在反疫苗人士之间广为传阅，萨克拉门托的兰尼·谢弗将思罗尔的作品下载之后重新制作发布，从加拿大到新西兰都有人引用思罗尔的作品。就我所知的范围内，在所有主张麻腮风三联疫苗会导致自闭症的材料中，思罗尔的作品是写得最详细的。

四年前，我从六号女士手里拿到了这部作品，它那自闭症般的非主流特质让我感到非常惊讶。思罗尔的《简短笔记》在那个时候已经长达 159 页，其中还有“执行摘要”、索引、附录，第 1 节到第 130 节（从字母 A 一直排到字母 M）中填充了大量文献引用和研究解释。

但是，比其系统化程度更让我记忆深刻的，则是作品开篇的标题：

麻腮风三联疫苗和后天性自闭症（自闭型小肠结肠炎）

我觉得思罗尔根本不知道这些文字的含义。这个男人在寻求自闭症病因的家长面前充当导师，却对那些信任他的人没什么担当，连作品的第一句标题都没能写对。等到我在尤斯顿路见到他的时候，他的"笔记"已经膨胀为427页，还有了一个更长的新标题——从这个标题来判断，我认为他依然不懂什么是自闭症。

麻腮风三联疫苗、硫柳汞造成的退化型自闭症或晚发型自闭症（自闭型小肠结肠炎）

因此，出于完全合理的新闻调查的目的，我询问他："什么是'自闭型小肠结肠炎'？"

思罗尔的身边围满了挥舞标语牌的抗议者，他重复了我提出的问题，几乎是在对着周围的车流咆哮："什么是'自闭型小肠结肠炎'？是我们不懂了，对吗？"

我们当然懂。

"我们知道自闭型小肠结肠炎是韦克菲尔德提出的，"我重复说道，"但是，韦克菲尔德究竟是怎么说的？"

"如果要我重复韦克菲尔德说过的话，我们就得在这里待上一整天。"

事实并非如此，但我不愿意就此打住。我又问他："什么是小肠结肠炎？"

思罗尔显然不知道。他的脸色一沉，嘴里嘟囔着什么，声音仿佛一艘正在下沉的船。

我继续施压："你不知道，对不对？"

“你告诉我，那你告诉我，”他变得紧张不安，紧紧握着手上的标语牌，“我可从没说过自己是医学专家。”

但是他说过。**哦，他确实说过**。你可以从《简短笔记》中挑出无数个段落来证明这一点，他的语气俨然就是医学专家。“一项儿童检验已经发现了一种新类型的炎症性肠病，也就是回肠末端结节状淋巴组织增生，”他在两个版本的《简短笔记》中都提出过这种带有误导性的讯息，“这种情况在没有自闭症的儿童身上非常罕见。”**他错了**。

我已经证实了自己的怀疑，随后转身向大楼走去。但是，一群愤怒的女士也跟了上来，其中有几个人大喊：“那是一种肠道疾病，一种肠道疾病。”其中一个人挥舞着手中的 X 射线胶片。随后，愚蠢的我又犯了一个错误。

“他们没有肠道疾病，”我对其中一位正在高呼的女性说道，“你参加过医学总会的听证会吗？”

“不，我没有。”

“那些孩子，”我重复道，“没有肠道疾病。”

上面这些问答的过程都被人用视频的形式拍了下来。

抗议人士的辱骂声更响亮了。其中一位女士举着一张标语牌，上面写着“停止猎巫，开始猎鹿①”。我走进大楼，来到听证会的会议室，韦克菲尔德稍微转了一下证人席的椅子（正好以 45 度角斜对着评审委员会），我猜想，他是希望让自己看起来更为诚恳。我坐到门边，开始记笔记，刚才在街道上发生的事也逐渐淡出我

---

① 本书作者的姓（Deer）就有“鹿”的意思。

的思绪。

—

过了一段时间之后——我猜应该是一两年后——这段死掉的记忆突然复活并开始攻击我。业余电影制作人艾伦·戈尔丁（Alan Golding）把当年抗议人士拍下的视频和采访家长的片段剪辑在一起，想要制造这样一种假象：我参加听证会并没有获得明面上的报酬，因此，我很可能得到了制药公司的资助。戈尔丁诋毁我的重头戏就是我对肠道疾病的评论，他想要借此证明我是一个小丑，或者是个骗子。

他还准备了两个特别的采访片段来攻击我。毫无疑问，他成功了。第一个采访片段的主角是一位留着高耸发型的女士，名叫希瑟·爱德华兹（Heather Edwards），很显然，她当初也参与了尤斯顿路的抗议活动。爱德华兹向戈尔丁展示了她儿子乔希的一张照片，孩子做过外科手术，大肠已经被切除了。

"在皇家自由医院住院治疗的那十天里，他们在乔希身上发现了其他自闭症儿童所患的疾病，"她说，"乔希的大肠有非常严重的病变，必须切除。"

在戈尔丁制作的视频中（我上一次查阅 YouTube 时，这个视频的观看量达到了 15 万），他把我在街头所做的评论（"他们没有肠道疾病""你参加过听证会吗？"）与爱德华兹的采访剪辑在了一起。我当时真应该保持沉默。

读者给报社写信的黄金时代已经结束了，现在痛恨我的民众都在网络上辱骂我。"《柳叶刀》论文中的一位孩子（现在已经长大了）

不得不把受损的肠道整体切除。”一位反疫苗人士愤怒地表示——任何一位看过戈尔丁视频的人都会有这种想法。

戈尔丁另一个成功的采访是与充满野心的二号女士一起合作的，在戈尔丁剪辑的视频中，她大声朗读了一封《柳叶刀》论文儿童家长共同签署的公开信（签署活动是由二号女士和六号女士组织的）。二号女士现在留着灰色短发，戴着圆框眼镜和非常沉重的手镯，我们上次见面之后，这位反疫苗群体的尖兵稍微胖了一些。在视频中，二号女士的话听起来非常有说服力。

“我们所有人的孩子都是通过合理的方式转诊给沃克 - 史密斯教授的，这样孩子们就能够得到完整的检查，他们所患的严重、长期、异常折磨人的肠道疾病也能够得到充分的研究，”她在镜头前表示，“所有的检验手段都没有给孩子造成伤害……当初给孩子做检查的医生竟然在这场旷日持久的调查中成为主要目标，这令我们深感震惊。”

戈尔丁制作的视频似乎大获全胜。但是，真相并非如此。戈尔丁不受新闻规范或法律的限制，但像我这样的新闻记者或电视制作人都必须严格遵守相关的规范，因此他可以随意使用能获得民众信任的视觉手法，借此推广误导性信息。更重要的是，乔希 · 爱德华兹根本不在《柳叶刀》论文研究的 12 位孩子之列，他和听证会完全没有关系。根据英国最畅销的报纸《太阳报》（*The Sun*）的一篇报道，乔希的大肠切除手术是在伦敦另一家医院做的，手术的原因是医生诊断他可能患有食物不耐受症。

拜那个视频所赐，我遭受了多年的辱骂。但是，有些人看到视频后能认识到真相，其中一位就是四号女士。她在视频中也被列为公开信的签署人，而她看见自己的名字被列在上面时非常震惊。她不只坚定地相信她的儿子**没有**肠道疾病，也坚持认为儿子在马尔科姆病房遭受了很多痛苦，她下定决心要帮助我。

“我有好几次都非常强烈地想要联络你。”她解释说，同时将上百页的文件、日记、信件、电子邮件和通话记录交给我。无论听证会最后的结果如何，这些材料都能够作为证据，指控那位没有病人的医生。

四号女士也不是唯一转换阵营的人。有些家长在仔细阅读了我发表的报道之后，打通了报社的新闻服务热线，为我们提供了韦克菲尔德在美国的出发航班信息。有的家长向我抱怨韦克菲尔德在会议酒店所做的演讲缺乏“家庭价值观”。最重要的是，有一个人决定背叛韦克菲尔德，并且充当双面间谍，我会将其称作“特别情报来源”。

“现在的情况是，有两位男士，”特别情报来源解释说，“其中一位是医生，另一位是记者。其中一个人说‘白’，另外一个人说‘黑’。他们不可能都是对的。其中一个人是正派的绅士，另外一个人则是可耻的讼棍。”想清楚这些后，他 / 她决定与我开展长达十年的合作，将韦克菲尔德军团内部流传的、旨在诽谤我的文件、报告和阴谋传递给我。

我很早就知道韦克菲尔德的人马想要诋毁我，特别是有人明确以书面形式向我宣战之后。在我发表第一篇报道的四个月后，在一个星期三的凌晨 3 点 54 分，笔记本电脑发出提示音，我收到了一封电子邮件，发件人是一位女士，当时我完全没有听过她的名字。她叫卡萝尔·斯托特（Carol Stott），当年 47 岁，拥有流行病学博士学位。巴尔曾聘请斯托特加入他的团队，以对抗欧洲最权威的自闭症专家迈克尔·路特教授爵士（Professor Sir Michael Rutter）提出的证据。

斯托特发来的讯息只有两行，标题是“游戏开始了”，内容则是：

有本事试试看，你这个王八蛋。

相信我，你一定会输。

在接下来的一个小时里，她又发来五封电子邮件。“去你的”……“你这个王八蛋，收到信了没？”……“王八蛋”……“狗屎烂人，哪里舒服就待在哪里吧”。到了早上9点43分，我依然没有回应。

你的反应速度很慢，王八蛋。

斯托特无心隐藏自己的恶意，她就是希望我感受到这种威胁。她是韦克菲尔德的重要副手。“我们把斯托特称作‘上校’，”我的特别情报来源告诉我，“她是所有事情的幕后首脑，也是韦克菲尔德团队的核心成员。”

五个月后，斯托特架设了一个攻击我的网站。一年之后，他们开始准备应对英国医学总会的听证会，同时也举办集会活动，我质问思罗尔的那次抗议集会就是其中的一次。在一封寄给八位合作者（包括六号女士）的“机密”电子邮件中，斯托特表示她给一个“可能是由体贴照护儿童中心资助的"团体成员发了邮件。

我不知道韦克菲尔德有没有从中牟利。但是，我确定斯托特并不缺钱。根据法律援助委员会的文件，斯托特从巴尔的法律诉讼案中获得了十万英镑的费用。韦克菲尔德（他称斯托特为"亲爱的朋友"）也诡异地聘请斯托特担任体贴照护儿童中心的"客座教授"——韦克菲尔德的"内脏"组织的账户数据显示，他一共给斯托特支付了大约 20 万英镑。

斯托特所说的"团体"，其实就是她为了取悦韦克菲尔德而成立的秘密组织，名叫"新自闭症促进会"（New Autism Initiative），只有获得团体成员的担保才能加入。这个团体隐藏在公共运动"高声谴责"（Cry Shame）的背后，这个运动有一个官方网站，网站的注册时间是听证会开始的两个月前，注册人是六号女士。

一开始，我以为六号女士是他们的首脑。当然，我就是他们的头号公敌。"我曾经以为，她唯一没去联系给你制造麻烦的组织，只有猫咪保护联盟。"我的特别情报来源回忆说，这位母亲曾经花了数百个小时，向媒体编辑、法官、政客、医院管理层以及任何能够妨碍我追查真相的人提出投诉。

不过，随着我的秘密线人传递给我的文件越来越多，我才意识到究竟是谁在幕后操纵。但是，幕后操纵者的孩子并没有遭受发育障碍，那些母亲并不是玩家，而是棋子。"高声谴责"运动和潜藏在这一运动幕后的"新自闭症促进会"就是在深夜给我发送电子邮件的斯托特和二号女士的律师克利福德·米勒推动的，而他们的恶毒程度，跟一对海蟾蜍没什么两样。

斯托特厚颜无耻，米勒则是狡猾机警，而且更能够适应信息时代。米勒秘密经营着他称之为“儿童健康安全”（Child Health Safety）的匿名网站，并在网站上发布了大量虚假信息以供其他人阅读并转发。我不得不说，网站上的内容都是**谎言**。网站宣称要让家长获得“关于儿童健康安全的可靠资讯”。除了推崇韦克菲尔德之外，米勒也为家长们提供建议，甚至策划各种针对我的诽谤。

米勒甚至声称我“捏造”了那篇《星期日泰晤士报》的报道，报社编辑约翰·威瑟罗的立场“站不住脚”，还说我已经承认我的报道只是“臆测”。

在众多诡计之中，米勒用于扩大自己影响力的方式就是在互联网上用自己的本名克利福德·米勒发表评论，借此宣扬他匿名发表的信息，自己为自己背书。他在“生态育儿网”（Eco Child's Play）和“心理学史前沿动态”（Advances in the History of Psychology）等网站上发表评论，例如“事实证明，记者布莱恩·迪尔捏造了不实报道”，随后附上他自己创办的网站。他还声称：“‘儿童健康安全’网站已经得到了广泛的认可，是一个可靠的信息来源。”

萨克拉门托的谢弗也欣然接受了这些谎言，并以此煽动美国各地的读者。53 岁的米勒还有更进一步的诽谤。他不仅散播谣言指控我为制药公司工作，还声称“能够证明”我的报道都是收了钱才写的。

特别情报来源提供的文件还确认了其他一些人。除了斯托特、米勒、二号女士和六号女士之外，还有一位名为斯通（Stone）的男士，以及一位名为斯蒂芬的女士，韦克菲尔德也会在心血来潮时参与相关计划。在这个小圈子里还有一个更加紧密的圈子，成员只有斯托特、米勒和韦克菲尔德。随着旷日持久的听证会缓慢进行到最高潮，他们也开始发力，敦促诽谤者们开始行动。

多年来，韦克菲尔德一直都依靠公关专家来让自己筹划的活动获得最大程度的影响力。现在，他用美国人的钱聘请了一个名叫马克斯·克利福德（Max Clifford）的人—— 一位银发的百万富翁，同时也是英国名人圈中的顶尖公关专家——散播毁灭性的谣言。为了吊起马克斯的胃口，斯托特还带他参加了听证会，后来还向一位小报自由记者报料（这位记者在马克斯·克利福德的办公室见到韦克菲尔德之后，将此事告诉了我），准备"揭发"关于我的真相。

"媒体将会掀起对布莱恩·迪尔的强烈批判。"韦克菲尔德在一封同意发起攻击的电子邮件中向斯托特和米勒做出承诺。

他们使用的武器中有三封捏造的信件，用于对我发起无耻的指控。在一份标题为"机密——最终文本"的文件中，他们提到准备向家长（但仅限于那些他们认为"可靠"的家长）发送这三封信，再让家长将这些信邮寄给多家机构（其中包括我供职的报社和伦敦警察厅），希望借此终结我的记者生涯。

这些家长寄出的每一封信都是以"我是一位孩子的家长"作为开头，然后用米勒的滑稽法律用语指控我实施了多项"犯罪"行为，包括在"违法犯罪"或"秘密"活动中的协助、教唆、促成或密谋行为，比如获取孩子们的医疗记录。

"有人告诉我，制药公司在你的报道上砸了一大笔钱。"后来，马克斯·克利福德在电话中这样对我说——在韦克菲尔德聘请的这位名人公关专家因性侵被捕并被判处八年监禁之前。

但是，韦克菲尔德等人的计划起到了反效果。没有报社愿意报道，警察自然也没有任何行动。这个计划反而让我发现，在反疫苗阵营的核心中藏着像俄罗斯套娃一样的多层人际组织。米勒负责撰写投诉的具体内容，在得到韦克菲尔德的同意之后，一字不差（连标点符号都没有改）地转给乔希·爱德华兹的母亲希瑟，以及尤斯顿路抗议活动的其他参与者。他们以这种方式操纵弱势的家长。

第二十七章　精心设计的骗局

在自己医学职业生涯结束的那天，韦克菲尔德看起来毫不在乎。他没有再出席在伦敦举行的听证会，反而走进了 NBC 在纽约市中心的摄影棚。这里没有起诉他的律师，也没有调查他的新闻记者，他在早上 7 点 43 分与《今日秀》的招牌人物马特·劳尔进行了六分钟的访谈。

“用这种方式开始访谈可能有点奇怪，”劳尔的开场白就像在询问一位老朋友喜欢哪种早餐麦片，“但我还能称你为‘医生’吗？”

韦克菲尔德咧嘴笑着，一脸轻松的表情。“可以，”他回答，“因为他们无法剥夺我拥有的医学学位。”

那一天是 2010 年 5 月 24 日，星期一。五个小时前，在伦敦听证会的会议室内，评审委员会主席苏伦德拉·库马尔准备在第 217 天结束这场漫长的调查。他大声宣读了委员会的“决定”和“制裁”：内窥镜医师西蒙·默奇因“错误诱导”而被皇家自由医院开除，韦克菲尔德和沃克－史密斯犯下的医疗不当行为，意味着他们的名字应该“从医师登记册中抹除”。

被证实的罪名清单——符合明确的犯罪标准——依然没有完结。除了先前提出的多项罪名以外，韦克菲尔德被证实的医疗不当行为还包括在没有获得伦理委员会的许可、没有足量保护措施的情况下开展研究；让没有肠道疾病的儿童接受侵入性的检验；以不正当的方式误导法律援助委员会（包括为他辩护的御用大律师提出的一项“欺诈”行为）；以及有意挪用原本用于资助研究的资金。

“本委员会高度关注韦克菲尔德医生一再违反医学研究基础原则的行为，”库马尔宣读五名委员会成员的共同决定，“我们得出结论，韦克菲尔德在医学研究领域的行为足以构成严重的职业不当行为。”

但是，以上罪名还不是全部。韦克菲尔德无法保证《柳叶刀》论文的内容“真实并准确”。他以不诚实的方式“对病例数做出了误导性描述”，以不诚实的方式主张那些孩子都是通过“正常的途径”来到皇家自由医院，以不诚实的方式隐瞒他从理查德·巴尔那里获取收入的利益冲突问题，也没有坦白他所申请的疫苗专利。

库马尔表示，委员会已经发现“韦克菲尔德在撰写一篇对公众健康有重大影响的科研论文时存在欺诈行为”。因此，委员会同意，由于韦克菲尔德“持续缺乏专业认知”，他的医疗执业资格应该立刻被吊销。

《今日秀》的观众完全不知道伦敦听证会的判决，劳尔的访谈就跟小孩过家家一样。劳尔对面就是节目来宾——韦克菲尔德，他

坐在松木椅子上（边桌上放着几束鲜花和几本书），身后是半透明的蓝色布景。劳尔插播了在我调查初期播出的《日界线》节目的片段，其中有韦克菲尔德在某次研讨会上做演讲的场景，还有我在《星期日泰晤士报》新闻编辑室的画面，但没有提到司法鉴定方面的调查。

> 劳尔："所以，你愿意看着我的眼睛告诉我，你所做的这项研究完全没有任何利益冲突或者其他问题吗？"
>
> 韦克菲尔德："没有问题，完全没有问题。如果真的有利益冲突问题，早就被人揭穿了。"

韦克菲尔德的回答简直荒谬可笑。但是劳尔——在那个时候，他是所有美国人心中的帅气叔叔——访谈了几分钟就草草收场。在这之前，我已经将自己得到的一盘录像带交给了英国医学总会，录像带里的内容是韦克菲尔德在美国加州的一场演讲，在演讲中，他提到自己是如何怂恿那些参加他大儿子生日派对的孩子（有些孩子只有四岁左右）当场献血的。

《日界线》节目播放了那次演讲的一段录像，在观众的笑声中，韦克菲尔德以开玩笑的口吻提到那些痛哭、昏倒并呕吐的孩子。太滑稽了，哈哈，安迪，加油。

"孩子们献血之后得到报酬了吗？"劳尔在《日界线》的片段播放完毕后询问韦克菲尔德。

"他们获得了奖励，但不是金钱报酬。"韦克菲尔德回答。

"什么奖励？"

“在生日派对结束后，他们每个人获得了五英镑。”

“为什么这不算支付金钱报酬？”

“好吧，我们事先没有说过要支付金钱，并没有以‘只要这么做，就会给你钱’来强迫他们，”韦克菲尔德回答，“而是在结束之后，我们说：‘这是你愿意提供协助的奖励。’从学术伦理的角度来说，奖励和支付金钱报酬是不同的。”

英国从来都不允许血液交易。但是，这期《今日秀》节目足以证明，单凭缺乏伦理这一点，这位反疫苗运动人士就应该被吊销行医执照。劳尔虽然提到了这位来宾在英国已经被视为行为“失信而且不负责任”，但又很快将话题转到其他方面，让韦克菲尔德能够安稳地坐在来宾椅上。

“你的研究涉及 12 位儿童，”劳尔说道，“我看过其他涉及上千名儿童的研究，都无法重复你的研究结果。因此，今天，你能够坐在我面前告诉我，你相信特定的疫苗——也就是麻腮风三联疫苗——和儿童自闭症之间可能存在关联吗？”

这是想和韦克菲尔德在科研领域进行一场对决吗？那可是韦克菲尔德的专长。他需要做的只是折中一下——**他们那样说，我这样说**——就会赢得更多的支持者。“不止我有这种想法，美国政府也承认疫苗和自闭症的关联，”韦克菲尔德给出了和美国政府声明相违背的信息，“重点在于，尽管他们发动了一场公关战，想要攻击我、攻击家长，但是，他们还是在疫苗诉讼案中承认了这一关联。”

法院也会明确否认韦克菲尔德的说法，没有任何关于疫苗 – 自闭症的案件得到过法院的支持。况且，韦克菲尔德自己的立场都无法在 24 小时内保持一致。他向美国媒体讲了一个说法，在同一天接受媒体采访时又向英国媒体提出了另外一种说法。"我在那个时候从来没有提出那种主张，"《卫报》和《每日电讯报》都引述了韦克菲尔德的说法，"现在也没有主张麻腮风三联疫苗会引发自闭症。"

后来，他甚至在 BBC 上表示："我从来没有说过疫苗会引发自闭症。"

—

韦克菲尔德的表现充满自信，就像一只追打苍蝇的猫。他知道自己可以从容应对任何一位电视主持人，绕过媒体界和医学界，直接跟支持他的民众——那些困惑又饱受创伤的母亲对话。韦克菲尔德的生计，以及他余生的意义，都仰赖于那些人。

但是，真正的新闻媒体不会错过在尤斯顿路举行的听证会。我已经拿到了存在异常的病理学报告、被篡改的诊断记录、孩子在接种疫苗之前或者**几个月后**才出现自闭症症状的病史记录、法律援助委员会的合约，以及许多通过调查取得的材料，包括韦克菲尔德的秘密交易、商业计划，以及所有的数据。在 4 月的星期三——韦克菲尔德坐上证人席的第 18 天，我们终于从毒蛇口中拔出了一颗毒牙——他承认了一个事实。

"现在，我想问你，你能不能清楚地表明，论文中的所有孩子——至少是其中的大多数——前往皇家自由医院，"身着黑衣、代表英国医学总会的御用大律师萨莉·史密斯问道，"都是因为他们的家长认为，或者是家长借他们的医生之口提出，麻腮风三联疫苗可能给孩子造成了伤害？"

到了这个时刻，我们已经发现了无数证据，韦克菲尔德已经无处可藏了。“任何读过这篇论文的读者都能明白这一点，”他回答，“许多人自愿带着孩子来到皇家自由医院，是因为孩子出现的症状，可能接种过疫苗的病史，或者存在导致疾病的感染。”

史密斯这个看似平淡无奇的问题，实际上直击问题的核心。她可不是早间真人秀的主持人。如果家长前往医院的目的是指控疫苗，这意味着论文的**第一个发现**是无效的。疫苗和自闭症之间的关联并不像《柳叶刀》读者所想的那样是被谨慎的医生**发现**的。论文的研究对象也是人为选择的结果，换言之，**是人为操纵的**。

史密斯问了韦克菲尔德两次。“那些病人，那些孩子，都是基于症状和病史自行转诊到皇家自由医院的，”韦克菲尔德告诉评审委员会，并详细列举了他真正用来选择论文研究对象的标准，“这些症状和病史包括三**个关键要素**：**环境暴露**、肠道问题，以及发育退化。”

韦克菲尔德曾经因为我提出这个观点而起诉我。如今，他终于自己承认了。

经历千辛万苦，我们终于在听证会上得到了韦克菲尔德的一种说法。但是，对于美国和全世界，他还有另外一种说法。

英国医学总会的调查结果证明了我的发现是真实的。如今，我接到了一个自己未曾预料到的委托——为医学专业读者详细介绍调查的细节。这个邀请来自《柳叶刀》在英国的主要竞争者——《英国医学杂志》，杂志编辑部将会讨论我的调查发现。

我已经针对病理学检验写了一篇四页文章——《韦克菲尔德在显微镜下发现的"自闭型小肠结肠炎"》。随后，英国医学总会做出了裁决，韦克菲尔德参加了劳尔主持的美国《今日秀》。《英国医学杂志》的总编辑菲奥娜·戈德利（Fiona Godlee）建议我将这篇文章扩充成一个系列，分成三篇发表。戈德利也是医生，出生于美国旧金山，在一所风格古怪的英国私立学校接受了教育。这位颇有童心的知识女性开创了 BMJ 临床证据数据库，勇敢地对制药公司和其他利益集团展开了毫不妥协的调查。

因此，我接受了她的建议——最终完成了"麻腮风三联疫苗恐慌的秘密"系列文章——包括参考数据和汇总表，总计 24000 字，共 19 页，外加一个优雅的封面。《英国医学杂志》花了六个月的时间编辑这个系列文章，进行一遍又一遍地核查。参与审阅的编辑有六七位。戈德利的副手负责检查文章提到的英国医学总会听证会记录，一位儿科专家和一位病理学家进行了同行评议。《英国医学杂志》还请了一位律师，并支付了 60 个小时的咨询费用。

在那几个月，我和戈德利经常见面。在某个下午，她骂出了一句脏话，我猜测，在《英国医学杂志》编辑部，极少有人会说脏话。当时，我们正在和律师戈尔德温·巴苏蒂利（Godwin Busuttil）一起审阅我的稿子，这位总编辑发表了自己的意见。

"韦克菲尔德的行为是欺诈，"她说，"你必须明确地指出这一点。"

这已经不是新闻了，因为英国医学总会已经针对韦克菲尔德的论文做出了医疗行为不当的裁决，我在自己的个人网站和《星期日泰晤士报》上也都明确指出了这一点。这是毋庸置疑的事实。

“依我看，”我回应戈德利的判断，“如果你有这种想法，就应该由你来说。”

因此，2011 年 1 月的第一个星期四，《英国医学杂志》的伦敦办公室发布了一则出版公告，这可不是早间节目的轻松谈话。他们宣布将开始连载我撰写的系列文章（第一期文章的开篇是十一号先生对于《柳叶刀》论文的反应）。出版公告还引用了《英国医学杂志》为系列文章刊发的编者按——杂志编辑谴责韦克菲尔德的研究，认为他的论文是“精心设计的骗局”。

> 谁制造了这场骗局？毫无疑问，就是韦克菲尔德。有没有这样一种可能：韦克菲尔德只是犯了错，而不是不诚实；他只是能力不佳，以至于无法公允地描述自己的研究计划或者精准报告 12 位孩子中任何一位的情况？不，不可能。他一定花了不少心思和精力撰写这篇论文，为了达成他想要的目的，这篇论文所有的缺陷都导向一个方向：严重的误导性研究。

第一个报道此事的媒体是美国有线电视新闻网（CNN），报道者是安德森·库珀（Anderson Cooper）。这一次可不是茶余饭后的闲聊，而是来自美国记者搜寻新闻事件时如猎犬一样的嗅觉，库珀的嗅觉就不错。“就在几个小时前，”这位新闻界的职业拳击手看起来比实际年龄更年轻，他的表情十分严肃，眯着眼睛对着镜头说，“《英国医学杂志》做出了在学术期刊界极为罕见的表态，指控一位研究人员——安德鲁·韦克菲尔德犯有**严重的欺诈行为**。”

库珀解释了为什么这位研究人员并不“一般”。韦克菲尔德在

1998 年发表的论文"确实改变了许多家长对于疫苗的想法"，而且这篇论文的结论仅仅建立在针对 12 位儿童的研究之上。"在全世界各地，许多渴望找到答案的家长都接受了韦克菲尔德的主张。"库珀说道。

节目播放的视频片段中，演员詹妮·麦卡锡和她当时的男友金·凯瑞、美国众议院改革委员会主席丹·伯顿一一登场。接下来，节目直接连线到一场在牙买加召开的反疫苗会议上，现场采访韦克菲尔德——这是库珀发动的一次奇袭。

Skype[①] 的画面幽暗闪烁，画面被一分为二，这一次，韦克菲尔德没有办法掌控一切。"好吧，你知道的，我一直在忍受这个人对我的污蔑，已经忍了很多很多年了，"韦克菲尔德语速飞快地提到了我，"我还写了一本书……"

"但是今天的重点不是一个人的指控，"库珀打断了他，"而是《英国医学杂志》发表的消息。"

"我还不知道《英国医学杂志》说了什么，但是，我已经在许多场合遭到那个人提出的多项指控。他是一个职业杀手。有人聘请他来打倒我，因为他们非常关注疫苗对儿童造成的不良反应。"

"先生，请允许我打断你一下。你说他是一位'职业杀手'，而且'聘请'他的是'他们'。'他们'是谁？他是职业杀手，那他要杀谁？据我所知，这个人是一位得了很多奖的独立新闻记者。"

韦克菲尔德对此嗤之以鼻。"他确实是，你也知道，但是，谁

① 微软旗下的一款即时通信软件，全球最受欢迎的网络电话之一，支持视频、语音通话。

聘请他？他收了谁的钱？我不知道。但我可以肯定的是，他不是像你这样的记者。”

“好吧，但他确实签署了一份文件，保证他在相关事件中没有任何经济利益，他与任何利益相关人士也没有金钱上的往来。”

诽谤我的时候到了，韦克菲尔德还能有什么其他反应呢？接下来，他采取了所谓的“药托指控”策略。“嗯，他这么说倒是很有意思，因为他的调查是由英国制药工业协会（Association of the British Pharmaceutical Industry）资助的，而英国制药工业协会唯一的直接资金来源就是制药产业。”

我最后一次和英国制药工业协会接触的时间是 1993 年，那次，他们将产品的数据表寄给了我。我也曾经为了报道欧洲临床药物试验规范（European Clinical Trials Directive）而采访了一位在制药厂担任顾问的医学专家。但是，韦克菲尔德如果不提出这种荒谬的指控，并带领他的幕后组织（我的特别情报来源依然身处其中，继续为我传递情报）继续编造有关我的谣言，就没有办法解释他面对的困境。对真相的揭示已经走到了这个阶段，情况非常明确，我和他之中，有一个人正在欺骗世界。

但是，欺骗世界的人可能是我吗？我，甚至从来没有买过汽车，有可能欺骗一家全球顶尖报纸的编辑和律师吗？何况我已经以员工、合约记者、轮班和自由记者等方式在这家报社服务了将近 30 年。我有可能愚弄英国第四频道的首席执行官、制作人、律师、医学总会的五人执业能力评审组、皇家司法院的伊迪法官，以及世界排名前五的医学杂志的编辑、律师和同行评审人吗？我在个人网站上公开的文件有伪造的可能吗？我在美国得克萨斯州的法庭上做了伪证吗？我对大型制药公司的调查只是装模作样吗？

库珀的报道就像一支弩箭，正中韦克菲尔德的要害。接下来的三天，我和戈德利搭乘出租车，奔忙于北美电视网（North American Network）和半岛电视台（Al Jazeera）的伦敦分部之间，全球各地的媒体都在争先报道。

许多强力的评论文章都支持我的报道，从《华尔街日报》到《新西兰先驱报》（*New Zealand Herald*），从《多伦多星报》（*Toronto Star*）到《澳大利亚人报》（*The Australian*）。

许多媒体的评论都提到了我的名字，比如《纽约时报》编辑部的评论：

> 现在，《英国医学杂志》采取了非比寻常的行动，刊登了由英国调查记者布莱恩·迪尔撰写的长篇报告。迪尔率先揭露了这篇论文的缺陷，为了证明调查的真实性，不惜拼上自己的名誉。

《纽约时报》的评论让公众舆论产生了一定程度的扭转，两个星期后的一份民意调查报告也验证了这一点。根据哈里斯民调公司（Harris polling organization）的调查，有47%的美国人（大约145000000人）都知道《英国医学杂志》对韦克菲尔德的评价。"47%是很高的比例，"这家民调公司的主席表示，"这是一个相对新颖的议题，有这么多人知悉此事是很了不起的。"

对于老派的新闻调查而言，我会说我们终于有了**结果**。随后的几个月，在接到一连串演讲邀请之后，我终于动身上路。

第一个邀请我去演讲的机构是加拿大新闻基金会（Canadian Journalism Foundation），他们在那一年的 2 月邀请我到多伦多待上一个星期。多伦多正是韦克菲尔德获得灵感的城市。除了演讲之外，我还参加了大学晚宴、访谈节目，与加拿大《环球邮报》（*The Globe and Mail*）的董事会成员们见了面，还跟加拿大国家广播公司的人一起开了会。

“我和布莱恩·迪尔握了手，”一位年轻人在 Twitter 上说，他在瑞尔森大学（Ryerson University，现称多伦多都会大学）参加了一场关于新闻调查的大型演讲，现场挤满了听众，“对我来说，这就像是追星一样。”

—

虽然我的工作顺利完成了，但相比于满足，我更觉得忧郁。我的调查确实向权力机构说出了真相。但是，作为定义我职业生涯的报道，如果可以证明疫苗会导致自闭症，我会更加快乐。倘若真相就是如此，那必定会引发更大的波澜。对于我这种记者来说，揭开自闭症的神秘面纱，让无数孩子受益才是最重要的。

这是新闻吗？是真的吗？是独家报道吗？读一读吧，都是**独家报道**。

在多伦多市中心，走在白雪覆盖的人行道上，我决定不参加晚宴，而是回到假日酒店看看电影，倒一下时差。我沿着布鲁尔街（Bloor Street）走了差不多 20 分钟，一边呼出白气，一边猜想韦克菲尔德在 25 年前思考克罗恩病的病因时，究竟想到了什么。如果我也点上一杯健力士啤酒，消遣一下，并竭力思考我的人生将走向何方，也许，对着这杯爱尔兰知名黑色饮品，我也会发现一个奇思妙想。

当我还是华威大学的一名年轻学生时，也喜欢在名为"弗兰克酒吧"的酒馆里喝健力士啤酒，一品脱的价格是 15.5 便士。但随着年龄的增长，我发现健力士啤酒会让我消化不良，我对酒精饮品的喜好也换成了波本威士忌。如果你喝的酒够多，似乎没有什么是不可能的。然而，倘若你用突如其来的灵感决定自己的志向，你终究会伤害你自己。

也许，我应该在这个寒风刺骨的多伦多之夜，独自享用一杯健力士啤酒？

不。我决定好好睡一觉。

第四部

复仇

第二十八章　最低点

英国人在喜欢道歉这方面是出了名的，“对不起”似乎是他们最常说的话。举例来说，一个民意调查机构发现，如果你在路上不小心撞到一位英国人，相较于美国人，英国人道歉的概率要多出50%，即使这并不是他的错。甚至可以说，在英国，真正的感叹词不是“不好意思”，而是“对不起”。

在英国医学总会的听证会上，韦克菲尔德也经常表示歉意。“对不起，你可以告诉我在文件的第几页吗？”或者是“对不起，我不记得”。在那个4月的星期三，当他终于承认有关麻腮风三联疫苗的研究确实用特定的标准筛选了研究对象（这也意味着他在《柳叶刀》上发表的论文根本没有任何创新）之时，他说了14次“对不起”。

但是，对于所有实质性的问题，韦克菲尔德毫无悔意。他没有愧疚感或羞耻心。举例来说，甚至是在面对自己亲笔写的表明他对12位儿童开展的研究是受了法律援助委员会的委托的一封信时，他都说这不是真的，而他的理由是那封信“只是他和一位会计师的通讯内容"。韦克菲尔德并未提出任何证人，没有家长，没有共同作者，也没有仰慕者。当一位家长——十二号女士在法庭上为控方作证之后（英国政府负责疫苗事务的官员戴维·萨利斯伯里也出庭作了证），韦克菲尔德的首席律师基兰·库南（Kieran Coonan）起身表示："我们没有问题。"

论文发表后，韦克菲尔德也有过让步。有读者发现他在论文表格一中列出的"异常实验室检验结果"实际上是正常的（韦克菲尔德的答复是"这个错误并不影响结论"）。但是，在我的所有发现之中，只有一件事——**只有这一件事**——是他愿意承认的，那就是在视频中笑着提到在孩子的生日派对上怂恿其他儿童献血的那个男人，确实就是他。

"迪尔先生暗示我有欺诈行为，这无异于声称一位曾经接受过专业训练的外科医生、一位符合研究规范的研究人员突然决定为了自己的利益伪造数据。"他在提交给《星期日泰晤士报》的 58 页投诉书中这样写道，但我决定将这些问题交给法院裁决时，他又撤回了投诉。"如果他认为任意一位研究人员都可以为了私人利益擅自捏造数据，还能避开医学共同体的审查，我只能说这简直是胡言乱语。"

在回应我撰写的"麻腮风三联疫苗恐慌的秘密"系列文章之时，韦克菲尔德反咬了一口，就像他面对自己的利益冲突问题时反过来栽赃政府的医疗专家和科学家一样。"欺诈行为是存在的，"他说，"但犯有欺诈罪行的人不是我或我的同事，而是布莱恩·迪尔和《英国医学杂志》，他们捏造了一个有关欺诈的故事，把它扣在我的头上，就是为了诋毁我的名誉。"

如果他愿意遵循英式传统表达歉意的话，可能会让他获得更好的结局。那次听证会完全没有讨论疫苗是否会引发自闭症，疫苗是否会引发自闭症也不是我调查的重点。他可以来到尤斯顿路出席听证会，承认那篇论文确实有“误导性”“混淆”或者“错误”。他可以学习一门伦理学课程或者提出新的观点。如果韦克菲尔德这样做了，英国医学总会可能会在一段时间之后表示善意，恢复他的行医执照。

但是，韦克菲尔德就是做不到，这样做不符合他的天性。因此，他告诉自己的支持者，他遭到了“制药产业的陷害”，尽管没有任何证据能够证明这一点。他责怪媒体，特别是媒体大亨鲁伯特·默多克（Rupert Murdoch）。因为默多克家族控制着出版《星期日泰晤士报》的报业集团，以及经常采访韦克菲尔德的福克斯新闻频道（Fox News）。他污蔑法官，包括得克萨斯州“一位地位很高的法官”。他甚至辱骂英国医学总会派出的评审委员会（包括其中两位非医学领域的资深专业人士），声称英国医学总会的目的就是“诋毁”调查疫苗安全问题的医生。

简而言之，他一直以**受害者**的身份寻求安慰。是邪恶的“**他们**”伤害了他这位受害者。“这是一个政府、媒体和制药产业联手打造的阴谋，他们全都希望得到这个结果，”韦克菲尔德在网络上宣称，“只有**我**在反对他们。现在，他们只需要 30 秒就能指控一位研究人员欺诈，我却需要用一辈子来扭转局面。**他们**很清楚这一点。”

“**他们**”是政府，那个通过法律援助委员会给他资助，帮助他制造一场针对麻腮风三联疫苗的法律诉讼的政府；是媒体，那些多年来一直支持他、宣传他的媒体（包括默多克旗下的媒体）；还有制药产业，十年来一直在资助他，为他支付差旅费用的制药产业。而且，**30 秒**？应该是**七年**才对吧？但是，韦克菲尔德没有"对不起"，只有渴求怜悯的叙事：将真相重新包装为阴谋，把他的穷途末路作为证明自己铁骨铮铮的证据。

他采取的一系列手段也确实产生了效果。多年来，他巡回各地参加各种会议，用自己的个人魅力吸引那些糊涂且弱势的民众。大量辱骂邮件涌入了我的收件箱。

> 我相信韦克菲尔德医生和他的研究，也相信真相很快会水落石出。你很清楚自己究竟做了些什么。你的所作所为跟希特勒不相上下，是令人难以置信的邪恶！

以及：

> 你是有史以来最邪恶的骗子。许多孩子患病或者死去，都是因为你。终有一天，你会去见上帝。

还有：

> 你是纯粹的人渣，你毁了别人的人生。你是使全球各地数百万儿童遭受伤害的帮凶。

但在韦克菲尔德想要扬名立万的医学界，没什么人会被他的种种说辞打动。曾经接受他的论文并批准他加入的英国皇家病理学家学会很快就将他除名。如果韦克菲尔德没有在多年前因为拒绝缴纳会费而自动放弃会籍，英国皇家外科医师学会也会做出同样的处置。在美国，体贴照护儿童中心要求他退出，《美国胃肠病学杂志》撤回了他在国会山展示过的研究数据。

甚至是在那个时期关注、研究自闭症的胃肠病学家，也纷纷表示反对韦克菲尔德的研究结论。在英国医学总会宣布调查结果的同一个月，27 位来自美国各地的专家学者发表了一份 18 页的“共同声明”，讨论了肠道疾病与自闭症的关系，彻底否定了韦克菲尔德提出的综合征。他们指出，结节状淋巴组织增生跟其他正常现象一样，会出现在“发育正常的儿童身上”，他们这样说道：

> 肠道疾病对于自闭症谱系障碍的特定影响（如“自闭型小肠结肠炎”）并未得到确认。

现在就要提到韦克菲尔德最耻辱的一幕了——他那篇《柳叶刀》论文的每个在线页面中央，都斜向上盖着一个硕大的红色印章，印章的单词字母全部大写：

撤回（RETRACTED）

“情况非常明确，没有任何含混之处，那篇论文的内容完全是伪造的，”《柳叶刀》的总编辑理查德·霍顿告诉《卫报》记者，“我觉得自己被骗了。”

既然韦克菲尔德没有悔意，也就不会有深刻的见解。因此，在医学界，他已经无力东山再起了。不过，尽管他有时看上去很邋遢，眼里布满血丝，头发乱蓬蓬的，但这位曾经的医学专家并没有沦落到穷困潦倒的地步。他手上还有皇家自由医院发的遣散费，与理查德·巴尔的交易可能还有一些尚未支付的费用，加上一笔土地交易的收益——包括一套伦敦西区的五居室住房，从事医学主业时，土地交易是韦克菲尔德的副业。

当然，韦克菲尔德还有他的"领袖魅力"，作为一个身在美国的英国人，这一身份也让他的魅力光环更闪亮了一些。

在一片荒芜之中，另一个奇思妙想将他带到了明尼苏达州。出于某些原因，明尼苏达州拥有美国最大的索马里人社区，反疫苗团体也希望在这里站稳脚跟。根据相关报道，韦克菲尔德在明尼阿波利斯（Minneapolis）的一家餐厅出现了几次，现场大约有 100 人，根据相关报道，他对现场的民众说，在美国的索马里人社区中，自闭症的发病率大幅增加，但是索马里本国境内却**没有**发现自闭症病例。

"自闭症是可以治疗的，自闭症有病因，有起点，所以也会有终点。"2010 年 12 月，韦克菲尔德对着一批新的听众讲道，"我们不能接受对所有这些孩子施加的伤害，完全无法接受。"明尼苏达公共电台（Minnesota Public Radio）记录了他当时的发言。

韦克菲尔德所暗示的是"**环境暴露**"。但是，韦克菲尔德踏入了他能力范围之外的领域。他不知道——或者他认为这根本不重要——索马里人的语言中根本没有"自闭症"这个词，所以在索马里境内不会发现任何自闭症病例。即使是在发达国家，自闭症也只是一种构想（有别于 20 世纪末精神病学提出的"脑损伤""智力障碍”和“发育迟缓”等概念）。在非洲之角[①]没有“自闭症”这个术语，这并不令人惊讶。

“我们有‘精神分裂症’‘疯狂’或者‘不疯狂’这些词，”马里安·艾哈迈德（Marian Ahmed）——索马里自闭症家长网络（Somali Parents Autism Network）的联合创始人在一个 YouTube 视频中解释道，“就是这样。所有的索马里人都会告诉你，我们不说‘自闭症’，在我们的语言里没有指代自闭症的字词。我们需要创造一个词。”

韦克菲尔德对此无能为力。况且，无论是“疯狂”还是“不疯狂”，他都是将厄运带往明尼苏达的信使。在韦克菲尔德于明尼苏达现身的六个星期后，一个在美国出生的索马里裔男孩从肯尼亚回到明尼苏达，他感染了麻疹病毒，在明尼阿波利斯引发了一场小规模的疫情。这个小男孩只有 30 个月大，还没有接种过麻腮风三联疫苗。索马里人社区中有 21 人被感染。借助 PCR 检测，当地医疗机构确认这次疫情来自同一个感染源。

过去，索马里人一直都非常信任疫苗。2004 年，在明尼苏达，有 94% 的索马里裔儿童接种了麻腮风三联疫苗。但是，丹·伯顿的听证会、兰尼·谢弗的电子报以及各地律师开始招募民众加入疫苗集体诉讼的消息逐渐传播开来，韦克菲尔德的主张也跨越了大西洋，等到他本人出现在明尼苏达时，索马里裔儿童的疫苗接种率已经下降到 54%。

---

① 非洲之角（Horn of Africa）是指东非的一个半岛，又称东北非洲，也有人称索马里为“非洲之角”。

没有人在这次麻疹疫情中死亡，但这只是一时的幸运。在英国医学总会听证会尚在进行之时，韦克菲尔德和一位关心自闭症的女企业家建立了关系。这位女士的名字是波莉·汤米（Polly Tommey），她带着家人（包括她的丈夫）跟着韦克菲尔德一同离开英国，来到得克萨斯。在那里，她与韦克菲尔德创办了媒体公司自闭症媒体频道（Autism Media Channel）。

一头金发、体态轻盈的汤米比韦克菲尔德年轻十岁，曾经当过电影替身演员。她的儿子名叫比利，患有发育障碍。汤米把营利性企业和慈善事业混杂在一起，从慈善运动中赚取钱财。

汤米的先生乔纳森（Jonathan）是健身教练，自称是"临床营养学家"。夫妇二人在英国的电视频道上大出风头，宣传一种从猪的体内提取的激素"塞伦汀"（secretin），后来，制造商通过实验证明，这种激素没什么作用。他们还在八卦节目《特雷弗·麦克唐纳今夜秀》（*Trevor McDonald Tonight*）上出现了两次，第一次出镜了 16 分钟，第二次 25 分钟（这期节目为这对夫妇建立的网站打了一次全屏广告，主持人还大声朗读了广告词）。此后，汤米夫妇把精力投入一份浮夸的杂志上，做起了自闭症的生意。

不久之后，波莉·汤米创办的这份月刊《自闭症档案》（*Autism File*）的发行量已经达到了四万份；在美国，这份杂志也成为她和韦克菲尔德一起制作一部真人电视节目的基础。为节目收集素材时，他们拍摄了被送往纽约接受内窥镜检查的孩子，而给这些孩子做检查的人，正是曾经为体贴照护儿童中心的孩子做内窥镜检查的亚瑟·克里格斯曼——在塞迪略案中提到家庭录像带的那位医生。后来，当克里格斯曼所在的雷诺克斯山医院（Lenox Hill Hospital）

调查了他的所作所为之后，他立刻逃离了纽约。

这期节目并没有被电视台选中。不过，或许是上天的安排，他们得到了能用以打造未来的影像。他们拍到了一个 14 岁的芝加哥男孩——亚历克斯·斯波达拉基思（Alex Spourdalakis），他患有严重的发育障碍。在影片中，斯波达拉基思被紧急送到克里格斯曼那里接受回结肠镜检查。接下来的镜头转到了医院，男孩赤裸着上身，手腕被固定在病床上，韦克菲尔德在病床旁和他说话。

12 天后，小男孩死在他的母亲和教母手中。他的家人无法承受如此沉重的压力（我看过这个影片），她们一开始想用安眠药毒死男孩，后来又用厨刀在男孩的胸口刺了四刀，又几乎切断了他的手腕。她们甚至杀了家里的猫，并试图结束自己的生命。

厄运不会就此终结，但是，已经不是医生的韦克菲尔德找到了新的使命，这对他职业生涯的下一步有很重要的意义：他将自己的影响力从美国延伸到世界各地任何一个有屏幕的地方。“如果想要打倒媒体，你就必须成为媒体，”他宣布道，“**我现在是一个电影制作人**。”

—

但是，韦克菲尔德已经跌到谷底。他的演讲行程变得非常古怪——他和否认气候变化的人士、认为“9·11”世贸中心恐怖袭击事件是内鬼所为的“真相寻求者”，以及一个主张飞机的尾流中藏有控制大众的迷药的男人同台出席。后来，韦克菲尔德出现在“阴谋与海巡游”（Conspira-Sea Cruise）活动上。这个航行计划的起点是加利福尼亚州的圣佩德罗港（San Pedro），计划在海上航行一个星期，有 100 多位古怪的来宾参加了这次活动，每人支付了 3000 美元的费用，而其中一个演讲人在游船刚靠岸时就被警方逮捕了。

"布莱恩·迪尔——没错，你们可以记下我说的话——是**精神病患者**，"韦克菲尔德告诉游船上为了收集廉价笑话而来的记者，"我并不是有意贬损他，这只是客观描述，布莱恩·迪尔，他就是一个精神病患者。他表现出了精神病患者的所有特征。"

还能有比这更恶劣的行为吗？当然。不管疯没疯，一件更丢人的事情正在伦敦悄然酝酿着。

作为英国国会设立的特别法庭，英国医学总会对于韦克菲尔德等人医疗不当行为的调查结果必须交给法庭审查。韦克菲尔德的律师团队没有提出上诉，但是，澳大利亚教授沃克－史密斯的律师团队非常乐观，他们有把握帮助自己的当事人推翻初始判决。英国医学总会的执业能力评审组在调查约翰·沃克－史密斯时，犯了一个程序性的错误。

沃克－史密斯曾经多次改变说法，一开始辩称内窥镜检查是获得伦理委员会批准的研究计划，后来又说内窥镜检查只是为了照料病人，这扰乱了执业能力评审组的进程，评审组没有想到沃克－史密斯会严重影响他们的调查任务。虽然详细查阅那些医疗档案对我来说是天大的好事，但是，这也意味着所有孩子的医疗记录都需要单独进行评估，光是评估他们的医疗记录，就要连续举行 12 次听证会——对每个病例所下的结论，都要把推理过程单独列出来。

韦克菲尔德不需要面对这些问题，因为他的行为是科学研究，这点毫无疑问。"我的情况和韦克菲尔德医生的情况完全不同，"

澳大利亚教授沃克－史密斯在一份声明中指出，“我执行的所有检验程序，都是为了查明孩子身上的问题”。

如果沃克－史密斯的言论不是真的，他当初的行为只是科学研究的一环，那么，他的问题就不只是医疗不当——他**说了谎**。“执业能力评审组没有其他选择，”米丁（Mitting）法官在皇家司法院审理沃克－史密斯的上诉时解释道，“他们必须判定沃克－史密斯教授是否如实陈述了真相。”

但是，执业能力评审组没有做出判定。针对这三位医生的指控规模如此之大，以至于执业能力评审组跳过了这个基础性的判定。正如“贝斯特诉维康基金会”一案中的情况——当时制药公司认为贝斯特这位母亲只是“弄错了”——执业能力评审组没有果断地加以处理。

共犯被无罪释放，韦克菲尔德当然不会放过这个机会。他暗示他的支持者，只有他被冤枉了，他应该被宣告无罪。但是，这并不是法官的观点，也不是沃克－史密斯的观点。对于那个说服他离开巴斯医院来到汉普斯特德的人，这位澳大利亚教授已经有了新的看法，这其中既有听证会的因素，也有我的调查报道的影响。这位75岁的老人会在最具毁灭性的无声批判中，表达自己的意见。

在他的自传《长久的记忆》（在我采访二号女士的几个星期前出版）中，他曾经像迷恋老师的少年一样发出赞美，甚至夸张地说韦克菲尔德有戴安娜王妃的风采。

> 韦克菲尔德个子很高、相貌英俊、口才极佳、具备个人魅力，更重要的是，他是一个有信念的人。他绝对真诚而且诚实。

实际上，那个有点过时的说法——"追求真理的圣战士"，最适合用来描述他。

如今，已经退休的沃克－史密斯在伦敦北部的家中，重新读到这段象征他职业生涯凋零枯萎的赞美诗之后，平静地删除了这段文字，调整了相关段落，并且重新印刷了自己的回忆录。

第二十九章　复仇的时刻

在我所说的纸质媒体的黄金年代，对韦克菲尔德的裁决将会是这个故事的终结。正如 20 世纪 80 年代的百白破疫苗恐慌，一旦没有什么新的事情能让读者觉得兴奋，疫苗危机也会就此结束。

神经学家约翰·威尔逊已经接受了自己的命运。“曾经有一位极为睿智的医学家[①]在开学致辞中告诉一群医学院新生，”20 世纪 90 年代我采访威尔逊时，他对我说，“在十年后，你们现在学到的知识将有一半被证明是错的。但问题是，我们不知道是哪一半。”

毫无疑问的是，“挑战麻腮风三联疫苗的医生”这一话题在纸质媒体时代的生命已经结束了。英国的新闻编辑们都已经得知了真相，知道他们多年以来一直被韦克菲尔德所愚弄。即使是过去那些最支持韦克菲尔德的媒体，也都表示已经受够了他的愚弄。正如《每日邮报》在 2013 年 4 月报道造成一位男性死亡的麻疹暴发潮时所说：

---

① 即曾经担任过哈佛大学医学院院长的西尼·博维尔（Sydney Burwell）。

麻腮风三联疫苗争议是一个科研行为不当的案例，最后引发了毫无依据的公共卫生恐慌事件。

但是，韦克菲尔德的故事还没完，没有人能够彻底让他沉默。随着改变时代的 P2P（个人对个人）社交媒体的兴起，任何人都能够进行小范围传播，利用算法引诱那些警惕性不高的民众进入虚假信息的市场。因此，2014 年 8 月 18 日，正当我们都以为韦克菲尔德已经彻底完蛋的时候，他在自己的 Facebook 主页上放上了一条链接。这预示着一个不可思议的新篇章即将到来。在接下来的两年中，美国民众看待疫苗的态度将会受到最大的冲击。自 20 世纪 30 年代富兰克林 · 罗斯福总统创立传奇性的"美国畸形儿基金会"（March of Dimes），发起共同对抗脊髓灰质炎的全国性运动以来，美国民众对于接种疫苗的态度从来没有发生过这么大的变化。

揭开真相！！！！！

一连五个惊叹号，韦克菲尔德的反击就此开始。

点击这个链接的人，将会进入一个视频分享网站。首先是非常戏剧化的倒计时，背景音是老式放映机运行时的嗡嗡声，接下来是一格接一格的胶片式画面，伴随着背景音，一根时钟指针用一秒钟的时间"唰"的一声转了一圈，擦拭着黑白画面，就像古老的新闻短片一样。

接下来的内容是：七——唰——非裔美国儿童与奥巴马总统的合照；六——唰——《纽约时报》报道明尼苏达州索马里人社区

中的自闭症患者；五——唰——位于佐治亚州亚特兰大市的美国疾病控制与预防中心的门牌；四——唰—— 一张黑色剪影；三——唰—— 一根针头。

“我的天啊，我不敢相信我们做了这些事情，”一个男人的声音响起，听起来像是电话录音，“但是我们确实做了，事实摆在那里，事实摆在那里。”

伴随着这段声音，画面同步出现以下字幕：

美国疾病控制与预防中心的吹哨人承认，政府在疫苗和自闭症的关系中实施了欺诈。

随后则是：

自闭症媒体频道独家报道

“这是一个真实的故事，一场真正的欺诈。”韦克菲尔德出现在画面中，他穿着熨烫平整的白色衬衫，纽扣上挂着一副眼镜。“一个蓄意的、事关高层的骗局，它欺骗了美国人民，对美国儿童的健康造成了灾难性的后果。”

他的“独家报道”一共有 9 分 30 秒——而且，从表面上看——揭露了非常重要的消息。韦克菲尔德声称，一位在美国疾病控制与预防中心亚特兰大总部工作的科学家成为“吹哨人”，揭露了政府在一项长达十年的研究中实施了“欺诈”行为，研究的主题是麻腮风三联疫苗是否会导致自闭症。

"这场欺诈如此令人不安，"现年 57 岁的韦克菲尔德解释道，"以至于一位疾病控制与预防中心的研究人员决定打破沉默。"

接下来出现了另一个男人，镜头给了他一个四分之三的面部特写，他将确证韦克菲尔德的说法。此人是布莱恩·霍克（Brian Hooker），但他不是吹哨人，而是辛普森大学（Simpson University）的科学教授，拥有生物化学工程博士学位。韦克菲尔德告诉观众，霍克是"一位父亲，他的孩子因为注射疫苗而受到伤害"，同时，霍克也是一位"疫苗安全研究人员"。

50 岁的霍克很胖，发际线很高，脸上有很多皱纹，留着小胡子，穿着咖啡色的格子西装和黄色的高领衬衫。霍克表示，他在某天接到了一个陌生人的电话。"真没想到"，他是"比尔·汤普森"，疾病控制与预防中心的科学家。

"汤普森博士请我当他的牧师，"霍克说，"我同意后，他便开始了忏悔。我们有过许多、许多次电话交流，通过几十封电子邮件。他道出了惊人的信息，事关疾病控制与预防中心的欺诈与违法渎职行为。"

汤普森当年同样 50 岁，是一位专业的心理学家，曾经与人合作撰写关于自闭症的研究论文，在 2004 年 2 月低调地发表在权威杂志《儿科》上。论文采用了极为复杂且困难的方法，通过比较亚特兰大地区自闭症儿童接种疫苗的年龄与发育正常的儿童接种疫苗的年龄，来验证韦克菲尔德提出的疫苗和自闭症之间的关联。研究的第一组记录超过 600 份，第二组记录数量则是第一组的三倍。

"本文假设，"这篇八页的论文解释说，"如果麻腮风三联疫苗会增加患上自闭症的概率，而自闭症通常在儿童年满 24 个月之前就会出现症状，那么年纪更小的儿童接种疫苗的患病风险就会更高。”

那段 9 分 30 秒的视频中没有提到这样的细节，而是把重点放在了汤普森提供的碎片信息上。在韦克菲尔德的建议下，霍克偷偷录下了四次通话，汤普森在这几次通话中谈到了自己为政府所做的研究，以及在公共卫生机构的工作生活。

“撰写那篇论文是我职业生涯的最低点。”在视频播放的一段电话录音里，可以听见汤普森这样对霍克说。视频中一共有十个这样的录音片段。“我对自己的所作所为感到非常羞愧。”他在另外一段录音里说。还有一句:“我不会说谎。我基本上已经不说谎了。”

就 20 世纪初期的网络视频来说，这段视频的制作手法异常成熟。在商业合作伙伴兼挚友波莉·汤米的建议下，韦克菲尔德聘请了一位来自加拿大的视频编辑，这位编辑曾经做过商业广告，有一些把控视频节奏的经验。在阴沉的语调和不祥的配乐中，这段 9 分 30 秒的视频将演变为一个在美国以及全球各地爆发的反疫苗计划。

视频也拍摄了一些文件，包括一份被标记为“限制查阅”的文件。不过，视频的主体部分是一连串硬生生剪辑拼接在一起的话语碎片，有时候为了增强冲击力，同一段话还会重复播放。“撰写那篇研究论文是我职业生涯的最低点（第 25 秒）……撰写那篇论文是我职业生涯的最低点（3 分 41 秒）……撰写那篇论文是我职业生涯的最低点（8 分 36 秒）。”

稍加分析，就可以发现这些明显的特点。

但是，让汤普森担忧的重点其实是那篇论文缺少了他认为应该包括进去的重要统计数据——这在视频中几乎没有提到。在那些儿童的原始资料中，有一个小组出现了较多的自闭症患者：在特定年龄区间接种麻腮风三联疫苗的非裔美国男孩。

但是，那篇论文的其他共同作者认为这个发现没有什么可信度，而且根据事先定义的研究程序，规模较小的研究样本组比较容易出现更有效的对比结果。他们（从孩子的出生证明上）得到的额外信息中，"种族"是比较弱的影响因素。

我阅读了汤普森提供的文件和刊登在《儿科》杂志上的论文。我个人认为，他的想法非常好。在论文表格三的数据中，疾病控制与预防中心的研究人员删减了两行数据。如果这两行数据有利于证明疫苗的安全性，我很确定它们会被保留下来。我也相信，如果科学家汤普森将他的担忧传达给《华盛顿邮报》或《纽约时报》的记者，甚至是我本人，我们之中的任何一位都会撰写相关报道。

汤普森的担忧也完美地触及了有关美国疾病控制与预防中心机构性质的长期争议。许多评论家都主张，从政策的角度而言，美国疾病控制与预防中心在疫苗接种问题上的角色是相互冲突的。因为它一方面在进行疫苗安全性的研究，另一方面又鼓励民众接种疫苗。汤普森事件是一个契机，能够让社会大众重新探讨这个问题。

"关键的问题在于，那篇论文为什么要排除掉这些数据，"我询问一位曾经在美国疾病控制与预防中心任职、负责汤普森研究项目监督工作的高级官员，"是不是因为研究这个项目的团队还要留意公共舆论和民众的担忧？因为新闻记者会揪住那两行数据说：你们看！这里存在'种族因素'。"

“我觉得这是个好问题。”[①] 他回答道。

对于任何稍有正直之心并想拿下头版报道的新闻记者来说，这位高级官员的敷衍已经算是爆炸性的新闻。当时，美国疾病控制与预防中心正陷于争议之中，曾经负责研究麻腮风三联疫苗的研究员保罗·索尔森（Poul Thorsen）正遭到起诉，他涉嫌挪用美国疾病控制与预防中心高达 100 万美元的经费拨款，用于给自己购买大量私产，小到哈雷机车，大到住宅。

按照我的想法，如果汤普森是对的，美国疾病控制与预防中心的员工刻意删减了表格三的内容，那他们会不会还删减了**其他**表格里与机构目标不符的内容？但是，汤普森将此事告诉了霍克，霍克又告诉了韦克菲尔德，而韦克菲尔德似乎并不认为这是一个利益冲突问题，相反，这更符合他个人的目标。

揭穿真相！！！！！

政府资深科学家打破 13 年的沉默，揭穿疾病控制与预防中心隐瞒疫苗会造成自闭症的欺诈行为。

非裔美国男童被蓄意注射麻腮风三联疫苗，承受诱发自闭症的极高风险。

现在，我仿佛又回到了当年对于“全球首个艾滋病疫苗”的调查。在 2003 年 2 月宣告总体试验失败之后，在幕后操控 VaxGen

① 原文为“I think that’s a good question”，这是一句美国俚语，经常会被用来敷衍提问者，或者用以拖延时间来思考如何回答。

公司的前美国疾病控制与预防中心员工也以同样的方式删减了部分分组的数据。"黑人受试者感染艾滋病病毒的概率减少了78%，"在试验揭盲结束的当天，他们兴奋地将消息传到金融市场，"这些结果具有统计显著性。"

那篇《儿科》论文最有可能遭到的批评是其中的分组数据出现了错误。长久以来，美国疾病控制与预防中心对麻腮风三联疫苗的研究一直被认为存在设计上的瑕疵。三年前，著名的美国医学研究所（US Institute of Medicine）在疫苗安全性审查中排除了美国疾病控制与预防中心的研究，理由是"研究方法有严重的缺陷"。

韦克菲尔德在Facebook上发布消息之后，这个视频在互联网上掀起了一阵波澜，许多人大喊："天啊！你一定要看这个视频！"

> 吹哨人承认疾病控制与预防中心的欺诈、谎言和骗局。他们知道麻腮风三联疫苗会导致自闭症。

甚至连未来的总统唐纳德·特朗普也加入了。他在Twitter上发文表示："医学家们说谎。"

这个视频后来被改编成一部长篇电影，产生了爆炸性的影响。但是，即使在爱因斯坦名言或者小狗弹奏钢琴的视频随处可见的社交媒体环境中，韦克菲尔德的解说词也过于疯狂了，差点扼杀了他的电影首秀。视频用两分钟专门讲述了20世纪中叶的塔斯基吉梅毒实验，在这项实验中，许多非裔美国人并未获得妥善的治疗。韦克菲尔德将汤普森的共同作者们（大部分是女性）比作那个世纪最残忍的大屠杀凶手。

“你们看，”韦克菲尔德的怒吼配合着奥斯威辛集中营囚犯（包括儿童）的图片，“他们的罪行和希特勒一样邪恶，他们不是伪君子，他们的动机令人难以理解，他们的话语中也看不到任何关心和同情。”

唯一的问题在于，韦克菲尔德讲的故事不是真的。指控美国疾病控制与预防中心欺诈的人是韦克菲尔德，不是汤普森。汤普森并不知道自己的诉说被霍克偷录了下来，于是很快就发表了澄清声明。在400字的声明中，汤普森表示，除了缺少了重要的数据之外，他所担心的是美国疾病控制与预防中心并没有依照原本的计划开展研究。

“理性的科学家都有能力，也确实会对信息做出不同的解释，”汤普森表示，“我希望可以清清楚楚地表明，我相信疫苗拯救了无数生命，也会继续拯救更多生命。我绝对不会建议任何种族的家长不给孩子接种疫苗。”任何一位有能力且诚实的新闻记者都会在报道中引用汤普森的这段原话，但韦克菲尔德不会这么做。

值得注意的是，在这个造成恶劣影响的视频中，除了汤普森明显遭到断章取义而从中曲解出的忧虑之外，韦克菲尔德和霍克从这位科学家口中只得到了一句实质性的判断，分别被放在视频的3分46秒和5分37秒处，借此传达他们二人想要的含义。

> 我们并没有报告什么重要的发现。

很明显，汤普森的这句话并没有主张美国疾病控制与预防中心存在欺诈行为。任何原因都可能导致研究**出错**。实际上，心理学家汤普森的电话录音（我很快就得到了录音文件）表明，霍克想要煽动汤普森指控美国疾病控制与预防中心存在欺诈行为，但这个诡计未能得逞，而且连续失败了三次。

——

霍克自称是"疫苗安全研究人员"，但这个身份也不能确保他的言行是公正的。12 年来，他一直都代表自己的儿子斯蒂芬通过疫苗法庭系统提出诉讼。霍克和演员詹妮·麦卡锡发起的"拯救下一代"（Generation Rescue）团体合作，而"拯救下一代"团体（在当时）将自闭症的原因归咎于抗菌剂硫柳汞。在霍克接到汤普森电话的前一天，韦克菲尔德已经在一场会议上把"安德鲁·韦克菲尔德医学勇气奖"颁给了霍克。

汤普森——留着灰色的平头短发，戴着细框眼镜——从来没有要求霍克担当他的"牧师"。他和我一样是一个爱唠叨的人，而他犯的错误就像我当初在尤斯顿路所犯的错误一样。我在尤斯顿路上跟一位愤怒的父亲交谈（讨论他针对自己并不了解的事情所创作的长篇"笔记"），而汤普森则和另外一位同样愤怒的家长交流，这位家长的行为早已越界，本应引起人们的警惕。

借助美国强大但发展缓慢的《信息自由法案》，霍克向美国疾病控制与预防中心提交了 100 多份信息申请书，其中的许多申请都被转交给汤普森处理。汤普森在 1998 年加入美国疾病控制与预防中心，他最为人称道的工作就是疫苗安全性研究，除了 2004 年发表于《儿科》杂志上的论文以外，2007 年他还在《新英格兰医学杂志》上发表了一篇关于硫柳汞的论文。然而，随着一项接一项的研究否定了疫苗与自闭症之间的关联，汤普森的主管们也对这个领域失去了兴趣，而汤普森渴望能够重新获得关注。

“我希望成为有用的人，”汤普森告诉霍克，希望重新获得外界的关注，“我希望成为对你有价值的人。我希望在疾病控制与预防中心内至少有一个人愿意给你反馈。”

如果汤普森在跟霍克交往时能够保持一半从事研究计划的谨慎态度，他都不至于被霍克利用。他在电话录音中不合时宜地大笑，对同事口出恶言（他批评一位资深的流行病学家就像“二手车推销员”，另外一位女性研究员则是“25 岁的荡妇”），并且讨论了自己的健康状况。汤普森描述自己有“精神疾病”，经常“大发雷霆”等。他还谈到疾病控制与预防中心的人力资源问题，以及“妄想发作”问题，而他正是用临床医学的标准来使用“妄想”这个词。

“但是我慢慢稳定了，”他告诉霍克，“好消息是我已经慢慢稳定了。”

而汤普森新交的这位好友则说：“我需要你保持精神正常。”

面对内心的压力，汤普森很脆弱。但是，藏在霍克身后的韦克菲尔德已经不是第一次背叛别人了。15 年前，一位英国政府的医学家使用化名——称呼自己是“乔治”——秘密地跟韦克菲尔德和理查德·巴尔见面（见面地点就是我和四号女士见面的车站），想要指控两个品牌的麻腮风三联疫苗制造商停用疫苗的效率过于低下。停用这两种疫苗是引发疫苗危机的导火索。但是，由于担心连累家人，乔治不愿意公开露面。

韦克菲尔德先是威胁，后来则是直接背叛他。“这次活动的视频会被放在互联网上，我希望‘乔治’能够看到，”在 YouTube 上透露乔治的真实身份之前，当时还是“没有病人的医生”的韦克菲尔德对着一群欣喜的听众说道，“因为我很想把他的名字、地址和联系方式透露给你们。（笑声）如果乔治自己没有办法出面，那我就帮他一把。（掌声）”

这就是这位欺骗世界的医生所说的话。他陶醉于自己恐吓他人的力量，并在汤普森身上看到了机会：通过指控政府存在欺诈行为，洗白自己的名声。“**他们这样说，我那样说**。”他现在有机会夺回自己熟悉的阵地——在随后的几个月，他就是这么做的。

“因此，我对布莱恩说，‘布莱恩，你跟他的通话有没有录音？’”韦克菲尔德后来吹嘘自己提供给霍克的建议。“吹哨人来得快，去得也快。他们就像上钩的鱼，你的工作就是把他们钓上船。”

于是，他们开始行动。在视频中出现的通话结束之后，霍克又给汤普森打了电话，但到目前为止，他们得到的只是松散的闲聊，汤普森并没有指控疾病控制与预防中心存在欺诈行为。因此，三个星期后，“牧师”霍克决定再试一次——在我听来，他似乎事先打好了草稿。

汤普森接起电话不到一分钟，霍克直接表明了来意：“我希望和你谈谈麻腮风三联疫苗的研究。”

心理学家汤普森的回答是：“好。”

两人来来回回谈了几句，只有“对的……没错……没错”。

霍克提出一个尖锐的诱导性问题：“因此，你不愿服从他们的计划，因为他们就是为了降低非裔美国人研究分组的统计显著性？”

为了降低，**承认**这个意图，而汤普森只需要说“对”，一切就大功告成了。

但是，汤普森根本没有这个意思，那是霍克的理解。霍克还是没能成功让鱼上钩。“怎么说呢，我们……我们……呃，我们没有在论文中提出这些数据……呃……我只能告诉你，我们并没有报告那样的发现，”汤普森回答，“我还能够告诉你其他的共同作者有什么想法，他们到底是怎么想的。”

如果换作新闻记者，下一个问题就是“其他共同作者的想法是什么？”但是，霍克的反应只有“嗯哼”。

“其他的共同作者并不认为种族变量是可靠的数据，”汤普森继续说，“这就是他们的想法。”

霍克没有放弃。简短讨论了论文表格之类的问题之后，在结束硫柳汞的话题之前，霍克说：“我有全部的记录，我看过《新英格兰医学杂志》上的论文，你是迫于压力才会刻意减少硫柳汞和痉挛之间的关联吗？”

迫于压力才会刻意减少。霍克再一次希望汤普森承认这个意图。但是，鱼依然没有上钩。“怎么说呢……呃……让我这么说吧，”汤普森提到了他和学生一起发表的短篇论文，“我完成了一个后续跟踪研究，因为我希望自己的意见能够有正式的记录。”

汤普森的回应必定让韦克菲尔德心里一沉，于是，韦克菲尔德的助手霍克决定尝试第三次。“所以，在2007年的论文中，你有没有觉得自己是迫于压力才会刻意降低数据的重要性？”

“没有。”汤普森回答。

该死。

事实上，在三周后，二人再次通话时，他们甚至无意中发现了在某些接种疫苗的黑人儿童身上，自闭症发病率会出现显著差异的原因——非裔美国儿童得到的医疗照护的水平更差，当他们最终出现发育问题时，才会接种当初错过的疫苗。

很有可能不是疫苗导致自闭症，而是因为出现自闭症的症状，所以他们才会接种疫苗。

简而言之，这项研究在设计上出现了问题（使用了出于其他原因而收集的数据），所以无法得出可靠的结果。"事实上，你甚至可以认为《儿科》杂志的那篇论文说了一堆废话，因为教育程度较好的母亲会让自己的孩子更早接种疫苗，"汤普森笑着说，"我们的研究是一堆垃圾，因为我们甚至没有对合适的变量进行调整。"

"是的，是的。"霍克回答。

"我从来没有想到这一点。"

没错，汤普森应该好好想想。

韦克菲尔德和霍克当然也知道搞这些事情很辛苦。尽管一般说来复仇最好是冷静和经过深思熟虑的，但是对于不再是医生的韦克菲尔德来说，光是复仇的氛围就足以让他觉得非常美妙。韦克菲尔德为什么要复仇？或许不止是因为汤普森那篇《儿科》论文的研究目标就是回应韦克菲尔德发表在《柳叶刀》上的论文。如果他确实想要复仇的话，有一个人已经被韦克菲尔德记恨很多年了。

汤普森是《新英格兰医学杂志》论文的第一作者，但是那篇《儿科》论文的第一作者是另外一个人。占据这个显要位置的人是病理学家弗兰克·德斯蒂法诺。韦克菲尔德的视频上线没过几天，我就采访了德斯蒂法诺。1998 年，《柳叶刀》邀请了两位来自美国疾病控制与预防中心的资深专家来评审韦克菲尔德的论文，德斯蒂法诺就是其中之一。当时，这两位专家严厉批评了在皇家自由医院所做的这项研究。

韦克菲尔德后来声称，由德斯蒂法诺担任第一作者的《儿科》论文是“医学史上最恶劣的欺诈行为”，也是“全世界有史以来最严重的医学欺诈”。

但这只是一些推测，调查结果显示德斯蒂法诺等人没什么问题。然而，诱捕汤普森的计划却大获成功。忘了所有的疫苗争议吧，无论是百白破三联疫苗还是麻腮风三联疫苗。“疾病控制与预防中心吹哨人”的那些支离破碎的录音片段，将被用于推动一场史无前例的“圣战”：让全世界相信，**所有的**疫苗都有问题。

第三十章 《疫苗黑幕》

一个女性的声音响起，听起来比较年轻，可能只有 30 岁或者 35 岁。这个声音来自聚集在加州圣莫尼卡（Santa Monica）的民众，就像母亲的亲吻般温柔。“我们爱你。”

走上市政大楼门前的四个石阶后，韦克菲尔德也回应了。“我也爱你们。”

另一个女性的声音响起：“我们为了孩子而团结一心。”

我听到一句简单的呐喊——“对！”

2015 年 7 月的一个星期五，刚过下午 5 点。大约有 200 名民众——几乎都是女性——聚集在洛杉矶西部富裕的海滩社区，表达他们对法律修订的不满。迪士尼乐园——位于五号州际公路东南方 40 分钟车程的地方——暴发了麻疹传染潮之后，加州政府准备修订法律，向一小部分坚决不给孩子接种疫苗的年轻家长发布强制令：如果他们的孩子没有依照政府规定的时间接种疫苗，将来就有可能被拒于学校大门之外。

几个小时前，民众开始聚集在海洋大道上一座 12 英尺高的内战大炮旁。他们游行了两个街区，抵达市政府总部—— 一栋建于20世纪30年代的建筑，外形就像一艘蒸汽船——他们一边高呼“家长有权决定要不要接种疫苗，家长说了算”，一边对着过往车辆挥舞着标语牌，标语牌上是用马克笔写下的口号。

健康自由

停止强迫接种疫苗

撤销SB-227法案

这次抗议活动一共有五位演讲者，但民众最爱的是韦克菲尔德。没有他，这一天的活动就不完整了。韦克菲尔德对着民众咧嘴一笑，就像一个淘气的（58岁）小男孩。他穿着宽松的白色衬衫，最上方的两个扣子没有扣，衬衫上还有明显的折痕，没准是在当天早上才买的。衣服的版型是男装店标示的“标准版型”。他的肚子紧贴着高腰的无腰带裤子，把衬衫挤出了许多褶皱。

“此时我们站在这里，我相信，这是美国历史上的一个决定性时刻。”他来回扫视左右两边的民众，紧紧抓住麦克风架，一阵微风吹过，他的头发就像附近摇曳的棕榈树树叶。

民众开始欢呼鼓掌，大喊“对！”还发出尖声的欢呼。

“我想，未来的几代人会记得，这就是美利坚合众国第一个共和国开始瓦解的时刻。”

一个参议院法案竟然是一个共和国瓦解的开始？这是一个很奇特的观念，但韦克菲尔德并没有继续深谈下去。他今天的主题不是最新通过的法案（这个法案禁止以医学基础原因之外的任何理由拒绝接种疫苗），而是他自己更关心的问题。现在，韦克菲尔德在医学界和科学界已经没有任何地位可言，他只能把这些在过去 20 年一直被他蛊惑的民众当作主要的力量来源。

"作为人民，你们已经被剥夺了一些东西，"他上下打量着这群支持者，他们穿着 T 恤衫、戴着太阳镜，对着韦克菲尔德咧嘴笑着，"我说的不是你们在 SB–277 法案上的权利。我相信你们为孩子谋求幸福的本能已经被儿科专家和医生剥夺了，他们以为他们知道得更多，但实际上并非如此。"

民众发出更多的欢呼声。

"**没有谁**能比一位母亲更了解她的孩子。"

到目前为止，一切都很顺利。他的发言迎合了民众们的情绪。他走上石阶时看到的许多面孔，都是"健康自由"运动的积极分子、"替代疗法实践者"，以及想要拥有"选择"的愤怒家长。虽然这些人认为韦克菲尔德的发言很有意义，但是，他真正的目标是另一个群体：发育障碍儿童的母亲们。

"有一天，我读到一则轶事，一个病人因为接触麻疹病毒而离世，"他一边说，一边用没戴戒指的左手在空气中挥舞，"这则**轶事**成了新闻。但是，你们的轶事却无人关心。你们有数百个、数千个、数万个、数百万个轶事，它们都跟你们的孩子有关。"

家长们的轶事、疫苗伤害的轶事，长久以来，这些都是韦克菲尔德的"应急用品"。即使一项、一项又一项的研究都已经证明，儿童接种疫苗和被诊断患有自闭症之间没有关联。大规模的集体诉讼来来去去。但是，依然有人声称因为接种疫苗而遭受伤害，他们提出各种回忆、假设，甚至是谎言，比如《新闻之夜》节目里那位将预警案例送给韦克菲尔德的红衣女士。

过去有二号孩子和二号女士。现在，韦克菲尔德已在美国生活多年，追随他的家长已经膨胀至数千人。如果这些人毫不动摇，坚持他们自己的故事，又能有哪一位医生、科学家、法官或者新闻记者能够证明他们——或者韦克菲尔德——是错的？

“因为，我学到的有关疫苗安全性，特别是关于自闭症的知识，都是来自你们，”韦克菲尔德站在石阶上说，“而不是来自我的专业领域。圈内人教给我的都是我们根本不知道的事情。我从你们身上学到的则是我们**确实**知道的事情，也是我们**应该**知道，以及我们必须继续追寻的事情。”

这就是韦克菲尔德从这场“圣战”开始之后奉行的信条：家长（哪怕是那些认为韦克菲尔德有欺诈和捏造行为的人）**永远**是对的。甚至早在 1997 年 9 月，在弗吉尼亚州亚历山德里亚（Alexandria）召开的一场反疫苗集会上，他曾说医学的“第一课”就是“倾听病人，或者病人的家长”，因为“他们会告诉你答案”。

我觉得，这种话很像他的父亲——在扫描技术问世之前的神经学家——对就读于医学院的儿子所讲的笑话。如果你不知道哪里出了问题，就请病人告诉你（如果可能的话，一并向他们收取诊断的费用）。当然，我曾经在讲座上（面对着满屋的儿科专家）说过这个笑话，那些没笑的人冷冷地望着天花板。

不过，随着岁月的流逝，科学让韦克菲尔德失望了，他转而依靠“永远不会错”的母亲们。“坚持你的直觉，”他在华盛顿的一次集会上呼吁，“相信你的直觉。”韦克菲尔德相信直觉是“世界上最强大的力量”。在一篇博客文章中，他走得更远——将这种直觉追溯至无法证明的领域。

> 这些直觉在奇特的领域中根据特定的原则运作，而且不适用于宇宙的物理法则。

以家长对抗科学，以信仰对抗事实。这无异于一种宗教，而韦克菲尔德充当了一名教士。“所以，人民，请倾听我的讯息，”韦克菲尔德站在石阶上呼吁，“你们必须回到从前，你们必须相信自己的直觉。你们必须摆脱过去的阴影，相信自己，不要让任何人夺走你的直觉。”

——

韦克菲尔德奔忙于各地的自闭症主题集会，这样的论断已经被他用过上百次了。但是，在那个星期五的下午，他的言辞中有一股火焰，从某些尚未言说的事物中抽取助燃的氧气。在场的大多数人还不知道韦克菲尔德的人生剧本即将发生重大的变化，原本的轶事中将加入吹哨人的故事，试图重新讲述他们过去的辉煌。

到了现在，威廉·汤普森已经发表了第二份声明，直接反驳韦克菲尔德的观点。这位心理学家确实相信他在美国疾病控制与预防中心的同事“有意隐瞒容易引起争议的研究发现”，但是，他不同意韦克菲尔德提出的结论。“我们在黑人男性中发现了有很高统计显著性的数据，这个事实不代表麻腮风三联疫苗与类似自闭症的特征之间确实存在关联，”汤普森直击韦克菲尔德最新观点的核心，“这个结果或许有助于我们设计出更好的研究。”

汤普森的方向是对的，德斯蒂法诺等人设计的研究存在缺陷。他们比较患有自闭症和未患自闭症的儿童群体，想要知道哪个分组接种疫苗的时间更早，却未能解释自闭症症状的出现可能会对第一组儿童的行为产生影响。简单地说，有些儿童（特别是疫苗接种率较低的族群，例如非裔美国人）可能会在家长发现孩子出现自闭症症状，踏上绝望的治疗旅途之后，才接种第一剂疫苗，从而导致统计数据产生误导性的关联。

正如那篇《儿科》论文在“研究方法”部分所提出的解释，他们没有将自闭症症状出现的时间对应至接种疫苗的日期，而是比较了儿童的年龄区间——他们并未发现这是一个极为致命的错误。

> 其他的研究想要通过检验接种疫苗与家长第一次怀疑孩子有自闭症、第一次诊断出自闭症的日期或者出现退化（如果确实出现）在时间上可能存在的关联，来探讨麻腮风三联疫苗跟自闭症之间的关系。在这些方面，我们掌握的信息并不全面，因此，我们比较了自闭症病例组和控制组儿童第一次接种麻腮风三联疫苗的年龄分布。

提出错误的问题，得到错误的答案，促使汤普森在电话中向布莱恩·霍克诉说“他们无法理解的事物”。这项存在重大瑕疵的研究（一位资深的儿科专家告诉我，他认为那个研究其实是“一个给流行病学家制造就业机会的计划”）耗资巨大，如果中止研究，可能会引发舆论的不满。但是，由于心理学家汤普森对办公室政治的沉迷，以及韦克菲尔德不诚实的行为，论文在发表十年后重新出现在大众视野中，引燃了自 NBC《疫苗轮盘赌》节目播出以来最具破坏性的疫苗接种争议。

你说我欺诈，我也说你欺诈。韦克菲尔德正是用这种方式反击他的批评者。而在圣莫尼卡市政大楼的石阶上，与众多母亲站在一起的，还有一位擦拭镜头的男人。他叫戴尔·毕格崔（Del Bigtree），那年 45 岁。他穿着紫色上衣，留着一头浓密的灰色卷发，手中托着一台 35 毫米相机。

他正在拍摄素材，准备重新包装韦克菲尔德用他的视频开启的"圣战"。

韦克菲尔德在 Facebook 上发出"揭穿真相！！！！！"之前，毕格崔曾经为日间信息服务节目《医生》（*The Doctors*）担任制作人。他性格急躁，语速很快，喜欢天马行空般的幻想，自称是"艾美奖获得者"，并靠着这个头衔在韦克菲尔德那里讨到了工作。事实上，CBS 的《医生》节目获得艾美奖时，毕格崔在共 36 人的制作人名单中只排在第 28 位。毕格崔的母亲说过，他"在多年的餐厅服务生经验中"学到了处理人际关系的技巧。

毕格崔的本能就是充分利用手中的所有资源。在吹哨人这个故事里，他拥有非常丰富的资源。在圣莫尼卡游行之后的几个月里，毕格崔开始重新剪辑那个 9 分 30 秒的视频，删除了关于希特勒和纳粹集中营的内容，将韦克菲尔德塑造成明星，插入观众感兴趣的议题。最终的影片名为《疫苗黑幕：从掩盖到灾难》（*Vaxxed: From Cover-Up to Catastrophe*），时长扩展到 91 分钟。这部前所未有的作品随即成为反疫苗运动最核心的武器。

就像以往一样，这部影片充分利用了家长的悲伤轶事。“她失去了所有的语言能力”“几天内他就不会说话了”以及“她余生的每一天都会癫痫发作，直到她死在我的怀中”。

然而，这些痛楚现在被混编到一个吹哨人的故事之中——在这个故事里，它的创作者们互相采访。韦克菲尔德等人无视汤普森发表的反对声明（任何一位有道德的影片制作人都有义务将汤普森的声明放进影片中）。影片的主角是它的“导演”——韦克菲尔德，他扮演一位蒙冤受屈之后重获清白的受害者。

韦克菲尔德在影片中一共出现了24次——时长从7秒到将近3分钟——他在影片中的角色是前胃肠病学研究员，他意外地接到了一位陌生母亲的来电，然后无私地奉献了自己的生活。几年之后，布莱恩·霍克就像陌生人一样出现并与他结识，让他知道汤普森的故事，证明他——韦克菲尔德是对的。

“天啊，真的吗？”在影片中，韦克菲尔德用这种方式响应心理学家汤普森所讲的信息。“发生了这么多事，我们经历了这么多事。在过去15年中，那些家庭承受了所有的痛苦，而美国疾病控制与预防中心早就知道麻腮风三联疫苗有引发自闭症的风险。”

毕格崔和波莉·汤米——那位做自闭症生意的英国企业家也在影片中露了脸。毕格崔——《疫苗黑幕》的制作人——出现了16次，有时候，他会以医学专家的口气讲话。波莉·汤米——韦克菲尔德电影制作公司的合伙人——则提供了轶事。汤米一共出现了7次，时长总计8分钟，她和她的丈夫乔纳森在影片中说，他们的儿子在接种疫苗当天癫痫发作之后，再也没有“恢复”成原本的那个正常孩子。

韦克菲尔德等人明智地采纳了毕格崔在电影制作上的建议。但是，韦克菲尔德决定制作这部电影，其目的并非只是随意玩玩。《疫苗黑幕》是为宣传而生的电影，类似于记录1934年纳粹帝国代表大会的《意志的胜利》（*Triumph of the Will*）。正如他当初争取制药公司资助他在汉普斯特德的研究一样，他现在依然能够施展自己的个人魅力，获得巨额的资助。直到2019年6月，《华盛顿邮报》的记者孙晓凡（Lena Sun）和艾米·布里顿（Amy Brittain）才揭露了此事。据报道，在纽约运营对冲基金、时年79岁的百万富翁伯纳德·萨尔茨（Bernard Salz）和他的妻子莉萨·萨尔茨（Lisa Salz）为韦克菲尔德、汤米和毕格崔等人捐赠了300万美元——其中的20万美元专门用于支持韦克菲尔德控告《英国医学杂志》和我。

接下来……再接下来……《疫苗黑幕》终于大获成功。韦克菲尔德可靠的个人魅力发挥了作用。他成功结识了演员格蕾丝·海托尔（Grace Hightower，据说，他溜进了海托尔工作的一个电影片场）。海托尔十几岁的儿子患有自闭症。而海托尔当时的丈夫——这位男孩的父亲，正是72岁的好莱坞一线男星罗伯特·德尼罗。

—

德尼罗，他的名字必定可以为反疫苗的历史增加一个脚注。他在《疫苗黑幕》幕后发挥了重要的作用。一开始，德尼罗准备在自己于曼哈顿举办的影展上播放这部影片，然后在一片谴责声中决定撤回，但他还是给韦克菲尔德带来了萨尔茨夫妇的金钱买不到的曝光度。他甚至在 NBC 的早间节目上向观众推荐这部“必看”的电影。

“很多人都会告诉你说，‘不，我真的看见我的小孩在一夜之间发生了改变’。”2016 年 4 月 1 日[①]，当《疫苗黑幕》在纽约上映三天之后，两度获得奥斯卡金像奖的德尼罗在《今日秀》节目上对主持人威利·盖斯特（Willie Geist）说。

“你也有过这种经历吗，罗伯特？”盖斯特回应道，“你的孩子也在一夜之间发生了改变吗？”

“我太太是这么说的，但我不记得了。”

现在，韦克菲尔德终于**成功**了。无论成功的方式是什么，在萨尔茨夫妇和德尼罗夫妇的支持之下，他可以展露胜利的微笑。在《今日秀》为韦克菲尔德打了免费广告之后，他已经和洛杉矶的一家电影发行商签订了合同，准备将他的“圣战”从圣莫尼卡的市政厅带到全国各地的电影院。

毫无疑问，一些重要的事情正在发生，反疫苗运动开始转型了。在接下来的六个月里，根据报道，《疫苗黑幕》在近百家电影院上映了几周，票房总计超过 110 万美元。只要有足够多的消费者在影院点播服务平台 Gathr 这个应用程序上订票，影院就会给这些观众提供包场放映。《疫苗黑幕》最高的包场人数超过 600。

《疫苗黑幕》的上映取得了空前的胜利，在德尼罗夫妇和萨尔茨夫妇的推动下，这部电影也引发了自 20 世纪 80 年代以来不曾出

① 据《今日秀》节目官网信息，应为 2016 年 4 月 13 日（同书后“时间线”第 449 页）。此处系原文如此。——编者注

现过的儿童疫苗恐慌。借助名气和金钱，他们凌驾于科学之上，在美国境内造成了深重的影响。

为了便于韦克菲尔德团队到各地巡展，他们购买了一辆蔻驰曼（Coachmen）房车，并将车身涂成黑色，在各个城市之间穿梭。车身上还印着《疫苗黑幕》的电影名，以及红白两色的标语：

哪里有风险，哪里就必须有选择

我们不是政府的私产

他们在高速公路上奔驰，在停车场和加油站打开车门，就像乐队巡回演出时的公路旅行——横跨美国的旅行。通过社交媒体的宣传预热，在重要的休息站，房车变成了演播室，实时传播 Facebook 和 Periscope 用户所发的"我的孩子发生了什么事情"这类故事。

"等到法律和秩序突然崩溃的时候，我就可以干一些我现在不能干的事情，"名为柯特·林德曼（Curt Linderman）的男子一边痛骂着"法西斯国家"，一边爬上房车，拿出一把上了膛的手枪，"我一定会去找你，就这么简单，我要复仇，我要为我的儿子复仇。"

在通过一位纽约的投资人得知他们的资金来源之前，我一直以为韦克菲尔德、毕格崔和汤米三个人之所以能够保持如此诡异的欢愉，是因为他们在旅途中搜集了各种黑暗的故事。特别是汤米，她愉快地大笑，叽叽喳喳，显然很快乐。"你们真了不起，"她告诉拿着手枪的男子和他的妻子，"我们在 YouTube 上从来没有感觉这么爽过。"

更多的资金涌入，更新的观点涌出：韦克菲尔德认为**所有**的疫苗都有问题。每次影片放映结束，开始滚动播放这部“纪录片”的演职人员名单时，韦克菲尔德、毕格崔和汤米通常都会拉出椅子坐好，开始回答观众提出的问题。他们会在这个阶段诱导观众超越《疫苗黑幕》的剧本，发起更为恶劣的疯狂指控。

有一阵子，这位曾经的医生还短暂保持了一定程度的冷静。在电影上映的两个星期后，韦克菲尔德回到圣莫尼卡，开始用一种近乎专业的口吻发表演讲。他声称，乙肝疫苗“与多发性硬化症有关”，硫柳汞是“神经发育障碍的主要影响因素”，铝盐佐剂[①]“有潜在的巨大风险”，将带有铝盐佐剂的疫苗注射到儿童体内是“疯狂的行为”。

然而，随着旅行的行进，韦克菲尔德变得更为大胆，他认为半数的美国人都是受害者。“我们正在让这个国家的孩子变得愚蠢，”四个月后，在得克萨斯州奥斯汀，韦克菲尔德身穿印着“疫苗黑幕”字样的上衣，挥舞着他的双臂，“很多人说孩子变笨是因为学校教育。不，跟教育系统无关，这是一种生理现象。女孩没有这种现象，女孩没有出现智力衰退，衰退的是男孩，为什么男孩会出现智力衰退？**为什么**？因为男孩在年幼阶段更容易受到有毒物质的侵袭。”

韦克菲尔德声称，有毒物质的侵袭不仅仅是伤害，而且是刻意造成的伤害。“他们决定说谎欺骗你们，剥夺你们对孩子的知情同意权，”他对着民众大肆抨击政府，“并且损伤数百万人的大脑。”

汤米紧跟着韦克菲尔德的步伐宣传，正如她当初跟随韦克菲尔

---

① 佐剂即非特异性免疫增生剂，是指那些与抗原物质混合，或者预先 / 同时注入人体，增强机体对抗原的免疫应答能力的辅助物质，是疫苗的重要组成部分，铝盐佐剂就是最常用的疫苗佐剂之一。

德一同前来美国。"不要再继续杀害我们的宝贝，"她说，"他们给我们的孩子接种了疫苗，我们也向他们详细讲了我们的孩子发生了怎样的状况，他们知道这一切。重点不是你的孩子或者我的孩子，而是数百万个孩子。他们很清楚自己在做什么。"

这也是韦克菲尔德与唐纳德·特朗普相交的旅程，他们两人都在美国各地来回奔波。在那个"反叛之年"——2016 年——在美国，特朗普击败了希拉里·克林顿（Hillary Clinton）；在英国，"脱欧"公投以微小的票数差异通过了脱离欧盟的计划。反疫苗运动人士抓住了这个时代的悖论：他们的主张越是不可思议、古怪离奇，传播范围就越广，而且会有更多人相信并加以传播。

韦克菲尔德的电影很受欢迎，有时候甚至在大型电影院上映。到最后，他们会带来更多奇观。当演职人员名单开始滚动播放，电影院的灯光亮起时，毕格崔会走到舞台上，向观众发出邀请。他有时候是日间节目的主持人，有时候是文艺复兴时期的宗教领袖，有时候又是某些奇迹疗法的传播者。

"如果你们的家庭里面有成员因为接种疫苗而受到伤害，请家长或者其他的家庭成员在这个时候站起来。"

或者，他会说："如果你的家人因为接种疫苗而受到伤害，请你立刻起立。"

从纳什维尔（Nashville）到博伊西（Boise），从旧金山（San Francisco）到匹兹堡（Pittsburgh），他的措辞会随着影片放映地的不同而有所变化。但是，他的要求和现场观众的反应都是一样的。

在观众之中，有几十人独自或成批地从座位上站起身，宣称他们都是疫苗的受害者。这边有一个人，那边有两个人，在后方的阴影处还有一家人。很快，现场似乎有四分之一的观众都无声地肯定了自己的直觉。

“看看有多少人站了起来，”毕格崔继续说道，这次他在犹他州的一个小镇，“医学界的正式声明认为，在 100 万个儿童中只有一个会因接种疫苗而受到伤害。如果他们说的是真的，那普罗沃（Provo）小镇的人口该有多少？”

对于任何一位不确定孩子发育障碍病因的家长来说，这无疑是他们下定决心的时刻。如果有这么多被韦克菲尔德 91 分钟的电影所蛊惑的现场观众给出了如此清晰可见的证词，那现在就是站起来的时刻，**为什么不站起来呢**？

“昨天晚上有一位女士拦住了我，”毕格崔告诉一家地方电视台，“观众问答的环节结束，我正要离开，她一把抓住我，开始**啜泣**。”

没有人可以质疑他们的演技。但是，这些母亲只是在猜测孩子疾病的病因。无论她们的猜测是对是错，她们总是两两结伴，就像当年的那些英国母亲一样。而在美国发生的这一切，正如我在英国调查报道中所揭露的骗局那样，都不过是视觉骗局的产物。早在黑色房车在美国各地巡回之前，已经有将近 6000 个家庭向疫苗法庭提起了诉讼，要求为患自闭症的孩子争取赔偿。利用这些孩子的父母、祖父母、兄弟姐妹和朋友，足以让韦克菲尔德等人制造这样的场面。

他们是怎么做到这一切的呢？韦克菲尔德讲了家长们的说法；

家长们讲了韦克菲尔德的说法。他们达成了一致：**这都是真的**。看吧，这就是一个自我证成的熔炉，会一直膨胀下去。

欢呼吧。

他们搜集了家长们诉说的轶事，并为《疫苗黑幕》的续集拍摄素材——观众们起身和问答的镜头。当那些母亲——有时候脸上带着泪水——从黑暗中纷纷站起时，她们的声音和名字被记录下来，被韦克菲尔德等人再次包装，将她们的痛苦输送给其他民众。

第三十一章　韦克菲尔德的世界

当宣传《疫苗黑幕》的房车穿越美国的时候，在华盛顿，另一个声音正在赞美儿童接种疫苗的好处。2016 年 9 月的最后一个星期二，在飘扬的各国国旗之下，来宾们兴高采烈地高声交谈，合影留念。一份签署完成的宣言被陈列在展示架上供人参阅，现场甚至还有一个切蛋糕的仪式。

Adiós Sarampión y Rubéola
再见了！麻疹和风疹

这场会议由泛美卫生组织（Pan American Health Organization，PAHO）主办，参会的来宾是南北美洲各个国家派出的代表。这是荣耀的一天，随着巴西最后一次感染潮的病例全部康复，巴西政府正式宣布该国已经“消除”了麻疹，这意味着从加拿大北极地区到智利的合恩角（Cape Horn），麻疹病毒的传播已经停止了一年多。

这场会议在泛美卫生组织总部大楼的仪式厅内举行。“今天到此参会的各位公共卫生长官，”巴哈马政府的首席医疗官梅瑟琳·达尔－雷吉斯（Merceline Dahl-Regis）在讲台上致辞，“你们的同仁、儿女、孙辈以及未来的世世代代，都会在那张照片中看见你们，今天，我们宣布，北美洲和南美洲已经消除了麻疹。”

自从泛美卫生组织——世界卫生组织美洲地区的区域管理机构——宣誓要像消除天花一样完全消除麻疹以来，他们已经为这一天奋斗了 22 年。这次的胜利可能还会有下一个阶段——从“在美洲**消除**麻疹”发展到“在全球**根除**麻疹”。到那时，麻疹病毒将会被埋葬在安全性极高的实验室内，会有更多的宣言，更多的演说，更多的照片，而接种麻疹疫苗有助于达成这个目标。

每个人都渴盼着根除麻疹的那一天，泛美卫生组织已经开拓了一条道路。生物学界对于消除 RNA 病毒抱有很高的期待。麻疹病毒的近亲已经被人类成功关进了笼子。2011 年 6 月——签署宣言的五年前，联合国粮食及农业组织（Food and Agriculture Organization of the United Nations）自豪地宣布全球成功根除了牛瘟，这是人类根除的第二种传染疾病。因为牛瘟病毒也是一种 RNA 病毒，属于副黏液病毒科，人类开始梦想能够借助疫苗彻底消灭麻疹（以及脊髓灰质炎病毒）。

“我们可以控制麻疹，”在达尔－雷吉斯发表完演讲之后，时任世界卫生组织总干事的陈冯富珍（Margaret Chan）告诉来自 35 个成员国和 4 个准成员国的泛美卫生组织官员，“我希望，美洲的成功可以鼓舞世界的其他地区。”

他们确实有鼓掌庆贺的理由，统计数字说明了一切。泛美卫生组织开展了一项世界性的运动，15 年来，麻疹病毒每年造成的儿童死亡人数从约 50 万逐年下降为 9 万多一点。他们在北美洲和南美洲开展的计划证明，疫苗可以实现消除麻疹的目标。

但是，正当陈冯富珍谈到“强有力的国家疫苗免疫计划”“专项财政资金”和“政治承诺”时，在豪华的仪式室外，麻疹病毒正要卷土重来。

—

麻疹病毒卷土重来的第一个信号来自官方机构。就在泛美卫生组织宣布美洲成功消除麻疹的三个星期之后，世界卫生组织在日内瓦总部讨论了一份报告，这份报告警告称，消除麻疹的进度正在“放缓”。六个月后，2017 年 4 月，就在泛美卫生组织最大成员国的中央地带，麻疹疫情全面暴发，共有将近 80 人被感染。在美国明尼苏达州的明尼阿波利斯，索马里人社区第二次暴发麻疹潮。韦克菲尔德曾经在 2010—2011 年的冬天在这里做过公开演讲。麻疹就像韦克菲尔德的体味一样，紧紧跟随着他。

到了现在，韦克菲尔德已经是公开的反疫苗人士。他曾经在公开场合声称：“如果我有孩子，我绝对不会让他接种疫苗。”许多索马里人听从了韦克菲尔德的建议，没有给自己的孩子接种疫苗，这使得他们的孩子成为极易感染麻疹病毒的受害者。世界卫生组织的分析模型显示，如果想要完全阻断麻疹病毒的传染，疫苗接种率至少要达到 95%。然而，由于韦克菲尔德的影响，美国非裔公民的疫苗接种率下降到 42%。

《华盛顿邮报》在一期头版新闻的标题中写道：“反疫苗运动人士引发了该州数十年未见的麻疹感染潮。”

韦克菲尔德对《华盛顿邮报》表示："我认为自己不需要对此负责。"但是，就在他首次在明尼苏达公开露面的几个星期之后，他的支持者们成立了一个专门鼓动索马里人的团体，名为"明尼苏达疫苗安全委员会"。这个团体极力夸大疫苗的风险，对麻疹的危害轻描淡写，他们的许多观点都跟理查德·巴尔在英国散发的内部通讯和资料单完全一致。

"他们想把这次的'疫情暴发'宣传成一场危机，这很可笑，"这个团体的一位成员这样否认麻疹的危险性，"只要保证足够的营养和休息，麻疹只不过是一种会起红疹的重感冒，麻疹确实不是什么玩笑，但也不算什么危机。"实际上，麻疹有时候可以引发肺炎、失明、失聪、脑损伤，在极少数情况下可以导致患者死亡。

韦克菲尔德没有再出现在明尼苏达，此时他正忙着宣传《疫苗黑幕》。但是，他的伙伴不会就此停手。当孩子染病的报告相继传出之后，韦克菲尔德的朋友马克·布拉克希尔（Mark Blaxill）——他建立了一个全国性的团体"心智安全"（Safe-Minds），还陪同韦克菲尔德参加了唐纳德·特朗普的就职晚宴——搭乘飞机来到明尼阿波利斯，就像一个不断寻求刺激的龙卷风追逐者。据报道，他在韦克菲尔德曾经发表演讲的那家餐厅对着现场听众（大多数都是索马里裔美国人）说："家长有权利，家庭有权利。这才是需要保护的重点。"

但这并不是那些致力于根除麻疹的人希望看到的，明尼苏达州的疫情只不过是一次更大规模的麻疹复苏潮的开始。在欧洲，大规模的麻疹暴发潮从东欧开始传播，就像丛林中被引爆的集束炸弹，从罗马尼亚开始，然后是意大利、希腊、塞尔维亚、法国和英国。亚洲也暴发了麻疹疫情，从菲律宾一直传播到越南、印度、泰国和缅甸。

韦克菲尔德似乎非常得意。“我一直都在战斗，这场战役已经持续了 24 年，”2017 年 2 月，在法国巴黎的一场公开会议上，他带着一种冷静且喜悦的情绪说道，“这么长时间以来，这是我们第一次获得真正的胜利。”

2017—2018 年，全球各地的麻疹病例大幅度增加。波兰、哈萨克斯坦、格鲁吉亚[①]、阿尔巴尼亚……欧洲经历了 20 年来最严重的一次麻疹疫情，这与疫苗接种率的下降有直接关系。意大利的麻疹病例数提升了 6 倍。在法国，麻疹确诊病例从一开始的 400 人增加到 2500 人。乌克兰政府的数据显示，在一年之内，麻疹确诊病例就从 5000 人提高到 53000 人。

“数十年努力的成果很可能付诸东流，”2018 年 11 月，世界卫生组织副总干事苏米娅・斯瓦米纳坦（Soumya Swaminathan）在日内瓦所做的一份声明中发出警讯，“在各个地区，特别是在已经根除或者接近根除麻疹的地区重现的麻疹感染潮，不仅让人极度忧心，而且还呈现继续扩散的趋势”。

除了韦克菲尔德的影响之外，这次麻疹感染潮的暴发还有一些其他因素。在意大利，喜剧演员贝佩・格里洛（Beppe Grillo）在高调投身政界之前曾经制作过一部抨击疫苗的影片，影片上映的时

① 哈萨克斯坦、格鲁吉亚地跨欧亚两洲。此处系原文如此。——编者注

间就在韦克菲尔德发表那篇《柳叶刀》论文的几个星期之后；在泰国和印度尼西亚，一些神职人员声称某些疫苗中含有由猪肉制成的明胶；在印度北方邦，流传着接种疫苗会导致阳痿的谣言。在许多国家，从波兰到委内瑞拉，政权的动荡也对疫苗接种产生了不利的影响。

然而，似乎在每一个地方都有人提起韦克菲尔德的名字。在巴西，我最为深刻地感受到了这一点。2017 年 12 月，巴西的麻疹确诊人数还是 0，到了第二年 11 月就猛增至 6000。有一次，在圣保罗，我坐上一辆出租车，车里坐着赫赫有名的流行病学家克里斯蒂亚诺·科雷亚·迪·阿泽维多·马奎斯（Cristiano Corrêa de Azevedo Marques），他转头看向我，做了自我介绍之后，讲出了他发现的问题。

"太不可思议了，1998 年的那篇论文，"他说，"到现在依然影响着大众的想法。"

巴西曾经被认为是拉丁美洲预防麻疹最出色的国家。自从 2000 年开始，巴西的麻疹疫苗接种率一直都能达到泛美卫生组织提出的目标。但是，到了 2017 年，情况突然发生了变化，接种率统计图上原本没有任何起伏的直线突然下降到约 70% 处，因为有些家长开始担心疫苗安全，或者对于接种变得不情不愿。

"这很让我震惊，"圣保罗州疫苗接种计划的负责人佐藤启子（Helena Keico Sato）说，"民众已经不想到诊所接种疫苗了。"她是一位儿科专家，我们于 2018 年 9 月在流行病监控中心（Centro de Vigilância Epidemiológica）见了面，现场还有许多医院、学术科研机构的研究员。

“这是新出现的现象吗？”

“去年第一次发生，”她回答，“我们完全没有预料到。”

泛美卫生组织的欢庆可能助长了一些自满的情绪。如果确实如媒体报道所说，麻疹在巴西已被根除，那么或许家长会觉得已经没有必要接种疫苗了。但是，在那个接种观念剧烈变化的时期，家长的决定在很大程度上受到了韦克菲尔德的影响。

儿科神经学家何塞·萨鲁马欧·施瓦兹曼并不怀疑这一点，他强烈谴责了韦克菲尔德和《柳叶刀》：“每一天都会有病人问我：‘疫苗和自闭症有没有关系？’”在圣保罗麦肯齐长老会大学（Mackenzie Presbyterian University）的办公室里，他告诉我：“一旦你创造了一个都市传说，人们就很难忘掉它了。”

然而，让那些巴西家庭感到恐惧的不止是多年前来自遥远地方的回音。韦克菲尔德的影响就在此时此地。正如他当初的宣言一样，他已经成为一个媒体。在美国暴发麻疹复苏潮之后，他开始为全球的无数网页制作诱导网民点击阅读的内容，除了英语之外，还有其他各国语言（中文、西班牙语、阿拉伯语、法语等）混合而成的刺耳噪声，全都用于宣传他本人，以及他的杰作《疫苗黑幕》。

—

在巴西，很容易就能找到反疫苗人士的 Facebook 主页，例如“O Lado Obscuro Das Vacinas”（疫苗的黑暗面）和“Vacinas—Por Uma Escolha Consciênte”（疫苗：个人的选择）。Facebook 上那些混杂着葡萄牙语和英语的文章传播着有关韦克菲尔德的信息，被数十、数百甚至数千个人读到。到了现在，在许多国家，韦克菲尔德的影响力进一步扩大了，有关他的信息甚至能够通过瓦次普（WhatsApp）这样的通信渠道，影响到那些并没有搜索相关关键词（如自闭症、婴儿护理、家族团体等）的人，进入他们的生活。

在网络上，你可以找到《疫苗黑幕》在纽约首映的报道，影片葡萄牙语字幕的下载链接，类似"美国疾病控制与预防中心的吹哨人"这样的谎言，罗伯特·德尼罗参加的《今日秀》节目，黑色房车在美国巡回演出的照片，以及称赞这部"纪录片"的视频博主。

你看见的内容甚至不是当下当地发生的，它们可能来自反疫苗人士的卧室和厨房，通过他们的笔记本电脑和手机发出，一次又一次、一天又一天地被重复利用。

制药公司向罗伯特·德尼罗发出恐吓

接种麻腮风三联疫苗之后出现自闭症

网络上流传着韦克菲尔德的演讲视频（他在视频中说："我相信疫苗会造成自闭症。"），还可以找到他的合作伙伴戴尔·毕格崔（现在，纽约的百万富翁伯纳德·萨尔茨每年支付给他 146000 美元的薪水，还会负担他的其他费用支出）的视频。在谈到为什么没有医生和科学家支持他们的时候，毕格崔玩起了阴谋论。

"真正让我悲伤的是，我和许多医生谈过，他们都说：'戴尔，我知道疫苗会导致自闭症。但是，我不能在镜头前表态，因为制药公司会毁掉我的职业生涯，就像他们对韦克菲尔德所做的那样。'"

传播这些阴谋和谎言的不只有伪君子，像亚马逊和苹果这样的科技巨头也在其中推波助澜，正如伦敦《泰晤士报》所报道的那样：

互联网巨头从反疫苗欺诈的影片中获利

可是，韦克菲尔德现在还有必要在乎《泰晤士报》说什么吗？

他们依然热衷于亲自参加活动，这有助于赢得更多民众的支持。波莉·汤米去了澳大利亚，当布拉克希尔追着“龙卷风”来到明尼苏达的时候，韦克菲尔德出现在了波兰。

韦克菲尔德现在很快乐，他没有找到医治克罗恩病的方法，没有发现治疗自闭症的方法，也没有开发出新的疫苗，在医学领域，他什么都没能做到。但是，他现在可以通过互联网向全球各地传播恐惧、愧疚感和疾病。“昨天总统才在电视上给疫苗唱赞歌，”在意大利博洛尼亚的一家餐厅里，韦克菲尔德在 Periscope 直播上笑着说，“现在，《疫苗黑幕》让他们非常非常忧虑。”

韦克菲尔德说得没错，他确实让各国政府非常担心。到了 2019 年年初，世界卫生组织将“疫苗犹豫”列为“全球公共卫生的十大威胁”之一，而美国则要面临 30 年来最严重的麻疹感染潮。

在我发表对韦克菲尔德的调查报道之后，英国民众接种疫苗的信心有所恢复。但到了现在，英国政府发现麻腮风三联疫苗的接种率再次暴跌。英国国家医疗服务体系警告说，麻疹传染病就像“定时炸弹”，英国卫生大臣也表示，他将会“要求”社交媒体撤掉他所谓的“谎言”。

在国际上，关于强制接种疫苗的讨论已经司空见惯——虽然有些国家的政府早已实施了这项措施。例如，波兰很早就开始对拒不接种疫苗的民众处以罚款；在美国的大多数州，如果小孩没有依照疾病控制与预防中心的时间表接种疫苗，也没有获得具体的疫苗豁免，就无法入托入学。

法国则是从 2018 年 1 月开始加大了力度，把强制接种的疫苗从原来的三种增加到八种，其中就包括麻疹疫苗。几个月之后，澳大利亚也更为严格地执行原有的"不打针，无福利"（No Jab，No Pay）政策，不接种疫苗的民众将被取消税收上的优惠。不久之后，意大利由两个民粹政党组成的联合政府决定颠覆小丑格里洛的理念，发起"紧急计划"，为 80 万儿童和青年接种疫苗。

各国采用的方案各有不同，如罚款、禁止入学、取消福利等。在某些国家（例如英国）或地区，接种疫苗依然是自愿行为。但是，在美国发生的一次麻疹疫情打破了这个平稳的局面，地方政府的公共卫生官员采取了最强硬的政策。

暴发疫情的地方是纽约州的罗克兰郡（Rockland County）。有些研究认为，这次疫情的源头是于 2017 年暴发麻疹感染潮的乌克兰。基因测序的结果显示，在乌克兰肆虐的麻疹病毒很可能是由前往耶路撒冷的朝圣者带回来的。而圣城耶路撒冷的麻疹疫情则是在 2018 年秋天暴发，然后漂洋过海，抵达美国东海岸。

毫不夸张地说，罗克兰郡应对这次麻疹疫情的方式是相当严苛的，类似于 17 世纪伦敦暴发黑死病时采取的措施。罗克兰郡政府发布"紧急命令"：禁止任何 18 岁以下尚未接种麻疹疫苗的人"进入任何公开场所"，除非持有医生开出的特定疫苗豁免证明。

几天后，罗克兰郡政府又调整了规定，将禁令的范围缩小到所有的室内场所。但是，强硬派的思维方式依然没有改变。纽约市政府公布了一项法令，对居住地或工作地属于纽约市的父母提出硬性要求：他们的孩子只要已满六个月并且尚未接种麻腮风三联疫苗，就必须在 48 小时内接种疫苗。

——

这些强硬的措施反映了当时全球的恐慌情绪，但历史早已证明，这样的措施背后也潜藏着诸多风险。19 世纪 60 年代，英国政府强制接种天花疫苗的政策（违反规定的民众会被处以巨额罚款甚至监禁）引发了第一次反疫苗运动，许多人坚决抵制疫苗的接种，数万人加入了抗议游行队伍。1879 年 10 月，当反疫苗“圣战士”威廉·特布在纽约市发表演讲，成立美国反疫苗联盟的时候，他告诉听众，如果“美国政府只会被一部反疫苗法案说服”，这只会进一步**增强**他所捍卫的反疫苗运动的影响力。

巴西也有类似的历史。1904年10月，巴西国会通过“强制性的”天花疫苗接种法案后，里约热内卢的街头发生了长达一周的大规模暴动，民众使用木棒、石头和枪支对抗警方。这次暴动后来被称为“反疫苗革命”。

“这次革命不仅是民众对于强制医疗的恐惧，而且是一种意识形态对立，”美国历史学家托马斯·斯基德摩尔（Thomas Skidmore）在他的经典作品《巴西：五个世纪的变迁》（*Brazil: Five Centuries of Change*）中写道，“对于许多拥护反疫苗运动的人来说，‘反疫苗革命’是一场贫民反对国家干涉私生活的斗争。”

韦克菲尔德当然不懂这些深层次的概念。但是，街头示威已经在欧洲各地蔓延。2017 年 6 月，意大利爆发了抗议活动，罗马、米兰、博洛尼亚以及其他城市都出现了数千人规模的示威游行。几个月后，数百人在巴黎发起抗议。2018 年夏天，一大群抗议者聚集在华沙的街头，坚持维护他们拒绝接种疫苗的权利。

对于韦克菲尔德来说，这些都是重大的成就。在网络视频中，他咧嘴笑着，非常高兴。麻疹复苏潮不完全是他一个人的责任。但是，正如没有硫黄、木炭和硝酸钾就没有办法制作火药一样，他知道自己是麻疹疫情暴发的主因。

再次借用《新印度快报》的那段话："一个人能够改变世界吗？问问安德鲁·韦克菲尔德吧。"

第三十二章　因与果

大不列颠及北爱尔兰联合王国曾经凭借丰富的煤炭资源和冷冽的气候率先拉开了工业革命的序幕。英国孕育了国际交流中使用最广泛的语言，也是现代足球的发源地。但是，除此之外，英国也是疫苗恐慌的诞生与萌发之地。不是一次，不是两次，而是三**次**。

让我们来盘点一下，19 世纪是天花疫苗，一个世纪之后是百白破疫苗。从 20 世纪 90 年代末开始，疫苗恐慌的对象换成了韦克菲尔德的目标：一开始只是麻腮风三联疫苗，后来则是任何一种能够让他获得掌声和金钱的疫苗。由于疫苗恐慌始于英国，我也应该让它终结于英国：给有关那篇《柳叶刀》论文的新闻调查下一个结论。毫无疑问，即使在我死后，也会有人记得那篇论文。

我坐上前往英格兰西北方默西赛德郡（Merseyside）的火车，拜访那 12 个孩子中的一个孩子的母亲。基于常见的保密原则，我将称呼她为三号女士。但是，她的孩子，也就是出现在论文表格一和表格二的三号孩子，其实是第一位被带到汉普斯特德进行疫苗研究的孩子。

三号孩子跟其他大部分孩子一样，也是被《新闻之夜》节目中的红衣女士弗莱彻介绍到皇家自由医院的。三号孩子唯一的肠道问题是严重便秘，他的血检结果很正常，病理学家也没有发现他有结肠炎。然而，在内窥镜检查中，三号女士看见了肿胀的腺体（她称其为"红斑"）。三个月后，三号孩子的病历记录被篡改了。医生尝试性地给三号孩子开了带有黑框警告的药物，并在《柳叶刀》论文中把他列入患有"综合征"的儿童之中。

在这十年中，这是我第三次前往三号女士的家。到达距伦敦200英里的利物浦，再搭乘20分钟的公交车，穿过工薪阶层居住的城市近郊，我最终来到了一栋两层的出租屋之外。这栋房子有金色的信箱、门牌和门环，跟这条街上的其他房子没太大的区别。特殊的地方是房子的后院，我从来没有在其他地方看到过这样的院子：一片修剪整齐的方形草坪，三面都有围栏，没有灌木丛，没有花坛，**什么都没有**。

三号女士身材纤细，说起话来轻声细语。这次拜访她的时候，她已经58岁了。三号孩子是她的第二个儿子（他有两个兄弟和一个妹妹），他已经29岁了，即将步入中年，早已不再住在家中。

三号孩子是个黑发碧眼的帅气小伙。如果你在约会软件上看到这样一张笑脸，一定会觉得他在几分钟内就能找到约会对象。他有我所说的"利物浦相"，我觉得已故的"披头士"乐队主唱约翰·列侬就有这种面相。在我看来，这种面相似乎散发着一种你能在利物浦街头发现的神秘且怪异的智慧。

但是，三号孩子没有使用约会软件，也不能**立刻**跟人见面。他不能独自出行，只能牵着别人的手沿着默西河散步。"他可能在一分钟前还亲吻着你，不到半个小时就像变了一个人一样，”我们坐在客厅，三号女士对我说，“有时候我很害怕，会把自己关在花园里，因为我知道他打人的时候能有多狠。”

与三号孩子交谈也没有浪漫的色彩。他在两岁时就已经失去了所有的语言能力，也就是在这段时间里，他开始啃地毯，像着了魔一样地在自己眼前轻弹手指。现在，他只能发出近似“是的”或“给我”的声响。他可以辨识出（但自己不会使用）代表“不”或者“不可以”的手势：他的母亲先交错双手，再放开，就像一个裁判示意进球无效那样。

“如果他希望某个人离开，就会打开前门，”在我第二次拜访三号女士时，她解释道，“如果他想喝茶，就会给我茶杯，或者在茶杯里面放入四个茶包，尝试自己泡茶……但是，他不知道什么时候应该停止倒水。水已经满了，他还会继续倒，让水溢得到处都是，这太危险了。”

他很危险，对其他人、对他自己来说都很危险。我最后一次拜访三号女士时，他已经不再回家了。更准确地说，他跟一群陌生人一起住在破旧的护理中心。在那里，他用头撞击窗玻璃，割伤自己的手腕，打坏了一位工作人员的鼻子。即使服用三种不同的抗精神病药物，他的情绪依然像其他没有犯罪却要承受终身监禁的自闭症患者一样难以预测：前一分钟还在阳光中听着音乐，下一分钟就把某个人打伤。

“最能让他开心的事就是洗澡，”他的母亲告诉我，“他曾经在六个小时之内洗了 12 次澡。”

不是阿斯伯格综合征，也不是神经多样性。他的孤独表现差异太大了。他的症状并不是那些拿自闭症出来炫耀的人（他们把自闭症特质当作一种勋章，例如"我其实有点自闭"）所赞赏的"与众不同"，也不同于同性恋或者有些印第安血统的人。三号孩子的情况是某些家长所说的——借此表达他们的悲伤，外加一点批评——仿佛"火车失事"般的全谱系自闭症。

但是，三号孩子的困境是疫苗导致的吗？他的母亲毫不怀疑。在过去的 25 年，三号女士的说法始终如一：三号孩子满 14 个月时接种了麻腮风三联疫苗，接受注射后就立刻开始流鼻血，不到 48 个小时就开始发高烧，不到一周就出现了类似麻疹的红斑。从此以后，三号孩子开始在他的小床上前后摇晃，失去了语言能力，攻击性也越来越强。

三号孩子五岁的时候，一位神经学家给他做了诊断，认为他患有"严重的学习障碍和自闭症"，但这位神经学家仍认为他的母亲**错了**。

> 病人的母亲非常伤心，她想要责备某个人或者某些事，并且也在［为她的儿子］寻找特殊的治疗方法。但很可惜，在这两方面我都帮不了她。

这位神经学家的看法与主流意见一致。发育儿科学的基础研究认为，自闭症症状首次出现或者被家长察觉的时间大约是在孩子两岁的时候。同时，科学家们认为，麻疹疫苗中的病毒要在几天之后才能在皮下组织复制。因此，从生物学的角度而言，麻疹、腮腺炎和风疹都不太可能产生三号女士描述的突发性影响。

同样，流行病学家也倾向于对三号女士这种类型的家长“轶事”表示怀疑。韦克菲尔德在那篇《柳叶刀》论文中想要用伪造的图表证明的核心主张认为麻腮风三联疫苗是造成自闭症的主要原因，许多国家对此进行了大量研究，都没有发现任何能够支持这种主张的证据。来自芬兰和丹麦的两篇论文各自分析了超过 50 万名儿童的记录，结论是疫苗和自闭症之间没有任何关联性。日本横滨大学的一项研究也发现，在麻腮风三联疫苗暂停接种的一段时间里，自闭症的诊断人数依然在持续增加。

——

在韦克菲尔德推动反疫苗运动之时，家长和医学界的分歧变得越来越大。媒体用“家长与科学的对决”来描述这一现象。一个来自加拿大蒙特利尔的研究团队发现，当麻腮风三联疫苗的接种人数“显著减少”的时候，广泛性发育障碍的诊断人数却出现“显著的增加”。波兰克拉科夫（Krakow）的一个医生团队在比较了接种麻腮风三联疫苗和接种单一疫苗的儿童在发育和智商成长方面的情况后，也报告说没有观察到显著的差异。

但是，大数据研究所解释的是整体性的结果，而不是像三号孩子这样的个案。或许，这些个案的数量太过于稀少，以至于被完全忽略，没有被纳入流行病学的研究。有没有这样一种可能：三号孩子——现在已经是成年男性——有一种独特的生物学特质，或者他接种疫苗后身体会出现非常短暂的脆弱期？事实上，所有有效的药物都有可能对某些人体造成伤害。正如三号女士的回忆，家长们提出的轶事中最常见的情况，就是孩子在接种三联疫苗不久之后发烧。

那天晚上，他焦躁不安，还发了高烧，医生给他服用了泰诺……隔天他醒来后就不能走了，也不能爬，只是不停地打自己的脸和耳朵。

两天后，他突然发起高烧，烧到了 40 摄氏度。在那之前，他一直是一个发育正常的孩子，会大笑、制造噪声、试图翻身。接种疫苗后，那个正常的孩子就在我们面前消失了。

这样的观察并非家长与科学的对决，而是被严密的科学研究所证实的疫苗反应。芬兰开展了一项针对双胞胎的研究，根据这项研究的统计，接种疫苗后发烧的概率高到惊人。这篇论文在 1986 年 4 月发表在《柳叶刀》上，作者是赫尔辛基的儿科专家海基·佩尔托拉（Heikki Peltola）和流行病学家奥利·海诺宁（Olli Heinonen）。他们设计了非常精妙的安慰剂对照双盲实验，研究接种麻腮风三联疫苗之后产生的直接反应。

在佩尔托拉和海诺宁的研究中，每对双胞胎都会被分开，每个孩子都被随机分配到两组中的一组。第一组的孩子先接种疫苗，三个星期后再注射安慰剂；第二组的孩子则是先注射安慰剂，三个星期后再接种疫苗。他们分析了 581 对双胞胎的数据，以表格的方式记录"接种疫苗后的每日反应"。分析结果显示有很多孩子在接种疫苗后发烧。

在表格中的第一天至第六天（三号孩子就是在这个时间段出现症状的），芬兰研究人员的统计结果显示，儿童在接种麻腮风三联疫苗之后出现"低烧"的比例是 163‰，"中度"发烧的比例则是 8‰，而"高烧"的比例则是 1‰，难怪许多自闭症儿童的家长都会说孩子在接种疫苗后发烧。

但是，芬兰人研究的卓越之处在于对双胞胎儿童注射**安慰剂**之后的体温进行对比。注射安慰剂之后，出现低烧的比例减少了 **1‰**，中度发烧的比例同样减少了 **1‰**，而发高烧的比例则完全一样。因此，疫苗引起儿童立刻发烧的可能性小到几乎可以忽略。

接种疫苗之后会出现偶发的发烧反应——在十天中达到峰值。但是，总体而言，疫苗的副作用很罕见。“现有的研究结果显示，接种广泛使用的麻腮风三联疫苗出现不良反应的情况，比以前所认为的要少得多。”佩尔托拉和海诺兰这样评论道。

即便如此，他们的研究也无法**证明**三号女士的说法是错的。但是，只有家长提出的轶事是不够的。韦克菲尔德、汤米、毕格崔和其他反疫苗运动人士躲藏在轶事之后，反对医学家和科学家。他们生动地描述可怕的故事，并且主张家长有权自证他们是疫苗的受害者，而这种主张所依赖的原则就是：母亲**当然知道**孩子的状况。

“如果一万个人都有相同的说法—— 一万个母亲——轶事最后就会**成为**科学，”律师罗伯特·肯尼迪在亚特兰大的反疫苗示威运动中提出这个观点，“这些母亲知道她们的孩子发生了什么事情。她们**知道**孩子究竟怎么了。”

我想，那就是我踏入疫苗争议领域的机缘。到现在为止，我研究这个议题已经很多年了。1996 年 9 月，二号女士告诉皇家自由医院的儿科医生，她的儿子在接种麻腮风三联疫苗的两个星期后出现撞击头部的行为，但她在那时**知道**是麻疹导致的自闭症吗？或者她是在 2003 年 11 月才**知道**的？那个时候，她告诉我，孩子出现症状的时间“大约是在六个月之后”。2001 年 11 月，二号女士向法院提起诉讼，但她在那个时候**真的知道**吗？

二号女士起诉了一家制药公司，她的律师团队希望达成和解赔偿。但是，大型制药商很少会悄无声息地让步。根据另一位参加集体诉讼的家长给我的法律文件，二号女士接受了其中一位被告史克必成提出的条件。在二号孩子的医疗记录中，没有任何症状与自闭症有关，在接种疫苗的九个月内，二号孩子也没有出现任何"新型综合征"的迹象。

事实证明，接种疫苗和自闭症之间没有任何"时间上的关联性"。二号女士的证据只剩下约翰·奥利里的麻疹病毒检验结果。她通过律师团队提出了让步，而这次让步会让所有清醒的人有所察觉。"索赔人认为，"二号女士在英格兰皇家司法院表示："自闭症谱系障碍和肠道疾病的症状不一定会在接种疫苗的数天或数个星期之内出现。"

> 索赔人提出的主张最核心的一点就是，症状发生在接种疫苗之后，而非接种疫苗之前。

这就是预警案例在法庭上呈现出的力度，而韦克菲尔德曾说二号孩子"明显受到了疫苗的伤害"。而且，随着六号女士的轶事被揭开，我们就会发现二号女士不是唯一在回忆中寻找幻景的人，六号女士（声称她的孩子发出"高音调尖叫"）让她的两个孩子参与了皇家自由医院的研究，并招募了另一个孩子加入。在我的调查报道发表之前，都没有人知道在《柳叶刀》论文的 12 位儿童中，有**三人**与六号女士有关，而在论文中被列为患有自闭症的儿童中，有

四人与六号女士有关。

在医疗保密的绝妙帷幕之后，六号女士从一开始就引发了质疑。各位专家非常怀疑她提出的各种断言，以至于儿科专家西蒙·默奇离开伦敦，赶了 60 英里的路，去与当地的诊所医生见面。社工人员曾经考虑将六号女士的两个孩子列入“处境危险”的名单。一个独立的律师调查委员会审核巴尔集体诉讼案的结案材料之后认为，六号女士的两个孩子都没有足以控告任何人的医疗问题。

“她让人摸不着头绪，”六号女士的家庭医生告诉英国医学总会的评审委员会，“每一次会诊，她都会提出不同的说法。”

二号女士和六号女士都是与韦克菲尔德关系紧密的追随者。她们和韦克菲尔德一起工作，一起推动反疫苗运动，竭尽所能阻挠我的调查。而且，在韦克菲尔德的人际圈中，还有一个人跟六号女士极为亲近，她就是十号女士，一位极度张扬的说谎者。十号女士原本不在最初 12 位儿童的家长之列，但她依然把自己的儿子带到皇家自由医院接受内窥镜检查，并加入了巴尔的集体诉讼。她经常出庭作证，也参加了尤斯顿路的听证会。

“他拯救了我们的孩子，”她在听证会上大喊，“韦克菲尔德医生拯救了我们的孩子。韦克菲尔德医生和他的同事拯救了我们的孩子。韦克菲尔德医生拯救了我们的孩子。”

唯一的麻烦就是那些令人讨厌的医疗记录，许多支持韦克菲尔德的母亲最终都会发现，那些医疗记录中的真相只会让她们沮丧。十号女士声称她的儿子在 18 个月大时接种了麻腮风三联疫苗，然后就开始发烧，并且“立刻”失去了语言能力和用眼神交流的能力。

她说她的孩子接种疫苗之后出现了长达六个小时的痉挛和呕吐，然后在六个月里陷入"持续的植物人状态"。

但是，经过缜密严格的审查之后，法官并未采信十号女士提出的说法，甚至用了一个律师团队不太喜欢的词语"捏造"。"这个案例中的关键事实可以这样总结，"法官裁决道，"［十号孩子］患有自闭症谱系障碍。但是，没有证据显示他的自闭症是因为接种麻腮风三联疫苗引起的。他的父母所描述的不良反应是捏造的。"

他的家长捏造了不良反应，为什么捏造？这很好理解：如果一个人能够用欺诈的方式成为百万富翁，骗取政府或者制药公司的金钱，而且可以确定即使遭遇失败也不会受到批评，更不可能入狱坐牢，**他会尝试一下吗**？难道不会吗？而且他不必面对发育障碍的孩子——不必面对发育障碍孩子父母所要面对的所有混乱、担忧和脑力劳动——只需要在回忆时搞错少许事实，这会不会影响他的道德决策？

这是对人性的严峻考验。为了获得赔偿，人们会不会刻意踩刹车，让后方来车撞击自己的车尾？人们会不会在享受海洋游艇的餐点之后假装肠胃不适？人们会不会假装自己遭遇了恐怖袭击？如果韦克菲尔德说服那些家长相信这些事情背后有一个阴谋——一个由制药公司、徇私舞弊的医生、说谎的科学家和"被收买"的新闻记者共同参与的阴谋，在这样一个不公正的情况下，家长说谎是一种犯罪吗？

当然，这很难在道德上做出判断。

但是，上述令人悲伤的想法与三号女士内心的想法相去甚远。我从来没有觉得三号女士说了谎。如果家长目睹了孩子接种疫苗后发生的变化，找不到合理的解释，又听到魅力十足的韦克菲尔德抛出的答案，他们为什么不会相信？三号女士是一个正直的人——正如其他许许多多的家长，但是，行为是否正直并不能决定他们的观点的对错与否。

——

这些年来，我发现随着时间的推移，家长们的说法经常会发生改变。人类的记忆会衰退，过去的故事变得遥远，回忆也会变得凌乱，就像实验室中的基因经过太多次检验循环就极易产生错误一样。于是，在某些情况下，更多的信息浮现之后，反而引发了更多的问题，而不是给出答案。

以韦克菲尔德的特殊友人波莉·汤米为例，她声称她的儿子比利因为接种麻腮风三联疫苗而受到伤害，在2016年与韦克菲尔德一同在全美巡回演讲时指责医生杀害了人们的孩子。在《疫苗黑幕》这部电影中，波莉和她的丈夫乔纳森声称，他们的儿子比利在**13个月大**的时候接种了疫苗，疫苗接种当天开始出现“无法控制的颤抖”，并伴有发烧，而且“再也没有真正恢复”到原来的状态。

或许波莉和乔纳森的故事是真的。但是，在17年前，当他们夫妇二人在英国的电视频道上推广一种从猪的体内提取的激素用于治疗自闭症时，他们的说法明显发生了变化。那次的版本是：比利满**九个月**之前，所有的情况都“很不错”，直到九个月大时比利的发育才开始出现衰退。“我们当时认为，比利的语言能力发展较慢是很正常的，因为他听不见，”他的父亲在电视节目上表示（没有提到疫苗或痉挛），"每个人都说：'比利不能讲话的原因是他有胶耳问题，如果听不见，自然就没有办法说话。'"

比利**听不见**？在自闭症的早期症状中，一个常见的判断错误就是以为孩子听不见。在汤米夫妇提出这两种说法的时候，还有其他一些信息让我对他们产生了怀疑。2010 年 2 月，我接到汤米家的一位密友打来的电话，此人通过《星期日泰晤士报》的新闻总台联系了我。

"波莉 · 汤米真的有坐下来，"我在电话中（这次通话有录音记录）询问此人，"仔细查看过她儿子的医疗记录吗？"

"有，有，当然有。"这位友人回答。

"她依然相信是麻腮风三联疫苗造成了自闭症吗？"

"**不，不，不**，她从来没有这种想法。"

这位友人的回答并没有让我感觉意外。我经常发现，时间会改变家长口中的故事，例如另一位韦克菲尔德的仰慕者——演员詹妮 · 麦卡锡——对她儿子的感受。詹妮 · 麦卡锡在书中和电视上都宣称她的儿子是麻腮风三联疫苗的受害者。但是，小男孩的外祖母后来告诉居住在密尔沃基的作家肯 · 赖贝尔（Ken Reibel），詹妮 · 麦卡锡在她儿子接种疫苗**之前**就已经察觉到儿子有典型的自闭症症状。

外祖母的说法是接种疫苗**之前**，那么，有没有可能男孩的症状与疫苗毫无关系？我可能还接触过这样的案例，那就是 JABS 团体的发起者杰姬 · 弗莱彻。弗莱彻让韦克菲尔德和二号女士相遇，在巴尔刚开始筹备集体诉讼案时就率先加入，《柳叶刀》论文列出的 12 位儿童中的大部分人都是她介绍来的。多年来，她的儿子都是

“因麻腮风三联疫苗而受到伤害”的典型代表。

但是，档案记录再一次道出了真相。这次是法律文件加上美国政府疫苗不良反应回报系统（Vaccine Adverse Event Reporting System）的记录（这是一位母亲提醒我注意的）。弗莱彻将儿子出现发热惊厥的原因与麻腮风三联疫苗联系在一起，甚至还指出疫苗的生产批次号为 G0839，声称就是这个批次的疫苗给她的孩子造成了伤害。但是，医生认为小男孩的惊厥是胸腔感染引发的症状，而根据制药商的信息，G0839 这个批次的疫苗实际上是**破伤风**疫苗；检验结果也显示，她儿子的免疫系统并未产生麻疹、腮腺炎或风疹病毒的抗体，但**确实有**少量破伤风梭菌的抗体。

时间会让记忆模糊，这是可以理解的。但是我经常发现，越是哭天喊地的家长，他们提出的故事越是经不起严格的调查核实。我猜想，当律师们发现他们的标准案件（比如二号孩子和米歇尔·塞迪略）的证据不堪一击时，必定也有相似的感受。

——

三号女士没有参加过反疫苗运动，我也没有在媒体上看见过她。虽然她没有在 Facebook 上大发雷霆或在街头咆哮，但只要是为了儿子好，她依然是一位无可阻挡的“圣战士”。她会为了让医生调整并重新评估孩子的药物而争论，会在儿子放在房间里的衣物被人偷走时表达抗议，会为了关闭最糟糕的护理中心而竭力抗争。如果没有三号女士，谁知道三号孩子如今会是什么样？

我第三次拜访三号女士时，我们讨论的重点就是三号孩子步入成年后的人生。但上一次我在她家的客厅，跟三号女士和她的丈夫三号先生（曾经当过叉车司机）所谈的，更多是关于麻腮风三联疫苗的问题。

"你们真的相信，"我想着韦克菲尔德最恶劣的主张，"医生和政府工作人员都**知道**麻腮风三联疫苗是导致你们儿子生病的原因，并且**掩盖了真相**？"

"我相信。"三号女士说。

"我不信，"三号先生说，"我不相信。"

"我相信。"她重复说了一次，而且她真的相信。

这个话题很快就过去了，但三号孩子的父亲还说了一些话，暗示他有不同的意见。"事实上，我认为，我们只是很脆弱，"他说，"我们想要找到答案。"

谁不想找到答案呢？

但是，三号女士从未放弃自己的信念，最后一次见面时，她很明确地告诉我。她"以前不信任麻腮风三联疫苗"，现在"依然不相信疫苗"。她仍相信韦克菲尔德十几年前在皇家自由医院中庭的新闻发布会上提出的主张。

"我发自内心地相信，"她遵循着韦克菲尔德关于接种三联疫苗的建议，"让小孩分开接种疫苗是比较好的方法。"

但即使是三号女士，也没有全盘接受韦克菲尔德的主张。她并不相信韦克菲尔德最核心的主张。三号女士认为，导致她儿子患病的元凶**不是**三联疫苗中的麻疹病毒。

"我始终认为是风疹病毒。"她说。

结语
非凡医生

我最后一次听到韦克菲尔德的消息，是有传闻说他在佛罗里达州的迈阿密与一位超级名模同居了，而这位名模的前任丈夫是亿万富翁。这件事只能说明，如果你在某段时间内欺骗了所有人，或者一直都能欺骗某些人，那你下一个大胆的想法最好仍然奏效。

这位超级名模是艾拉·麦克弗森（Elle Macpherson），绰号“非凡身材”。她来自悉尼，当年55岁，有两个孩子，而且是多个慈善事业的资助人。麦克弗森最知名的成就是创纪录地五次成为《体育画报》（*Sports Illustrated*）泳装特辑的封面人物。据说，麦克弗森与前任丈夫离婚后，得到了5300万美元的现金和市值2600万美元的房产。

2017年11月，62岁的韦克菲尔德与麦克弗森第一次共同出现在奥兰多的一次反疫苗聚会上，地点是麦克弗森的公司。他们的相识看上去是有人精心谋划好的，二人在晚宴上的座位就挨在一起。他们第二次共同出现则是在新泽西州雷德班克（Red Bank）的一场类似的聚会上。后来，他们又于2019年5月在芝加哥共同出席了另一场反疫苗活动。

在这样的活动上，除了大明星，很少有人能像韦克菲尔德那样吸引全场的目光。韦克菲尔德被人群簇拥着，其中大多数都是鼓掌、欢呼、抢着合影的母亲。韦克菲尔德就是她们心中死而复生、向大众传递真理的纳尔逊·曼德拉（他也曾经将自己与曼德拉相提并论）。在新泽西，参加聚会的民众尽情地观赏了时长 90 分钟的影片。影片称赞他们的英雄韦克菲尔德在得克萨斯州是一位居家好男人（会亲自砍柴、打鸡蛋、上网），但现实中他很快就为了麦克弗森抛弃了还住在得克萨斯州的家人。

我不关心这些。老实说，我一直都不关心韦克菲尔德。我从来没有主动要求去调查他，对他的调查也没有让我获得任何乐趣。长久以来，我都渴望找到一个出口，早点摆脱他。如果我们长久关注的事物会影响我们的心智，谁会愿意将多年光阴花在韦克菲尔德的身上？但是，一旦韦克菲尔德到法院起诉我，借此掩饰他的行为，我就别无选择，只能继续追查他。

这是新闻吗？是真的吗？是独家报道吗？

其余的，都与我无关。

医学是医学家的责任，科学是科学家的责任。我的责任是质疑，如果这种质疑意味着我要一直挖掘到让韦克菲尔德的老巢崩塌，那就来吧！许多比我更优秀的记者都为了找出无人知晓的真相而献出了自己的生命。自从我把相关报道重新发布在我的个人网站 briandeer.com 上之后，所冒的风险无非是一旦这些调查的结果与事实有所出入，我可能就得卖掉房子才能付清诉讼费。但是，我的调查与事实是相符的。

于是，就在韦克菲尔德消失了几个月，我以为一切终于结束的时候，他又出现了，就像潜伏在麦克弗森家中游泳池内的鳄鱼。那是 2019 年 5 月的一个星期一，傍晚时分，他通过 Skype 在一次数字实况直播中露面，此时他最念念不忘的麻疹疫情已经暴发了。

直播的地点位于曼哈顿以北 30 英里处的罗克兰郡，就在蒙西村（Monsey）的中庭大宴会厅内。这个宴会厅更为人所知的是在这里举办的特色婚礼：跳同性舞蹈，诵读犹太律法书，而且禁止饮酒。宴会厅所在的商业步行街是极端正统派犹太教徒的聚集地。在罗克兰郡，原本已经确定被根除的麻疹疫情在那年春天突然暴发，导致郡政府对尚未接种疫苗的儿童实施了极为严苛的公共禁令。

到了现在，韦克菲尔德已经意识到唐纳德·特朗普背叛了他。在罗克兰郡和纽约市暴发麻疹感染潮之前，这位总统在入主白宫之后，就没有公开讨论过任何有关疫苗的话题。后来，等到那年确诊麻疹的人数达到警戒值时，特朗普评论了美国家庭该有的处理方式。“他们必须接种疫苗，”登上直升机之前，特朗普对记者说，“接种疫苗非常重要，现在的麻疹疫情很严重。他们必须接种疫苗。”

韦克菲尔德早就知道会有这种发展，在那个星期一，他的任务与多年前面对索马里裔美国人时完全一样：选择一个摇摆不定的社区。他发现了一个疫苗接种率很低的社区，他希望保持这种状况。他现在宣扬疫苗“既不安全，也没有用”，麻疹死亡率和发病率在过去的下降“与疫苗毫无关系”。

韦克菲尔德的模样看起来很诡异，就像汗流浃背的幽灵想要从虚空重塑自己的肉身。在这个可容纳 1500 个座位的宴会厅正前方有一块大屏幕，直播的画面直接传输到了这里。他的额头和脸颊非常闪亮，泛着煮熟的龙虾般鲜红的光芒，看上去他已经充分享用了麦克弗森那座占地两英亩的海滨豪宅。但是，他的脸上还有两块像幽灵一样苍白的区域，一块白在鼻子和眼睛之间，鼻子处较窄，眼睛处较宽；另外一块白就像婴儿用的围嘴一样，环绕在嘴巴四周。

“我希望向各位保证，我从来没有参与过科研欺诈，”他告诉那些来到现场的哈瑞迪（Haradi）极端正统派犹太人，“发生在我身上的事情，也会发生在那些为了维护病人利益而威胁到制药公司和政府的医生身上。”

韦克菲尔德必定忘了发现幽门螺旋杆菌的澳大利亚医生沃伦和马歇尔。他们的发现沉重打击了药品市场，也波及了大型制药公司，但他们依然凭借他们的发现和研究获得了诺贝尔奖。韦克菲尔德也一定完全忘记了，他自己其实是在英国研究人员发现两个品牌的疫苗有问题之后才开始批评麻腮风三联疫苗的。约翰·威尔逊后来依然当选为英国皇家学会的成员，美国疾病控制与预防中心的吹哨人依然在政府工作（而且还加了薪），这些人都没有因为欺诈或不当行为而遭到起诉，遭到起诉的只有韦克菲尔德。而他很清楚原因是什么。

“我想让各位知道，你们都被误导了，”韦克菲尔德告诉现场的观众，在他之前是由一位曼哈顿金融家资助的“艾美奖制作人”戴尔·毕格崔发表的演讲。“我会专注于讨论麻疹病毒。”

45 秒之后，韦克菲尔德的发言就出现在 Twitter 上，我在 YouTube 上也找到了他最新的观点。我一直以为韦克菲尔德这几个月都在迈阿密晒太阳，但看来他并没有完全沉迷在对麦克弗森的爱意里。他将自己重新包装为一位导师，制作了一系列演讲视频。

我数了一下，韦克菲尔德一共上传了 21 个新视频。于是，我买了一盒蓝莓冰激凌，花了一个下午的时间观看视频、记笔记。很明显，他现在认为麻疹病毒不算什么，是疫苗让麻疹病毒变得**更可怕**，而“群体免疫”是一种危险的妄想。

在视频中，韦克菲尔德对着镜头说话，双手紧紧捂在胸前，他的表演给观众们留下了深刻的印象："好精彩""你是上天对人类的恩赐"，以及"很高兴再次听到你的声音"。

对我来说，韦克菲尔德在网络上传达的使徒书信没有什么意义。一方面，他主张全球麻疹死亡率和病例数的下降与接种疫苗无关，是麻疹病毒向更温和的方向进化的结果。另一方面，他又说，由于民众接种了疫苗，麻疹病毒造成了**更多伤害**。

求求你，我心想，**谁有湿毛巾**，让我捂住他的嘴。我真的无法忍受了。所以，根据韦克菲尔德的说法，麻疹病毒变得越来越温和，但疫苗却让病毒变得更危险？这就是他在全球暴发的麻疹感染潮中获得的启示？在索马里人社区中，95% 的麻疹确诊者都没有接种疫苗，罗克兰郡的统计数据也非常接近。

连我都知道，作为 RNA 基因组，麻疹是一种相对稳定的病毒。"我不知道麻疹病毒能发生哪种能影响其致病性的变化。"一位在某大学分子生物学系任职的病毒学教授曾这样说。这位教授与韦克菲尔德不同，他发表过无数篇关于副黏液病毒的研究论文。他告诉我，如果麻疹病毒确实出现了较为轻微的传染性改变，最有可能的原因就是疫苗接种方面的进步。

但是，这位教授只是一位专家，他又能知道多少呢？他比韦克菲尔德更熟悉病毒吗？对我来说，真正的问题不是**应该相信谁**，而是 20 年前韦克菲尔德在皇家自由医院中庭表演时，就应该有人提出疑问。韦克菲尔德是谁？为什么这个男人可以决定关于儿童安全的议题？**他到底是谁**？**他想要什么**？

我可以肯定，他不喜欢医治病人。他也不是科研人员——在我揭穿韦克菲尔德的真面目之后，无数科研人员争相指出这个事实。"韦克菲尔德的研究是垃圾，"韦克菲尔德研究团队的一位成员指出，他曾经和尼克·查德威克一起在皇家自由医院十楼的实验室里工作，"我想，他只是在一本教科书上读到了关于麻疹的知识，但那根本不是科学研究的方法。"

还有一些人指出，他们曾经想要帮助韦克菲尔德，却遭到了冷漠的拒绝。一位享誉国际的麻疹病毒权威、一位在评估儿童组织样本方面非常有经验的病理学家，以及一位世界级的炎症性肠病临床医学家都曾经表示，他们想要与韦克菲尔德合作，但只要他们提出了韦克菲尔德不喜欢的建议，合作关系就会结束。

"我帮他做了一些粪便钙卫蛋白水平检测，"一位胃肠病学专家在电子邮件中告诉我，"然后，他以我的名义撰写了论文草稿，在草稿中，他主张麻疹给人体造成损伤的核心机制是疫苗增加了肠道的渗透性，吸收了影响大脑的神经毒素。他提出的假设根本毫无道理，我向他纠正了这一点。但他不愿意接受我的建议，执意发表了那篇论文，还把我的名字从作者团队中去掉了。他现在有钱、有名，还跟一位性感女郎住在一起。"

一位资深病毒学家告诉我，他接受委托，为韦克菲尔德在《医学病毒学杂志》发表的论文进行同行评审，而正是这篇论文开启了韦克菲尔德与麻疹的故事。"那次审查的记忆永远印在我的脑海中，"23 年后，这位资深病毒学家解释道，他当初请实验室的电子显微镜专家确认韦克菲尔德发现的是不是麻疹病毒，"我手下的专家说，'不，不是，他发现的是微丝'。微丝是细胞的正常成分。[韦克菲尔德]说，'这是 T 细胞在吞噬其他细胞'。但我手下的专家则说：‘不，不是。他看颠倒了，实际情况是其他细胞正在吞噬T细胞。’”

无数线人告诉我，对韦克菲尔德来说，最重要的就是不要质问或反驳他。至少有三位线人（可能是四位）回忆了韦克菲尔德在硕士论文答辩阶段的惊人表现。虽然他总是习惯于表现得极有风度，但据这些线人所说，韦克菲尔德当天因为考官的提问而异常恼火，以至于“走了出去”或“怒气冲冲地离开”（每个人的表述略有不同），因此，他没有拿到硕士学位。

“韦克菲尔德认为考官很无知，理解不了他的硕士论文，”一位教授在午餐时告诉我，“我在临床医学领域工作了四五十年，从来没有听说过有哪一位学生在论文答辩时中途退场。”

一个人深藏的性格通常会在压力下显露出来，这个意外事件暴露了韦克菲尔德在压力之下的真实性格。这样的性格不只在韦克菲尔德的一生中留下了印记，其余那些迷恋他那种领袖魅力的人，也承受了名声和事业受损的后果。

韦克菲尔德的导师罗伊·庞德尔、皇家自由医院院长阿里·朱克曼（二人均拒绝接受我的采访）都在丑闻之后失去了获得爵位的机会（也因此无法得到“教授爵士”的光荣名号）。罗伊·庞德尔曾经想要竞选伦敦皇家内科医学院的主席，在我发表第一篇调查报道之后，他输掉了选举。阿里·朱克曼则在他领导皇家自由医院期间遭遇了一场永远无法被原谅的公共卫生危机。

“这场危机已经拖了18年了。”在英国医学总会的听证会上，朱克曼作证结束站起身来之后，几乎是以泪洗面。

还有《柳叶刀》杂志的编辑，他们永远都会因为当初同意刊登韦克菲尔德的论文而被人嘲笑。澳大利亚教授约翰·沃克–史密斯虽然利用评审委员会的程序性失误逃脱了罪责，但他也会永远后悔自己曾踏入那座能够眺望汉普斯特德荒原的混凝土城堡。巴斯医院，**巴斯医院**，他应该留在巴斯医院，因为巴斯医院是"帝国的医院之母"。多愚蠢啊。

但是，他们承受的耻辱只不过是韦克菲尔德"造福"各个家庭时产生的连带伤害。在我看来，我们应该把下面这段话铭刻在黄色的石灰石上，竖立在灯塔山那栋别墅的入口。

安德鲁·韦克菲尔德曾经在此生活
一个没有病人的医生
他给我们带来了恐惧、愧疚感和疾病

对于医学界和媒体界而言，这个长篇故事最核心的部分就是恐惧和疾病。家长产生了恐惧，没有给孩子接种疫苗，疾病卷土重来，感染那些没有免疫力的民众，少部分人会出现脑损伤，在极端情况下会出现死亡案例。

对于我个人而言，这是一种被忽视的痛苦：愧疚感带来的痛苦。的确，我报道了民众失去信心和麻疹疾病的暴发。我甚至报道了14年来第一个因麻疹而死亡的病例（一位13岁的男孩）。但是，由于我和《新闻之夜》节目中的那位红衣女士有过对话，所以从一开始，我就以不同的角度来理解这场疫苗危机。

我先给她打了电话——就在给二号女士打电话的前一天——邀请她和我一起散步，详细讲述她的故事。"很可怕，"她描述她儿子的遭遇，我在 2003 年 9 月将这些话记在笔记本的第 19 页，“我带他去接种了疫苗，因此，我内心一直有一种极强的愧疚感，我觉得我在带小孩接种疫苗之前，应该仔细研究相关的信息。”

理查德·巴尔和柯尔丝滕·利姆长久以来都在散播这种焦虑，他们仿佛认为自己必须提醒委托人记得焦虑的感觉。“我们知道许多家长都难以接受孩子可能被疫苗伤害的事实，”在那篇《柳叶刀》论文发表之前，他们在一份资料单中这样说道，“如果孩子是由于某种自然因素导致的疾病而受到伤害，那家长确实无力控制；但如果病因是疫苗，许多家长都会无可避免地产生愧疚感，因为是他们同意让孩子接种疫苗的。”

真是邪恶的提醒。家长的自责是我随处都可以发现的痛苦。

“无论我采访谁，”韦克菲尔德的商业合作伙伴波莉·汤米曾经这样总结她在黑色房车巡回旅行中听到的故事，“家长都会说，他们会在晚上失眠，被愧疚感折磨。”她还补充说，“除了愧疚感”，家长们“还在悲伤中挣扎”，只能抓住“能够麻痹这种痛苦的良药”。

汤米已经找到了她的良药，那就是韦克菲尔德，她希望与他一起向全世界呼喊。她在韦克菲尔德的影片中问道，究竟要做到何种程度，才能够让“当权者”坦承错误，承认疫苗已经“伤害并且杀害了这么多人”。

汤米说得有些道理，只是，重点可能并不是她想的那样。我将她说过的两段话粘贴到两张相互链接的幻灯片上，在 PowerPoint 中点一下就可以在这两页之间跳转。两张幻灯片的背景都是《疫苗黑幕》的背景图和汤米的脸，以及两句口号。

倾听家长的话，不要听儿科专家怎么说

换句话说，就是听**她的话**。

我将汤米讲到愧疚感的那句话放在第一张幻灯片中，把她对于"当权者"的评论放在另一张幻灯片上。我来回观看，反复观看，来回反复地观看。她的脸庞毫无改变。

那就是汤米的选择，正如韦克菲尔德的众多追随者一样：你要么责备自己，要么指控别人。我相信，正是这个陷阱成就了韦克菲尔德。在责备自己和责备他人的可怕空间之中，韦克菲尔德变成了现在的样子。**如果你当初相信我，你的孩子就不会有自闭症**。都是**他们**害的，都是**他们**害的，全部都是**他们**害的。

记忆力很好的医学专业人士早已看过这种陷阱，这就是"冰箱妈妈"理论的内核。责备家长，将错误归咎于**他们的选择**，再通过向他们贩卖救赎来赚取财富。

当科学与韦克菲尔德的观点相悖时，他就会说"相信你们的直觉"。但是，我认为，他真正的意思是：**相信我的直觉**。

民众们喜欢他这一点。他是一位"非凡"的外科医生，他是如此在乎家长，如此专业，还蒙受了极大的冤屈。但是，连环杀手"死亡医生"哈罗德·希普曼的受害者也是用这种方式来形容希普曼的，仰慕希普曼的人都成了希普曼的猎物。"他非常受欢迎，"一位有幸逃离希普曼魔爪的病人说，"每个人都认为，希普曼是一位了不起的医生。"

很多支持韦克菲尔德的母亲都会感到内疚，这样韦克菲尔德本人就不需要内疚了。她们替韦克菲尔德承受了悔恨和羞耻。这点很重要，为什么？不只是因为她们为此受苦——承受本不该由她们承受的痛苦——更是因为这一点让韦克菲尔德有能力利用她们的痛苦。

在理查德·巴尔失败的法律诉讼案背后，藏着狡猾的指控——责备医生和科研人员没有如实说明一切——而这种指控从 20 世纪 90 年代就开始侵蚀家长们的内心。就像一种由痛苦和仇恨建构的金字塔骗局，韦克菲尔德征召了一支“全球义勇军”，手持现代武器——Facebook、Twitter、WhatsApp 和 YouTube——这在纸质媒体的黄金年代是做梦也想不到的事。

政府官员和医学专业人士都无法理解韦克菲尔德是怎么做到这一点的——就像他们不能明白为什么韦克菲尔德可以发表那篇有关 12 位儿童的论文。面对一位质疑疫苗的医生，他们太过于愤怒，以至于没有提出正确的问题。现在，他们依然要面对自己无法理解的现象，开始进行关于“疫苗犹豫”的民意调查，支持法律禁令，并且大力宣传麻疹的危害。但是，他们和韦克菲尔德那支承受痛苦和心碎的家长军团之间并无交集，那支军团也不会在短期之内撤退。

与此同时，那个男人不会感到良心不安，他对着中庭大宴会厅内的几百位犹太人发表演讲。韦克菲尔德从他们身上获得的东西必定超过他给予他们的。他渴望得到别人的关注。是的，他深爱着自己的声音。是的，一位曾经在医学院教过韦克菲尔德的教授形容他是“我见过的最渴望获得关注的人之一”。

韦克菲尔德甚至厚颜无耻地把自己描述成受害者，这是最典型的恶意心理投射。“我失去了自己的事业，”他可怜兮兮地说，仿佛这一切不是他的错，“我失去了工作，失去了收入，失去了我的国家，失去了我的名誉。"

可怜的安迪，真的太可怜了。

但是，我并不觉得他可怜。他**推动**了麻疹疫情的暴发，借助混淆加害者与受害者的邪恶方式，希望所有人都相信**他**可以控制麻疹疫情。他沉迷于控制一切的感觉。他就像你以前曾经听过的白日梦想家，偷偷溜进医院，偷了一件白外套，走进病房给病人做诊断、制定治疗方案。我相信，在内心深处，韦克菲尔德正在放声大笑。

韦克菲尔德的母亲解开了我思考多年的问题。一天傍晚，我采访了他的母亲，并录了音。我觉得，布丽奇特可能喝了一杯雪莉酒。在解释韦克菲尔德的性格时，她提到了爱德华·马修斯以及他写的那本《性、爱与社会》。"他很像我爸爸，"布丽奇特说，"如果他相信某件事，即使走遍天涯海角，他都会一直相信。"

一直相信，而不是寻找答案。他一直都在想办法说服其他人。他的说服方式——几乎都是为了钱——就是让**他的**"奇思妙想"务必赢得胜利。无论比他更优秀的人怎么说，无论真相是什么，无论恐惧、愧疚感和疾病如何席卷而来，**没有任何事**可以阻挡韦克菲尔德前进。

在我看来，重点从来都不是科学、孩子或者母亲。重点永远都是他自己。

时间线

1988 年 11 月：麻腮风三联疫苗在英国推行一个月之后，韦克菲尔德结束了在加拿大多伦多的培训，来到伦敦皇家自由医学院工作。

1992 年 9 月 15 日：媒体报道英国政府决定停用两个品牌的麻腮风三联疫苗，原因是疫苗中的麻疹病毒成分在较为罕见的情况下可能会导致脑膜炎。

1992 年 9 月 23 日：韦克菲尔德要求政府拨款资助他对麻腮风三联疫苗和克罗恩病的研究，并且警告说媒体可能会关注疫苗问题。

1993 年 4 月：韦克菲尔德在一份科学杂志上发表了一篇论文，在论文中，他声称在克罗恩病患者的肠道组织中拍摄到了麻疹病毒。

1994 年 1 月：英国母亲杰姬 · 弗莱彻成立了一个运动团体，声称麻腮风三联疫苗给她年幼的儿子造成了脑部损伤。她计划起诉疫苗制造商，并且开始寻找类似的案例。

1994 年 9 月：小镇律师理查德 · 巴尔拿下了英国法律援助委员会的合同，在一场针对麻腮风三联疫苗的集体诉讼案中担任原告律师。

1996 年 2 月 19 日：韦克菲尔德接受巴尔的邀请，收取极为高昂的顾问费，制造用于控告麻腮风三联疫苗的证据。这个秘密交易一直未被人发现，直到迪尔的调查曝光了此事。

1996 年 2 月 19 日：同一天，伦敦 200 英里之外，一个六岁孩子的母亲接受了弗莱彻的建议，安排当地医生将孩子转诊给韦克菲尔德，这是参与他的研究计划的第一个孩子。

1996 年 6 月：在韦克菲尔德的研究计划还没有接受任何一位儿童病人的时候，他已经向法律援助委员会申请了经费资助，用于测试疫苗对于人体的伤害，并且预言他会找到麻腮风三联疫苗引发的肠脑"新型综合征"。

1997 年 6 月：韦克菲尔德注册了自己的单一麻疹疫苗专利，以及自闭症和肠道炎症性疾病的治疗专利。

1997 年 9 月：韦克菲尔德飞往美国，在华盛顿附近的反疫苗活动中发表讲话。

1998 年 2 月 26 日：在《柳叶刀》论文的发布会上，韦克菲尔德抨击麻腮风三联疫苗，呼吁家长不要给孩子接种三联疫苗，而是选择接种单一麻疹疫苗。此时，他和巴尔的交易依然没有被人发现。

1998 年 2 月 28 日：《柳叶刀》刊登了韦克菲尔德的论文，在论文中，韦克菲尔德宣称他发现了新型肠脑"综合征"，并推测这种疾病是由麻腮风三联疫苗引起的。他甚至在实际开展研究之前就声称他会发现新的综合征。

1998 年 3 月 3 日：韦克菲尔德参加了皇家自由医院高层召开的会议，讨论他成立的一家私人公司，公司所开发的产品包括麻疹疫苗。但只有当社会大众对于麻腮风三联疫苗的信心受挫时，韦克菲尔德的产品才有可能取得成功。

1998 年 10 月：控告麻腮风三联疫苗制造商的英国集体诉讼案第一次提交法律文件。韦克菲尔德被列为该案的首席专家，他打着独立科研人员的幌子，为这个法律诉讼案伪造了基础假设和关键证据。

1999 年 7 月：美国卫生与公众服务部和美国儿科学会呼吁在制造疫苗时停止使用一种含汞的抗菌剂，引发了后续一系列法律诉讼和反疫苗运动。

1999 年 12 月：韦克菲尔德任职的大学和医院要求他执行符合黄金标准的科学研究，复制过去的研究结果。韦克菲尔德拖延了几个月，拒绝开展此项研究。

2000 年 4 月：爱尔兰病理学家约翰·奥利里出现在美国国会山，在美国众议院一个特别委员会举办的听证会上提供“独立证词”。奥利里主张，坐在他旁边的韦克菲尔德是“正确的”。但是，他并未透露他们二人是商业合作伙伴，而且他本人也受雇于律师巴尔。

2000 年 11 月：韦克菲尔德出现在 CBS 的《60 分钟》节目上，他罔顾事实，声称美国和英国在推行麻腮风三联疫苗之后，自闭症的发病率“急剧增加”。

2001 年 1 月：韦克菲尔德发表了一篇他所谓的疫苗安全性研究，并且再次呼吁接种单一疫苗。英国的各家报社开始支持他的说法。

2002 年 1 月：韦克菲尔德的反疫苗运动发展到美国，媒体报道他接受任命，负责一个经费规模“数百万美元”的研究项目，但实际上，这个项目只是一间位于佛罗里达的家庭医生办公室。

2003 年 10 月：由于缺乏证据，理查德·巴尔控告麻腮风三联疫苗的法律诉讼案在伦敦宣告失败。这次集体诉讼引发了一场疫苗危机，造成的损失大约等价于 2019 年的一亿美元。

2004 年 2 月：《星期日泰晤士报》在头版刊登了迪尔的调查报道，揭露了韦克菲尔德和巴尔之间的交易，并指出《柳叶刀》论文中的孩子与巴尔的法律诉讼案有关。

2005 年 1 月：韦克菲尔德获得一家英国医疗保险公司的资助，以诽谤为由起诉了迪尔，后来又一直拖延诉讼。伦敦的一位法官认为韦克菲尔德想要利用诉讼达到"公关宣传的目的"，命令他必须尽快推进诉讼流程。随后，韦克菲尔德放弃起诉并支付了诉讼费。

2006 年 4 月：韦克菲尔德发起反疫苗运动之后，麻疹感染潮暴发，迪尔报道了英国 14 年来的第一个麻疹死亡病例。

2006 年 9 月：韦克菲尔德在得克萨斯州奥斯汀创办的公司遭到顾客投诉，有家长声称，他们迫于压力让没有肠道疾病的孩子接受了结肠镜检查。

2009 年 2 月：《星期日泰晤士报》再次在头版刊登迪尔的报道，揭露《柳叶刀》论文和医疗记录之间存在的大量差异。

2010 年 5 月：英国医学总会决定吊销韦克菲尔德的行医执照。他被证实的罪名包括医疗不当、欺诈以及"罔顾"孩子们承受的痛苦。

2011 年 1 月：《英国医学杂志》的编者评论谴责韦克菲尔德的行为是"精心设计的骗局"，美国有线电视新闻网的安德森·库珀报道了此事，随后引发了一场媒体风暴。

2011 年 3 月：韦克菲尔德在美国明尼阿波利斯索马里人社区发表公开演讲，随后该地暴发了麻疹疫情。

2012 年 1 月：韦克菲尔德获得金融投资人伯纳德·萨尔茨的资助，在美国得克萨斯州起诉了迪尔和《英国医学杂志》。辩方认为这次诉讼“无意义”，并且反诉韦克菲尔德，要求他们支付诉讼费。由于得克萨斯州政府没有对迪尔和《英国医学杂志》的管辖权，韦克菲尔德的起诉被驳回。

2013 年 5 月：在一段视频中，韦克菲尔德出现在一位患有发育障碍的孩子亚历克斯·斯波达拉基身边，这个孩子被紧急送往纽约接受结肠镜检查。几天后，亚历克斯被自己的母亲杀害。

2014 年 6 月：反疫苗运动人士布莱恩·霍克与韦克菲尔德合作，想要诱导在美国疾病控制与预防中心工作的科学家威廉·汤普森，让他指控美国政府在疫苗研究上存在欺诈行为，但未能得逞。

2016 年 4 月 13 日：著名演员罗伯特·德尼罗在 NBC《今日秀》节目上推荐了《疫苗黑幕：从掩盖到灾难》这部影片，这是一部由韦克菲尔德制作的电影，时长 91 分钟。影片声称汤普森指控疾病控制与预防中心的研究存在欺诈行为。

2017 年 11 月 3 日：韦克菲尔德和富有的澳大利亚超级名模艾拉·麦克弗森见面，并建立感情关系。

2018 年 11 月：世界卫生组织发出全球麻疹复苏的警告。两个月后，“疫苗犹豫”被列为人类健康的十大威胁之一。

2019 年 5 月：在纽约州大规模暴发麻疹疫情的主要地区，韦克菲尔德通过 Skype 宣扬麻疹并没有什么风险。他甚至主张“我从来没有参与过科学欺诈”。

2019 年 12 月：这一年年底出现了全球性的大规模麻疹感染潮。先前从未有过麻疹死亡病例的太平洋岛国萨摩亚在不到两个月的时间里出现了 70 多起与麻疹相关的死亡病例，死者几乎全都是不满五岁的儿童。刚果民主共和国政府也通报说当年有近 5000 个与麻疹有关的死亡病例。

致读者

在一篇讨论新闻工作的随笔中，著名作家汤姆·沃尔夫（Tom Wolfe）批判了他所谓“坐在看台上的绅士”创作的作品。关于疫苗、自闭症，以及科学的公正诚实，已经有许多图书进行了讨论，但《欺骗世界的医生》并不属于这一类。

这是一本包括新闻报道、事实、分析和一些个人意见在内的作品，而我个人认为，这本书代表了一个记者涉足医学领域时能够完成的最全面的调查。从我在 2003 年 9 月接受报社的例行指派，到 2019 年 10 月写完这本书，在这场有关恐惧、愧疚感和疾病的“流行病”被刻意制造出来，并被传播到全球各地期间，我的人生（除了偶尔的休假之外）已经完全专注在**何人、何事、何时、何地、何故**之上。

在通过这本书讲述这个故事之前，对于安德鲁·韦克菲尔德及其同事的研究和主张，我已经在《星期日泰晤士报》发表了 20 多篇相关报道，《星期日泰晤士报》是一份在英国居于引领地位的高质量周报。在这些报道的推动下，《英国医学杂志》——全球“五大”综合性医学期刊之一——邀请我为医学专业的读者进行深入调查，并接受相应的同行评审和编辑核查。我们的努力最后凝结成了七篇报告，正文和脚注总计数万字。

同时，得益于英国第四频道《派遣》（*Dispatches*）节目的调查委托以及这家电视台想要和韦克菲尔德在英国法庭上对决的坚定意志，我也一直追踪着韦克菲尔德，没有让他在支付完我们的诉讼费后全身而退。

我的报道基础是多年来搜集的超过 12000 页的文献资料，以及大约 500 份图片档案和音频记录。我向大英图书馆订阅了超过 200 份文献记录。在我的建议下，为了在出版之前能对本书的手稿进行交叉验证，我将超过 2000 份资料（包括信件、电子邮件、访谈记录和录音、法律文书、商业报告和专利文件等）提交给了出版社。在约翰·霍普金斯大学出版社（Johns Hopkins University Press）的网站上可以找到这本书的详尽注释和索引。您也可以登录 https://briandeer.com 了解详情。

如果不需要整理如此详尽的资料档案［通过《信息自由法案》那堪称折磨的申请程序所取得的，以及来自多方渠道，包括参与韦克菲尔德研究的儿童家长、法律文书，以及在有史以来最漫长的医疗不当行为听证会上所用的共计 600 万字的资料（总字数是我听别人讲起的，我自己没有统计过）］，我可以用一半的时间完成两倍于现有篇幅的作品。但是，这本书的核心是真实的人物，以及可能危及儿童安全的具体事实。

我在地方法院递交了超过 200 页的声明，这些声明全都根据伪证罪的法律规定进行了核实，并在宣誓所言属实的情况之下，接受了韦克菲尔德律师团六个半小时的盘问。这个故事确实是，也必须是真的。

致谢

在我的个人网站 braindeer.com 上，有一段几年前上传的视频，视频中的人物是环境微生物学家戴维·刘易斯（David Lewis），他声称可以替安德鲁·韦克菲尔德脱罪。在视频中，他解释了他用来给韦克菲尔德脱罪的逻辑：我的新闻调查是一场骗局，而他下这个论断的理由是我的新闻调查太过于严密，不可能是真的。“布莱恩·迪尔是一位没有接受过医学或科学专业训练的记者，有人说那些报道是他本人写的，”他在一场于芝加哥举办的反疫苗研讨会上表示，“这不太合理。这些报道的质量很高，作者必须要在医疗实践中有相当可观的专业知识才可能做到。”

那些报道确实是我本人亲自写的，这本书也是。然而，新闻调查永远都是团队工作，在重大的成果背后还有许多人的奉献。与那些经常想要误导社会大众的人不同，我的作品接受了非同寻常的严格审查，其严格程度或许超过了新闻或医学写作史中所有能与其相提并论的写作计划。

首先，请让我向《星期日泰晤士报》的团队表示感谢，这个团队的领导者是总编辑约翰·威瑟罗，在威瑟罗离职转去姐妹报社《泰晤士报》担任总编辑之后，马丁·艾文斯（Martin Ivens）接过了接力棒。接下来我要感谢的是事必躬亲的执行编辑罗伯特·蒂勒十多年来持续不断的协助，确保这个调查从未在争取版面的激烈竞争中失败。他也帮我成功处理了《柳叶刀》通过"抢先爆料"虚假信息来妨碍我进行调查的问题。保罗·努基，《星期日泰晤士报》"焦点"报道栏目的编辑，他在一开始就参与了这场调查，在最后成书阶段也阅读了我的手稿，对此我深表感激。时任编辑部主任的理查德·凯斯比（Richard Caseby）粉碎了韦克菲尔德秘密集团想要散播不实信息的企图。还有其他人，包括阿兰·亨特（Alan Hunter）、杰克·格里姆斯顿（Jack Grimston）、查尔斯·基马斯（Charles Hymas）、马克·斯基普沃斯（Mark Skipworth）、沙恩·格里菲斯（Sian Griffiths）、安吉拉·康奈尔（Angela Connell）、彼得·康拉迪（Peter Conradi）、里查德·伍兹（Richard Woods）、罗斯玛丽·科林斯（Rosemary Collins）、罗宾·摩根（Robin Morgan），以及格雷厄姆·佩特森（Graham Paterson）。他们多年来一直发挥着重要的作用。如果我遗漏了任何人的名字，请容我在此道歉。

第四频道是英国五大电视网之一，他们在关键的时刻接手了对这个故事的调查，委托并监督我为黄金时段的《派遣》节目制作了时长为一个小时的纪录片《麻腮风三联疫苗：他们没有告诉你的事情》。第四频道的新闻和时事部主任多萝西·伯恩（Dorothy Byrne）批准了这个项目，而她的副手凯文·萨克利夫（Kevin Sutcliffe）几乎天天都会监督我的进度。在独立公司 2020 制片（Twenty Twenty Productions），执行制片人克劳迪娅·米尔恩（Claudia Milne）与制作人兼导演蒂姆·卡特（Tim Carter）共同确定了影片的基调和风格。副制作人雨果·戈德温（Hugo Godwin）完成了极为杰出的研究，而彼得·凯斯利－哈特福德

（Peter Casely-Hatford）则负责管理方面的工作。当我在印第安纳波利斯的会议中心追逐韦克菲尔德时，擅长拍摄移动目标的摄影师伊基·艾哈迈德（Iki Ahmed）拍下了一个关键的镜头，让观众能够清楚看见，我们正在追查的那个人究竟有什么样的本质。

在《英国医学杂志》，总编辑菲奥娜·戈德利决定邀请我将调查发现刊登在该杂志上，为专业读者展示我的发现。我相信，我们努力的结果也是《英国医学杂志》有史以来阅读次数最多的作品。她亲自监督了这个写作项目“麻腮风三联疫苗恐慌的秘密”，而这个项目也让我们的调查结果能够传播到美国。戈德利的副手简·史密斯（Jane Smith）为她提供了协助，负责核查证据中的关键要素，杂志编辑特雷弗·杰克逊（Trevor Jackson）、托尼·德拉莫特（Tony Delamothe）、黛博拉·科恩（Deborah Cohen）、丽贝卡·库姆斯（Rebecca Coombes）、杰基·安尼斯（Jackie Annis）、崔西·格罗夫斯（Trish Groves）都参与了讨论、提问、核查，并且让我们的作品能够刊登于纸刊和在线页面上。

我当然也要感谢这本书的出版社约翰·霍普金斯大学出版社。在纽约的阿维塔斯创意管理公司（Aveitas Creative Management），我的主要经纪人贝基·斯韦伦（Becky Sweren），波士顿的埃斯蒙德·哈姆斯沃斯（Esmond Harmsworth）和外国版权部门主管切尔西·海勒（Chelsey Heller）也给予了支持。

关于可能会影响公共卫生和儿童安全，也关系到我个人名誉的议题，如果没有在每个写作阶段都获得法律建议、核查以及支持，我就无法完成这些报道。在《星期日泰晤士报》，编辑团队和我都获得了初级律师帕特·伯奇（Pat Burge）和阿拉斯泰尔·布雷特的建议，其他律师也给出了一些特别建议。

在第四频道，时任法律合规部副主任的普拉沙·奈克（Prash Naik）一直都与节目团队一同工作，确保节目的正确性和公平性，确保报道能够符合电视台的法律规范。法律合规部的主任简·托马林（Jan Tomalin）决定采用"像原告一样辩护"的策略，也成功让法院下令强制要求韦克菲尔德必须提供医疗记录。聪明的人不会主动寻求法律诉讼的机会，但我们非常期待能和韦克菲尔德在伦敦对簿公堂，只是他放弃了，支付了我方的诉讼费。在我们委托的维京律师事务所，我们得到了阿马莉·迪·席尔瓦、卡罗琳·基恩（Caroline Kean）、法里达·曼苏尔（Farida Mansoor），以及罗斯·西尔维斯特（Ross Sylvester）的建议和支持。我们从伦敦 5RB 律师事务所聘请的外部律师则是御用大律师艾德里安·佩奇（Adrienne Page）、马修·尼克林（Matthew Nicklin，他后来当上了法官）以及雅各布·迪恩（Jacob Dean）。

在《英国医学杂志》，金·莱纳特（Kim Lenart）提供团队内部的法律协助，5RB 律师事务所的戈尔德温·巴苏蒂利则为文章提供了建议。外部的初级律师顾问来自伦敦的 Farrer & Co 律师事务所，律师则是朱利安·派克（Julian Pike）和哈丽特·布朗（Harriet Brown）。在美国，我们的外部法律顾问公司是 Vinson & Elkins 律师事务所，我的服务律师则是马克·A. 富勒（Mark A. Fuller）、托马斯·S. 莱瑟伯里（Thomas S. Leatherbury）、肖恩·W. 凯利（Sean W. Kelly）、丽萨·鲍林·霍布斯（Lisa Bowlin Hobbs），以及戴维·P. 布兰克（David P. Blanke）。

在撰写报道的过程中，我多次得益于同行评审，其中包括符合约翰·霍普金斯大学出版社要求的两次同行评审。除此之外，我特别感谢儿科医生哈维·马尔科维奇（Harvey Marcovitch）和胃肠病学病理学教授卡雷尔·格博斯（Karel Geboes）为《英国医学杂志》的文章进行了同行评审。英格瓦·比亚纳森（Ingvar Bjarnasson）教授阅读了本书后期阶段的完整手稿，向我提出了许多高素质读者必定会留意的细节问题。

我个人也受益于咨询伦敦国王学院医院病理学科的组织病理学专家萨尔瓦多·迪亚兹-卡诺（Salvador Diaz-Cano）医生，以及纯粹为了临床诊断替我进行内窥镜检查的林赛·巴克（Lindsay Barker）女士（下消化道）和杰里米·纳亚加姆（Jeremy Nayagam）医生（上消化道）。在此也感谢分子学教授伊恩·布鲁斯阅读书中讨论聚合酶链式反应的章节。

还有许多人慷慨地提供了协助、建议、文件以及支持。最关键的就是其孩子遭受发育障碍与其他问题，并且与韦克菲尔德有关系的家长，或者参与反疫苗运动的人士，他们向我提供了很有价值的信息。为了保护他们，我不会在此列出他们的姓名。除了每一位阅读本书的人（以及并未阅读本书的人），我特别受益于韦克菲尔德内部关系网的特别情报来源，这个人决定担任双面间谍，在这十年间，有超过一半的时间，此人都在为我提供各种证据、文件和简报信息。对于此人的信息，我只能在这里透露到这种程度，或许在其他场合，我可以表达更多的感谢。

我非常感谢哈罗德·埃文斯爵士，他是当代最受尊敬的新闻人之一，他不只给我推荐了一位经纪人，而且正是他撰写的一系列探讨新闻编辑和设计的开创性著作，才让我有可能在 20 世纪 80 年代初期靠着书中读来的知识在《星期日泰晤士报》度过了最初几个月的时光。关于我的记者生涯，我人生的转折点必须归功于托尼·班布里奇（Tony Bambridge，1937—1997）。他担任《星期日泰晤士商业新闻》（*Sunday Times Business News*）主编时愿意给我机会，也因为我而承受了许多不必要的烦恼。还有托尼·伦内尔（Tony Rennell），在我刚开始撰写头条新闻时，他提出的建议至今依然像一座灯塔一样照耀着我："不行，再试一次。"非常明智。

关于生活上的实际协助，我必须感谢许多人，包括在巴西圣保罗的保罗·恩里克·尼科·蒙泰罗（Paulo Henrique Nico Monteiro）和薇薇安·莱德曼（Vivian Lederman）；智利圣地亚哥国立安德烈斯·贝略大学（University of Andrés Bello）的加布里埃尔·莱昂（Gabriel León）；大英图书馆科学部门的工作人员；伦敦帝国战争博物馆；马萨诸塞州的赛默飞世尔科技公司，谢谢他们安排了一个向我介绍 ABI Prism 7700 PCR 反应仪的专题介绍。

我的朋友尼克·唐宁（Nick Downing）和瑞安·威尔逊（Ryan Wilson）提供了重要的建议和支持，并在多年里持续包容我讨论这个话题。在写作本书的时候，圣保罗 FM89.7 的新巴西电台在每个整点都会用时钟狗 Hunny 发出"啾啾"的声音来报时。在 Hunny 当值的期间，我总是安全的。

最终成就了《欺骗世界的医生》的新闻调查，其全部经费来自伦敦《星期日泰晤士报》、第四频道电视台、《英国医学杂志》和约翰·霍普金斯大学出版社的预付版税。韦克菲尔德的律师团队外加以他本人名义开出的支票，付清了他起诉我个人网站的诉讼费。